백성

백

20

성

제5부 | 돌아오는 꽃

김동민 대하소설

문이당

차례

제5부 | 돌아오는 꽃

염라당과 동양척식회사법

5월의 감옥은 청명한 대기 속에서도 까마귀 울음소리 낭자한 겨울 골짜기처럼 침울하고 음산한 분위기를 자아낸다. 어쩐지 온몸에 작은 벌레들이 스멀스멀 기어 다니는 느낌을 떨쳐버릴 수 없다.

일본인 하나가 다른 일본인의 환대를 받으며 그곳에 모습을 드러냈다. 그중에는 간혹 조선인들 얼굴도 눈에 띄었다. 대부분이 소위 친일파들이다. 조상을 팔아먹고 후손까지 말아먹게 할 어둠의 귀신들이었다.

모두로부터 극진한 대우를 받아가면서 자못 거들먹거리는, 왠지 모르게 감옥이라는 말과 어울려 보이는 일본인 사내였다. 그자가 바로 다름 아닌 칙령 제33호에 의해 감옥관인 전옥典獄에 임명된 송촌정기였다.

"이제부터 내가 하는 말을 잘 들어라."

송촌정기는 컬컬한 성싶으면서도 쇳소리 나는 목소리로 말했다. 사람들은 그런 음성을 지닌 자에게는 '성깔'이 있다고 말했다.

"여기 성안에 있는 경찰서 한 곳을 임시사무소로 하고⋯⋯."

전권全權을 휘두르는 자의 표본인 듯했다.

"유치장을 빌려서 임시감옥으로 사용한다. 알겠나?"

그의 지시가 떨어지기 무서웠다.

"하이!"

감옥에 근무하는 부하들이 일제히 큰 소리로 대답했다. 그 속에는 옥리 주호룡의 모습도 보였다. 비화에게 받은 은혜를 갚기 위하여 조 관찰사에 의해 투옥 중이던 재영과의 면회를 몰래 주선해 주었던 주호룡이었다.

이제 세월이 흘러 그는 조금 높은 직급에 올랐지만, 여전히 일본인 옥리들에 비하면 밑바닥에 몸담고 있었다. 그것은 감옥에서 종신형을 살아야 할 무기수처럼, 그가 옥리에서 물러나는 날까지 벗어날 수 없는 족쇄일 것이다.

"그러면 지금부터 말씀드리겠습니다."

잠시 후 광대뼈가 유난히 튀어나온 일본인 고위직 하나가 최상급자인 송촌정기에게 그곳 감옥의 내력에 관해 관례인 듯 열심히 보고하기 시작했다.

"이곳 감옥의 원래 이름은 '진주형옥晉州刑獄' 또는 '주옥州獄'이라고 불렀던 것으로 알고 있습니다. 그리고 처음에는 여기 성내가 아니라 성 저바깥 '궁남리'라고 하는 곳에 있었는데, 임진년 당시 우리 일본국이 조선을 정벌하는 전쟁이 끝난 후 경상우병사 최염이라는 자가 증축했다고 합니다."

주호룡은 자신이 감옥에 갇힌 죄수가 된 것처럼 오싹해짐을 온몸으로 느꼈다. 여러 해에 걸쳐 감옥에 근무하는 그도 잘 모르고 있는 이 고을 감옥 역사를, 일본인 '다시노'는 마치 제 손바닥 위에 올려놓고 들여다보듯이 무섭게 꿰뚫고 있었다.

"궁남리?"

송촌정기는 혼잣말같이 했는데 다시노가 즉시 다소곳이 대답했다.

"하이."

송촌정기 역시 앞으로 자기가 감옥관인 전옥으로 통솔하게 될 그곳 감옥에 대해 철저히 알아놓아야겠다고 작심이라도 했는지, 주호룡이 지켜보기에 가증스러울 정도로 지대한 관심과 흥미를 드러내었다. 그는 목에 뻣뻣하게 힘을 준 채 또 채근하는 어조로 물었다. 본디 말투가 그런 자인 모양이었다.

"궁남리가 어디야?"

다시노가 언제나 노란 기운이 담겨 있는 눈으로 주호룡을 돌아보았다. 그런 것은 나 같은 고위직이 할 게 아니니, 지위 낮은 이곳 토박이인 네가 고해 올리라는 명령의 표시였다.

'또 갑질을 하고 싶은 모냥이제?'

주호룡은 그자 얼굴에 대고 침이라도 뱉고 싶은 감정을 억누르며 한 걸음 앞으로 나서서 말했다.

"예, 궁남리는 열원교라는 다리의 동쪽에 있었던 여덟 개의 동네를 말하는데, 저 임진년 후에 대안리에 합쳐졌습니다."

그러고 나서, '대안리는 대안면으로 바뀌고……' 하는 말을 덧붙이려다가 그만두었다. 저까짓 것들에게 미주알고주알 고해바칠 필요가 없다는 자각에서였다.

지독한 지역 사투리를 쓴다고, 일본인들에게서 무척 심한 구박과 질시를 받던 주호룡은, 언제부터인가 그곳에서 천 리나 떨어져 있는 한양 말씨를 쓰는 옥리로 바뀌어져 있었다.

내키지 않는 설명을 하는 주호룡 머릿속에는, 몇 해 전에 발표된 신 감옥 규칙에 의해 성내 선화당에서 집무하고 있던 경남도 관찰사가 경남의 모든 감옥을 전부 관리하던 때의 일이 악몽처럼 되살아났다. 포악하기 이를 데 없는 조 관찰사가 있던 시절이었다.

당시 상촌나루터에서 콩나물국밥으로 아주 유명한 나루터집을 운영하는 비화의 남편인 박재영이라는 사람이 억울하게 투옥된 것을 보고, 그가 위험을 무릅쓰고 그들 부부 면회를 주선해 준 일도 있었다.

'맹색 관찰사라쿠는 자가 그러이 우찌 우리가 쪽바리들한테 안 당하고 무사하컷노.'

주호롱이 그 좋지 못한 기억을 더듬고 있는데 다시노가 송촌정기에게 또 고하는 소리가 들렸다.

"이 고을 감옥을 우리 대일본국이 접수하기 전……."

다시노는 말을 할 때마다 광대뼈가 더욱 불거져 나와 보이는 자였다.

"그러니까 기존의 재래식 감옥은, 에, 죄인의 목을 매달아 죽이는 교수형 집행 장소로도 사용되었다고 들었습니다."

"교수형?"

송촌정기의 뱀처럼 찢어진 눈이 번쩍, 빛을 발했다. 좋은 먹잇감을 발견한 맹수 같아 보여 주호롱을 비롯한 조선인 옥리들은 죄인 모습으로 하나같이 목을 움츠렸다.

"더 말해 봐."

송촌정기는 침이라도 흘릴 사람으로 보였다.

"그것 아주 재미있는 얘기로 들리는데 말이야."

사람 목을 옭아매어 죽이는 사형을 들먹이면서 재미있는 이야기라고 하는 그자가 사람 같아 보이지 않았다.

"하이."

상관에게서 그런 말을 들은 다시노는 신바람이 붙어 한층 더 큰소리로 마구 떠벌리기 시작했다.

"원래 조선의 전통적인 감옥 안에는 교수형을 집행하는 건물이 있는데……."

오스스 차고 싫은 기운이 일어나는지 몸을 떨었다.

"그것을 '염라당'이라고 부른답니다."

송촌정기가 일부분을 뽑아버렸지 않나 싶을 정도로 듬성듬성하고 짧은 눈썹을 찡긋하였다.

"염라당?"

다시노는 경례라도 척 올려붙일 태세였다.

"하이!"

송촌정기는 묻는 것도 아니고 묻지 않는 것도 아닌 애매모호한 어투였다.

"염라대왕, 할 때의 그 염라?"

다시노는 서 있는 송장을 방불케 하는 차려 자세로 말했다.

"바로 그렇습니다."

"히힛."

묘한 웃음소리와 함께 송촌정기는 손가락으로 콧구멍을 후벼가며 빈정거렸다.

"지지리도 못나고 형편없는 조센진들이 그래도 어떻게 이름 하나는 잘 붙였군 그래. 음, 그럴싸하다고."

주호룡 눈에는 그가 바로 염라대왕이었다. 장차 얼마나 많은 무고한 조선인들이 여기 감옥에 갇혀 공포에 떨며 고통받고 죽어 나갈지 모를 노릇이었다. 아니, 그건 불 보듯 뻔했다.

대안면 유곽 거리 들목 옆에 있는 염라당이었다. 그곳에 둘러쳐져 있는 높은 흙담은 이승과 저승의 경계였다. 지옥에 살면서, 열여덟의 장관과 팔만 옥졸을 거느리고, 죽어 지옥에 떨어지는 인간의 생전의 선악을 심판, 징벌한다는 염라대왕이었다. 그가 다스리는 저승인 염라국이 바로 지척에 있는 것이다.

'괴롭고 심이 안 든 거는 아이지만서도, 왜눔들이 우리나라 사법권을 침탈하기 전꺼지는 그런 대로 안 쾌안았나.'

주호룡은 말 그대로 '도둑을 피하니 강도를 만난' 심경이 되어 착잡한 기분을 떨칠 수 없었다.

'관찰사 관리 아래 군수가 감옥 사무를 맡아봐서 '군아 감옥'이라 불렀지만도.'

다른 사람들은 잘 모르겠지만 감옥 옥리로 근무해 온 주호룡은 알고 있었다.

'에나 우찌 될 낀고? 후우.'

얼마 전부터 교활한 일제의 사법권 침탈로 감옥 사무가 일제 통감부로 넘어가자, 그곳 감옥은 재래식 감옥만으로는 일제에 저항하는 의병이나 독립 운동가를 모두 구금하기가 어렵다고 판단, 성내에 있는 경찰서와 경남 관찰부의 유치장을 감옥으로 사용하고 있었다. 감옥 사무는 당연히 그곳 경찰서장이 맡아 보았다.

그때 송촌정기가 이런 말을 하여 주호룡을 또 한 번 바짝 긴장시켰다.

"올해 봄부터 말이야, 조선 전국에서 우리 일본을 금방이라도 몰아낼 듯 의병이 거세게 일어나고 있다는 사실, 지금 여기 있는 모두들 잘 알고 있겠지, 엉?"

다시노를 위시한 일본인 옥리들은 허리를 빳빳하게 세운 채 소리 높여 대답했고, 주호룡을 비롯해서 몇 명 되지 않은 조선인 옥리들은 마지못해 고개만 끄덕였다. 그렇게 하지 않으면 곧장 감옥에 처넣어버리고도 남을 왜인들이었다.

'으으, 무시라.'

송촌정기 말속에는 피가 고여 있었다. 살점이 묻어나고 있었다. 그건 누구 귀에도 이 고을에서 일어난 의병들을 어서 체포하여 염라당에서 교수형을 처해야 한다는 뜻으로 받아들여졌다.

'이승을 헤매고 다닐 그 원혼들을 생각하모…….'

그렇다. 실제로 그로부터 약 5년쯤 뒤에 저 '일본군 조선주차군 사령부'에서 발간한 〈조선 폭도 토벌지〉를 보면 이렇게 밝히고 있다.

−1908년 7월부터 1909년 6월에 이르는 1년 동안 매달 충돌한 폭도 총수는 대략 3천 정도로, 적의 세력은 거의 고정된 것으로 보인다. 그들의 행동은 시간이 지남에 따라 더욱더 교묘해졌다. 첩보 근무 및 경계법은 놀랄 만큼 발달하였고 행동은 한층 민첩해져서 때로는 우리 토벌대를 우롱하는 것 같은 태도로 나올 때도 있다. 세력이 크기도 하고 작기도 하지만, 결코 가볍게 볼 수 없다. 과연 어느 때 완전히 평정할 수 있을지 우려하게 되었다.

주호룡은 송촌정기와 다시노 그리고 다른 일본인 근무자들을 몰래 훔쳐보면서 마음속으로 소원했다.

'아, 지발하고 여게 감옥에 들오는 우리 조선 사람들이 안 많아야 될 낀데. 부처님, 부디 저희를 보살펴 주시이소.'

그런 기원을 하면서 다시 바라본 감옥 건물이 더한층 을씨년스럽고, 오싹해 보였다. 그리하여 내가 과연 여기서 계속 근무할 수 있을까 하는 의문과 회의마저 들었다.

그러나 주호룡은 아직 모르고 있었다. 불과 몇 개월 후인 10월에, 그 고을 감옥은 다시 진주재판소 앞의 옛 감옥 자리로 이전하여 '부산감옥 진주분감'이 되는 것이다.

그리고 송촌정기와 다시노도 그런 사실까지는 내다보지 못했을 것이다. 6년쯤 후에 또다시 저 상봉 마을 쪽으로 이전하게 된다는 것이다.

자기들 눈에 거슬리는 조선인들을 잡아 가두기 위해 저들은 혈안이 되어 감옥 확장에 목을 매달았다.

'에나 여 더 안 있고 시푸다.'

주호룡은 동족인 조선인이 고통받는 감옥의 옥리 생활을 벗어나고 싶을 때가 한두 번이 아니었다. 하지만 일제 치하에서 조선인은 어느 직장을 가도 마찬가지일 터였다. 그는 기억한다. 지난 2월에는 그 고을 우편국의 대한제국 국고금의 출납 및 보관사무를 폐지해버렸다는 사실이었다.

'으뱅장이 되모 우떨꼬?'

주호룡은 다시노가 으스대며 부하들에게 보여주던 조선 의병장의 신분·직업별 분포가 적힌 서류를 떠올렸다. 유생과 양반이 가장 많았고, 다음으로 농업, 군인, 무직, 화적 순이었으며, 포수, 광부, 주사, 서기, 장교, 상인, 교사, 학생, 군수, 면장 등 예상을 못 했을 정도로 다양하였다.

'대장이 아이더라도 괘안타.'

그의 다짐과 각오는 아무나 쉽게 품을 수 있는 것이 아니었다.

'그냥 쫄뱅 으뱅이 돼갖고 감옥을 습객해서 억울하거로 잽히 있는 우리 동포를 구해 낼 수만 있다모 그 길로 나가것다.'

그렇지만 그건 단지 마음뿐이란 것을 주호룡은 이미 수십, 수백 번도 더 넘게 체득한 바 있었다. 지난날 밥도 못 먹을 정도로 힘들었던 기억 또한 다른 데로 가지 못하도록 그의 발목을 휘어잡았다.

결국, 그가 스스로 내린 결론은 이러했다. 지난날 비화와 그녀 남편 박재영에게 해 주었던 것처럼, 일본인들 눈을 피해 조선인 가족들을 몰래 면회시켜 주는 일을 좀 더 적극적으로 하자는 쪽이었다. 그러다 발각되면 그때까지 내 밥벌이의 일터가 돼 주었던 이 감옥에서 여생을 보내리라고 결심하였다. 그래도 여한은 없을 것이다.

　고을 중앙통에 위치한 삼정중 오복점이다.

　무라마치와 무라니시 형제 그리고 다께마 등 강중 형제가 동업하여
만든 그 백화점은, 배봉가의 동업직물과 용케 충돌을 피해 가면서 지역
의 돈을 긁어모으고 있었다. 물론 주 고객은 한정되어 있었지만 대개 조
국보다는 일신상 영욕을 탐하는 큰손들이었기에 그것이 가능했다.

　그런데 이날, 최대 규모를 자랑하고 있는 그 상점 중역진 회의실에
모여 앉은 그들 사이에서는 심상치 않은 소리들이 오가고 있었다. 전쟁
터에서 장수들이 총집합하여 최후 결단을 내리는 분위기를 떠올리게 하
였다.

　"형, 무슨 회사법이라고?"

　무라니시가 맨 처음 그 말을 끄집어낸 무라마치를 향해 아주 진지한
얼굴로 묻고 있었다. 무라마치는 커다란 탁자를 가운데 두고 맞은편 의
자에 앉은 다께마를 힐끗 보고 나서 이렇게 대답했다.

　"동양척식회사법."

　다께마의 짧은 턱과 작은 눈이 동시에 흔들려 보였다. 그는 깊은 신
음을 토하는 소리로 곱씹었다.

　"동양척식, 동양……."

　무라마치는 얼마 전에 경성을 다녀온 여독이 아직 풀리지 않은지 몸
은 지친 기색을 고스란히 드러내고 있었지만, 마음은 크나큰 기대감과
흥분으로 가득 차 있는 것으로 보였다. 입술에는 야릇한 웃음기가 번져
나고 있었다.

　형제임에도 불구하고 언제나 그 웃음에서 오싹함을 느끼곤 하는 무
라니시가 또 물었다. 장사 경험이 더 많은 다께마는 말을 아끼는 눈치인

데 반해, 창립한 지가 일천日淺한 무라니시는 약간 단순하고 성급한 면을 그대로 나타내 보였다.

"척식이 뭔데?"

"척식?"

무라마치는 검도와 가라테로 단련되어 대단히 강인해 보이는 어깨를 으쓱해 보이고 나서, 동생보다도 다께마에게 자신의 해박함을 과시해 보였다.

"국외의 영토나 미개지를 개척하여 자국민의 이주와 정착을 정책적으로 촉진하는 일을 말하는 거야."

그래도 무라니시는 선뜻 이해가 되지 않는다는 빛이었다.

"미개지를 개척하여 자국민의 뭣을 어떻게 한다고?"

지난날 읍내 최고 장터에서 택견 고수인 원채에게 호되게 당한 적이 있는 그였다. 그 사건 이후로 그는 이제 경거망동은 다소 줄었지만, 조선인들을 향한 증오와 반감은 훨씬 더 불어나 있는 실정이었다.

"무라니시, 너하고는 더 이상 말 못 하겠다."

"형."

다른 사람도 동석한 자리에서 자존심 상하게 만드는 형의 핀잔에 무라니시는 말없이 낯만 붉혔다.

"조센진들 말마따나 씹어 먹도록 이야기를 해줘도 알아먹지를 못하니 말이야."

또 한 번 그러고 나서 무라마치는 그쪽만 상대하겠다는 건지 다께마를 보면서 입을 열었다.

"또한 한국 농업에도 깊숙이 관여하여……."

과연 죽은 장인 사토 밑에서 배우고 익힌 것이 '맹탕'은 아닌 모양이었다.

16

"이 나라 최대 지주가 될 수도 있는 거라고."

"아하!"

다께마 입에서 기합 지르는 소리가 나왔다. 일찍이 대구에서 잡화상을 한 경험이 있는 그는 무라니시보다 훨씬 더 말귀를 잘 알아들었다. 의자 팔걸이를 손바닥으로 탁탁 치면서 말했다.

"그러니까 조선의 논을 우리 위대한 일본인이 야금야금 잡수시겠다, 그런 목적을 가지고 있군 그래."

무라마치 역시 손발이 척척 잘도 맞아 들어간다는 투였다.

"그렇지! 바로 그거야, 그거라고."

다께마는 사람의 그것이라고는 믿어지지 않을 만큼 긴 혀를 내밀어 좀 검은빛이 감도는 자기의 까칠한 입술을 핥았다.

"허어, 참. 벌써 내 입안에 군침이 사르르 돌아."

무라마치는 백화점 중역들이 모여 회의를 열곤 하는 그곳을 흐뭇한 눈빛으로 둘러보았다.

"나는 침이 말라붙었어. 킥킥."

"침 먹은 지네, 그런 말도 있더구면."

무라니시를 빼고 그들 두 사람만 대화를 이어갔다. 무라니시는 배알이 꼴리지 않은 것은 아니지만, 아는 밑천이 없으니 그저 국으로 가만히 있을 수밖에 없었다.

"물론 주도적인 역할은 조센진 놈들이 아니고……."

다께마는 의자 팔걸이에 얹혀 있던 손을 들어 올려 짧은 수염이 듬성듬성 나 있는 턱을 슬슬 쓰다듬었다.

"우리 위대한 일본국 황국신민들이 하겠지?"

"맞아, 잘 보았다고."

무라마치는 더 이를 말이냐 어조였다.

"우리의 관료가 그 일을 맡게 되지."

그곳 회의실은 넓었지만, 탁자와 의자 등이 여럿이나 놓여 있는 탓인지 공기가 좀 탁하고 답답하다는 기분을 갖다 안겼다.

"주식회사는 아니고?"

다께마 물음에 무라마치는 벌레 씹은 상을 하고 있는 무라니시를 흘낏 바라보았다.

"왜 아니야. 당연히 주식회사라고 하더구먼."

다께마는 약간 성에 차지 않는 모양이었다.

"그런 대단한 회사를 한국의 서울에 둔다는 건 억울하다는 생각이 안 들어?"

"억울하다……."

그렇게 뇌까리던 무라마치는 조심스럽게 그러나 확신한다는 목소리로 말했다.

"이건 어디까지나 내 사견이긴 한데, 이제 두고 보라고."

자기 앞에 상점 중역들이 앉아 있기라도 하듯 권위가 느껴지는 몸짓으로 과장되게 죽 둘러보는 시늉을 하였다.

"결국 본점을 우리 본토로 옮기게 될 테니까."

다께마가 적잖게 놀라는 눈빛으로 반문했다.

"우리 일본으로?"

"아무렴. 당연히 그래야 하는 거야."

무라니시에게 너도 좀 더 똑똑해질 필요가 있다는 표정을 노골적으로 지어 보였다.

"사업가는 앞을 내다보는 눈, 혜안이 있어야 한다고."

검도 대회에 출전하는 검객이나 가라테 시합에 나서는 무도인 아니랄까 봐, 무예의 최고 고수다운 면모를 과시라도 하려는지 두 눈알에 잔뜩 힘을 넣었다.

"두고 봐. 동양척식주식회사 본점은 도쿄가 될 테니까."

연방 고개를 끄덕거려가며 듣고 있던 다께마는 부럽기도 하고 시샘도 나는 듯했다.

"나도 당신 형제들처럼 진작 검도와 가라테를 연마해 둘걸."

그 말 나오기를 기다리고 있었던 걸까, 무라니시가 뭉개진 자존심을 만회할 기회를 잡았다는 빛으로 말했다.

"일본에서보다도 여기 조선 땅에서 훨씬 더 득을 보게 되는 건 사실 이지."

하지만 그는 내색은 하지 않아도 속으로 뿌드득 이를 갈았다. 잘 자고 일어나서도 그 일만 떠오르면 피가 거꾸로 솟고 살점이 떨렸다.

'다른 일은 일절 다 제쳐 두고 나루터집 두 애송이하고 원채라는 그자를 어서 내 손으로 처치해야 하는데 말이야.'

특히 조선 처녀 다미를 어떻게 해 보려다가 애송이 준서 때문에 수포로 돌아간 일이 더 아쉽고 억울했다. 입안에 집어넣은 꿀물을 삼키기 직전에 도로 뱉어내고만 꼴이었다.

'형이란 사람이 말뿐이야. 젠장.'

무라마치가 대신 복수해 주겠다고 했지만, 복수보다도 사업 확장에 더 관심이 높아 보였다. 하긴 조선 돈 긁어모으는 재미가 쏠쏠하긴 했다. 지금 이런 상태로 나간다면 애당초 그들 형제가 계획했던 대로 중국과 일본으로 진출하는 것도 시간문제였다.

'우리 안방인 일본이야 뭐 별로이지만, 저 크고 넓은 중국이라니! 조선을 교두보로 삼아서 말이지.'

그런 무라니시 속내를 읽기라도 했는지 무라마치가 또 말했다.

"도쿄로 본점을 옮긴 다음에는 말이야."

두 팔을 둥글게 앞으로 내밀어 무엇을 많이 끌어안는 동작을 취해 보였다.

"중국, 만주, 필리핀, 싱가포르 등지로 지점망을 넓혀가게 될 거라고."

한껏 들뜬 낯빛으로 듣고 있던 다께마가 아무래도 그건 좀 과대포장이라고 보는지 부정적인 의사를 표했다.

"에이, 중국이나 만주라면 또 몰라도, 필리핀과 싱가포르까지는 무리 아니겠어?"

그러나 무라마치는 자신 있다는 얼굴이었다.

"내가 만나 본 그 회사 사원 나까무라는 말했어."

그 나까무라라는 자의 말씨를 흉내라도 내려는지 갑자기 말씨를 달리했다.

"그 동양척식주식회사는 우리 대일본제국 부흥과 발걸음을 나란히 하게 될 것이니 두고 보라고 말이지."

그러던 무라마치는 문득 떠올랐는지 말 상대도 해주지 않을 것처럼 대하던 무라니시에게 물었다.

"동업직물 임배봉이 그 늙은이, 아직도 죽을 때가 안 됐어?"

그곳에 있지도 않은 배봉에게 겁 먹이듯 탄탄한 가슴팍을 앞으로 쑥 내밀었다.

"꼭 죽을 때까지는 아니더라도 사업에서 물러날 때가 아직이더냐, 이 말이야."

무라니시가 시큰둥한 표정으로 대답했다.

"내가 그러잖아도 형이 시킨 대로 그자들 동태를 유심히 살피고 있는데⋯⋯."

무라마치는 동업직물을 화제 대상으로 올리니 신경이 곤두서는지 무라니시 말을 가로채고 나섰다.

"있는데?"

무라니시는 관심을 기울여야 할 대상들이 또 있다는 사실을 상기시키려는 의도인지 이 말을 했다.

"그 늙은이도 늙은이지만 그에 못지않게 그 점박이 자식들도 날이 갈수록 더 기운들이 펄펄 넘친다니까?"

묵묵히 형제 대화를 듣고 있던 다께마가 경계하는 빛으로 입을 열었다.

"나도 국월관에 갔다가 임배봉이와 점박이 형제를 본 적이 있어. 그것들이 함께 온 것은 아니고 따로 왔었지만."

무라니시가 경멸인지 부러움인지 모를 어투로 말했다.

"큰아들 억호는 교방 관기 출신 해랑이라는 여자를 재취로 맞아들인 후로 기생집 출입이 아주 뜸해졌지만……."

형의 동생인 자기가 억호 동생인 만호에 비하면 얼마나 착하고 반듯하게 생활하느냐고 깨쳐주고 싶은 눈치였다.

"둘째 아들 만호는 제 아비와 경쟁이라도 벌이는지 제 안방보다도 더 기생방 출입을 하고 있더군."

무라니시가 그 말을 하는 의도 따윈 안중에도 없는지 무라마치는 호기심 가득 찬 얼굴로 말했다.

"해랑이라는 그 여자, 생기기도 선녀 뺨치게 생겼지만 춤도 그렇게 잘 춘다면서?"

다께마가 거미를 연상시키는 음흉한 웃음기를 흘렸다.

"난, 그 여자가 춤을 추는 걸 보지 못했지만, 저 읍내장터 동업직물 점포 앞에서 실물을 보기는 했어."

난데없이 한숨까지 폭 내쉬면서 또 한다는 소리였다.

"정말 억만금을 주어서라도 첩을 삼고 싶은 여자더라고."

그러다가 무라마치 형제가 참 한심하다는 듯 똑같이 보내는 따끔한 눈초리를 보자 변명하듯 말했다.

"하여튼 조선 여자들은 다 예뻐. 왜 그런지 몰라."

무라니시는 금세 사람이 바뀌어 헤헤거렸다.

"첩이란 그 소리 들으니 이 고을 노래 하나가 떠오르네?"

무라마치가 도끼눈을 가늘게 뜨며 물었다.

"노래? 무슨 노랜데?"

무라니시가 장난기 섞인 목소리로 되물었다.

"한번 읊어 봐?"

그곳 백화점 중역진 회의실은 뜬금없이 노래판으로 변신하고 있었다.

"그래, 들어나 보자고."

다께마도 형제 사이에 끼어들었다.

"하기야 이 고장에서 사업을 성장시키려면 이 고장의 경제나 정치뿐만 아니라 역사나 문화 등에도 통달해야 할 거야."

무라니시는 '흠, 흠' 하고 몇 번이나 목청을 가다듬고 나서 제멋대로 가락을 붙여 읊조리기 시작했다.

해 다 지고 저문 날에
옥 갓 쓰고 어디 가요.
첩의 집에 가려거든
나 죽는 꼴이나 보고 가소.
첩의 집은 꽃밭이요
본댁 집은 연못이라.
꽃밭의 나비는 한철이라도
연못의 금붕어는 사시야사철.

22

무라마치와 다께마가 동시에 감탄하는 목소리로 이야기를 주고받기 시작했다. 사업가들이라기보다는 자기들 나라 전통 연극 '가부키(歌舞技)'에 등장하는 인물들에 더 가까워 보였다.

"우와, 표현 하나 죽여주네?"

"기가 차. 첩의 집은 꽃밭, 본댁 집은 연못!"

"이건 어때?"

"뭐가?"

"꽃밭 속의 연못."

"난, 연못 속의 꽃밭이 더 어울릴 것 같아."

"하여튼 둘 다 좋지. 안 그래?"

"에이, 첩 집이 더 좋으면서, 말만?"

"이히히히."

"그 웃음소리 들으면 본댁이고 첩이고 모두 달아나 버리겠다."

"잘됐지 뭐."

"엥?"

"새로 들이면 되고."

"그건 그래. 큭큭."

　참으로 서글프고 가증스러운 노릇이 아닐 수 없었다. 회사 모든 조직을 일본 군대 조직으로 모방하고 철저히 지역 연고주의를 고집하여, 전체 점원들을 죄다 일본인들로만 채용하고 있는 삼정중 오복점이었다. 그런 자들이 거기 조선 고을에 전해지고 있는 노래를 도마질하며 희희낙락하고 있는 것이다.

　그 고을 북동쪽 옥봉리 산기슭에 자리 잡고 있는 어느 초가집.

　비록 겉보기에 약간은 낡고 허름하긴 해도 무척이나 큰 저택이다. 산

동네에 그렇게 넓은 땅을 차지하고 있다는 사실부터 예사롭지 않았다.

온 고을이 먼발치로 내려다보이는 마당도 아주 너르고, 특히 방이 여러 개나 되었으며, 마루 또한 널찍했다. 처음 지을 때 돈을 쏟아부은 흔적이 아직도 곳곳에 남아 있었다. 그런대로 보존이 잘된 집인 셈이었다.

그 집이 바로 감영에 소속된 교방이 없어진 후로 갈 곳이 없어진 관기들이 함께 모여 살아가고 있는 곳이었다. 그런 사실로 보면, 그 집이야말로 관기들에게는 천주학 신도들이 늘 말하는 구세주가 내리신 안식처라고 하지 않을 수 없었다.

지금 거기 대청마루에는 효원을 비롯하여 한결, 청라, 지선, 지홍, 월소, 정선 등이 앉거나 혹은 서서 무슨 이야기를 나누기에 한창이었다. 교방에서 도망쳐 나와 '효길'이란 벙어리 총각으로 남장을 하고 오광대 합숙소에 은신해 있다가 밖으로 나온 효원이 우연히 한결을 만나 안부를 전해 듣고, 바로 그 관기들 처소에 들어온 지도 꽤 여러 날이 되었다. 시간은 둥근 면도 있고 각진 면도 있고 이어진 부분도 있고 끊어진 부분도 있는 모양이었다.

"야들아, 내 함 물어보자."

참새가 날아와 재재거리고 있는 초가지붕 쪽을 한동안 올려다보고 있던 한결이 다른 사람들을 보며 화제를 돌렸다.

"우리나라 춤의 네 가지 요소가 머꼬?"

여전히 외모와 성격이 사내 같은 월소가 컬컬한 목소리로 말했다.

"야는? 아, 우리가 교방에서 나온 기 쪼매 됐다꼬 해서, 하매 그거를 잊아삔 줄 아는가베? 참, 물어볼 거를 물어야제."

집채를 성가퀴마냥 빙 에두르고 있는 빽빽한 탱자나무 울타리를 한번 보고 나서 말했다.

"한하고 흥하고 멋하고 태, 그리 네 가지 아이가."

한恨, 흥興, 멋, 태態.

모두는 새삼스럽다는 빛으로 저마다 입안으로 그 네 가지를 되뇌고 있었다.

"와 내가 우리들이 모도 잘 알고 있는 거를 새삼시럽거로 물었는가 하모 말이다."

한결은 거기 네모진 기둥에 지친 모습으로 등을 기대고 앉아 있는 효원을 내려다보면서 말을 이어갔다.

"앞으로 우리 기생조합이 잘될라모, 그 춤맹커로 차분함서도 끈끈하고, 섬세함서도 또 애절한 맛을 잘 비이줘야 된다쿠는 기라."

지홍이 제 기명妓名 그대로 붉은 얼굴을 들고 한결을 쳐다보며 참새 주둥이를 방불케 하는 조그만 입을 열었다.

"하모, 그렇제. 정靜, 중中, 동動의 신비롭고 환상적인 분위기를 자아내서, 보는 사람들을 무아지갱에 이르거로 하는 춤을 춰야제."

그 말을 들은 모두는 저마다 그 자리에서 춤동작을 한번 지었다가 멈추었다. 아직까지는 우아하고 아름다운 춤사위가 자연스러워 보였지만 그게 언제까지 지속될 수 있을지는 누구도 장담할 수 없을 것이다.

'아, 각중애 내가 와 이라노?'

효원은 문득 품속에 들어 있는 은장도를 꺼내어 검무를 추고 싶다는 충동에 사로잡혔다. 중앙황제장군 최종완과 그의 아내를 굴복시킨 칼춤이었다.

'우찌 지내실꼬?'

그러나 그 생각을 밀치면서 기습처럼 와락 달려드는 것이 바로 얼이 얼굴이었다. 그가 총칼로 무장한 일경에게 밤낮으로 쫓기고 있다는 말을 들은 이후로는 단 한 번도 만나지를 못했다.

혹시 둘이 함께 있다가 그가 독사보다도 악랄한 일경들에게 체포되어 붙잡혀 가는 장면을 지켜보아야 할 사태가 생기기라도 한다면. 마지막까지 저항하다가 그 자리에서 저들 총칼을 맞고 쓰러진다면.

상상만 해도 숨을 쉴 수가 없었다. 미쳐날 듯이 그리운 감정을 꾹꾹 눌러 참아가며 그저 기다리는 도리밖에 없었다. 이것 또한 생각만으로도 환장할 노릇이지만, 서로 영원히 만나지 못하는 한이 있을지라도 그의 신변에 이상이 있어서는 안 되었다.

내 육신이 천 조각 만 갈래로 쫙쫙 찢겨 무간지옥 골짜기에 떨어져 흩어진다 해도, 그를 보호하기 위해서는 감내해야만 하는 것이다. 운명의 손이 내 목을 틀어쥐고 저리로 가자고 윽박지를지라도 그를 해하는 쪽이면 나를 포기할 것이다.

포위된 선화당

　온 고을 성민城民들이 어딘가를 향해 말 그대로 노도怒濤와도 같이 달려가고 있었다. 아무것도 모르는 아이들, 심지어 아무에게나 꼬리를 살랑살랑 흔들어 대는 동네 개까지도 그 행렬에 가담하였다.

　그들이 한꺼번에 우우 몰려가는 그곳을 알게 되면 더더욱 믿어지지 않고 경악할 노릇이었다. 거기는 유서 깊은 그 고을 성내에 있는, 지역 최고 실권을 가진 관찰사 집무실인 선화당이었던 것이다.

　원래는 경남·북의 낙동강 서부지역을 총괄하고 있는 육상방어기구인 경상도 우병영의 관청이었던 운주헌이었는데, 그곳에서 병마절도사가 병무를 보다가 우병영이 폐지되고 관찰사가 부임하면서 선화당이라는 명칭으로 바뀐 것이다.

　하지만 두 눈 빤히 뜨고 지켜보면서도 도저히 현실로 받아들일 수 없는 광경이 바야흐로 벌어지고 있었다. 그토록 막강한 기관을 아무런 힘도 없는 백성들이 포위하기 시작한 것이다. 제아무리 지금 세상이 많이 바뀌었다고는 할지라도 그럴 수는 없었다. 그 수를 헤아릴 수 없이 엄청난 군중들 속에서 이런 고함들이 전혀 걸러지지도 않은 채 함부로 터져

나왔다.

　– 관찰사는 당장 나와서 사과 몬 하것나?

　– 그기 말이라꼬 하고 있는 기라?

　– 선화당 확 불살라삐기 전에 에나 쌔이 몬 나오것어?

　– 이래갖고는 안 되것다. 들가서 목아지를 콱 틀어잡고 우째삐야제?

　– 황철인가 항칠(낙서)인가 퍼뜩 얼골 안 내밀 끼가?

　그 고을 마지막 경남도 관찰사인 황철이었다. 대관절 그가 무엇을 얼마나 잘못했기에 성민들이 그 야단일까. 하극상도 이런 하극상은 유례를 찾아보기 힘들 것이다.

　사단事端은 이러했다. 황철이 통감부 지방장관회의에서 그 고을에 있는 도청道廳을 부산으로 이전할 수도 있다는 점을 시사하였던 것이다. 그리하여 그 발언이 어찌어찌 알려지고 진노한 그곳 백성들은 황철을 심하게 규탄하기에 이르렀던 것이다.

　– 황철, 누런 철이모 황금 쇳덩이 아이가.

　– 와 아이라? 그러이 황금에 눈이 멀어갖고 저라는 기다.

　– 아아, 갤국에는 또 돈! 도대체 부산 쪽에서 돈을 올매나 준다 캤기에 우리 고장에 있는 도청을 거게로 갖고 가거로 하것다는 기라?

　기실 지역민들 반란은 그러고도 남을 일이긴 했다. 도의 행정을 맡아보는 관청인 도청을 다른 고장으로 옮김으로써 파생될 요소들이 어떠할지는 무지렁이들도 능히 알 것이다. 한마디로 고을을 초토화 내지는 황폐화하겠다는 것과 무어 다르랴 싶은 위기감이 팽배했다.

　그 군중 속에는 준서와 얼이도 섞여 있었다. 하지만 그야말로 있는 듯 없는 듯 행동했다. 둘 다 다른 성민들처럼 큰소리를 지르거나 주먹질이나 발길질을 하지는 않고 추이를 유심히 지켜보는 중이었다. 그렇다고 방관자는 결코 아니었다.

선불리 신분을 노출했다간 그들을 체포하기 위해 혈안이 되어 있는 일경들 눈에 띌 위험이 있기에, 언제나 지금과 마찬가지로 경거망동하지 않고 조심스럽게 처신하였다. 군중 맨 뒤쪽에 붙어 서서 매우 조마조마한 마음으로 그 아슬아슬하기 그지없는 상황을 관찰하였다. 남들이 얼굴을 알아보지 못하게 고개를 최대한 숙인 채 계속 주변을 이리저리 살피는 일에도 신경을 기울였다.

　― 아모래도 안 되것다. 선화당 안으로 쳐들어가자.

　― 관찰사고 나발이고 붙잡아서 염라당으로 끌고 가삐야제.

　― 부산이 그리 좋으모 와 부산으로 안 가고 여 있는고?

　― 우리 고을 망치무울(망쳐먹을) 쪼가 있는 기가, 머꼬?

　시간이 흐를수록 현장 분위기는 한층 살벌해졌고, 선화당을 포위하고 있는 군중들 숫자는 자꾸만 늘어났다. 아니 할 말로, 설사 황철이 '쥐새끼'라도 그곳을 무사히 빠져나갈 구멍이 없었다. 임진년 진주대첩이 곧 재현되려고 하는 게 아닐까 여겨질 판이었다.

　한편, 그 시각 관찰사 집무실 안에서도 바깥과는 또 다른 성질의 소요와 긴장이 감돌고 있었다.

　"영감, 아, 아무래도 안 되겠습니다."

　여자처럼 호리호리한 몸매를 가진 비서가 새파랗게 질린 얼굴로 입술을 파들파들 떨며 가까스로 말했다.

　"이대로 있다가는 도, 도리어 더 큰 낭패를 다, 당할 것 같습니다."

　그러나 황철은 '끙' 하고 앓는 소리를 한 번 내었을 뿐 가타부타 말이 없었다. 창문을 통해 올려다보이는 하늘도 약간 질려 있는 빛이었다. 선화당 지붕에 내려앉아 쉬고 있는 성싶던 조각구름 하나가 서둘러 그곳에서 탈주하려는지 멀어지고 있었다. 바람은 잠깐 잔잔했다가 문득 생각난 듯 불규칙하게 부는 날이었다.

어디선가 사람을 재촉하는 듯한 새소리가 끊임없이 들려오고 있었다. 그게 산새가 내는 소리인지 물새 소리인지 알아맞힐 수 없을 만큼 분위기는 혼란스럽고 급박하여 전시 상황을 연상케 하였다.

"그렇지만 말입니다."

선화당에서 근무하는 고위직 관리 하나가 비서와는 다른 의견을 내놓았다.

"그렇다고 이성을 잃고 있는 저들 앞에 불쑥 나섰다가는 무슨 봉변을 당하실지 알 수가 없으니……."

중키에 얼굴이 동그란 그의 목소리는 뒤로 갈수록 낮아졌다.

"최대한 지켜볼 때까지 좀 더 지켜본 후에 결정을 하셨으면 합니다."

그렇지만 당사자인 황철은 비서와 고위직이 내놓는 어떤 견해에도 따르지 못한 채 그저 안절부절못하고 있기만 했다. 온갖 빛이 엇갈려 있는 그의 얼굴은 정말 누가 '칠'을 한 것으로 비쳤다. 그는 집무실 천장이 내려앉게 깊은 한숨을 내뿜었다.

"후~우."

그러자 키가 작고 뚱뚱한 다른 관리 하나가 지나가는 투로 말했다.

"시간이 가면 갈수록 사태는 더 악화될 수밖에 없을 터인데……."

그 소리에 황철은 번쩍 정신이 난 모습이 되었다.

"그, 그렇겠지?"

그가 앉아 있는 의자가 불안하게 삐걱거리는 소리를 내었다.

"아, 사태가 지금보다 더 악화되면……."

"……."

비서뿐만 아니라 그 비상사태에 놀라 그곳으로 달려온 서너 명이나 되는 다른 고위직 관리들도 더 입을 열지 못하고 힐끔힐끔 서로의 눈치만 살피기 바빴다. 보통 때는 저만 믿으라며 간이라도 빼줄 행세를 하는 자들이었다.

"할 수 없……."

마침내 황철이 힘겹고도 외로운 결론을 내렸다. 그러면서도 그는 누군가가 제지해 달라는 건지 아니면 등을 떠밀어 주기를 바란다는 건지 어정쩡한 자세로 말했다.

"나가봐야겠소."

그 소리에 모두가 불침이라도 맞은 모양으로 움찔했지만, 누구도 이의를 달 엄두는 없어 보였다. 지금으로서는 그 길밖에 없다는 것을 수긍하고 있다는 증거였다.

"저 자리……."

황철은 거기에 무엇이 있기라도 하는지 그가 앉아 집무를 보는 곳을 돌아보았다.

"자아, 그러면 나갑시다."

이윽고 황철은 성민들 앞에 나와 섰다. 일본 건물 형식으로 지은 선화당 건물도 주인의 초라한 몰골을 지켜보기 민망하여 고개를 돌리는 것 같았다. 신축을 한다고 헐어버리기 전의 조선 건축 양식으로 지어져 있던 저 운주헌이었다면 어땠을까.

줄기차게 울어대던 그 새는 이제 자신의 소명은 전부 끝났는지 더는 소리를 내지 않았다. 어쩌면 그 새도 다른 곳으로 날아가지 않고 근처 어느 나뭇가지 사이에 몸을 감추고 숨을 죽인 채 그 현장을 지켜보고 있는지도 모를 일이었다.

바람도 몸을 사리는지 한동안 불지 않고 있다가, 어느 순간 홀연 달려왔다가 얼른 도망치는 모양새였다.

"우우!"

황철을 본 성민들은 더욱 흥분하고 한층 격노하여 큰 소리로 외쳤다.

- 당신이 관찰사라꼬? 우리 고을 웬수다, 웬수!

- 남강 물에 팍 빠뜨리서 쥑이삘 끼다!

- 도청을 오데로 옮긴다꼬, 오데로?

- 흥, 좋다! 그래 봐라, 그래 봐! 와 그리 몬 하는데?

불을 담은 듯이 시뻘게진 황철 얼굴에는 땀방울이 송골송골 맺혀 있었다. 그것은 얼핏 죽어가는 소나무에서 뿜어져 나오는 송진을 떠올리게 했다.

"여러분, 여러분, 제발 고정하시고 제 말씀을 들어보십시오."

그는 두 손을 동시에 내저으며 몹시 떨리는 목소리로 말했다.

"저의 경솔함을 용서해 주십시오. 이 모든 게 다 제가 부족한 데서 온 잘못입니다. 제 불찰입니다. 그러니……."

그야말로 손이 발이 되도록, 아니 닳아 없어지도록 두 손을 싹싹 비벼가며 사죄하고 있는 황철이었다. 그런 그에게서는 더 이상 경상지방 최고의 목민관다운 체통은 찾으래야 찾을 수가 없었다. 그것은 실추할 대로 실추해 버린 대한제국의 슬프고도 아픈 '민낯'을 있는 그대로 보여주는 장면이었다.

- 불찰? 물찰은 우뗗노?

- 저런 기 관찰사라? 도로 섭천 쇠를 그 자리에 갖다 앉히 놔라.

- 용서라. 흐응! 알기는 아는 모냥이제?

- 몰라도, 안 저라모 우짤 낀데?

어쨌거나 관찰사가 직접 나와서 사과하자 사태는 일단 진정될 기미를 엿보였다. 그래도 군중들은 그만 해산할 생각은 하지 않고 그대로 서서 주먹을 흔들어 가며 계속 무어라고 떠들어 대고 있었다. 그 기세에 눌려 황철이나 그의 부하 직원들 또한 선뜻 그 자리를 벗어나지 못하고 엉거주춤 군중들 눈치를 보고 있었다.

"새이야, 임금도 그냥 싹 갈아치울 수 있는 기 백성이라쿠디이, 백성이 참말로 무섭기는 무서분 기라."

준서가 질린 빛을 풀지 못한 얼굴로 얼이에게 말했다. 얼이도 싸움소 못지않게 굵은 목을 끄덕이며 말했다.

"하모, 백성이 최고제."

준서가 상촌나루터 강변에 있는 미루나무를 연상시키는 큰 키로 발돋움을 하여, 앞쪽을 가득 메우고 있는 군중들 너머로 황철을 보며 신기하다는 듯이 말했다.

"그란데 황 관찰사가 우리나라 최초의 사진작가람서?"

당시 조선인들은 아직 '사진'이라는 것을 잘 알지도 못하고 있었지만, 황 관찰사가 사진을 무척 좋아한다는 소문은 고을에 파다하였다.

"사진작가?"

얼이 또한 그 말을 되뇌면서 역시 보통 사람들보다는 귀 높이 하나는 더 되는 장신을 꼿꼿이 세운 채 눈을 치뜨고 황철을 노려보았다.

"사진작간가 머신가 하는 그거나 하지, 쫄딱 망해 가는 나라에서 관리는 머 땜새 해쌌고 있는고?"

그때까지도 주먹을 휘두르고 있는 군중들에게 시선을 돌리며 혀 차는 소리로 말했다.

"무담시 이런 꼴이나 당함시로."

준서가 주변을 둘러보며 더 낮아진 목소리로 말했다.

"내가 잘은 모리지만도, 황 관찰사가 왜눔들한테서 무신 작위나 은사금을 받지는 않은 거로 알고 있다, 성아."

얼이가 코웃음 치며 말했다.

"그가 할 수 있는 일이 머것노? 기껏해야 우리 으뱅을 잡을라꼬 미친개매이로 마구재비 설치쌌는 일본군들 꽁무니나 따라댕김시로……."

그러다가 확 열불이 돋치는지 느닷없이 목청을 높였다.

"머? 폭도? 폭도 귀순?"

"성!"

준서가 깜짝 놀라 주위를 돌아보며 급히 손가락을 입에 갖다 댔다. 다행히 이쪽에 눈을 돌리는 사람은 없었다. 모두 황철을 보느라 여념이 없는 덕분이었다.

"우리 으뱅들을 폭도라 칭함시로 귀순해라꼬 나불거리고 말이다."

얼이는 음성을 낮췄지만 내 할 소리는 다 해야겠다는 품새였다.

"왜눔들 꼭두각시 하는 거 말고는 핸 일이 한 개도 없을 끼다."

준서가 기억을 더듬는 얼굴로 얼이만 들을 수 있게 말했다.

"하기사 요 앞분에 여 관찰사로 있었던 김묵사도 부임해갖고 핸 일이 머였노? 우리 고을 진영대를 해산시킬라꼬 용을 쓴 거뿌이제."

진영대 근처를 지나갈 때 들리던 병사들 훈련하는 소리가 까마득한 태곳적 소리같이 느껴지는 준서였다.

"으, 진영대를, 진영대를."

얼이가 자칫 군중들 모두에게 들릴 정도로 뿌드득 소리 나게 이빨을 갈았다.

"시방 생각해도 치가 떨리는 기라."

택견 사부 원채에게서 보다 상세히 들었던, 진영대가 없어진 내막을 떠올리면, 당장 성벽 밖을 흐르고 있는 남강 물에 풍덩 뛰어들고 싶은 심정이었다.

"준서야, 인자 고마 가자. 관찰사가 지 입으로 잘몬했다꼬 사과했으이 도청이 잘몬 될 리는 있것나."

호방하고 단순한 성격의 얼이 말에 준서는 사려 깊은 사람의 전형같이 가느다랗게 눈을 뜨며 말했다.

"아이다. 그래도 모린다. 새이야."

얼이가 멍한 표정을 지었다.

"아이라? 모린다꼬?"

준서는 너무나 멋이 없고 그저 밋밋해 보이기만 하는 선화당 건물을 원망스러운 눈으로 바라보았다.

"하모, 낼 당장 또 우찌 번복할랑고."

얼이는 더 생각도 하기 싫다는 기색이었다.

"하기사! 그런 기 달구새끼 배실(볏)보담도 몬한 인간 배실(벼슬) 사는 것들 공통된 속성 아이가."

성민들이 하나 또 하나 그 자리에서 벗어나기 시작하고 있었다. 이제 잠시 후면 관찰사나 그의 주구들도 도주하는 뒷모습을 보이며 선화당 안으로 돌아설 것이다.

"우리도 가자."

"그래야제."

그런데 준서와 얼이가 어깨를 나란히 하고 서너 발짝 옮겨 놓았을 때였다. 어딘지 여느 여자들과는 좀 달라 보이는 여자들 몇이 일행인 양 모여 서 있는 가운데서 한 여자를 발견한 두 사람은 하나같이 그만 눈을 의심했다.

"성!"

준서가 놀라 얼이를 불렀다.

"……."

얼이는 갑자기 바보 멍청이가 돼버린 모습이었다.

'여서 만내다이?'

그냥 가기에는 아직도 미진했는지 그대로 서 있기도 하고, 불현듯 무슨 화급한 용무라도 떠올랐는지 서둘러 흩어지기도 하는 군중들, 그 무리 속에서 그녀를 발견할 줄이야.

효원이었다. 한결을 비롯한 다른 관기들과 함께 거기에 있었다. 물론 준서와 얼이는 효원의 일행을 전에는 한 번도 본 적이 없었다.

'아!'

효원이 받은 충격도 얼이나 준서보다 더 크면 컸지 작지는 않았다. 여기서 얼이 도령을 만나게 되다니. 하마터면 '얼이 되련님!' 하고 부르며 그에게 달려갈 뻔했다.

그건 얼이도 마찬가지인 것으로 비쳤다. 처음에는 멍해 보였지만 곧장 '효원!' 하고 부르며 그녀에게 내달을 사람 같았다. 만약 주변에 아무도 없고 그들 둘만 있었다면 당장 서로 달려들어 부둥켜안고서 큰소리로 울음을 터뜨렸을 것이다.

그렇지만 그들도 이제는 완전한 성인成人이었고, 특히 얼이는 성인식成人式을 치르고 '종산宗山'이라는 자字까지 받은 사람이었다. 그리고 무엇보다도 남다른 삶의 질곡 속에서 역경을 헤쳐 온 그들이었기에 남들보다는 자제력을 갖추었다고 할 수 있었다.

얼이를 경악케 한 것은 또 있었다. 정확히 말하자면, 놀랐다기보다도 반갑다는 게 좀 더 맞았다. 효원이 혼자가 아니라 다른 여자들과 함께 있다는 사실이었다.

'내한테는 아모 이약도 안 하고⋯⋯.'

어느 날 오광대 합숙소에서 나간 효원이 어디서 어떻게 지내고 있을까 더없이 걱정하고 있던 차였다. 별의별 방정맞은 상상들에 시달렸다. 그중에서도 가장 두렵고 무서웠던 게 그녀는 이미 이 세상 사람이 아닐 수도 있다는 초조하고 불길한 예감이었다.

'에나 잘된 일인 기라.'

그런데 지난날 교방에 같이 몸담았던 동료들과 함께 있었다는 사실을 확인하자 더없는 안도감과 더불어 하늘에 감사하고 싶었다. 여염집 여자들과는 비교가 아니게 잡초처럼 강인하게 단련된 저런 여자들과 지내고 있다면 일단은 좀 안심해도 될 것이다.

그러나 얼이는 너무나 아쉽고 안타까웠다. 바로 그 여자들 때문에 그토록 못 잊어 하던 효원을 보고도 전혀 모르는 타인같이 대할 수밖에 없는 것이다. 물론 그건 효원도 마찬가지였다.

"효원아."

그때 한결이 효원에게 물었다.

"니 각중애 와 그라노?"

역시 관기들 중에서 가장 눈치 빠른 사람은 아직도 한결이었다. 그녀는 효원의 표정에서 뭔가 심상치 않은 빛을 읽은 것이다.

"예?"

효원은 제 발에 저려 더듬거렸다.

"아, 아이라예, 언니."

"……."

하지만 한결은 말없이 조금 전 효원의 시선이 갔던 장소에 서 있는 두 젊은이 얼굴을 재빨리 훑어보았다. 한눈에 봐도 기골이 장대하고 잘생긴 사내들이었다.

"아인 기 아이고……."

한결이 또 효원더러 무어라 말하려고 하자, 청라가 길고 가느다란 손가락을 들어 한결의 옆구리를 쿡 찌르며 낮은 소리로 말했다.

"아, 시상 남자들이 우리를 보모 그냥 곱기 지나가더나? 싹 다 똑 안 치다보더나. 참, 새삼시럽거로."

아마도 청라는 효원이 얼이를 보는 것은 눈치채지 못하고 얼이가 효원을 보는 것만 알아챈 모양이었다.

"그런 거만은 아인 거 겉은데?"

한결이 여전히 의아해하는 빛을 거두지 못하고 있는데 이번에는 지선이 말했다.

"우째서 효원이 하나만 잡고 시비고? 나이 젤 에리다꼬 그라나?"

소리 높이를 뚝 낮추었다.

"저 멋진 사내들이 한갤이 니도 보고 내도 보고 또 월소, 청라, 지홍이, 정선이, 모도 보더마는, 머."

어쩌면 지선은 자기들을 보는 사내들 눈빛을 은근히 즐기고 있는 성싶은 눈치였다. 그들의 모습이 막돼먹은 껄렁패와는 거리가 멀고 어딘가 배운 구석이 있어 보이는 사내들이라 더 그럴 수도 있었다. 그녀는 남자들 보는 눈에 도통한 여자였다.

"하모, 하모."

"에나, 에나."

월소와 지홍 또한 지선의 말이 옳다고 고개를 끄덕끄덕했다. 충분히 그럴 만했다. 사실 얼이와 준서뿐만 아니라 다른 사내들, 심지어 다른 여자들까지도 자기네 일행들을 힐끔거리며 바라보았다. 그녀들이 관기 출신들이란 사실까지는 알 리가 없겠지만, 어떻게 저리도 하나같이 얼굴이 예쁘고 몸매가 뛰어난 여인네들이 한데 모여 있는가 하고, 큰 관심과 흥미를 품었을 것이다.

"성아."

그런 와중에 준서가 얼이에게 땅바닥에 깔리는 소리로 말했다.

"오늘은 그냥 모리는 체 해삐라. 다린 사람들이 눈치채모 안 된다 아이가."

아까부터 준서는 얼이가 그 화급한 성격에 남들 눈을 조금도 의식하지 않고 곧장 효원을 알은체할까 봐 여간 가슴 조마조마한 게 아니었다.

사실 나라도 참아내기는 힘들 거라는 생각도 들기는 했다. 지금까지 오랫동안 안위를 염려하고 그리워하던 연인이었다. 무엇보다도 효원의 거처를 알지도 못한 채 지금 이대로 헤어져 버린다면 또 언제 어디서 만나게 될지 아무도 예측하지 못할 일이었다. 적어도 연락처 하나만이라도 알아두어야 했다.

그렇지만 결코 섣불리 행동해서는 안 되었다. 그 두 사람 사이의 관계가 알려지게 되면 좋을 게 하나도 없었다. 그냥 나쁘다고 할 정도를 넘어 소위 '지명 수배' 대상이었다. 둘 다 세상의 눈을 피해 살아가는 게 최상의 방책이었다.

'준서 말이 하나도 틀린 거는 없는데⋯⋯.'

그러나 얼이는 아무래도 준서의 그 권고를 받아들이기가 힘들었다. 만약 효원을 이대로 보내면 영원히 다시 보지 못할 것만 같았다. 하늘이 주신 이 좋은 기회를 놓치면 평생을 후회하고 괴로워하면서 살아가야 할 성싶었다. 가슴에 바윗덩이를 얹은 것보다도 답답하고 머릿속이 하얗게 비면서 아찔한 현기증마저 느꼈다.

그런데 남자보다 여자가 더 독하고 모질다 하였다. 효원이 먼저 돌아섰던 것이다. 하긴 체구는 참새처럼 자그마해도 손목 힘이 절대적으로 필요한 그 고을 검무에 특출할 만큼 아주 강단이 있는 효원이었다. 그녀는 일행들에게 퍽 심상한 어조로 말했다. 거기 있는 누가 들어도 별다른 감정이 실려 있지 않은 목소리였다.

"언니들, 우리 가예."

그러고 나서 또 한다는 말이었다.

"들어보이소. 온 시상에서 옥봉리 우리들 집보담 더 좋은 데가 또 오데 있어예. 옥봉리 우리들 집보담 더 좋은 데가 있으모 함 나와 봐라 캐예."

옥봉리 우리들 집.

그랬다. 얼이는 물론이고 준서도 똑똑히 들었다. 그리고 준서는 퍼뜩 어렵잖게 깨달았다. 효원이 얼이 형에게 그녀 거처를 간접적으로 알려주었다는 것이다. 정녕 재기 넘치고 순발력이 돋보이는 여자였다.

물론 좀 더 세세하게 이야기를 해주면 더 좋았겠지만, 효원으로서는 남들이 눈치를 채지 못하게 최대한 머리를 짜내어 한 말이었을 것이다. 옥봉리의 어디 어디 몇 번지, 그렇게 말할 수는 없는 것이다.

'그래도 이기 오데고? 일단 옥봉리라쿠는 거는 알았은께.'

준서는 이런 생각도 들었다.

'인자 본께 효원이 저 여자가 내가 시방꺼정 생각했던 거보담은 상구 더 괘안타 아이가. 머리도 영리하고 얼골도 이쁘고. 얼이 새이가 좋아할 만하다.'

그러자 준서 자신도 효원이 좋아짐을 느꼈다. 그건 스스로도 예측하지 못했던 일이었다. 솔직히 지금까지는 효원이 썩 마음에 들지 않았었다. 언젠가 상촌나루터 흰 바위에선가 혁노 형에게도 이야기했었다. 나는 효원이라는 여자가 싫다고. 얼이 형을 불행하게 만들 여자라고.

그런데 오늘 보니까 그게 아니었다. 지모를 겸비한 최고의 신붓감으로 쳐도 전혀 손색이 없었다. 나이는 좀 들었지만 그건 얼이 형 쪽이 더 불리한 조건이었다. 효원은 아직까지 아주머니가 아니고 처녀 같은데, 얼이 형은 총각이 아니라 아이 두엇은 둔 완전한 아저씨 같아 보이지 않는가 말이다.

이윽고 효원과 그녀 일행은 해산하고 있는 군중 속으로 들어갔고 이내 보이지 않게 되었다. 준서는 얼이 눈빛에서 읽었다. 세상에 다시없을 애틋함과 슬픔 그리고 강렬한 분노였다. 그런 얼이를 지켜보면서 준서는 속으로 다짐했다. 내가 옥봉리 온 집집을 다 뒤져서라도 반드시 효원의 거처를 알아낼 것이다.

그런데 이건 또 무슨 모를 신의 조화 속일까. 이번에는 준서 자신에게도 크나큰 충격을 안겨줄 사건이 벌어진 것이다. 아무리 그날 그곳에 고을 사람들이 구름같이 운집했다고는 하나, 관찰사의 도청 이전 발언이 그들까지도 전부 불러낼 줄이야. 하기야 그들이 나오지 않았다면 그게 더 이상할 수도 있었다. 어쩌면 꼭 그 일 때문에 그들이 여기 모습을 드러낸 것은 아닐지 몰라도, 어쨌든 준서 입장에서 중요한 것은 그들과 맞닥뜨렸다는 그 사실 자체였다.

"억호 자슥들이!"

얼이도 여간 놀라고 경계하는 표정이 아니었다. 그는 자신도 모르게 한 그 소리가 혹시 그들 귀에 들리지 않았을까 하고 신경 쓰이는 빛이었다. 그렇다고 해서 겁을 집어먹는다거나 마음에 걸려 피하려고 하는 모습은 아니었다. 적어도 그런 면에서는 준서보다 훨씬 더 나은 그였다. 목을 내놓고 가담했던 농민군과 항일의병 등의 전력이 그를 그렇게 이끌었을 것이다.

아무튼 동업과 재업 형제가 앞에 나타났다. 그것은 거기 관찰부가 경상남도청으로 바뀌자 도청의 산실인 선화당의 정문으로 사용하고 있는 영남포정사의 비탈진 길 위에서였다.

좀 더 정확히 말하자면, 영남포정사 바로 앞에 서 있는 하마비下馬碑 근처였다. 그 문을 통과할 때마다 수령급 이하는 무조건 말에서 내려야 한다는 것을 경고하고 있는 비석이었다.

그 하마비에 쓰여 있는 글을 함께 들여다보면서 무슨 이야기인가를 나누고 있던 동업과 재업은, 준서와 얼이를 보는 순간 똑같이 안색이 하얗게 바뀌었다. 서로가 자주 만난다거나 하는 것은 아니지만, 모두는 집안 어른들 입을 통해 상대를 너무나 잘 알고 있었다. 그것도 같은 하늘 아래에서 나란히 머리를 세우고 살아갈 수 없는 누대에 걸친 철천지원수 관계였다.

그런데 이날은 준서보다도 동업이 몇 배나 더 충격에 사로잡혔다. 그것은 지난날 그의 집에서 종으로 부리던 꺽돌과 설단 부부에게서 들은 이야기가 있었기 때문이었다. 준서 아버지가 동업 자신의 아버지라고 하였다.

물론 지금도 그 말을 믿고 있지는 않지만, 그럼에도 준서를 보자마자 그의 아버지가 떠오르면서 하늘이 해바라기 세상처럼 노랗게 변했던 것이다.

"거……."

맨 처음 입을 연 사람은 얼이었다. 그는 그들 형제를 곧 집어삼킬 듯이 노려보며 이렇게 쏘아붙였다.

"요새도 새옴마가 잘해 주나?"

그들이 무어라 입을 열 틈도 주지 않고 또 하는 말이었다.

"암만 그래도 진짜 지 옴마보담은 몬할 낀데?"

그건 평상시 얼이 입에서 나오는 소리와는 한참 거리가 멀었다. 어떻게 들으면 너무나도 유치하고 비열하다고 할 정도로 상대방 약점을 찌르는 말이었다.

하지만 얼이로서는 최대한 참아가며 한 말이었다. 동업직물을 향한 평소 감정대로 하면, 말보다도 행동이 앞서야 마땅했다. 준서가 옆에 없었다면 그랬을지도 모른다.

'저런 족속들은 빗자루로 쓰레기통에다가 싹싹 쓸어 담아갖고 지구 밖으로 내빼야 하는 기라.'

일제가 조선 강토를 유린하는 강도가 심해갈수록 동업직물 같은 친일파들 득세는 하루가 다르게 늘어가고 있는 실정이었다. 더욱이 임배봉은 일제가 본격적으로 설치기 이전부터 일본 상인과 교역을 해왔다, 점박이 형제 또한 왜놈들에게 빌붙어 그들 비위를 맞춰가며 동족을 괴롭혔다.

하여튼 얼이 말을 들은 동업과 재업은 또다시 안색이 달라지면서 즉각 대응하지 못했다. 그들도 얼이의 활약상을 들어 알고 있었다. 그리고 굳이 나루터집과 동업직물 사이의 악연이 아니더라도 얼이의 우람한 덩치에 누구나 질릴 만하였다.

그러나 재업에 비하면 동업은 훨씬 당당함을 잃지 않았다. 근동 최고 갑부 집안 장손의 위엄과 체통이 전해지는 모습이었다. 그의 친모 허나연을 그대로 빼닮아 외모는 여자와 가까웠지만, 키도 크고 뼈대도 그렇게 약해 보이지는 않았다. 단지 생김새만으로 본다면 우락부락한 억호 판박이인 재업이 좀 더 버겁게 다가올 상대였지만, 재업은 그의 친모 설단의 여린 성격을 이어받은 탓에 다소 물러터진 편이었다.

이윽고 동업이 먼저 시비를 걸어온 얼이를 상대로 이렇게 응수했다. 듣는 사람이 가증스러움을 느낄 정도로 차분한 어조였다.

"우리 겉은 이 나이에 옴마가 우떻고 하이 에나 남살시럽거마는."

얼이 얼굴이 한층 험상궂어졌다. 목소리도 덩달아 거칠어졌다.

"머시? 우리 겉은 이 나이라이?"

철판을 방불케 하는 두꺼운 가슴팍을 그들 쪽으로 쑥 내밀었다.

"시방 너거가 내하고 갑장(동갑)으로 놀라쿠나?"

하지만 동업은 표정 변화가 없었다. 느릿느릿한 말투에도 감정 기복이 드러나는 억양이 담겨 있지 않았다.

"그짝에서 그리 놀자꼬 먼첨 그래놓고……."

흐지부지 흐리는 말끝이 상대 성깔을 더 돋게 할 만했다.

"이? 이?"

얼이는 그만 말문이 막히는 모양이었다. 주변에 군중이 없었다면 벌써 나갔을 그의 주먹과 발이었다.

'새이가……'

준서는 얼이가 답답하다는 생각이 들었다. 그와 동시에 동업이 대단히 버거운 상대라는 인식이 다가왔다. 전부터 동업이 범상한 젊은이가 아니라는 것은 알고 있었지만, 그동안 동업은 훨씬 더 무섭게 성장했다는 사실을 가슴 서늘하게 깨닫지 않을 수 없었다. 완력으로 하면 동업은 도저히 얼이를 당할 수가 없겠지만, 머리로 하게 되면 얼이는 동업의 적수가 되지 못하리라는 확신이 서는 순간이었다.

'동업이는 그렇고, 재업이는?'

그런 한편으로, 동업 뒤에 꼭 숨듯이 서 있는 재업을 보니 준서는 적대감을 품기에 앞서 저절로 전신의 맥이 풀리는 느낌이었다. 따지고 보면 재업과는 하등 원수질 일이 없었다. 무엇보다 그가 설단이 자식이라는 자각에 동정심마저 생겼다. 설단의 남편 꺽돌 얼굴도 떠오르면서 머리가 복잡해지기까지 했다. 얼이 역시 엇비슷한 감정인지 재업은 건드리지 않고 동업만 계속 공격할 태세였다.

"관찰사 하는 짓이나 동업직물 하는 짓이나 가리방상한데 무신 낯까죽 치키들고 여게 온 기고?"

동업은 그 말에는 무슨 대꾸가 없었다. 아무 소리도 듣지 못한 사람 같아 보였다. 그러더니 너 같은 인간하고는 더 이야기할 가치가 없다는 걸 드러내 보이기라도 하듯 재업을 돌아보며 말했다.

"고마 가자."

재업은 잘됐다는 듯 얼른 말했다.

"응."

그러면서 서둘러 등을 돌려세우는데 아직 상투를 쪼지 않은 머리가 앳돼 보였다. 그걸 본 준서도 두 손을 내밀어 얼이 팔을 잡으며 말렸다.

"성, 고만하고 가자."

하지만 얼이는 저것들을 이대로 곱게 보낼 수는 없다는 모습으로 말했다.

"니는 너거 부모님하고 할아부지, 할무이가 저것들 집안에 올매나 당해 왔던고 하매 싹 다 잊아뻔 기가?"

선화당을 포위했던 군중들은 영남포정사를 통해 쉴 새 없이 바깥으로 빠져나오고 있었다. 그들 얼굴 표정은 각양각색이었다. 그 고을에서 최고 힘센 자를 우리가 굴복시켰다는 뿌듯한 빛을 보이는 사람도 있고, 아직도 여전히 분이 풀리지 않았는지 마구 씩씩거리는 사람도 있었다. 이제는 어서 생업에나 전념해야겠다고 서두르는 기색의 사람도 있고, 무언가 허탈한지 하늘을 올려다보며 걷다가 하마터면 앞에서 걸어가고 있는 사람 등짝에 부딪힐 뻔한 사람도 있고, 땅바닥을 내려다보며 한숨짓는 사람도 있었다.

준서는 잠시 하마비를 물끄러미 바라보았다. '大小人員皆下馬대소인원개하마'라는 글이 새겨져 있는 그 돌비석은 너무나 무표정해 보였다. 자기 앞에 서면 말에서 내리는 인간들을 보면서 그 돌은 무슨 생각을 할까. 아무 생각도 하지 않고 그저 웃기만 할는지 모르겠다.

준서는 고개를 돌려 얼이를 보았다. 그러고는 한다는 답변이었다.

"안 잊아뻐서 고만하자는 기다."

얼이가 도무지 이해가 되지 않는다는 얼굴로 물었다.

"그기 뭔 소리고?"

동업과 재업도 이쪽 대화를 자세히 듣지는 못했지만 대강 알고는 멀뚱한 표정들이었다. 준서는 성의 후문인 공북문 쪽으로 눈길을 옮기며 말했다.

"길거리서 이리쌌는 정도 갖고는 안 된다, 그 말인 기라."

"……."

그 말을 들은 동업 얼굴에서 대번에 핏기가 싹 가셨다. 입술이 파래지면서 파르르 떨리고 있었다. 자기보다 나이가 더 많은 얼이보다도 나이 적은 준서가 훨씬 힘든 상대라는 것을 깨달았던 것이다.

언젠가 성곽 북동쪽에 있는 대사교 위에서 한 번 맞닥뜨린 적이 있었다. 그때는 준서 어머니와 정체불명의 여자도 있던 자리였다. 한데 준서는 조금도 꿀리는 기색이 아니었다. 오히려 동업 자신이 크게 흔들리고 있었던 게 사실이었다. 그 기억 때문에 지금도 위축감에 빠지는지 모른다. 하지만 언제든지 상대해 주리라 마음을 다잡는 그였다.

바로 그때였다. 저 밑에서 말을 탄 일본 군인 몇이 조선 군중들 사이를 거침없이 헤치며 경사진 영남포정사 언덕을 달려 올라오고 있었다. 보기만 해도 위세 등등한 일본 기마병들이었다.

'아, 말을 타고 전투를 하는 군사들이다!'

준서는 자신도 모르게 속으로 절규와 비슷한 소리를 내면서 보았다. 일본 기마병들을 본 얼이 안색이 하얗게 바뀌었다. 바로 옆에 불벼락이 내리쳐도 꿈쩍하지 않을 그의 몸이 경련을 일으키고 있었다.

준서 자신의 낯빛과 몸도 다른 사람들이 보았다면 그렇게 비칠 것이다. 낙육고등학교가 폐쇄된 후로는 좀 잠잠해지기는 했지만, 그들은 여전히 일본군에게 쫓기는 신분이었다. 진드기만큼이나 끈덕지게 달라붙는 왜놈들이었다. 세상 끝까지 추적의 발길을 멈추지 않을 독종들이었다.

"성……."

"……."

얼이는 더 이상 고집부리지 않고 준서가 몰래 잡아끄는 대로 따랐다.

"아!"

동업과 재업도 꼭 멧돼지 무리같이 사납게 돌진해 오고 있는 일본 기마병들을 피해 다른 조선 민중들과 마찬가지로 급히 한쪽 옆으로 비켜나고 있었다. 무슨 사고가 벌어지지나 않을까 실로 아슬아슬한 현장이었다.

'히히힝!'

말들이 입에서 허연 거품을 내뿜으며 지친 소리로 울었다. 수많은 조선인들이 모여 있는 곳에서 일본군들은 일부러 그렇게 위험천만하게 질주함으로써 자기들 힘을 과시하려는 간악한 의중이 다분히 전해지는 광경이었다.

어쨌거나 일본 기마병들이 그들 네 사람 사이를 갈라놓은 셈이었다. 하마비는 여전히 그 장면에는 아무러한 흥미도 관심도 없다는 듯이 그냥 '돌'인 채로 서 있기만 했다. 하지만 어쩐지 일본 기마병들을 태운 말들이 일으킨 흙먼지를 전신에 흠뻑 둘러쓰고 숨을 크게 헐떡거리고 있는 것처럼도 비쳤다.

잠시 후 일본 기마병들이 영남포정사 안으로 빨려들 듯이 들어가고, 혁노에게서 들었던 저 '모세'가 일으킨 기적의 바닷물같이 양쪽으로 갈라졌던 조선 군중들이 다시 합쳐져서 제각기 걸음을 옮겨놓고 있을 그때쯤에는, 준서와 얼이 시야에서 동업과 재업의 모습도 사라지고 없었다.

상하이의 밤거리

대안면의 면장 집무실이다.

면장 강순재는 아까부터 누군가를 간절하게 기다리고 있는 모습이었다. 입성뿐만 아니라 얼굴도 퍽 단정하게 느껴지는 그는 어딘가 재운財運이 있어 보였다.

그는 주위를 다 물리치고 혼자서 실내를 오가기도 하고, 의자에 털썩 주저앉기도 하고, 창을 통해 올려다보이는 하늘로 시선을 보냈다가, 출입문에 한참이나 눈을 박기도 하였다. 그러던 그가 자기 책상 앞에 앉아 두 손으로 턱을 괸 채 눈을 감고 생각에 잠겨 있을 때였다.

'똑똑.'

조심스럽게 문을 두드리는 소리가 났다.

"예."

들어와도 좋다는 뜻의 그 말을 함과 동시에 강순재는 얼른 몸을 일으켜 세웠다.

"맨장님, 마이 기다리셨지예?"

곧바로 출입문을 열고 안으로 들어선 사람은, 그 지역 교육 선각자로

널리 알려져 있는 김수기였다.

"반갑심니더."

"이기 올매 만입니꺼."

그들은 반갑게 뜨거운 악수를 했다. 맞잡은 손을 통해 서로 피뿐만 아니라 마음까지 통하는 느낌을 받는 두 사람이었다.

"오신다꼬 욕 보싯지예?"

손짓으로 손님용 탁자 옆에 붙여 놓인 의자를 가리키며 더할 나위 없이 친절하게 수기를 대하는 순재의 점잖은 목소리가 실내를 울렸다.

"지가 욕은 무신 욕예?"

의자에 조용히 몸을 내려놓으며 수기가 말했다.

"맨장님께서 욕 한거석 보신 거 잘 압니더."

그러고는 탁자 저편에 천천히 마주 앉는 순재에게 물었다.

"김 부인은 안주 안 오싯는가베예?"

순재가 고개를 끄덕였다.

"예, 아즉……."

잠깐 사이를 두었다가 대화가 이어졌다.

"상촌나루터서 여꺼지 오실라쿠모 아모래도 시간이 쪼꼼 더 마이 안 걸리것심니꺼."

수기가 느껴워하는 목소리로 말했다.

"증말 존갱할 부인 아이십니꺼."

두 손으로 의자를 약간 더 앞쪽으로 당겨 앉았다.

"남자들도 하기 심든 일에 선뜻 응해 주시고 말입니더."

순재 또한 진한 감동이 묻어나는 어조였다.

"이를 말씀입니꺼. 우리 고장에 그런 여성분이 계신다쿠는 그 사실만으로도 가슴이 너모 뿌듯합니더."

집무실 벽면에 붙어 있는 게시물들이 그들을 내려다보고 있었다. 굵고 큰 글씨와 가늘고 작은 글씨가 조화를 잘 이루어 보였다.

"우리 고장 사람들이 큰복을 받은 기지예."

부드러운 눈빛이 선해 보이고 얇은 입술이 이지적인 인상을 주는 수기가 말했다.

"나라 전체로 봐서도 안 그렇심니꺼."

수긍한다는 표정을 짓고 있던 순재가 다른 인물도 입에 올렸다.

"김 부인 이약하다 보이 남평 문씨, 그 여성 독지가도 그냥 지내칠 수가 없네예. 안 그렇심니꺼?"

수기는 극히 당연하다며 고개를 끄덕였다.

"그렇심니더. 아쉽거로 남평 문씨라쿠는 거 말고는 잘 알려져 있는 기 거의 없는 그런 여성분이지만도예."

물론 당시는 여자가 세상 이목을 끌기는 쉽지 않은 풍토이긴 했다. 순재가 그래도 이것 하나만은 우리가 알고 있지 않으냐는 듯이 말했다.

"참봉 이규복의 부인이시고……."

그녀는 사립 봉양학교의 지붕 기와 수리비 4백 환을 내어 의로운 기부로 칭송을 받기도 하였다.

"음."

둘 다 뭔가 깊은 상념에 젖어 있다가 수기가 말했다.

"우쨌든 생각해 보모 생각해 볼수록 에나 감개무량합니더."

만천하에 공포하고 싶다는 빛이 역력하였다.

"우리가 하는 이 일이야말로 우리 고장 최초의 사립 근대 교육의 시작을 으미하는 기 아이고 무엇이것심니꺼?"

그러자 순재는 또 조금 전처럼 감격에 겨운 얼굴이 되었다.

"사립 근대 교육의 시작!"

그 소리는 집무실 안을 맴돌다가 밖으로 퍼져나가 온 누리에 메아리 칠 듯했다. 수기는 기억을 더듬어 보는 낯빛이었다.

"시방꺼정 우리 고장의 근대적인 핵조들은 대부분 국가에서 세운 관립핵조거나 공립핵조뿐이지 않심니꺼."

'근대적인 학교들'이라는 말에 유난히 힘을 싣는 수기였다. 그것은 거기 게시물의 글씨로 치면 굵고 큰 쪽이라고 할 수 있었다.

"방금 하신 그 말씀 그대롭니더."

순재는 상체를 비스듬히 돌려 투명한 유리창 너머로 높고 푸른 하늘을 쳐다보았다.

"낙육고등핵조하고 진주소핵조였고, 설혹 근대적인 사립핵조라꼬 해도 여게 외국 선교사들이 세운 미션계 핵조가 전부지예."

수기는 면사무소 지붕 위거나 정원 단풍나무에서 들리는 것으로 여겨지는 까치 소리에 잠시 귀를 기울이는 모습이었다.

"전통적으로 내리온 민간서당, 그런께 봉양재도 근대 교육에 심을 합치고 있었지예."

순재가 앉은 자세를 고쳐 잡았다.

"내는 시방도 지난 2월을 몬 잊것심니더. 순종 임금께서 공유재산을 최대한 활용해서 각 지역에 핵조를 세우라쿠는 칙령을 내리신……."

수기는 외유내강이라는 말을 떠올리게 하는 입술을 꾹 깨물었다.

"상감께서도 교육의 중요성을 깊이 인식하신 깁니더."

순재가 고개를 숙였다가 다시 들었다.

"그렇지예. 우리가 마이 배왔다모 오늘날매이로 왜눔들한테 이러키 당하고 있지는 안 할 끼라는 거를 말입니더."

그때 출입문 밖에 누군가가 온 기척이 전해졌다. 수기가 순재를 보며 말했다.

"아, 김 부인께서 오신 모냥입니더."

그 말이 끝나기도 전에 문을 두드리는 소리가 났고, 순재가 몸을 일으키면서 바깥쪽을 향해 말했다.

"들어오시소."

그러자 문이 열리고 안으로 들어서는 사람은 비화였다. 연한 녹색 한복을 맵시 있게 받쳐 입은 비화는 그새 더욱 기품이 풍기는 모습이었다.

"그동안 우찌 지내싯심니꺼?"

"머 그냥 지냈지예."

"다행입니더."

"요새 우리나라 사람들 사는 거는……."

"예."

그렇게 안부 인사를 주고받다가 순재가 하는 말에 비화는 약간 놀랐다.

"준서도 잘 있지예?"

"아, 맨장님께서 우찌 그 아를 아즉……."

언젠가 단 한 번 만난 적이 있는 준서 이름을 아직도 기억하고 있는 것이다. 듣고 있던 수기가 말했다.

"아드님 이름이 준선갑네예? 이름이 좋심니더."

비화는 부끄럽다는 빛이었다.

"너모 부족한 기 많은 자슥 눔입니더."

순재가 아니라고 손을 내저었다.

"눈망울이 또록또록한 기 올매나 영리하거로 생깃는데예."

"아입니더."

까치는 단풍나무가 아니라 지붕에 올라앉아 있다는 것을 이번에는 알 수 있었다. 어쩌면 나무에 앉아 있다가 지붕으로 자리를 옮겼을 수도 있겠다. 아무튼 중요한 것은 까치가 반가운 손님들이 왔다는 것을 알려주고 있다는 사실이었다.

"공부를 그리키나 잘한다쿠는 소문도 들었심니더."

"잘하기는예."

비화는 감사하다는 표시로 고개를 숙여 보이고 나서 물었다.

"인자는 반대해쌌는 주민이 없심니꺼?"

화제를 바꾸어 묻는 얼굴에 걱정과 우려의 빛이 서려 있었다.

"아, 그거는……."

수기가 순재 쪽을 보고 나서 말을 이었다.

"우리 맨장님께서 에나 한거석 고생을 하싯지예."

저만큼 순재 책상 위에 놓여 있는 서류로 눈길을 보냈다.

"맨장님 아이었다모 주민들을 설득시키지 몬했을 깁니더."

순재가 이번에도 손을 저었다.

"그기 다 같이 노력해 주신 덕분이다 아입니꺼."

가만히 웃고만 있는 비화를 지목하듯 하였다.

"지 혼자 심 갖고는 텍도 없는 일이었지예."

그 말을 끝으로 세 사람은 잠시 말이 없었다. 그들 머릿속에는 똑같이 학교를 지을 부지敷地 때문에 더없이 힘들었던 지난 시간들이 되살아나고 있었다. 두 번 다시는 경험하고 싶지 않은 일이었다.

대안 1동 동유답 1백 50두락과 대안 2동 동유답 70두락. 그것은 바로 학교를 세운 대안 마을 공유부지였다.

그런데 동유답 소작을 하고 있던 대안 1동과 2동 주민들 반대가 꽝장히 심하였다. 당최 요지부동이었다. 그곳에다 학교 건물을 세우려면 그전에 우리가 들어갈 무덤부터 파고 나서 시작하라는 극단적인 소리까지도 나왔다.

그네들 처지나 입장에 서서 보면 그럴 수도 있기는 하였다. 그렇지만 다른 일도 아니고 자라나는 이 고장 새싹들의 교육을 담당할 학교 건립이었다. 날이 갈수록 수탈과 횡포가 심해지는 일제로부터 기울어지는 나라를 구하기 위해서라도 결코 학교 설립을 포기할 수 없었다.

그리하여 적잖은 파란을 겪었으나 마침내 대안 주민들을 납득시키는 데 성공하였고, 당시까지 지역 교육을 담당했던 민간서당인 '봉양재'의 이름을 따서 '봉양학교'라는 교명을 짓고 나니 반대 바람은 수그러들었다.

창밖 종가시나무에서 참새가 짹짹거렸다. 그 소리에 문득 정신이 난 얼굴로 비화가 두 사람을 번갈아 보면서 조심스레 입을 열었다.

"초대 교장과 초대 교감이 참 중요하다꼬 생각합니더."

"아, 예에."

그 말을 들은 두 사람 표정이 사뭇 심각해졌다. 그러자 그 얼굴들이 약간 각이 져 보이면서 이기적인 것과는 거리가 먼 이타적인 고집이 엿보였다.

초대 교장과 초대 교감. 학교의 기초를 다지는 데 매우 중요한 사람들이었다. 시작이 중요하다 하였으니 아무에게나 그 자리를 맡겨서는 아니 될 것이었다.

"지 생각이라 쿨까, 바람은 이렇심니더."

비화는 까치 소리가 사라진 지붕 쪽으로 고개를 들고 운기를 모으듯 말을 끊었다가 계속했다.

"맨장님하고 김수기 선상님, 두 분께서 그 일을 맡아서 해주실 기라꼬 믿고……."

"……."

두 사람은 말없이 서로 얼굴을 마주 보았다. 바람기가 심해지는지 아까보다 잎들이 세게 흔들리는 종가시나무에 날아와 앉은 참새들 소리가 좀 더 소란스러워졌다. 남향한 골짜기에서 자주 볼 수 있는 종가시나무는 봄에 피는 꽃도 괜찮고 가을에 익는 열매도 볼만했다.

'쨱, 쨱쨱.'

새들이 내는 소리가 찬성하고 동의한다는 박수 소리로 들렸다.

학교 설립 계획이 처음 나올 때부터 그 일에 관여하고 있는 사람들은 은연중 그렇게 점찍어 놓고 있었다. 학교 부지가 있는 대안면의 면장인 강순재, 그리고 학교 설립과 인가 등 여러 실무에 누구보다 크게 공헌한 김수기였다.

"내가 그랄 능력이나 자격이 있는지……."

말끝을 흐리는 순재 뒤를 이어 수기도 적잖게 부담스러워하는 기색이었다.

"김로원 그분도 있는데……."

"아, 김로원 그분예!"

땅에서 맑은 물이 솟아나는 것처럼 청아하게 느껴지는 비화 말에 두 사람은 고개를 끄덕였다.

"그분은 와 안 오싯지예?"

비화가 의자에 앉은 자세를 좀 더 가다듬으며 물었다. 순재가 다소 아쉽다는 어조로 대답했다.

"첨에는 오실라캤는데 각중애 집안에 무신 일 하나가 좀 생기갖고 고마 오늘 몬 오신다 캤심니더."

비화는 사람 좋아 보이는 그의 넉넉한 웃음을 떠올렸다.

"크기 안 좋은 일은 아이라야 할 긴데 걱정이 됩니더."

김로원 또한 김수기와 함께 학교 설립과 인가 등에 무척이나 큰 애를 쓴 사람 중의 하나였다.

봉양학교 설립에 중추적인 역할을 한 사람들 가운데에는 김비화와 남평 문씨 부인 같은 여자들도 있었다. 하지만 앞에서도 잠깐 나온 말이지만, 아직도 이 나라는 여자가 전면에 나서거나 특히 관리자의 자리에 앉는 것을 쉬 용납하려 들지 않는 풍조를 무시할 수 없는 것이다.

그렇게 보면 결국 초대 교장과 초대 교감의 적격자로서 그들 두 사람만 한 이가 따로 없었다. 더군다나 관립이나 공립도 여성을 대표로 내세우기가 여간 수월한 일이 아닌데 사립이니 더 그럴 터였다. 하여간 걸림돌이 곳곳에 산재해 있었다.

"그란데 우리 핵조에 내걸 핵조종 말입니다."

수기가 단아한 입술을 열어 비화에게 말을 건넸다. 비화는 번쩍 눈이 뜨였다.

"핵조종!"

그 말이 나오기 바쁘게 순재가 비화에게 물었다.

"그 뒤에 진무 스님을 한분 만내 뵀십니꺼?"

비화가 느꺼운 낯빛으로 대답했다.

"직접 만내 뵙지는 몬했지만도, 당신을 뫼시고 있는 시좌 스님을 저희 집에 두어 차례 보내싯십니다."

수기가 두 손을 모아 합장하는 자세를 취했다.

"증말 훌륭한 스님이십니다. 핵조에 종을 기증해 주시것다이."

묵상 기도를 올리듯 잠자코 듣고 있던 순재가 기대에 찬 얼굴로 말했다.

"핵조에서 흔히 볼 수 있는 그런 종이 아이고 범종이라쿠는 거를 알모, 사람들이 모도 아조 신기해 할 것입니다."

수기가 말했다.

"그렇십니다. 내부 타종식 서양종이 아이고 사찰에서 볼 수 있는 범종을 핵조에 걸어 놓으모 다 놀랠 깁니다."

비화가 말했다.

"우리 핵조에 부처님의 가호가 마이 내리실 거라는 기분이 듭니더."

처음 범종 이야기가 나올 때부터 비화가 갖고 있던 기대감이었다. 순재와 수기가 동시에 복창하듯 하였다.

"부처님의 가호가!"

훗날의 일이지만, 절도 아닌 학교에 범종을 내걸었다는 그 사실은 두고두고 사람들 관심과 흥미를 끌었다. 순재와 수기 그리고 학교 종사자들 모두가 마찬가지겠지만 특히 비화의 감정은 더했다. 새로 세워지는 학교에 범종을 기증하는 진무 스님의 뜻과 염원을 되새겨볼수록 가슴이 먹먹해질 따름이었다.

단지 그것만이 아니었다. 임배봉의 악독한 마수에서 벗어나지 못하고 진무 스님이 주지로 있는 비어사 대웅전 뒤쪽 고목에 명주 끈으로 목을 매달고 죽어간 염 부인 생각이 한층 새록새록 솟아나는 요즈음이었다.

'마님.'

만약 염 부인이 아직 살아 계신다면 반드시 학교에 필요한 무언가를 기증해 주실 것이다. 물심양면으로 도움을 아끼지 않으셨을 분이었다.

'배봉이 이눔! 천벌이 내리도 골백분은 더 내리야 할 니눔이, 목심은 독새매이로 우찌 그리도 질기노.'

비화는 자나 깨나 큰 자책과 초조에 시달렸다. 아직도 염 부인 복수를 하지 못했다. 아니, 이제는 '아직도'라는 말조차 입에 올리기가 죄스럽기만 했다. 세월만 무심한 강물 흐르듯 부질없이 흘러가 버렸고, 게다가 원수를 갚을 가능성은 시간이 갈수록 요원하게만 느껴지는 게 솔직한 심정이었다.

'다미는 우찌 지내는고?'

제 할머니를 죽음에 이르게 한 원흉이 배봉이라는 것을 알고 있으면서도, 역시 복수하지 못하고 있다는 사실에 하루하루가 극심한 고통과 회한의 연속일 것이다. 자기 아버지와 오빠들에게 내막을 털어놓지 못하고 있다는 그 자체부터가 견딜 수 없는 생지옥일 것이다.

'우리 준서하고 만낼 일은 벨로 없었것제.'

준서와 다미 두 사람을 나란히 머릿속에 세워놓고 보면 볼수록 별의별 공상이 다 드는 비화였다. 귀에서 윙윙 쇳소리가 나면 덜컥 겁이 나기도 했다. 귓병, 아니 심병心病이 생기는 건 아닐까 싶다가도, 아직 본 적이 없는 그 범종을 그려보면 곧 평온해지고 이런 생각이 들었다.

'아이다. 시방 이 소리는 종소리다. 진무 스님께서 우리가 세운 핵조에 걸어라꼬 주실 범종이 울리는 소린 기라.'

이번에는 깊이 기원했다.

'범종아! 땡, 땡, 땡. 울려라, 울려 퍼지라. 부처님 음성이 돼서 온 고을에 널리널리 땡땡 울려 퍼지라, 범종아!'

그런 비화 귀를 강하게 사로잡은 것은 순재의 이런 말이었다.

"두 분, 해나 들어보싯심니꺼? 우리 고장에 신문사가 맨들어진다쿠는 거 말입니더."

비화는 금시초문이었다.

"예, 듣기는 들었는데, 그기 진짭니꺼?"

수기가 감격에 겨운 목소리로 계속 물었다.

"저 이름 난 장지연도 참여한다쿠는 기 사실인가예?"

순재가 대답했다.

"그렇다 쿠덥니더. 멉니꺼, 저 황성신문에 '시일야방성대곡'을 실은 그가 큰 관심을 갖고 있다는 깁니더."

비화는 두 사람이 없는 일을 지어내어 얘기할 사람들이 아님을 잘 알면서도 좀체 믿어지지 않았다. 더욱이 이어지는 순재의 이런 말을 들으니 그건 봉양학교 설립 못지않구나 싶었다.

"만약에 그 신문이 맹글어지게 되모, 그거는 우리나라 지방신문의 효시가 되지 않것심니꺼."

대한제국 지방신문의 효시라는 것이다. 비화는 그만 입이 바싹 말라오는 바람에 자신도 모르게 꿀꺽 침을 삼켰다.

"우리가 살고 있는 바로 이 고장에서······."

순재는 손바닥을 가슴에 대고 말을 이어갔다.

"전국 최초로 지방신문이 창간된다쿠는 상상만 해도 심장이 터질 거매이로 막 띕니더."

듣고 있던 수기가 더없이 자랑스러우면서도 우려 담긴 목소리로 말했다.

"그란데 저 악랄한 왜눔들이 그냥 놔둘랑가 그기 멤에 걸립니더."

순재도 자못 걱정스러운 얼굴이었다.

"지 생각도 가리방상합니더. 우쨌거나 왜눔들한테 무신 생트집 안 잽히거로 잘 운영해야 될 낀데 그기 오데 쉽것심니꺼."

대한제국 언론 역사를 놓고 볼 때 하나의 커다란 획을 긋게 되는 이야기가 바로 지금 그 자리에서 흘러나오고 있는 것이다. 신문, 글자 그대로 '새로 듣는다'는 의미의 정기 간행물이었다.

그 신문 이름은 〈경남일보慶南日報〉였으며, 영남 유림계인 김홍조, 조민환, 정홍양, 이판수와 실업인 김영진 등 여러 사람의 출자로 창립되었고, 방금 이름이 나온 위암 장지연은 주필主筆을 맡아 다른 기자들의 수위에 앉아 중요 사설이나 논설을 집필하게 되는 것이다.

"역시 우리 지역 유림들은······."

"앞으로 황성신문 못지않은······."

비화는 묵묵히 듣고만 있고, 그들 대화는 끊일 줄 몰랐다.

"아무튼 시상은 하로가 다리거로 배끼가는 거 겉심니더."

"맞심니더. 에나 증신 똑바로 안 채리모 우떤 구신이 와서 잡아갈랑가 아모도 모립니더."

뒤이어 나오는 이야기들은 비화로 하여금 시대의 급격한 변화에 전율을 느끼기에 모자람이 없었다.

진주와 삼천포 사이에 도로가 개통되어 이제는 자동차라는 것이 갈수록 더 많이 보급될 것이란 말 또한 여간 예사롭지 않았다. 하지만 그 이야기를 하고 있는 순재와 수기도 노선路線이 처음에 어떻게 시작되고 또 나중에 어떻게 변화되리라는 것은 상세히 알지 못했다.

진주와 삼천포 간의 근대식 육로 교통 시발은 경성의 '직거자동차부織居自動車部'에 의해 이뤄진 것이다. 녹음이 한창인 그해 6월이었다.

그런데 그 노선의 영업이 순탄치만은 못했다. 그 후 직거자동차부는 당시 삼천포에 살고 있던 '오오노'라는 일본 사람 손에 넘어가 버렸다. 오오노는 노선을 확장하기 위해 혈안이 되었지만, 다시 진주에 있는 경남자동차주식회사에 흡수되기에 이른다. 숱한 우여곡절을 겪었던 것이다.

"오데 그뿌입니꺼? 통신도 마찬가집니더."

"아, 옳으신 말씀입니더. 전화도 그렇지예."

진주와 광주 간 시외전화 회선이 개통되고, 진주우편국에서 일본 군인·군속에 대한 저금사무와 전화통화사무를 시작하는 등등, 좋고 나쁨을 떠나 실로 경이롭고 다채로웠다.

'아아아.'

비화는 다시 한번 실감하였다. 모든 것들은 이리 바뀌고 있는데, 그것도 십 년이 아니라 열 달에 강산이 변하는 속도로 바뀌어 가고 있는데, 나루터집과 동업직물 간의 관계만은 수십 년 전이나 지금이나 똑같이 변하지 않고 있다는 것이다.

여기는 상하이.

남만주의 삼원보에 있던, 원채 동생 승채가 이곳 상하이로 온 지도 어언 수개월이 지나갔다. 시간은 느러터진 것 같다가도 또 어느 순간에 비호와도 같이 달려가 버리는 묘한 것이었다.

'온 천지가……'

지금 승채의 눈앞에는 찻집, 술집, 극장, 기생집 등이 즐비하였다. 거기 지나가는 무수한 행인들 속에는 단지 중국인뿐만 아니라 서양인들도 많이 섞여 있었다. 한마디로 세계 인종들을 전부 모아놓은 전시장 같았다. 조국에 있을 때는 상상조차 하지 못했던 유색 인종들은 꼭 다른 별에서 온 생명체 같아 보였다.

승채는 밀려드는 긴장감으로 인해 또다시 온몸이 경직되는 것을 느꼈다. 한 번은 아편굴로 잘못 들어가 큰 곤욕을 치른 적도 있었다. 가까스로 그 소굴에서 빠져나오기는 했지만 그건 지옥의 한 장면을 지켜보는 것과 다름없었다. 남자고 여자고 아이고 어른이고 아편을 맞고 흐느적거리거나 미치광이들처럼 설쳐대는 그 아편굴은, 흥해 가는 그 도시의 침울하고 어두운 뒷면을 고스란히 보여주었다.

'그래도 저리 굴러가는 거 보모 기적 걸거마.'

아무튼 강제로 개항된 중국의 도시들은 점점 더 국내외 상거래와 무역의 중심지가 되어 나날이 번영해 갔다. 도시 안에는 서양 상인들만 거주할 수 있는 조계지租界地라는 것도 있었다. 외국인이 그들의 거류 지구 안의 경찰 및 행정을 관리하는 조직 및 그 지역을 그렇게 부른다는 것을 승채는 나중에 알았다.

특히 현재 승채가 머무르고 있는 상하이를 비롯하여 톈진, 우한 같은 도시는, 지리적인 편리성에 힘입어 대단히 빠른 속도로 발전하여 인구가 수십만에 이르렀고, 상하이는 자그마치 백만 명을 넘어섰다. 그리하여 도시화와 상업화에 따른 사회적 교류, 생활 소비, 휴식을 즐기는 생활을 통해 중국에서 최초의 근대적인 시민 계층이 형성되기에 이른 것이다.

'아, 이 나라는 이렇는데 우리나라는 우떻노.'

승채는 가슴팍이 막히면서 두 눈에 눈물이 핑 돌았다. 숨을 쉬기가 힘들었고 바로 앞에 보이는 것들도 뿌옇게 흐려 보였다. 불투명한 자신의 미래를 대하고 있는 기분이었다.

'독한 왜눔들 등쌀에 우리 부모님과 성님, 동상들은 모도 우찌 지내고 있으꼬?'

산도 설고 물도 선 먼 타국에 와 있는지라 정든 고향과 가족들 생각은 너무나도 간절하기만 했다. 비록 꼽추와 언청이지만 몸이 성한 여느 사람들 부럽지 않게 자식들을 잘 키워낸 부모님이었다. 아버지는 수십 년 동안 해 오시던 남강 뱃사공 일도 기운에 부쳐 그만두신 지 오래되었다는 걸로 알고 있다. 어머니는 그런 아버지 수발을 든다고 그러잖아도 성치 못한 입술이 더욱 부르터져 있을지도 모른다.

택견 고수인 원채 형이 농민군과 의병 활동을 열심히 하였다는 소리도 들었다. 한국과 일본 그리고 중국을 몰래 오가며 목숨을 걸고 항일운동을 하고 있는, 화진훈이란 동지를 통해 간접적으로나마 그 모든 소식들을 전해 듣고 있는 것이다.

그곳 중국에 와 있는 선교사들이 고향에도 들어와 있다고 했다. 그들은 고향 땅에 교회와 학교를 세우는 등 선교 활동도 부지런히 하고 있다고 했다. 승채는 우리 고향도 중국처럼 선교사들을 통해 서양의 근대 과학 기술과 문화가 많이 전파되기를 바랐다.

기실 중국 사회 변화에 경악을 금하지 못하고 있는 승채였다. 양무파 관료들은 베이징에 외국어와 서양의 지식을 교육하는 동문관을 세웠다고 한다. 그리고 거기 상하이를 시작으로 광저우, 톈진, 푸저우, 난징, 우한 등지에도 차례로 외국어, 조선, 광산 업무 등을 가르치는 실업학교들이 설립되었다.

직간접으로 그런 사실들과 접하고 있는 승채가 가장 부러워하는 것은 중국의 해군과 육군의 군사학교였다. 지금 그곳에서는 서양의 학문과 외교, 기술, 군사를 익힌 인재들을 육성한다고 했다.

'우리 조선도 그런 군사학조를 진즉 마이 세웠어야 안 했나.'

그랬다면 왜놈들을 상대로 더 멋진 활동을 할 수 있을 것이다. 승채의 상념은 끝없이 꼬리를 물었다. 생김새는 그의 형 원채와 약간 닮은 편이지만 성격은 좀 더 세세한 면이 많은 그였다. 원래는 그러지 않았는데 원채보다 더 많은 날을 낯선 타지에서 위험한 활동을 하며 지내다 보니 그렇게 되었는지도 모른다.

'오데 그뿐이가?'

그런가 하면, 청 조정에서는 서양의 학문과 기술을 익힌 인재들을 더 신속하게 양성하기 위해 30여 년 전부터 이미 해외에 유학생들을 파견하기 시작하였다고 한다. 그리하여 그들은 여러 해 공부한 뒤 귀국하여 대부분 여러 새로운 사업에서 아주 유용한 인재가 되었다는 것이다.

승채는 얼핏 투사보다도 백면서생 분위기를 더 풍기는 화진훈에게서, 유학 후에 중국의 근대 철도 건설에 뛰어난 공헌을 한 잔톈유라는 사람에 대한 이야기도 들었다. 또한 걸출한 사상가이면서 번역가가 된 옌푸, 우수한 해군 지휘관이 된 류부찬 등에 관해서도 들려주었다. 대대로 뛰어난 한학자를 무수히 배출한 충청도 명문 집안 막내인 화진훈은, 말 그대로 문무를 겸비하고 있는 사람으로 저 일당백에 그 이름을 올릴 만하였다.

'벨일은 없것제?'

승채는 지금 바로 그 화진훈과 접선하기 위해 그 장소에 와 있었다. 일경日警의 눈을 피하기 위해 전형적인 중국인 복장을 하고 있는 탓에 어딘가 어색하고 부자연스러웠지만 이런 것에도 익숙해지지 않으면 안되었다. 일본이 그렇게 악독하고 가증스러우면서도 또 얼마나 무서운 나라인가를 이야기하면서, 화진훈은 양무학교의 설립을 주장한 어느 중국인 관리의 글을 참고로 들려주기도 했다.

— 일본의 신문에 따르면, 지금 일본에는 증기선과 같은 각종 기기를 다룰 수 있는 기술자들이 각각 수천 명 정도 되고, 화학, 광물학, 기계 제조에 능통한 기술자들은 각각 수백 명 정도 된다고 한다. 우리 중국의 토지와 인구는 일본의 10배나 되지만, 서양식 학교에서 양성하는 인재는 일본의 절반도 되지 않는다. 뒷날 유사시 해군에 인재가 부족하지 않을까 걱정스럽다.

승채는 그 기억을 떠올려보면서 또 한 번 주위를 돌아보았다. 이국의 도시에 바야흐로 땅거미가 내려앉고 있었다. 그러자 번화한 거리와 대중적인 오락 장소에 하나둘 전등이 켜지기 시작했다. 그것은 가스관을 이용하여 등을 켜는 가스등보다 훨씬 더 밝고 신기하고 안전하고 편리한 것이었다.

이제 얼마 안 있으면 그야말로 '불야성'이 이뤄질 것이다. 밤이 되면 상인과 시민들은 밝은 가로등과 집 안의 조명 아래에서 한가롭게 여유를 즐기거나 사교 활동을 시작할 것이다. 해가 뜨면 일어나고 해가 지면 잠자리에 들던 생활 습관이 달라져 갔다. 거기 사람들은 밤에 전등을 구경하는 것이 크나큰 즐거움이었다.

'이 물건도 그렇제.'

승채는 왼팔을 들어 올려 손목에 차고 있는 시계를 들여다보았다. 그
것은 중국 사람처럼 위장하기 위한 것이기도 했다. 당시 중국은 서양과
통상하면서 아주 다양한 시계가 서양 문물과 함께 들어와 많은 중국인
이 구입해 사용하고 있었다. 특히 상하이 같은 개항 도시에서 시계는 상
인과 일반인의 일상용품이었다.

승채의 오른손에는 신문과 잡지가 꼭 들려 있었다. 마치 한가로이 상
하이의 멋진 낭만을 즐기려는 중국인같이 위장해 보이는 데는 신문이나
잡지만 한 것도 없었다. 그리하여 일경은 물론, 중국인이나 다른 외국인
어느 누구도 승채가 조선독립군 소속이라는 것을 눈치채지 못할 것이었
다. 하여튼 낮이고 밤이고 경계의 끈을 잠시도 늦추면 안 되었다. 총구
와 칼날이 늘 이마와 등을 겨누고 있었다.

"후우."

승채는 가쁘게 숨을 몰아쉬며 계속해서 신문과 잡지를 번갈아 들여다
보는 시늉을 했다. 화진훈이 알려주었다. 청일전쟁 이후 소위 중국 유신
파들은 각지에서 잇따라 수십 개의 신문과 잡지를 창간했다는 것이다.
그리하여 유신을 주장하는 많은 정치적 사설을 실어 강한 지지 여론을
이끌어 내었다. 유신파 신문과 잡지는 민중에게 광범위하게 영향을 끼
쳐 사상 계몽 운동이 강력히 일어났다고 한다.

승채는 또 시계를 보았다. 이번에는 건성이 아니라 정말로 시간을 알
아보기 위해서였다. 시곗바늘이 눈을 찔러오는 느낌에 그는 양미간을
약간 찌푸렸다. 그 뾰족한 시곗바늘 끝처럼 날카로워져 있는 신경으로
인한 착시일 것이다.

'약속시간보담도 너모 늦다 아이가.'

속으로 중얼거리며 승채는 점점 걱정이 되기 시작했다. 왠지 자꾸만 불길한 기분이 들어 의식적으로 그곳 풍광과 사람들에게 열심히 눈길을 보냈다. 그가 거기까지 오는 도중에 보았던 그 많은 타국의 경치와 이 국인들이 생각났다. 하지만 그럼에도 불구하고 너무나 익숙해지지 않는 대상들이었다. 자다가 일어나서 회상해 봐도 손끝에 잡힐 듯이 선명하게 떠오르는 고국의 자연과 동족과는 달라도 너무나 달랐다.

그리고, 압록강 철교를 통해 만주 대륙과 한반도를 연결하고 있는 열차를 타고 동지들과 접선하기 위해 가다가 만났던 그 남자는 영원히 잊을 수 없을 것이다. 모든 것이 끝난 후에도 마음에 지워지지 않을 불멸의 벽화로 남아 있을 것이다.

열차는 가다 서고 가다 서고 하였다. 열차 안은 시간이 흐르다가 멎다가 하는 느낌을 주었다.

차창으로 스쳐 가는 이국 풍광을 내다보고 있던 그는 고개를 돌려 열차 안을 둘러보았다. 승객은 대부분 남자였지만 어린아이와 여자들도 있었다. 복장들은 다양했으며 아주 말쑥하게 차려입은 양복쟁이들도 띄었다. 그들 머리 위쪽 짐을 올려놓는 선반에는 큰 가방이나 작은 종이 상자, 보퉁이 등이 얹혀 있었다.

예상치 못한 사태가 벌어진 건 정차했던 열차가 다시 출발하기 시작했을 때였다. 그의 자리는 세 번째 칸의 앞에서 사분지 일쯤의 창가 쪽으로 옆자리는 비어 있었다. 그곳에는 키가 작고 뚱뚱한 중국인 남자가 앉아 있었는데 지나온 역에서 내린 후에는 아직 다른 승객이 착석하지 않았다. 그래 그는 몸을 마음대로 뒤척일 수 있었고 마음만 먹으면 큰 대자로 길게 드러누울 수도 있었다.

그러나 항상 일경에게 쫓기는 처지인지라 신상의 위협을 느끼면 언제라도 급히 도주할 수 있는 자세로 긴장을 늦춰서는 안 되었다. 지금도 혹시 자기를 노리고 있는 눈이 있지 않나 하고 유심히 살펴보고 아무도 없다는 것을 확인하고서야 잠시 눈을 감고 생각에 잠겼던 그가 문득 눈을 뜬 것은, 저 앞쪽 출입문이 열리는 소리를 듣고서였다. 그보다 새어 드는 바람기가 먼저 느껴졌다.

그런데 이상한 일이었다. 분명히 문이 열렸는데도 들어오는 사람이 안 보였다. 문이 저절로 열릴 리는 없었다. 그는 자신도 모르게 등받이에 기댔던 상체를 떼어 그쪽을 자세히 살펴보았다. 그러다 그의 입에선 가벼운 탄식 같은 소리가 흘러나왔다. 문을 연 사람 모습이 그제야 보였기 때문이다.

그 사람은 통로 한가운데 열차 바닥에 있었다. 그리고 그 사람 바로 앞에 조그만 좌판이 보였다. 허벅지 아래가 없는 하반신 장애인이었다. 그 사람이 밀어 오는 좌판 위에는 학용품 등속이 놓여 있었다. 대충 봐도 공책, 연필, 가위, 자, 지우개, 칼 같은 것이었다.

그의 눈은 다시 남자를 향했다. 삼십 대 중반으로 보이는 남자였는데 동양인이었다. 더벅머리였고 약간 각진 얼굴이 검었고 낡고 헐렁한 카키색 점퍼를 입었다. 남자는 아주 천천히 몸을 옮기고 있었다. 바닥을 짚는 손과 좌판을 미는 손에는 목장갑을 꼈다. 두꺼비가 엉금엉금 기어오는 듯했다. 조금 움직이는 것도 아주 힘들어 보였다.

그는 사태를 주시했다. 불구의 몸으로 행상에 나선 남자가 많은 물건을 팔길 바랐다. 하지만 그의 기대는 철저히 빗나가고 있었다. 사 주려는 이가 하나도 없었다. 어떻게 보면 무감각해 보이는 남자보다 그의 애가 더 탔다. 그 장애인은 고무 가면을 둘러쓴 게 아닌가 싶을 정도로 표정 변화가 없었다. 그런 모습으로 남자는 점점 그가 있는 쪽에 가까워지고 있었다. 이윽고 남자가 바로 옆까지 왔을 때 그가 말했다.

"연필 한 통 주시오. 그리고 공책 몇 권하고……."

그는 신분 위장을 위해 한국의 여러 지방 말을 써오고 있었다. 어떨 땐 고향 경상도 말, 어떨 땐 전라도나 충청도 말, 또 어떨 땐 평안도나 함경도 말을 쓰기도 했는데, 그래도 가장 흔해 표시가 나지 않는다고 보아 많이 구사하는 게 지금처럼 서울말이었다.

"예, 손님. 공책 몇 권이 필요하십니까?"

그가 처음 들은 남자의 음성은 의외에도 굵었다. 저음이었음에도 힘이 들어 있었다. 무엇보다 놀랍게도 한국말이었다.

"예, 예. 세, 세 권이요."

그는 말을 더듬거렸다. 까닭 없이 허둥대는 스스로가 당혹스러웠다.

"세 권."

남자는 복창하듯 하더니 곧 익숙한 솜씨로 연필 열두 자루가 든 갑과 공책 세 권을 들어 앞으로 내밀었다.

그는 남자와 키 높이를 맞추기 위해 한껏 상체를 굽혔다. 목장갑에 싸인 남자 손은 컸다. 그의 시선은 저도 모르게 남자 손에서 남자 허리 아래쪽으로 옮겨졌다. 고무로 만든 회색 앞치마 같은 것이 남자 허리에 둘려 있었다. 돈주머니였다. 얼핏 눈에 든 그 속에는 지폐 너더댓 장이 삐죽이 내다보였다. 밑바닥에는 동전이 든 것 같았다.

그러나 그는 서둘러 눈을 거둬들여야 했다. 남자의 따가운 시선이 느껴졌던 것이다. 그는 내심 아차! 했다. 남자는 끈기 있게 기다린 셈이었다. 그는 얼른 계산을 치르지 않은 자신을 나무라며 양복 상의 안주머니에서 지갑을 꺼냈다. 그러고는 금액도 묻지 않고 지폐 한 장을 빼내어 공손한 자세로 건넸다. 그의 입에서는 이런 말이 절로 튀어나왔다.

"거스름돈은 그냥 둬요."

순간, 남자 눈빛이 번쩍! 했다. 약간 지쳐 보이는 빛이 감돌긴 해도 크고 투명한 눈이었다. 남자는 그런 눈으로 좌석에 앉은 그를 가만히 올려다보았다. 그는 남자가 이쪽 말을 알아듣지 못한 게 아닐까 싶었다. 그래 이번에는 좀 더 큰 목소리로 천천히 말했다.

"거스름돈은 그냥 가지시라고요."

한데 그 말이 끝나기 무서웠다. 남자가 또렷한 음성으로 말했다.

"아닙니다! 그럴 순 없습니다!"

그렇게 단호한 어조로 나오며 남자는 거스름돈을 한층 그의 코앞에 바짝 들이밀었다.

그는 적잖게 놀라고 황당했다. 게다가 어떤 배신감마저 맛보았다. 불쌍하다고 생각하여 필요하지도 않은 물품을 구입했고 거스름돈도 받지 않으려 했다. 내 돈 한 푼인들 아깝지 않은 사람이 어디 있겠는가.

그런데? 고맙다, 감사하다, 이 은혜 잊지 않겠다, 열심히 살아가겠다, 당연히 나옴 직한 그런 인사말은 아예 비추지도 않고 뭐라 하는가. 그럴 순 없습니다? 어떻게 남의 호의를 이런 식으로 거절하는가. 동족이 아니면 내가 이러지도 안 했다.

그러나 그것은 어디까지나 마음속 생각이고 당장 할 행동은 상대가 내미는 돈을 받는 일이었다. 그는 내키지 않는 일감을 받거나 싫은 물건을 받는 심정으로 거스름돈을 넘겨받았다. 그리고 지갑 속에 넣을 기분이 나지 않아 양복 바깥 주머니에 아무렇게나 쿡 쑤셔 넣었다. 또 연필과 공책은 비어 있는 옆자리에 팽개치듯 던진 후 눈을 감아버렸다.

그런데 다음 순간이었다. 그는 자신도 모르게 감았던 눈을 퍼뜩 떴다. 이런 큰 음성이 귀를 후려쳤다.

"감사합니다, 손님!"

남자는 놀란 눈으로 바라보는 그를 향해 말을 계속했다.

"제 물건을 사 주셔서 정말 고맙습니다."

그는 어안이 벙벙한 얼굴로 남자를 내려다보았다. 처음에 자존심이 상한다는 말투로 강경하게 거절하던 남자와, 이제 와서 아주 겸손한 어조로 인사하는 남자가 동일 인물인가 하는 의아심마저 일었다. 뿐만이 아니었다. 남자는 바닥에 앉은 자세로 고개를 깊숙이 숙여 인사까지 하는 것이다.

그의 입에서는 이런 소리가 절로 흘러나왔다.

"아, 아닙니다. 고, 고맙긴요."

그러자 남자는 얼굴 가득 잔잔한 미소를 지어 보였다.

그는 가슴이 뭉클했다. 세상 무엇 하나 부러울 것 없는 그런 웃음이었다. 당당하고 여유롭고 티 없이 해맑은 미소였다.

이윽고 남자는 좌판을 밀고 나아가기 시작했다. 그는 곁을 지나는 남자의 옆얼굴과 좌판을 무연히 바라보았다. 비록 아주 초라하고 작은 좌판이지만 그것은 세상에서 가장 훌륭한 가판대처럼 비쳤다. 거기 놓인 물건들은 대부호의 귀중품같이 눈부셨다.

남자는 천천히 멀어져 갔다. 넓은 등판을 꼿꼿이 세운 자세였다.

그때 문득 생각난 듯 열차가 높고 긴 기적 소리를 울리기 시작했다. 그는 가슴 밑바닥까지를 적시는 그 소리가 마음에 새롭고 푸른 싹 잎 하나를 틔우는 것을 느끼며 천천히 차창 밖으로 눈길을 돌렸다.

처음부터 끝까지 그 모든 광경을 지켜보고 있던, 통로 맞은편 의자에 앉아 있는 중년의 외국인 부부가 서로 무어라 말을 주고받고 있었다. 미국인은 아니고 불란스인들 같았다.

그 지체 장애인 남자는 독립운동을 하다가 일본군 총을 맞고 불구가 되었으며, 그런 몸이 된 후에도 행상을 하여 번 돈을 독립 자금으로 대주면서 정보도 제공하고 있는 진순성이라고 하는 사람이라는 사실을, 나중에 동지들에게 들었을 때 그는 한참 동안 숨조차 쉴 수가 없었다.

승채는 그 기억을 소중하게 가슴에 안고 속으로 빌었다.

'지발 아모 일도…….'

없을 것이다. 없어야 했다. 하긴 화진훈은 증기선과 열차를 번갈아 타고 올 것이기에, 제 시각에 맞추기가 여간 어렵지 않을 것이다. 그리고 그런 자각이 오히려 승채에게 조금 안도감을 안겨주기도 했다. 승채는 그가 들은 중국 철도 쪽으로 생각을 돌렸다. 불안감과 무료함을 달래기 위해서였다.

오래전에 영국인이 베이징에 길이 오백 미터의 작은 철도를 부설하고 작은 기차를 시험 삼아 운행했는데, 그것을 '괴물'이라고 여긴 사람들이 유언비어를 퍼뜨리고 민심이 동요되자 관청에서 철거하도록 명령을 내렸다는 것이다. 그 후에 영국 상인이 그곳 상하이에 우쑹선을 놓아 개통 1년 동안 16만 명이나 되는 승객을 실어 날랐지만, 그것 또한 1년 남짓 뒤에 청 조정이 사들여 철거해버렸다고 한다.

그렇지만 갖가지 우여곡절 끝에 청 조정은 잔텐유에게 베이징에서 장자커우까지 총 백팔십 킬로미터에 달하는 철도를 부설하도록 명령했다. 그 구간은 산이 높고 험준하여 공사가 대단히 힘들고 어려웠다.

그런데 잔텐유는 여러 차례의 조사를 통해 경사가 가장 심한 곳에는 '인人' 자 모양의 노선을 채용하여 두 대의 기계 차로 견인하는 공사 방법을 결정했다. 그리하여 중국인이 직접 설계하고 시공한 최초의 철도인 징장선이 바로 얼마 전에 개통되었다는 것이다.

'화진훈도 그 철도의 열차를 타고 올 끼거마는.'

승채의 그 생각이 열차가 되어 마침내 화진훈을 데리고 온 걸까. 화진훈이 나타난 것은 그때였다.

그는 언제나처럼 맥고모자를 깊숙이 눌러쓰고 있었다. 얼핏 왜소해 보이는 몸매지만 잘 눈여겨보면 속살은 탄탄하다는 것을 알 수 있을 것이다. 임기응변에 뛰어난 그는, 그 체격에 믿어지지 않을 만큼 운동에도 만능이었다.

"많이 기다려셨지요?"

화진훈이 맨 먼저 던진 말이었다. 행여 무슨 변고가 생기지는 않았을까 하는 마음에 부대끼고 있던 승채 입에서 이런 말이 나왔다.

"예, 아니……."

화진훈이 머리에 쓰고 있는 밀짚으로 만든 그 서양식 여름 모자는 위가 납작해 보였다. 그는 보릿짚을 재료로 하여 만든 또 다른 맥고모자 하나를 더 가지고 있다는 사실을 승채뿐만 아니라 동지들은 모두 알고 있었다. 그는 그 두 개의 모자를 서로 번갈아 가며 쓰고 있었다.

"실은……."

"예……."

승채는 혹시라도 어딘가에 숨어 그들을 노리고 있지도 모를 자들이 있지 않을까 하고 신경을 쏟느라 말이 잘 나오지 않았다.

"증기선의 출발이 지연되는 바람에 늦었습니다."

작두날처럼 날카로운 눈빛으로 주변을 살피며 화진훈이 계속 말했다.

"상하이의 전등은……."

이국의 길거리에 많이 내걸려 있는 온갖 전등들을 완상하고 있는 사람처럼 아주 여유가 넘치는 듯한 목소리였다.

"언제 봐도 아름답고 거창하군요."

"……."

승채는 화진훈의 대범함에 다시 한번 경악과 탄복을 맛보았다. 위험천만하기로는 견줄 것이 없을 정도의 대일 투쟁을 하고 있는 사람이 저렇게 태평스러운 모습을 해 보일 수 있다는 게 믿어지지 않았다.

'그에 비하모 내는 너모 행핀없는 인간이다.'

승채는 가슴 속에 차오르는 부끄러움에 낯이 화끈거렸다. 그 나름대로는 이제 저 '지하 활동'에 어느 정도 '꾼'이 되었다고 자부하고 있었는데 그게 아니었다.

'사람이라는 거는 안 있나.'

원채는 석유가 아니라 전기로써 빛을 내는 무수한 등불들 아래로 수족관 물고기처럼 느릿느릿 움직이고 있는 사람 물결을 바라보면서 생각했다.

'알에서 태어나갖고 다 자라기꺼지 그 시기에 따라 여러 가지 모냥으로 배뀌감서 자라는 동물인지도 모리제.'

그때 다시 들려오는 화진훈의 목소리에 승채는 이국인들을 향하고 있던 시선을 그에게로 돌렸다.

"뭘 그렇게 보고 계십니까?"

"아, 예."

승채는 억지로 웃음을 지어 보이며 그 또한 한가롭고 팔자 늘어진 산보객인 양 이렇게 대답했다.

"햇빛매이로 훤한 전등불에 비친 사람들 모습이 보기 좋아갖고예."

그러자 화진훈이 이번에는 어둠 속에서 봐도 딱딱하고 창백한 낯빛이 되면서 조금 전과는 판이하게 들리는 목소리로 말했다.

"광복光復, 저런 게 바로 광복이 아닐까요?"

승채는 그의 말을 그대로 받아 되뇌었다.

"광복."

화진훈은 맥고모자 챙에 숨듯 가려져 있는 두 눈을 빛냈다.

"예, 빛나게 회복하는 거지요."

승채가 원래 한양 말과 충청도 말을 잘 구분하지 못하는 까닭도 있었지만, 화진훈은 고향 말씨보다도 서울 말씨를 더 잘 구사하고 있었다.

그것은 그의 행동반경이 그만큼 크고 넓다는 것을 입증하는 것이기도
했다.

"시방 국내 사정은 좀 우떻심니꺼?"

어느 정도 마음을 추스른 승채는 가장 궁금했던 것부터 물었다.

"그게, 그게 말입니다."

말을 얼버무리는 화진훈의 표정이 밝지 못했다. 될 수 있는 대로 다
른 사람들 눈에 잘 띄지 않기 위해서 의도적으로 전등으로부터 최대한
멀리 떨어져 있어 그런 것은 결코 아닐 것이다.

"역시 우리가 예상했던 그대로였습니다."

화진훈은 한 번 더 주위를 훑어보며 한껏 음성을 낮췄다.

"왜놈들은 갈수록 더……."

"더?"

승채 입에서 기합과도 같은 소리가 터져 나왔다. 그 순간에는 좀 더
원채 얼굴을 닮아 있는 그의 얼굴에 강렬한 분노의 기운이 치솟았다.

"천벌을 받을 놈들!"

화진훈 또한 억지로 화를 삭이는 목소리였다.

"하긴 중국인들을 괴롭히는 것을 보더라도 그것들이 얼마나 못된 족
속들인가는 충분히 알 수가 있지요."

승채가 또 물었다. 알고 싶은 것이 너무 많았다.

"다린 동지들은 모도 무사하지예?"

화진훈은 근처를 지나가는 중국인과 다른 외국인들을 보면서 낮은 소
리로 말했다.

"아직까지는 그런대로 괜찮은데……."

"예."

이국 여인들은 조선 여인들에 비해 확실히 말도 많고 웃음도 많은 모

양이었다. 전등 불빛들이 주는 화려하고 번성한 분위기 탓인지는 몰라도, 그녀들은 큰 소리로 떠들고 큰 소리로 웃고 하면서 두 사람 옆을 머무는 듯 지나가고 있었다. 승채는 한층 자신이 이방인이라는 인식이 짙어졌다.

"앞으로가 문젭니다."

"그렇심니꺼."

어둠을 사르는 전등 불빛이 사람들 그림자를 혹은 짧게 혹은 길게 이루어내고 있었다. 그것은 얼핏 짝이 맞지 않은 젓가락을 떠올리게 하였다.

"놈들은 점점 더 치밀하고 악랄한 수단과 방법을 동원하고 있습니다."

화진훈의 음성은 수많은 전등마저도 어쩌지 못할 만큼 어두운 음색을 벗어나지 못하고 있었다.

"이거는 지 생각입니더."

승채도 스쳐 가는 사람 중에 자기 말을 알아듣는 사람이 있을까 봐 유의하면서 목소리를 죽여 말했다.

"당하기 전에 우리가 먼첨 선수를 쳐야 합니더."

내국인인 중국인에 비해 상대적으로 체구가 커 보이는 유색 머리의 이국인 사내들 몇이 어깨를 건들거리며 두 사람 옆을 지나갔다. 자칫 부딪힐 뻔했던 그들 뒷모습을 물끄러미 바라보고 있던 화진훈이, 다시 승채에게로 고개를 돌려 입가에 보일락 말락 엷은 미소를 띠며 말했다.

"그러기 위해서, 동지."

승채의 손이라도 덥석 잡아올 자세였다.

"우리가 지금 이렇게 만나고 있는 게 아닙니까?"

승채 또한 감격에 흔들리는 목소리로 응했다.

"이 우리의 만남이!"

두 사람은 갈수록 광란과 환락의 분위기로 빠져들고 있는 도시의 한복판을 나란히 걸으면서, 일제와 맞서 싸울 이야기들을 주고받기에 여념이 없었다.

상하이의 밤은 현란한 전등 불빛 속에 한창 무르익어가는 과일 속처럼 변해가고 있었다. 전등을 구경하기 위해 나온 시민들의 숫자는 밤이 깊어갈수록 늘어나고 있었다.

술어미 베틀노래

상촌나루터의 얼굴이라고 해도 과언이 아닐 나루터집에 아침 댓바람부터 예상하지 못한 사람들이 한꺼번에 우 몰려들었다.

어쩌다가 끼니때 잊은 사람이 찾아들기도 하지만 점심 무렵이 가까워져야 손님들이 들어오는 가게인지라, 여느 때 같으면 그 시간대에는 이곳이 가겟집이 맞나 싶을 정도로 조용한 국밥집이었다. 주방에서 음식을 장만하거나 가게의 방, 마당의 평상 등을 소제하고 정리하면서, 오로지 손님맞이에 한창인 나루터집 식구들 움직이는 소리나 간혹 주고받는 말소리만 나곤 하였다.

그런데 이날은 그 색다른 손님들로 말미암아 그 시각에 벌써 온 가게 안이 여간 소란스러운 게 아니었다. 언제나 큰 소리로 싸우고 떠드는 술꾼들로 붐비는 옆의 밤골집보다 더하면 더했지 결코, 덜하지 않았다.

그렇다면 대관절 그들은 누구란 말인가? 남의 가게 영업을 방해하기 위해 누군가가 고용한 껄렁패들인가? 너무나 허기져서 부처가 거꾸로 보이는 걸인들인가? 온갖 악기를 치고 두드리고 흔들어 대는 놀이패들인가?

아니었다. 바로 지역의 중소 지주들과 농민들이었다. 근동뿐만 아니라 경상지방에서 굴지의 대지주로 명성이 높아지면서, 언제부터인가 비화는 중소 지주들과 농민들의 이른바 대모代母로서 받아들여지고 있었다. 그래서 그 계통 사람이 찾아와 토지에 대한 일종의 상담이랄까 도움말을 얻어내고자 하는 경우가 비일비재하였다. 하지만 지금처럼 여러 사람이 동시에 와서 나루터집을 초상난 집같이 만든 적은 없었다.

나루터집 식구들은 돌연한 그 사태에 너나없이 크게 당황하였다. 중소 지주들과 농민들은 하나같이 울고불고 난리가 따로 없었다.

"대체 와 이라시는 깁니꺼?"

남강 쪽에서 들리는 물새들 소리도 그 사람들 소리에 속절없이 묻혀버리고 있었다.

"무신 일인고 말씀부텀 해보이소."

평상이며 마루에 철버덕 주저앉거나 혹은 마당에 서서 야단법석인 그들을 향해 비화가 난감하기 그지없는 얼굴로 물었다.

"보이소, 야?"

우정 댁과 원아도 너무나 답답해서 미치겠다는 투로 말했다.

"여게는 손님 받는 가겟집입니더. 이라시모 안 됩니더. 우리는 장사를 해야 합니더."

"정 그라모 방에 들가서 이약해 보든지 하입시더. 여서 자꾸 이리 해싸모 들오던 손님도 고마 돌아나가것심니더."

피만 섞이지 않았을 뿐이지 가족처럼 지내는 주방 아주머니들도 그냥 방관하지는 않았다. 저마다 한마디씩 했다. 기실 아무 상관이 없는 사람일지라도 벙어리처럼 입을 다물고 있지는 못할 상황이었다.

그런데 단 한 사람, 그 일이 벌어진 처음부터 아무 말도 하지 않고 가만히 그 광경을 지켜보기만 하는 이가 있었다. 재영이었다. 그건 어불성

설이었다. 이치로 따져보면 가장 먼저 나서서 제지하고 쫓아내야 할 바깥주인 신분인 것이다.

재영은 평소 안면이 있는 지주들과 농민들이 떼를 지어 들어오는 그 순간부터 이미 어렴풋이 짐작하고 있었다. 그들은 분명히 땅과 연관된 사건으로 인해 크나큰 낭패를 겪었지 싶었다. 그런 측면에서 판단하면 지역에서 가장 땅이 많은 우리가 나 몰라라 할 수는 없었다. 지금까지 아내 비화는 '땅의 해결사'라고 해도 될 만큼 그 계통의 문제에는 남달리 밝은 눈을 가지고 있었다. 이들이 찾아갈 곳은 여기 말고는 따로 없었다.

재영의 그 판단은 들어맞았다. 이윽고 그들을 대표하여 전말을 털어놓기 시작한 사람은 평거면 쪽에 토지를 좀 소유하고 있는 봉 씨였다.

"우리가 하도 답답하고 억울해갖고예."

마루 끝에 엉덩이를 걸친 봉 씨는 함께 온 일행들을 둘러보면서 울먹이는 목소리로 말을 이어갔다.

"그래갖고, 안 되것다, 나루터집 마님한테 가서 사실을 고하고 하소연이나 좀 해 보자, 그런 멤으로 이리 같이 오기 된 깁니더."

다음에는 이현 마을에서 농사짓는 차 씨가 입을 열었다.

"그러이 마님께 무신 방도가 있으모 갈카주십사 하고예."

"……."

비화는 더욱 난감해졌다. 그러잖아도 평소 중소 지주나 농민들은 그녀를 같은 사람이 아니라 '신적인' 어떤 존재로 오인하고 있다는 사실에 적잖은 부담감을 품어오던 터였다. 도대체 이 많은 사람에게 내가 무엇을 어떻게 해줄 수 있다고 이러는가 말이다.

"지 말씀 좀 들어들 보이소."

원아가 비화 대변인으로 나서서 그들에게 말했다.

"콩나물국밥집 쥔이 머를 알 끼라꼬 이리들 하시는 기라예?"

그 소란에 놀라서 온 것일까, 나루터집과 밤골집 사이의 담장 위에 나비란 놈이 오뚝 올라앉아 사람들을 내려다보고 있었다. 혹시 자기 집에도 오지 않을까 미리 살피려고 온 것 같았다.

"잘몬된 송사訟事가 있으모 관청으로 가시야제, 요 오시모 우짭니꺼?"

조리 있어 보이는 원아 말에 우정 댁을 비롯한 주방 아주머니들이 모두 그렇다고 고개를 끄덕거렸다. 원아는 어서 담판을 지으려는 사람의 모습을 보였다.

"안 그렇심니꺼? 지 말씀이 틀릿심니꺼?"

하지만 봉 씨는 답답함과 억울함을 이기지 못하겠는지 힘줄이 붉거져 나온 주먹을 들어 가슴팍을 소리 나게 꽝꽝 쳤다.

"관청에서 해갤해 줄 수 있는 일 겉으모 우리가 거게로 가지 와 여게로 왔것심니꺼?"

동조를 구하는 얼굴로 또 일행들을 보았다.

"지들 입장도 좀 생각해 주시소."

재영이 비로소 조금 앞으로 나서며 입을 열었다.

"하여튼 머가 우찌 된 일인고 쪼꼼 더 상세하거로 이약해 주시모 좋것네예."

강가에 접하고 있는 대추나무에서 참새들 소리가 낭자했다.

"해갤할 수 있는 일이모 함께 머리를 맞대서 해갤해 보기로 하고예, 만약시 그기 안 될 일 겉으모 고마 돌아들 가주이소."

그에게서 허나연한테 형편없이 당하던 지난날의 모습은 말끔히 사라지고 이제 한 집안의 대들보다운 면모가 뚜렷이 보였다.

"아까도 우리 가게 누가 이약했지만도, 여게는 손님 받아야 하는 밥집인께네예."

재영의 말에 저마다 약간 머쓱한 표정들을 짓고 있는데, 꺽돌과 설단 부부가 살고 있는 가마못 안쪽 마을에서 온 농사꾼 강 씨가 봉 씨를 보고 하는 말이었다.

"우리가 여 오기 전에 마님께 말씀드리기로 으논했던 그 이약을 퍼뜩 하이소. 손님들 들오기 전에예."

다른 지주들과 농민들도 그렇게 하라고 봉 씨를 채근했다.

"알것소."

마루에서 몸을 일으킨 봉 씨는 주방 문 쪽에 서 있는 비화 앞으로 좀 더 가까이 다가갔다. 그러고는 하는 소리가 이랬다.

"인자 여 있는 우리 모도 담보물하고 토지를 모돌띠리 빼앗기거로 되고 말았심니더, 마님. 그러이 이, 이 일을 우짜모 좋것심니꺼?"

비화 얼굴에 당혹스러운 빛이 떠올랐지만 또렷한 어조로 확인하듯 물었다.

"담보물하고 토지라꼬 했심니꺼?"

봉 씨는 억울함을 일러바치는 아이 모양으로 보였다.

"예, 흑."

비화가 또 물었다. 입매가 야물고 눈빛이 범상치 않았다.

"오데다가 담보핸 기라예?"

봉 씨뿐만 아니라 다른 사람들도 한입으로 외쳤다.

"농공은행에예!"

"예?"

나루터집 식구들은 어리둥절한 표정이 되었다. 뜬금없이 튀어나온 농공은행이었다.

"아!"

그런데 비화는 금방 짚이는 게 있는 모양이었다.

"그렇다모 거다가?"

이번에는 남강 저편 '배건너' 쪽에 논과 밭을 가지고 있는 것으로 알려진 소지주 설 씨가 울음을 터뜨리기 직전의 얼굴로 나섰다.

"우리가 상구 어리석었다 아입니꺼. 그것들 술책에 말려들고 만 깁니더."

봉 씨가 바로 그것이라고 했다.

"우리가 빙신들인 기라요. 그런 텍도 아인 엉터리 선전에 속아 넘어가갖고 싹 다 망치삔 기라요."

또 다른 지주와 농민이 보다 구체적인 말로 거들었다.

"이자 계산에 미숙한 탓도 있었지예."

"소위 근대적 금융기관이라쿠는 데의 이용 방법에도 서툴렀다 아입니꺼."

비화와 재영의 눈이 마주쳤다. 이제 내막을 전부 알았다는 눈짓이었다. 하지만 우정 댁을 비롯한 다른 여자들은 아직도 잘 깨닫지 못하고 있는 기색이었다.

'에린 사슴매이로 착하기만 하고, 아모것도 모리는 이런 사람들한테 그리키나 몬씰 짓을 하다이.'

비화는 증오와 분노로 가슴이 벌름거렸다. 눈앞에 성내 세무서 거리의 남강 벼랑 위에 처음 세워지던 그 지역 농공은행이 떠올랐다. 당장 그 건물을 밀어서 벼랑 아래 물속으로 처박아 버리고 싶은 심정이었다.

지난해 8월인 것으로 기억하고 있다. 대한제국 정부 명령에 의해 그곳 농공은행이 대구 농공은행과 합병하여 주식회사 경상 농공은행으로 바뀌고, 대구에 본점이 설치되자 그곳은 지점이 되었다.

'겉으로만 대한제국 정부였제, 그 속을 잘 뒤집어 보모 일제 통감부가 다 강요한 일 아이것나.'

일본에게 그렇게도 당해 온 탓에 이제는 어지간한 한국 사람이면 그런 실정을 모를 리가 없었다.

'우짜다가 우리나라가 요 모냥 요 꼴로 전락한 기고.'

초대 은행장으로 취임한 한국인 김제기는 그저 허수아비에 지나지 않고, 실제 모든 경영권은 일제 통감부가 장악하고 있다는 소문이 천지에 파다했다. 특히 일본인 감리관 요네야마가 실무를 담당하고 있다는 사실 하나만으로도 모든 건 자명한 일이었다.

하긴 애당초 첫 단추를 끼울 때부터 크게 잘못되었다. 당시 민성병 군수를 꼬드겨 그 고장에 농공은행을 창립하게 한 자는 경남도청 재무 고문관 일본인 구치다니인 것이다.

"우리 고을에 진짜 은행다른 은행만 있다모 이런 일은 안 생기지예."

석류나무 아래 놓인 평상 위에 탈기한 채 몸을 내려놓고 있는 농민 차 씨와 강 씨가 서로 말을 주고받았다.

"내 말이 바로 그 말입니더. 그런 은행이 없으이 고리대금업이 막 판을 칠 수밖에 없다 아입니꺼."

"우리 겉은 갱우에는 말입니더, 한 달에 보통 5~6푼의 높은 이자를 안 주고는 절대로 대금업자한테서 돈을 빌릴 수가 없는 그런 사정인 깁니더."

지주 봉 씨와 설 씨도 그냥 선 채로 푸념 섞어가면서 이야기했다. 비화를 비롯한 나루터집 사람들 잘 들으라고 소리가 컸다.

"농공은행에서는 서민들 사이에 유통되는 상평통보 겉은 조선 엽전을 시중가치보담 더 인상해 주것다꼬 했지예."

"오데 그뿐입니꺼. 신용 있는 상인들한테는 무이자, 그런께네 이자를 하나도 안 받고 대부해 주것다꼬 선전도 안 하던가예."

그런저런 말끝에 결론짓듯 하였다.

"그기 모도 대출하고 예금을 유인하기 위한 술수였다이?"

"우리 겉은 사람들한테서 땅하고 담보물을 빼앗아 갈라꼬 핸 사기였다이?"

그때쯤은 나루터집 식구들 모두 상황을 파악했다는 표정들이 돼 있었다. 우정 댁과 원아는 벌겋게 달아오른 낯빛으로 말을 나누었고, 다른 주방 아주머니들도 농공은행을 욕하며 소매를 걷어붙이기도 하였다.

"농공은행? 놀고 공짜로 무울라쿠는 은행 아이가?"

"도로 은행나모 밑에다가 돈을 파묻어 놓고 있는 기 더 낫것다."

그 소리에 봉 씨를 비롯한 지주들과 농민들이 일그러진 웃음을 지었다. 비록 참담하기 이를 데 없는 실정이었지만 어쨌든 웃음을 나오게 하는 이야기였다.

'이 일을 우짜노.'

그런 가운데 비화는 더한층 난감하기만 했다. 그들 말대로 정말 답답하고 억울한 노릇이었다. 이제 그들이 가지고 있는 얼마 안 되는 토지와 담보물들을 모조리 빼앗길 처지가 되고, 그렇게 되면 앞으로 먹고 살아갈 길이 막막할 수밖에 없었다. 길거리에 솥을 안쳐야 할 신세로 전락한 것이다.

하지만 어쩔 수 없는 현실이었다. 비화 자신이라고 해서 무슨 뾰족한 수가 있을 리 만무했다. 물에 빠진 사람 마지막 지푸라기라도 잡으려는 급박한 심정으로 그녀를 찾아온 중소 지주들과 농민들이었다. 하지만 상촌나루터 남강 물이 거꾸로 흐른다고 할지라도 그들에게 해줄 수 있는 것은 아무것도 없었다.

비화는 심한 자괴감에 빠져 그들 앞에서 고개를 들 수가 없었다. 어설픈 위로의 말 따윈 차라리 하지 않는 것만도 못했다. 그렇다고 지금 당장 모두 농공은행으로 달려가서 불이라도 싸질러버리라고 할 수도 없었다. 거기 종사자들 멱살이라도 틀어잡으라고 선동할 수도 없었다.

한동안 남강 물속을 연상케 하는 고요가 나루터집을 잠식하였다. 그곳에 온 어떤 지주나 농민도 다시 입을 열어 비화에게 무슨 방도를 가르쳐 달라고 이야기하지 않았다. 처음 거기 달려올 때와는 다르게 이제 모두는 어느 정도 인식하고 있다는 증거였다. 비화도 불가항력이라는 것이다. 어쨌든 그들은 그곳으로 왔다. 자기들 하소연이라도 들어줄 사람은 비화 한 사람뿐이라는 생각 때문이었다.

진작부터 농공은행의 음흉한 계산속을 간파한 비화였다. 그래서 나루터집은 피해를 입지 않았다. 그렇지만 오늘 그곳에 온 사람들 외에도 또 얼마나 더 많은 조선인 지주와 농민 그리고 상인들이 피눈물을 흘리고 있을지 모른다. 도저히 더 물러설 곳이 없게 되면 자살 등 극단적인 선택을 하지 않을 거라고 아무도 장담할 수 없었다.

한국인들은 얼마 전 일제가 설립한 동양척식주식회사라는 토지 회사가 저지른 횡포를 알지 못했다. 그 회사는 불하받은 토지를 우리 농민에게 빌려주고 무려 50%에 이르는 높은 소작료를 받아 우리 농민을 가혹하게 착취하였다. 그뿐만 아니라 일본인 농민에게 땅을 나누어 주기 위해 우리 농민을 추방하는 등 나쁜 짓을 저질러 우리 독립 운동가들의 파괴 목표가 되기도 하였다.

'카옥, 카오옥!'

나루터집과 밤골집 지붕 위에서 까마귀들이 불길한 소리로 쉬지도 않고 울부짖고 있는 오전 나절이었다.

시간은 남강 물같이 흐르고 흘러 그해 8월, 삼천리 강토 백성들은 들었다. 강이 갈라지고 산이 내려앉는 소리였다.

한국인들은 일제가 육군 대신 데라우치를 새 조선 통감에 임명한 이유를 몰랐다.

군복을 입은 데라우치가 말을 탄 일본군의 삼엄한 호위를 받으며 가고 있었다. 그는 2천 명의 헌병을 데리고 들어와 경찰 업무를 맡게 하고, 황성신문과 대한매일신보 등을 정간시켰다.

그리고 안하무인격인 일본군과 헌병이 서울 곳곳에 배치된 살벌한 분위기 속에서, 통감 데라우치와 대한제국 총리대신 이완용 사이에 이른바 저 '한일병합조약'이라는 것이 체결되고 있었다.

그 조약의 서문이 실로 가관이었다. 원억하고 가증스럽기 그지없었다. 두 나라의 행복과 동양 평화를 위하여 일본이 한국을 병합한다고 씌어 있었다. 논바닥에 선 허수아비가 포복절도할 일이었다.

"뭐라?"

부하의 보고를 받은 데라우치 눈썹이 크게 꿈틀거렸다. 그는 당장 허리춤에 차고 있는 권총과 일본도를 뽑아 누군가를 쏘거나 찌를 기세였다.

"한 번 더 말해 봐."

그자 입에서 대한제국의 지존이 아무 여과 없이 튀어나왔다.

"순종이 어쨌다고?"

"그, 그게 저……."

데라우치 체구보다 한 배 반은 될 정도로 덩치 큰 부하가 잔뜩 질린 표정으로 보고했다.

"전권 위원 임명장에는 국새를 찍고 서명했는데, 그런데……."

"그런데, 뭐야?"

말끝을 얼버무리는 부하를 향해 데라우치의 고성이 칼이나 총알보다도 빠르고 날카롭게 날아갔다. 그러자 거기 통감 집무실이 마구 흔들리는 느낌을 주었다. 마치 지진 발생이 잦다는 일본 본토 같았다.

"임명장에는 서명했는데…….."

한층 몸을 사리는 부하였다.

"서명했으면 됐지, 뭐가 또 문제라는 거야?"

데라우치가 몸을 있는 대로 들썩거리자 그가 앉아 있는 의자가 비명 같은 소리를 질렀다. 저러다간 애먼 의자만 결딴나지 싶었다.

"그, 그게…….."

부하는 한 방 쥐어박힌 듯이 푹 들어간 이마에 땀방울이 맺혔다.

"마지막 비준 절차에 해당하는 칙유에 서명하는 일은 완강하게 거부…….."

끝까지 듣기도 전이었다.

"빠가야로!"

급기야 책상 위에 놓여 있던 필기구 통이 공중을 날았다. 데라우치 손에서 벗어난 그것은 정확히 그곳 집무실 출입문에 부딪혀 산산조각이 나면서 그 속에 들어 있던 내용물들도 파편처럼 사방으로 튀었다.

"그렇다면 이걸 어떻게 한단 말이냐, 엉?"

성난 야생 늑대같이 으르렁거리는 데라우치였다.

"저…….."

거구의 부하는 덩칫값도 하지 못하고 불똥이 자기에게 튈세라 연방 데라우치의 눈치를 보아가며 조심스럽게 입을 열었다.

"칙유문에 서명을 받지 못해도, 방법이 없는 것은 아닙니다."

그래도 데라우치는 여전히 벌겋게 달아오른 얼굴로 고함쳤다.

"칙유문에 서명을 받지 못했는데, 무슨 방법이 있다는 게야?"

칙유문이라는 말을 할 때는 입에서 침방울이 튀어나와 집무실 바닥에 떨어지기까지 하였다.

"만약 우리 대일본국 천황 폐하께옵서 이런 사실을 아시게 되면, 나

데라우치를 어떻게 보시겠어, 어떻게?"

"……."

유리창 밖 화단에 서 있는 좀 시들시들해 보이는 왜송을 사납게 노려보는 눈초리로 다그쳤다. 원래 그곳에는 아주 운치 있는 조선소나무가 있었는데 베어내고 새로 심은 왜송이었다.

"당장 국내로 소환하여 옷을 벗길지도 몰라. 모른다고! 아니, 아니지. 그냥 옷 정도가 아니라 내 살가죽을 몽땅 벗겨 놓으려고 할걸?"

그러자 더 입도 벙긋하지 못한 채 듣고만 있던 부하가 제 품속에 손을 집어넣어 무언가를 꺼냈다.

"그건 또 뭐야?"

데라우치가 길게 쭉 찢어진 눈매로 그것을 째려보며 대뜸 물었다. 부하가 어딘가 거북스럽고 야릇한 표정을 지으면서 대답했다.

"행정 결재용 어새입니다."

데라우치는 무슨 소리냔 얼굴이었다.

"행정 결재용 어새라니?"

무척 못마땅한지 크게 질책하는 말투였다.

"이왕 가져오려면 국새를 가져와야지, 그깟 결재용 어새는 뭐 하려고 들고 온 거야, 엉? 괜히 쓰레기만 만들 거잖아?"

억울하다는 낯빛의 부하가 아니라고 항변하는 목소리로 고했다.

"사실 이것도 간신히 빼앗아 온 것입니다."

그제야 데라우치는 약간 수그러든 모습이 되었다.

"하여튼 그건 잘했어. 그리고 앞으로는 그것뿐만 아니라 우리가 이 나라에서 빼앗을 수 있는 것은 하나 남김없이 모조리 빼앗아 버려야 해. 알겠어?"

부하가 꼿꼿이 부동자세를 취했다.

"하이! 반드시 명령대로 따르겠습니다."

데라우치가 시무룩한 표정으로 말했다.

"할 수 없다. 국새 대신 그 어새라도 찍어 공포할 수밖에. 그러니 어서 실행에 옮기도록 하라고."

"하이!"

그렇게 큰 소리로 대답을 하고 나서도 부하는 얼른 움직일 기색이 없었다. 뭔가 하고 싶은 말이 남아 있는데 겁이 나서 우물쭈물하고 있는 양상이었다.

"왜 그래?"

데라우치가 성가셔하는 얼굴로 묻자 부하는 더듬거리는 목소리로 말했다.

"그, 급한 김에 어쩔 수가 없어 이 어새를 빼, 빼앗아 오기는 했는데……."

아직 말이 다 끝나지 않았는데도 데라우치는 신경질이 잔뜩 묻어나는 목소리로 명했다.

"공치사는 이제 그만햇!"

그러자 윗입술과 아랫입술이 짝짝이 같아 보이는 부하 입에서 나오는 말이었다.

"사실 이것을 찍는 것은 국제법으로 볼 때는…… 불법……."

남의 말끝을 가로채는 데는 이골이 났다.

"뭐라고? 부, 불법?"

"……."

그저 죽여주십사 숨소리도 제대로 내지 못하고 있는 부하였다.

"무슨 배부른 소릴 지껄이고 있는 거야?"

데라우치는 책상 위에서 또다시 손에 무언가를 집어 들었으나 간신히

화를 억눌러 도로 내려놓았다.

"지금 우리가 불법이고 물법이고 신경 쓰게 생겼어?"

당장 감방에 처넣어버리려는 태세였다.

"그럴 여유가 있냐고?"

부하가 처음으로 우람한 덩치에 걸맞게 제 딴에는 무게를 실은 목소리를 내었다.

"잘 알겠습니다, 통감 각하."

갑자기 축농증에 걸리기라도 했는지 '흠, 흠' 하는 소리를 내는 데라우치였다.

"즉시 실행에 옮기도록 하겠습니다."

"진작 그럴 일이지 무슨 놈의 잔소리가 그렇게 많아, 에잉."

저 한일합병으로 인한 대한제국의 운명은 단군 이래 그 유례를 찾아볼 수 없을 정도로 최악의 밑바닥까지 거꾸로 처박힌 지 오래였다. 온 나라가 도저히 헤어날 수 없는 매우 극심한 절망과 혼란에 빠졌으며, 그 기류는 서울에서 천 리나 떨어져 있는 그곳 남방 구석구석에까지 퍼져 나갔다.

고을 사람들은 아침에 눈만 뜨면 또 달라져 있는 세상을 보고는 그저 넋을 잃었다. 이제는 낙담하고 분노할 기력마저 남아 있질 못했다. 그냥 세상 돌아가는 대로 속수무책 지켜볼 수밖에 없는 현실이었다. 봄이 오지 않고 겨울이 두 번 와도 그냥 맞아야 하는 처지에까지 내몰리고 있었다.

그중 빠뜨릴 수 없는 것 하나가 지역 최고 실권자가 있는 저 선화당의 변모였다. 도청 이전설에 진노한 성민들이 몰려와 포위를 하고 결국 관찰사가 공개 사과를 하여 겨우 무마되었던 곳이었다.

그러나 그날 고을 사람들이 다 끝난 것으로 믿고 자진 해산했지만,

경남도청 부산 이전 계획은 사실 끝난 것이 아니었고 오히려 그때부터 시작이었다. 단지 순진한 성민들이 몰랐을 뿐, 조선총독부는 언론을 이용하여 그것을 기정사실화 시키려 들었다. 물밑으로 은밀히 진행되고 있었던 것이다.

그 사건과 관련된 최초의 발언은, 일본어 신문인 조선시보가 당시 경남관찰사였던 황철이 한 말을 인용 보도한 것이라고 할 수 있었다.

그런데 훗날, 그것은 더욱 복잡하게 얽히고설키게 된다. 부산일보에서는 '도청 부산 이전 결정'이라는 글을 게재했고, 그 뒤 제2대 총독이 취임한 직후에는 경성일보에 도청 이전 문제가 거론되었다.

그리고 이것은 더 나중의 일이라, 그때 당시 그 고을 사람들은 상상조차도 할 수 없었을 테지만, 그것은 갈수록 더 구체적으로 알려질 지경에 이른다. 특히 발간된 지 얼마 안 된 동아일보에서는, '경상남도청의 이전은 오래된 현안이었는데 총독부에서 최근 이전을 결정했고, 이전지는 부산 남해안 대정공원 부근이 될 듯하다'라는 내용을 보도해 눈길을 끌었다.

결국, 그 고을에서는 또다시 경남도청 이전 반대시민대회를 열었으며, 그 운동은 선화당을 포위했던 이전의 시위와는 비교가 아니게 치열하고 격심했다. 더군다나 일부에서는 철시시위撤市示威도 펼쳤고, 앞서 말한 시민대회 결정으로 '진주도청 이전 방지동맹회'란 간판을 내걸고 반대청원 서명운동을 벌이기도 하였으니, 그 사건은 두고두고 회자되기에 모자람이 없었다.

그런데 어느 날부터인가 지역민들 사이에 이런 놀라운 말들이 오갔다.

─ 머? 관찰사가 쫓기났다꼬?
─ 그뿐이모 괘안커로? 인자부텀 선화당은 조선총독부의 갱남도청 건

물로 사용된다 안 쿠나.

— 그라고 또 안 있나, 일본인 도장관이 선화당 주인이 될 끼라데.

— 하기사 왜놈들한테 나라를 완전히 빼앗기기 전부텀 관찰사는 아모 실권도 없는 일제 허수애비 아이었나.

10월 초순이 끝나갈 무렵이었다.

일본인 경남도장관 가가와(향천휘)가 성내 영남포정사 안에 자리하고 있는 선화당에 모습을 드러내었다.

그것은 초대 조선총독 데라우치의 무단 통치 방침에 따라 선화당을 떠날 때까지 경남도민에게 총칼로 살벌한 도정을 펼치기 위한 첫 발걸음이었다. 이른바 일제의 악명 높은 저 헌병경찰제가 시작되었던 것이다.

초대 경남도장관 가가와는 비단 모자를 쓰고 있었다. 그 모자는 임배봉의 동업직물에서 만든 것이거나, 무라마치 형제가 경영하고 있는 백화점인 삼정중 오복점에서 특별히 구입한, 아니 상납 받은 것인지도 모르겠다.

아무튼 그는 학교 건물을 떠올리게 하는, 단층 기와지붕의 선화당 건물이 옆으로 길게 늘어서 있는 지점에서 발을 멈추었다. 그를 수행하고 있던 자들도 일제히 그의 그림자처럼 그 자리에 섰다. 그러자 홀연 공기가 달라지는 듯했다.

가가와는 길쭉한 벽에 붙어 있는 유리창을 통해 그 안을 들여다보면서 게걸스러운 표정으로 기이한 미소를 짓고 있었다. 선화당 건물 바로 앞에 서 있는 나무들은 잎사귀가 몇 개 달려 있지 않은 앙상한 모습을 하고, 거들먹거리는 그 이국인을 물끄러미 내려다보고 있었다. 어쩌면 그 나무들도 정면 일곱 칸, 측면 네 칸의 멋진 팔작지붕으로 된 옛날의 선화당 건물을 그리워하고 있는지도 모를 일이었다.

그러나 그 나무들인들 내다볼 수 있었으랴. 그때 자기들이 뿌리를 내리고 살아가고 있는 거기가 그로부터 머잖은 훗날, 그 고을 사람들에 의한 민족해방운동이 벌어지게 되자, 일본군들이 그 소요 사태를 진압하기 위한 그들의 작전본부로 사용하게 되리라는 사실이었다. 아마도 도장관 집무실과 도청 산하 경남 경찰부가 그곳에 있었기 때문이 아닌가 싶었다.

여기는 말티고개와 뒤벼리 사이에 있는 주막집이다.

빨간 댕기 주모의 조카가 아직도 영업을 하고 있었다. 풋풋한 처녀였던 그녀도 이제는 호리호리하던 허리통이 꽤 굵어진 편이었고, 약간은 서글프게 술어미 티가 완전히 몸에 배어 있었다.

또 한 가지 변화는, 그 가게를 처음 열었던 빨간 댕기 주모는 고향 시골로 내려가고 거기 없다는 사실이었다. 그 사이에 조카사위를 보았던 모양으로, 웬 사내 하나가 부엌방 안에 앉아 마늘을 까고 있는 게 봉놋방에서 얼핏 보였다. 이쪽에서 봐도 어깨가 좀 좁고 입성이 약간 헝클어진 상태였지만 불량한 사람 같지는 않았다.

오랜만에 그곳을 찾아 술상을 놓고 마주 앉은 호한과 언직도 지금은 나이 먹은 모습이 완연했다. 낙천적인 눈을 가지려고 해도 '초로인생'의 덧없음을 느낄 만하였다.

"다린 곳도 그렇지만도, 친구야."

"흠."

"특히나 선화당이 저리 돼삔께네 에나 좀 그렇거마는."

"와 아이라?"

"우째 이런 일이 다 있노."

"인자 우리 조선인에 으한 도정 업무는 모돌띠리 사라져삐거로 되고 안 말았는가베."

"조노무 굴리온 돌을 우째야 되것노."

"빼이기 전에 박힌 돌을 옮기? 그거는 아이다."

두 사람의 대화 내용 또한 그 고을 여느 백성들과 마찬가지로 시종 선화당을 중심으로 맴돌고 있었다. 한심하다고 누가 트집을 잡아도 현실은 어쩔 수 없는 것이다.

"하기사 나라가 완전히 저놈들 손에 넘어가기 전에도 일제 헌병이 갱찰권을 장악하고 안 있었디가."

"하지만도 인자부텀은 상구 더 노골적이고 무자비한 모양새로 나타날 끼라."

"이런 기 시상 사람들 인심이라 캐야 하나 머라 캐야 하나. 하여튼 너모 쉽거로 변하고 배뀌는 기 에나 싫고 무섭다 아인가베."

"머 말인데?"

언직은 술을 단숨에 쭉 들이켠 후 잔을 상 위에 탁 소리 나게 내려놓았다.

"선화당이라쿠는 그 이름 말이제. 물론 관찰사가 재임하고 있을 적에 사용된 바 있는 맹칭(명칭)이기는 하지만도, 에이."

그 이야기는 호한의 뇌리에 선화당 정문 영남포정사 앞을 지키고 있는 파수꾼들을 불러오게 했다.

"일본인 도장관이 부임한 이후로는……."

문득, 누룩 뜨는 냄새가 코를 찔렀다. 그 바람에 홀연 취기가 오르는 언직이었다.

"그기 올매나 됐다꼬 하매 선화당을 선화당이라 안 부리고 그냥 도청이라고만 부리고 안 있나, 그 소린 기라."

호한이 큰 아궁이에서 타오르고 있는 불길이 그의 입김을 받아 한쪽으로 쏠릴 정도로 깊은 한숨을 내쉬고 나서 말했다.

"언직이, 우리 오늘 이 술자리는 선화당을 추모하는 자리로 해 보모 우떨꼬 싶은데, 자네 생각은 우떻노?"

언직은 그 말뜻을 잠시 짚어보는 눈치더니 동의했다.

"무신 으민고 알것네. 우리 그리함세."

호한이 술잔을 내려다보며 말했다.

"인자 술맛이 제대로 나것거마."

언직은 잔을 들더니 누군가에게 위로의 잔을 건네듯 하였다.

"그라모 비록 말은 몬 하는 선화당이라 쿨지라도 멤이 쪼매 안 풀리까이."

"하하."

호한이 잔뜩 굳어 있던 얼굴을 조금 풀면서 웃었다. 언직도 따라 웃었다. 그러고 나서 두 사람은 똑같이 생각하였다.

'저 친구, 저리 웃는 거를 운제 봤디제?'

'십 년도 더 넘은 거 매이다, 저리 웃는 모냥은.'

그때다. 솥에 불을 때면서 그 손님들 모습을 물끄러미 바라보고 있던 주모 입에서 문득 노랫가락이 낮게 흘러나오기 시작했다.

오늘날은 심심하여
베틀 연장이나 챙겨볼까
베틀 다리 네 형제는
동서남북 갈라놓고
앉을 개는 돋움 놓아
그 위에 앉은 이는
모두 각시 상경하고

그 고장 베틀노래였다. 아낙들이 삼베나 명주, 무명 등의 피륙을 짜면서 부르는 그 노래는, 세월이 갈수록 예전보다 더 듣기 어려워지고 있었다. 지난날에는 흔하게 들었던 그 노래를 좀 더 시간이 흐르면 영원히 듣지 못하게 될지도 모른다.

"가마이 생각을 해 보모 저 선화당만치 수많은 오욕의 역사를 간직한 것도 벨로 없을 끼다."

언직의 말이 물기 묻은 피륙같이 눅눅했다.

"저 건물이 운제 세워졌는고 정확한 기록은 없는갑데."

한때 관직에 몸담고 있었던 무관 출신 호한은, 그 고을 역사를 기록한 어떤 책자에선가 읽었던 내용을 기억 이편으로 일으켜 세웠다.

"우쨌든 임진왜란 직후 우병영 설치 때부텀 있었던 거는 틀림없는 거 겉은데……."

그 말을 하는데 그의 눈앞에 또 나타나 보이는 것은, 영남포정사의 1층 기둥에 걸린, '경상남도청'이라는 글귀가 새겨진 커다란 세로형 문패였다. 원래 경상우도 병마절도영의 문루로서 그 전신은 '망미루'였던 영남포정사였다.

"물론 맹칭이사 달랐다꼬 해도 말이제."

호한의 말도 아련한 추억의 기운을 싣고 있었다.

몰캐라고 생긴 것은
구렁이 죽은 넋일는지
뚤뚤 감고 나자빠졌네
부띠 허리 두른 양은
비 오고 갠 날
허리 안게 두르듯

자잘개 물 준 양은

세우細雨 살살 뿌린 듯네

아직은 젊은 술어미의 그 노랫가락은 어딘가 애잔하고 텅 빈 느낌이 묻어나고 있었다. 뭇 사내들에게 시달리는 주막집 여자로 살아가지 않고 평범한 여염집 아낙이 되어 베나 짜면서 살고 싶다는 소박한 욕망을 품고 있는지도 모르겠다. 그 빨간 댕기 주모의 여생도 어떠할지 궁금했다.

"우쨌든 저리라도 살아남아 있는 기 용타 아이가."

"그거는 맞는 말이거마는. 함 돌아봐라꼬."

그들은 술보다도 더한 무엇에 서서히 취해 가고 있었다. 말수도 갈수록 늘어나고 몸동작도 좀 더 커졌다.

"철종 임금 때 일어났던 농민 봉기, 고종 임금 당시에 일어났던 갑오 농민전쟁, 그라고 을미년에 노규응이 일으킨 으뱅 봉기, 그 여러 객낭(격랑)들을 겪어옴시로 올매나 깊고 큰 상처를 입었것노 말이다."

"내는 선화당만 떠올리모 젤 가슴 아푸고 화가 나는 기 머신고 아나?"

"머시고?"

"왜눔들이 우리한테 대고, 거 머꼬?"

"음."

"무신 보호조약인가 지랄조약인가 하는 거를 강요한 그담에 새로 세운…… 알제?"

"더 계속해라꼬."

"새로 세운 저 선화당인 기라."

"아, 내도 똑겉다. 사실 그전에 있던 우리 선화당 건물은 올매나 멋이 있었노. 내 시방도 딱 그리 보일 수 있다 고마. 아조 전통적인 우리나라 고유의 한식 관아 건물이었더라."

"그란데 시방 저 선화당, 아이제, 인자는 선화당이 아이고 그냥 도청이라 부리지만서도, 아무튼 그냥 길쭉한 기 에나 멋대가리 하나도 없다 아이가. 고마 기분이 팍팍 상해갖고 미치삐것다 아인가베."

"오데 그뿐이모 괜안커로? 방금 자네가 이약한 그냥 길쭉한 그 베름빡에 갑갑하거로 딱 붙어 있는 그눔의 유리 창문은 또······."

다문다문 주는 쳇발
북두칠성 주는 듯네
배부른 기러기 알을 안고
옥양강을 드나들고
바디집 깡깡 치는 소리
옥양이라 깨치듯네

젊은 술어미의 베틀노래는 아궁이 속에서 활활 타오르는 거센 불길을 따라 한층 붉은 음색을 띠어 가고 있는 성싶었다. 술은 손님들이 마시고 있는데 취하는 사람은 술어미가 아닐까 여겨지는 순간이었다.

부엌방에 앉은 사내는 이제 마늘을 다 깐 모양이었다. 그도 남모를 애환이 깊은 사람 같았다. 두 눈을 꼭 감고 아내가 낮게 흥얼거리는 노랫가락을 듣고 있는 모습이 어쩐지 술집 사내와는 거리가 멀어 보였다. 오랫동안 도를 닦는 수도승이나 고뇌에 찬 예술가를 연상케 하였다.

"우쨌든 간에 선화당이 행정청으로서 오랫동안 진주 뱅사를 비롯해 진주부 관찰사, 경남도 관찰사, 그라고 인자는 일본인 도장관 집무실로 사용되고 있지만도, 내중에 가서는 또 머가 될랑고 모리것다."

"고마 헐리서 자취도 찾아볼 수 없을랑가도 모리제. 시방 나라 돌아가는 꼬라지 보모 자꾸 그런 방정맞은 생각도 드는 기라."

잉앗대는 삼형제요

눌깃대는 독자로다

삼발 났다 저 베기미

삼천 군사 거느리고

커다란 대한 길에

하늘하늘 잘도 간다

스스로의 노랫가락에 도취해 버린 걸까. 조금 전부터 아궁이 불이 다 꺼져 가는데도 술어미는 땔감을 더 넣어야 한다는 것을 까마득히 잊고 있는 모습이었다. 커다랗고 시커먼 가마솥에서는 아직도 김이 나고 있지 않으니, 솥 안의 음식은 다 익거나 끓지도 않은 것 같은데 말이다. 어찌 보면 그녀 마음은 벌써 타들어 갈 대로 타들어가 남아 있는 것이 없는지도 모르겠다.

아무튼, 노랫말이 꽤 길고 어려운 그 베틀노래를 잘도 흥얼거리고 있는 걸로 보아, 그녀는 뛰어난 기억력을 가진 영리한 여자가 아닐까 싶었다. 차라리 둔하고 미련한 쪽이라면 팍팍한 삶 앞에서 좀 덜 노출될 수도 있을 것이다.

두 사람 목소리가 하나같이 확 낮아지기 시작했다. 마치 불씨가 꺼지고 검은 재만 남듯 얼굴 또한 더한층 어두워졌다.

"호한이 자네, 가가와가 요새 하고 있는 짓에 대한 소문 들었나?"

"머 말고? 선화당 주변에 일본인 관공리 숙소 맨든 거?"

"하모, 그거."

"음."

"그란데 각중애 와 그런 거를 맹글고 발광이제?"

"내가 판단해 볼 적에는 안 있나."

"으응."

"난장을 칠 한일합뱅조약을 맺은 후에 말이제, 우리 고장에 거주하고 있는 일본인 거류민단들이……."

"저거들 멋대로 지정해 논 거류지에 들와 있는 쪽바리들?"

"하모, 그자들이 신상의 이햅을 느끼고 있는 거 땜새 그라는 거 겉다."

"그라모 고것들을 보호해 줄라꼬 그란다, 그 말이가?"

"대충 짚어 봐도 안 그렇나. 가가와가 부하 직원들하고 가족들을 선화당 주변에서 살거로 핸 거 보모 알 쪼다."

"저 아궁이 불씨를 갖고 고것들 있는 데 가서 불을 확 싸질러 버려?"

술어미는 노래를 마지막 구절까지 다 불러야 성이 찰 모양이었다. 가락은 물론이거니와 짧지 않은 가사도 전부 외우고 있다는 게 신기할 지경이었다.

용수 머리 우는 소리
홀로 가는 외기러기
벗 부르는 소린 듯네
쿵절쿵 도토마리
정절쿵 일어남서
배이뱉에 듣는 양은
구시월 세단풍에
나뭇잎 듣는 듯네
절로 굽은 저 철귀신
사시춘춘 사시절에
큰애기 발꿈치만 물고 돈다

"자네 이약 들어보모 그런 거 매이다."

"비극이다."

"그란데 가가와가 머 땜새 선화당 주변을 택했으까?"

"아, 그거?"

언직이 묻자 호한은 곧바로 대답했다.

"선화당이 있는 곳에 일제의 헌뱅대 본부하고 갱찰부 그라고 갱찰서가 있어서 그랬것제."

가마솥도 들썩거리게 할 정도로 목소리가 격앙되기 시작했다.

"쥐새끼 겉은 늠! 가가완가 오오완가 하는 그늠, 지 나라로 살아서 돌아가거로 해서는 안 될 끼다!"

"내는 그늠이 운제쯤 우리 고장을 떠나까, 될 수 있으모 쌔이 가삐모 좋것다, 그 바람이 더 간절하거마."

그 대화를 끝으로 두 사람은 말없이 술을 들이켜기 시작했다. 술집 부부는 내내 대화가 없었다. 행여 금실이 좋지 못한 걸까, 아니면 갈수록 일제 발호가 심해지는 곤궁한 생활에 너무나 지쳐서일까. 그 어느 쪽이든 간에 불행한 것은 틀림없었다.

한참 전에 불이 꺼져버린 아궁이 속은 몹시 컴컴해 보였다. 그리고 그것만큼이나 호한도 언직도 지금까지 그들이 나눴던 그 선화당 주변의 앞날에 대해 깜깜하였다.

그들이 다 알 수는 없었다. 방금 자기들 대화에 올랐던 일본인 관공리 숙소 등이 일제 관사의 시초가 되며, 그것을 계기로 하여 선화당 주변의 성안에는 계속해서 일제의 각종 기관과 단체의 관리들이 거주하는 관사가 많이 들어서게 되는 것이다. 굴러온 돌이 박힌 돌 빼는 것은 그다지 어려운 일도 아니었다.

얼마나 더 빼앗겨야

일본에게 나라를 빼앗긴 후 달라진 것은 단지 선화당뿐만이 아니었다. 거의 모든 것들이 바뀌었다고 해야 마땅하다.

비봉산 아래에 있는 종묘장도 마찬가지였다. 가마못 안쪽 마을에 살고 있는 꺽돌과 설단은, 비화가 무상으로 주다시피 한 전답에서 일하며, 나날이 달라지고 있는 종묘장에 대한 이야기를 나누고 있었다.

그 종묘장은 처음 생길 때부터 뭔가 석연찮고 부정적인 요소가 없지는 않았지만, 그래도 대한제국의 주권이 상실되기 전에는, 각 지역에 적합한 품종과 재배법을 시험 보급하는 한편으로, 농작물에 비료를 뿌리는데 필요한 표준량을 결정해 주는 등, 농사시험 연구와 농촌 지도사업을 목표로 기반을 다져가던 중이었다.

그런데 일제 식민지가 되자 우선 그 이름부터 바뀌면서 모든 게 변하기 시작했다. 그건 미리 다 짜인 각본에 따른 것으로 보였다.

"내사 맨 첨부텀 그 종묘장이라쿠는 기 요만치도 멤에 안 들었거마는. '종'이라쿠는 말이 앞에 들어가서 그런 긴가?"

임배봉 집안 종으로 있다가 이제는 거의 농군이 다 됐는지, 꺽돌의 밭 가는 솜씨도 제법 자연스러워 보였다. 농부는 밭을 탓하지 않는다는 말의 의미도 깨달을 정도가 되었다.

'쨱쨱, 쨱쨱.'

부리는 거무스름하고 등은 흑갈색인 참새 여러 마리가 밭두렁에 앉아 꺽돌의 말에 수긍이 간다는 양 소리를 내고 있었다.

'참새가 죽어도 쨱 한다, 그리 안 쿠나.'

그런 생각을 하며 한동안 묵묵히 북만 돋워주고 있던 설단이 말했다.

"지는 이해가 안 되고 딱 싫거마예."

밭두렁을 걷고 있는 참새가 보였다. 걷는 참새를 보면 그해에 대과大科를 한다는 말이 생각났다. 희귀한 일을 보면 좋은 운수를 만난다는 뜻일 터인데, 아무래도 지금은 그게 아닌 성싶었다.

"진주종묘장이라쿠는 멀쩡한 이름을 벨 탈도 없는데 내삐리고, 갱남종묘장이라쿠는 이름을 와 어거지로 갖다붙이예?"

꺽돌이 땅을 파고 있던 괭이를 지팡이 삼아 짚고 서서 북쪽으로 둘러처져 있는 야산의 묏등들을 바라보다가 고개를 돌렸다.

"하여튼 갱남종묘장이 됨시로 왜눔들의 관권에 으한 소위 농사개량사업이라쿠는 것으로 이뤄지기 시작 안 했다가."

잠시 일손을 멈추고 허리를 곧추 편 부부의 눈은 똑같이 그 고을 주산인 비봉산 저 아래에 자리 잡고 있는 종묘장 쪽을 향했다.

그 규모는 건물과 부지가 오백 마흔 한 평이었고, 종묘장에 딸린 시험전試驗田이 6반보半步, 화전火田이 1정보町步였는데, 거기에 종자와 종묘를 시험 재배하였다.

"보이소!"

"와?"

꺽돌은 아내가 지금 자신이 종묘장 쪽을 보면서 생각하고 있는 것처럼 자기들 밭에 심을 종자나 종묘에 대한 말을 할 줄 알았다. 그런데 설단의 입에서는 그곳 감독전監督田에 관한 이야기가 나왔다.

"우리가 거 소작을 안 붙이묵것다꼬 그냥 나와뻔 기 잘한 거는 맞지예? 아인가예? 당신 판단에는…….."

그 말이 끝을 맺기도 전에 꺽돌이 버럭 고성을 내질렀다.

"잘한 기 아이모?"

밭두렁 참새들이 놀라 푸드덕 공중으로 날아올랐다. 깃털이 어지럽게 날렸다.

"그라모 잘몬한 것가?"

여전히 어린 새처럼 가느다란 설단의 목이 움츠러들었다. 이제는 억호에게 빼앗긴 아들 재업의 일도 잊을 만하건만 아직도 그녀는 강한 죄의식에서 벗어나지 못하고 있다는 슬픈, 아니 신경질이 나게 하는 증거였다.

"내 더럽고 애니꼽아서!"

꺽돌은 밭두둑에 침을 탁 뱉으며 구시렁거렸다.

"시방 떠올리도 속에 든 기 싹 다 넘어올라쿤다."

"여보."

기분 나쁜 기억이 떼려고 해도 자꾸 달라붙는다는 모양새였다.

"지도? 농사지도?"

"고마하이소."

저만큼 떨어진 곳에 서 있는 오래된 감나무 가지 위에 올망졸망 모여 앉아 있는 참새 무리를 흘낏 쳐다보았다. 내 고함소리에 놀라 달아난 곳이 기껏 거기인가 싶은 표정의 꺽돌이었다.

"이름 한분 조오타!"

"지발예."

설단은 내가 또 방정맞게 괜한 소리를 끄집어내어 남편을 화나게 했다고 내심 크게 후회했다.

'그거 생각하모 성 안 날 사람이 오데 있것노?'

종묘장에서는 감독전 6정町 7묘보猫步를 고을 일반 농민들에게 소작 주었다. 문제는 그들의 감시와 감독이 인내의 한계를 넘을 정도였다는 사실이었다. 이건 완전히 노예 취급이었다. 종놈도 그런 종놈은 없었다. 그리하여 꺽돌 부부뿐만 아니라 또 다른 농민 몇도 더러워 더 이상 소작 붙여먹지 못하겠다고 나와 버렸던 것이다.

설단이 부러운 것은 종묘장 과수원이었다. 2반 8묘보가량 되었는데, 해마다 사과와 배, 복숭아를 비롯하여 감, 딸기, 포도 등 많은 과실을 재배하였다. 우리에게 저런 과수원 하나 있으면 정말 얼마나 좋을까 싶었다.

하지만 설단은 그게 나의 평생 꿈이라는 말을 입 밖에는 꺼내지 못했다. 만약 남편이 그 말을 듣는다면 보나마나 또 호령바람이 떨어질 것이 뻔하기 때문이었다. 그렇게 꺽돌은 그 종묘장과 관련된 것이면 모조리 증오하고 혐오하고 금기시하였다.

특히 꺽돌은 일제의 이런 선전을 정말 못 참아 하였다. 그 종묘장은 농사의 개량과 발전을 목적으로 매년 농사일에 들어가는 요긴한 종자와 종묘를 개발할 뿐만 아니라, 씨받이 조류(주로 닭)와 돼지도 생산하여 널리 농가에 배포하고 있다는 것이다.

"흥! 주디에 반지르르 지름(기름)을 몇 통이나 처발라갖고……."

꺽돌은 흥분하면서 욕설을 퍼부었다. 사실 말은 그럴싸했지만, 실제와는 거리가 한참이나 동떨어졌다. 하긴 모든 게 그런 형국이었다.

비봉산 기슭 쪽에서 까치 한 마리가 날아 내려오더니 그들이 일하고 있는 밭 근처에 서 있는 벚나무 가지에 올라앉아 '깍깍' 소리를 내기 시

작했다. 검정빛과 흰빛이 잘 섞인 데다 군청색이 퍽 어울리는 까치를 젖
은 눈빛으로 올려다보며 설단이 흡사 사람에게 하는 것처럼 말했다.

"반가븐 손님도 안 오는데, 맨날 그리 울어봤자 머하노?"

그래도 까치는 울음소리를 멈추지 않았다. 꺽돌이 괭이자루 쥔 손에
힘을 꽉 넣으며 말했다.

"와 안 와? 왔제."

"예?"

설단이 크고 둥근 눈을 들어 꺽돌을 보며 물었다.

"왔다꼬예? 반가븐 손님 누가 왔는데예?"

꺽돌이 종묘장 쪽을 노려보았다.

"저 와 있다 아이가?"

"……."

설단은 꼭 낯선 사람 보듯 남편을 빤히 쳐다보았다. 도대체 지금 그
가 무슨 소리를 하고 있는지 모르겠다. 설단은 손에 들고 있던 호미를
땅에 내려놓았다.

"함 말씀해보이소."

삼각형의 날과 가는 목을 꼬부리고 자루를 낀 그 호미는 김을 맬 때
없어서는 안 될 농구였다. 설단은 흙이 잔뜩 묻어 있는 호미도 의아해하
는 것 같다는 생각을 하였다.

"반가븐 손님, 누예?"

꺽돌이 대뜸 외치는 말이었다.

"왜눔 기술행정관!"

그 고함소리에 놀란 까치가 벗나무 가지에서 날아 저만큼 보이는 큰 바
위 뒤쪽으로 자취를 감추었다. 간혹 야산에서 내려온 청설모란 놈이 올라
앉아 연방 입을 오물거리며 무언가를 먹곤 하는 짙은 회색 바위였다.

"행정관! 기술!"

꺽돌이 한 번 더 소리쳤고 설단은 그제야 알아들었다는 빛이었다.

"아, 그 일본 사람."

꺽돌이 벌겋게 달아오른 얼굴로 왈칵 피를 토하듯 하였다.

"그기 무신 뜻이것노? 모리것나?"

"여보."

설단은 귀가 먹먹했다. 그들 집 외양간에 있는 천룡이 내는 '음매' 소리가 환청처럼 덤벼들었다. 그 속에는 삽사리란 놈이 낑낑거리는 소리도 섞여 있었는데 어쩐지 주인을 원망하는 것으로 들렸다. 딱히 그럴 만한 사유도 없지만, 그런 심정이었다.

"저것들 눈 밖에 나모 우리 조선 소작농이나 자작농들이 농사를 몬 짓거로 맨들어삐것다, 바로 그런 사악하고 비열한 처산 기라."

"예."

설단은 새삼스러운 눈빛으로 남편을 보았다. 아주 어릴 적에 지리산 쪽 어디에선가 황 할아범 손을 잡고 그 고을에 왔었다고 기억하고 있는 그였다.

'해나 저이는…….'

어쩌면 그는 역적죄로 몰려 몰락해버린 양반 가문 자제가 아니었을까 하는 생각이 또 고개를 치켜들었다. 그만큼 그는 의젓하고 사물을 헤아리는 눈이 밝았다. 그리하여 그런 기분이 되면 설단은 자신이 대갓집에 시집간 것처럼 가슴이 뿌듯해지면서 아무에게나 자랑하고 싶은 강렬한 욕망에 사로잡히곤 하였다.

그런데 아주 뜻밖의 일이 벌어진 것은 그들이 그러고 있을 때였다. 저만큼 마을과 통해 있는 길목으로 웬 그림자 세 개가 나타났다.

'누고?'

'그런께네예. 몬 보던 사람들 아입니꺼?'

서로 마주친 부부의 눈빛에 궁금증이 흐르고 있었다. 하지만 그보다 더한 것이 경계심과 거부감의 발로였다. 일제가 이 땅에 들어온 후로 조선 백성들에게 생겨버린 서글프고도 아픈 현상이었다.

그들은 부부가 눈 하나 깜빡이지 않고 지켜보고 있는 사이에 점점 더 이쪽으로 가까이 다가오고 있었다. 그들 몸 뒤편으로 가마못 안쪽 마을이 낮게 주저앉아 있는 게 눈에 들어왔다.

그런데 그들 행색이나 얼굴이 좀 더 또렷하게 드러날 즈음, 부부는 똑같이 안색이 크게 변하면서 가슴이 '쿵' 하고 서까래나 담장 무너지는 듯한 소리와 함께 내려앉았다.

'하나는 우리 조선 사람인데, 남어치 둘이는 왜눔 아이가!'

'조것들이 머 땜새 여 온 기제?'

부부는 숨을 죽인 채 보지 않는 척 그자들을 훔쳐보았다. 그때쯤 이쪽을 발견한 그들도 약간 머뭇거리듯 조금 꺼리는 것 같은 기색이 전해졌다. 그 반응이 더 의구심을 품게 했다.

부부가 더욱더 미심쩍고 가슴이 벌름거린 것은 남자들 셋이 하나같이 양복쟁이라는 사실이었다. 농사꾼이나 장사치가 아니라 관공서 같은 곳에서 근무하고 있는 신분들이 틀림없었다. 부부는 괜스레 한층 심장이 위축되는 기분이었다.

"……."

일본인 하나가 눈으로는 부부를 째려보면서 동행한 조선인에게 저들이 누구인가를 묻는 모양이었다. 그러자 조선인이 신경 쓰지 말라는 시늉을 해 보였다. 그래도 일본인은 계속 이쪽에 눈을 떼지 않고 있었다. 꺽돌을 볼 때는 당장 시비를 걸려는 표정이었고, 설단을 볼 때는 음흉한 빛이 드러나 보였다.

부부는 적잖은 위기감을 느꼈다. 지은 죄도 없으면서 공연히 몸과 마음이 함부로 떨렸다. 꼭 죄가 있다고 잡아가는 왜놈들이 아니었다. 자기들 심사를 조금이라도 거스른다 싶으면 불문곡직, 마구잡이로 대하는 족속들이었다.

삼십 대 초반으로 보이는 조선인은, 사십 대 중반의 일본인과 자기와 비슷한 또래의 일본인에게 뭔가를 안내해 주기 위해 나선 게 아닐까 여겨졌다. 허우대는 일본인들보다 조선 남자가 더 멀쩡해 보였다.

'나쁜 눔! 쪽바리들한테 붙어갖고 살아가는 벌거지보담도 못한 눔! 그래갖고 운제꺼지 잘살 낀고 내 함 두고 볼 끼다.'

설단이 잔뜩 겁을 집어먹은 채 눈 둘 곳을 몰라 하는데, 꺽돌은 절간 사천왕상같이 부리부리한 눈으로 일본인들뿐만 아니라 조선인도 매섭게 노려보았다. 우람한 체구를 가진 꺽돌의 눈빛에 질린 모양인지, 아니면 뭔가 켕기는 것이 있는 탓인지는 몰라도, 조선인은 서둘러 일본인들을 인도하고 있었다.

'후우, 우리한테 볼일은 없는갑다.'

설단은 내심 안도의 한숨을 내뿜으며, 그들 밭을 지나 더 안쪽으로 들어가고 있는 그자들을 지켜보았다. 뒤에서 보는 셋 다 걸음걸이가 왠지 모르게 허방을 딛고 가는 모양새로 비쳤다.

"어, 저게는?"

꺽돌이 작은 소리로 설단에게 물었다.

"강 씨 전답 있는 데로 가고 있는 기 아이가?"

설단도 꺽돌에게만 들릴 만큼 목소리를 낮추었다.

"예, 맞아예. 강 씨 전답 맞아예."

그들 부부가 부쳐 먹고 있는 비화의 소유지와는 두 개의 밭과 하나의 논을 사이에 두고 펼쳐져 있는 강 씨 소유의 전답이었다.

이윽고 낯선 방문객들은 약간 높은 곳에 있는 밭과 그보다 조금 낮은 곳에 붙어 있는 논의 중간쯤 되는 논두렁 가에서 걸음을 멈추었다. 그러더니만 논과 밭을 번갈아 보면서 자기들끼리 무어라 열심히 대화를 나누기 시작했다.

"저 사람들이 우째서 넘의 전답에 와갖고 저라지예? 쥔도 없는데……."

설단이 고개를 갸우뚱했다. 이제는 서로 거리가 다소 떨어져 있어 목소리가 그들에게 들릴 정도는 아니었다.

"글씨, 뭔 일이 있기는 있는 모냥인데, 도통 알 수가 없거마는."

꺽돌 음성은 그때 근방 밭 가장자리로 날아드는 큰 까마귀 빛깔만큼이나 어두웠다. 아무리 봐도 좋은 일은 아닌 성싶었다. 부부는 그 정체를 명확하게 말해 보일 수 없는 어떤 께름칙하고 불길한 예감에 휩싸였다.

어쨌거나 두 사람이 영문도 모른 채 엉거주춤 서 있는 중에도 그자들은 계속해서 무슨 이야기인가를 나누었다. 때때로 뭐가 그렇게 통쾌하고 좋은지 크게 웃어 젖히는 소리가 바람결에 실려 부부 쪽으로 날아오기도 했다. 부부는 눈짓으로 말을 주고받았다.

'고만 가자꼬. 더 일할 기분이 아이거마는.'

'지도 그래예. 저들이 이짝으로 돌아오기 전에 쌔이 집으로 들가예.'

그런데 부부가 서둘러 농기구를 챙겨 들고 막 그 자리를 뜨려고 할 때였다. 조금 전에 그자들이 모습을 드러냈던 바로 그 길목 위에 또 다른 그림자 둘이 나타났다. 앞에서 허겁지겁 달려오고 있는 사람은 남자였고, 그 뒤에서 금방 엎어질 듯 꼬꾸라질 듯 따라오고 있는 사람은 여자였다.

"아, 강 씨 아자씨하고 합천띠기(뜨기)라예!"

꺽돌보다 눈이 밝은 설단이 먼저 알아보고 큰 소리로 말했다.

"맞네? 그렇거마."

그 말끝에 꺽돌은 마음에 뭔가 짚이는 게 있었다.

"아! 그라모 해나?"

설단이 눈길은 오고 있는 그들에게 둔 채 물었다.

"무신 일인고 아시것어예? 모리시것어예?"

"……."

그러나 거듭되는 설단의 물음에도 꺽돌은 아무런 대답이 없었다. 그 대신 바라보기 흉할 정도로 마구 일그러지는 얼굴이었다. 그의 두툼한 입술 사이로 설단이 얼른 알아듣기 힘든 무슨 욕설 비슷한 소리가 나왔다. 결코, 말버릇이 험한 그가 아니었다. 부부가 맨 처음 들은 강 씨 말은 이랬다.

"안 된다! 안 된다! 그 땅이 우떤 땅이라꼬?"

그다음에 들려온 합천댁 말은 또 이러했다.

"도로 우리를 쥑이소오! 쥑이삐이소오!"

두 사람은 꺽돌과 설단은 본체만체, 아니 눈에 보이지 않는지, 그들 앞을 그대로 지나쳐 저만큼 세 사람이 있는 곳으로 허둥지둥 내달았다. 평소에는 꺽돌과 설단을 자기 친동생 부부나 조카 부부 이상으로 살갑게 대해주는 그들이었다.

'저, 저?'

'옴마야!'

곧이어 부부 마음속에서 터져 나오는 소리였다. 차마 두 눈 뜨고는 바라볼 수 없는 참혹하고 슬픈 광경이 목전에서 벌어졌다. 그곳에 있는 나무와 바위와 새도 그만 얼굴을 돌리는 듯했다.

강 씨는 밭 바닥에, 합천 댁은 논바닥에 그대로 엎어졌다. 그러고는 세게 밟힌 벌레 모양으로 땅바닥을 뒹굴면서 통곡을 터뜨렸다. 돌연한 그 사태에 논과 밭이 놀라 몸을 일으키는 것 같았다.

멀리서 그 장면을 지켜본 꺽돌과 설단은 누가 그러자고 제의를 한 것도 아닌데 동시에 그쪽을 향해 내닫기 시작했다. 강 씨 부부를 어떻게 해야겠다는 계산 따윈 없었다. 어떤 보이지 않는 손이 등을 떠밀었는지 그저 그렇게 달려갔을 뿐이었다.

"어?"

놀라고 당황한 건 먼저 그곳에 와 있던 조선인과 일본인들도 매한가지였다.

"누, 누구이무니까?"

삼십 대 일본인이 다급한 목소리로 조선인에게 물었다. 얼핏 들어도 조선말이 서툴렀다. 사십 대 일본인도 질책 담긴 소리로 묻고 있었다.

"왜 저러는 거야, 왜?"

"저, 저들은……."

조선인이 몹시 황당해진 얼굴로 대답했다.

"이 땅 임자들입니다."

말씨로 미뤄보아 그 조선인은 타지에서 온 사람이 아닐까 싶었다. 서울말을 쓰기는 해도 억양은 강원도 그것을 닮아 있었다.

"땅 임자들?"

일본인들은 서로 얼굴을 마주 보았다. 그들은 꺽돌과 설단이 가까이 와 있다는 사실을 아직 알아채지 못하고 있었다. 꺽돌과 설단 또한 엉겁결에 거기까지 달려가기는 했지만, 무엇을 어떻게 해야 할지 몰라 망연히 서 있을 따름이었다.

상식적으로 보면, 맨 먼저 강 씨와 합천 댁에게 가서 그들을 일으켜 세워야 당연하겠지만, 지금 그곳에는 다른 이들도 있었고, 무엇보다 아직 어찌된 영문인지 전혀 모르고 있는 실정이었다.

그런 가운데 이윽고 양복쟁이들은 아까 저쪽 밭에서 일하고 있던 부부 농군이 거기에 와 있다는 것을 깨달은 모양이었다. 삼십 대 일본인이 조선인더러 무어라고 했다. 아마도 저들을 쫓아버리라고 하는 것 같았다. 조선인이 꺽돌에게 대뜸 반말로 나왔다.

"당신 누구야? 썩 저리로 가라고."

그렇지만 꺽돌은 조금도 기가 죽지 않았다. 도리어 그들을 향해 당당한 어투로 신분을 밝히라고 요구했다.

"당신들은 오데서 온 누요?"

조선인이 가소롭다는 표정을 짓더니 자못 으스대는 투로 말했다.

"우리는 농공은행에서 나왔소."

꺽돌이 반문했다.

"농공은행?"

설단도 의외의 말에 눈을 크게 떴다. 농공은행 사람들이 왜? 이곳은 종묘장 근처에 있으니 종묘장 사람들이라면 또 모르겠다.

논과 밭에 드러누워 벌레처럼 뒹굴던 강 씨와 합천댁이 벌떡 일어나서 논과 밭의 경계에 있는 두렁 쪽으로 달려왔다. 옷이 하나같이 흙투성이인 데다가 헝클어질 대로 헝클어진 상태였다.

또 한 번 뜻밖의 사태가 벌어졌다. 강 씨가 먼저 사십 대 일본인을 보고 비굴함이 묻어나는 목소리로 애원하기 시작했던 것이다.

"지발 우리 토지를 빼앗지 마소, 지발! 여 땅이 없으모 우리 식구는 싹 다 몬 사요. 금방 굶어 죽소."

그런 후에 강 씨는 또 농사꾼의 거칠고 검은 손바닥이 닳도록 싹싹 비비면서 삼십 대 일본인에게 달라붙었다.

"내가 은행에서 빌린 돈 꼭 갚을 낀께 쪼꼼만 더 기다리주소, 야?"

그러면서 또 한편으로는 당장 그들에게 달려들어 복장이라도 와락 쥐

어뜯을 것같이 하는 강 씨였다.

"이 보이소! 흑."

합천댁 또한 강 씨와 비슷한 소리를 하며 울음을 터뜨렸다. 사십 대 일본인이 오만상을 찡그리며 함께 온 조선인을 심히 다그쳤다.

"귀찮게 구는 이 사람들, 어서 좀 쫓아버리지 않고 뭐하는 거요?"

삼십 대 일본인도 비아냥거렸다.

"갚으려고 했으면 벌써 갚았겠지."

꺽돌과 설단은 비로소 상황 판단이 되었다. 심심찮게 고을에 나돌던 소문을 현실로 보게 된 것이다. 제발 조선인 피해자가 없기를 간절하게 바랐는데 예상했던 것보다 훨씬 더 많은 모양이었다.

'저들도 여게 전답을 담보해갖고 농공은행에서 돈을 빌릿거마.'

꺽돌은 몹시 딱하다는 심정에 고개를 절레절레 흔들었다.

'상구 어리석은 짓을 핸 기라.'

꺽돌 머릿속에 비화가 한 말이 떠올랐다.

"두 사람은 무신 일이 있어도 농공은행에서 돈을 빌리지 마소. 저들 술수에 넘어가갖고 망하기 십상인 기요."

그리하여 담보물로 맡길 수 있는 땅이나 물건도 없거니와, 설혹 있다 손 치더라도 비화가 말리는 농공은행과의 거래는 절대 하지 않기로 작정한 그들 부부였다.

어쨌거나 꺽돌과 설단은 그네들로서는 어떻게 해 볼 수 없는 안타깝고 서글픈 현실 앞에서 그저 우두망찰 서 있을 도리밖에 없었다. 얄팍한 술책으로 빼앗은 순박한 조선 농민들 땅을 보면서 희희낙락하고 있던 그들이었다.

"흐흑."

"지발요!"

강 씨와 합천댁 흐느낌과 울부짖음은 차마 더 듣고 있을 수가 없었다. 그네들 전답도 고통과 분노를 견디지 못해 몸을 뒤틀고 있는 것으로 보였다.

"돌아갑시다."

사십 대 일본인이 조선인에게 말했다. 조선인은 잘됐다 싶었는지 얼른 말했다.

"예."

그들은 돌아섰다. 찬바람이 확 끼치는 분위기였다.

"아이고, 아이고오!"

강 씨와 합천 댁의 애끓는 통곡소리만 무심한 대기로 울려 퍼졌다.

"흑."

끝내 설단도 울음을 터뜨리고 말았다. 남들보다 눈물이 많은 그녀로서는 오래 참은 셈이었다.

"퉤퉤."

꺽돌이 저만큼 가고 있는 그자들 등짝에 대고 침을 뱉었다. 손에 총이 있으면 사정없이 갈기고 싶은 심경이었다.

'까악, 까악.'

언제 그렇게 많이 몰려들었는지 모르겠다. 먹물을 끼얹은 듯 전신이 새카만 까마귀들이 무리를 지어 일제 손에 넘어간 논과 밭 위를 어지럽게 날아다녔다.

한 맺힌 혼들의 슬프고 아픈 유희를 보는 듯했다.

가마못 안쪽 마을 초입에 있는 꺽돌 부부의 집.

좁은 툇마루에 간신히 나와 앉은 언네는, 평소와 달리 너무나 늦은 꺽돌과 설단을 목이 빠지게 기다리고 있었다.

그럴 나이가 되긴 했지만, 이즈음 들어 부쩍 더 노티가 나는 언네였다. 배봉에게 당한 고문의 후유증이 그녀를 동년배들보다도 더 빨리 늙어버리게 했을 것이다.

사람만 그런 게 아니었다. 천룡과 삽사리도 그랬다. 지금 한 놈은 외양간에서, 또 다른 한 놈은 마루 밑에서, 꼼짝달싹하지 않고 있었다. 정물화를 떠올리게 하였다. 노쇠하여 움직일 기력도 없는 생명체였다.

지난날 오랜 역사를 자랑하는 그 고을 투우대회 갑종 결승전에서, 억호 심복 양득이 키우는 해귀와 자웅을 겨뤘던 힘차고 용맹스럽던 모습은 이제 찾으래야 찾을 수 없는 천룡이었다. 소 싸움판에서 은퇴한 지 오래되었을 뿐만 아니라 전답을 가는 일도 언제 했나 싶을 정도였다. 눈에는 눈곱이 끼었고, 몸통은 비쩍 야위었으며, 다리도 너무나 가늘어져서 있기도 힘들 판국이었다. 아니 할 말로, 그저 죽을 날만 기다리고 있었다. 그놈은 다음 세상에서 수많은 군사를 호령하는 뛰어난 장수로 환생할지도 모르겠다.

삽사리 또한 마찬가지였다. 개구쟁이 아이같이 굴던 모습은 사라지고, 그야말로 늙은 수캐가 되어 계속해서 숨을 헐떡거리고 있을 뿐이다. 가마못 주위를 뱅뱅 돌면서 낚시꾼들이 던져주는 먹이를 덥석 받아먹던 날은 먼 전설 속 풍경으로만 남아 있는 것이다.

'밭일 다 하고 둘이 같이 장 보로 간 기가?'

몸이 그렇게 돼버린 후로는 눈만 감았다 하면 지독한 악몽에 시달리기 일쑤였는데, 지금처럼 잠을 자지 않고 있어도 악몽 속에서 헤매고 있는 느낌은 여전했다. 그러다 보니 남들에게는 아무 일이 아닌데도 정신이 한없이 혼미해지고 가슴도 콩알만큼 작아지는 것이다.

'안 그라모 이러키 늦을 리가 없다 아이가.'

목이 바짝 탔으나 부엌으로 들어가 찬물 한잔 마실 엄두도 내지 못한 채 애만 같이 타들어 갔다. 앉은뱅이로 살아간다는 것이 이렇게 어렵고 힘들 줄 몰랐다. 동네 어귀나 논에 우뚝 서 있는 장승이나 허수아비가 부러웠다.

'심장을 끄집어내서 꼭꼭 씹을 눔.'

또다시 입에서 온갖 욕설이 맴돌았다.

'눈깔을 파내서 돼지우리에 던지줄 눔.'

자신을 이런 불구자로 만든 배봉을 떠올리면서 이제 몇 개 남아 있지도 못한 이를 뿌득뿌득 갈았다.

'우짜든지 내가 그눔보담 먼첨 죽으모 안 되는데……'

배봉을 겨냥한 복수심이 그녀를 지탱해 주는 유일한 힘이었다. 그것마저 없었다면 벌써 죽어 구천을 떠돌고 있을 것이다.

'그거는 그렇고, 동업이 그눔은 우째서 여직꺼지 까딱이 없노? 무신 일이 나도 하매 열 분은 더 났을 낀데.'

동업에게 그의 친부를 알려주었다는 꺽돌의 말을 듣고 당장 엄청난 일이 터질 줄 알았다. 배봉가는 그야말로 콩가루 집구석이 되어 산산조각이 나고 동업직물도 문을 닫을 거라고 믿었다. 한데 여태 아무 일도 벌어지지 않고 있었다.

'암만캐도 안 되것다. 꺽돌이가 돌아오모 시키야것다.'

두 손 맺고 무작정 앉아 있을 수는 없으니 나가서 어떻게 된 셈인지 상세히 알아보라고 해야지 생각했다. 내가 앉은뱅이만 아니라면 직접 나서서 알아볼 것인데, 집 밖 출입은 고사하고 뒷간 출입도 제대로 하지 못하니 그저 마음뿐인 것이다.

"야야, 늙은께 좋은 기 한 개도 없다, 그자? 너거들도 그렇제?"

기다리기에도 지친 나머지 무료함을 달래기 위해 천룡과 삽사리를 상대로 말을 붙였다. 하지만 짐승들은 사람의 그 말을 들었는지 못 들었는지 무반응이었다. 야트막한 토담에 붙어 서 있는 늙은 감나무도 꼭 벙어리 죽은 넋이 쓰인 듯하다. 동네 사람 모두 씨가 말랐는지 사립문 밖도 숨이 막힐 정도로 고즈넉하다.

'이것들아, 울기라도 하거나 짖기라도 함 해봐라. 집이 너모 조용한께 내가 고마 미치삘 꺼 겉은 기라.'

지난날 배봉 집에서 종살이하고 있을 때, 억호 재취로 들어온 해랑이 그렇게 심심해하고 지루해하던 것을 이제 이해할 수 있을 것도 같았다.

그때 사립문 열리는 소리가 났다. 얼른 그쪽을 바라보니 꺽돌과 설단이 이제야 들어오고 있었다. 그런데 둘 다 금방이라도 폭 꼬꾸라질 사람들처럼 너무나 맥이 없어 보였다. 보통 때는 마루에 앉아 있는 언네를 보면 경쟁하듯 살갑게 굴었다.

"어머이! 나와 계싯네예?"

"어머님! 우리가 상구 마이 늦었지예? 쪼꼼만 기다리시소. 퍼뜩 밥상 올릴 낀께네예."

하지만 이날은 그런 말은커녕 본 척도 하지 않는 것이다. 눈뜬 당달봉사가 아닌 바에야 보지 못한 건 아닐 것이다.

'해나 내가 귀찮아진 거는 아이것제?'

언네는 더럭 겁부터 났다. 천 길 낭떠러지로 굴러내리고 몇 올 남지도 않은 머리카락이 깡그리 빠져나가는 기분이었다.

'그렇다모 우짜모 좋노?'

사실 친모이고 진짜 시어머니라고 할지라도 자기 같은 중증 장애인을 오랫동안 모시는 일은 쉽지 않을 것이다. 한데 사실대로 말하자면 언네 자신은 그들 부부와는 완전히 남이니 더 그럴 것이다.

"와 모도 그리 심이 없어 비노?"

언네는 제풀에 떨리는 목소리로 물었다.

"무신 일이 있는 기가?"

그러자 꺽돌보다도 설단의 입이 먼저 열렸다. 그것도 여느 때와는 다른 현상이었다. 설단은 시무룩한 목소리로 대답했다.

"아모 일도 없어예."

"그라모 다행이고."

설단은 바로 부엌으로 들어가고 꺽돌은 마루 끝에 털썩 몸을 내려놓았다. 외양간과 마루 밑은 여전히 괴괴하고 조용하기만 했다. 천룡이 꺽돌을 보고 '음매' 소리 내고, 삽사리가 설단을 보고 '컹컹' 소리 내던 날들이 과연 있었던가 싶을 지경이었다. 가축은 주인을 닮아간다는 말이 헛소리는 아닌 성싶었다.

그만 놀고 어서 집으로 들어와 저녁밥 먹으라고 자식들을 부르는 아낙들 목소리가 낮은 토담 너머로 간간이 들려왔다. 그 소리는 어렴풋한 불빛을 보고 있는 느낌을 주었다. 새들도 둥지를 찾아드는지 비봉산 쪽으로 날아가는 모습이 많이 띄었다.

"동업이 안 있나, 꺽돌아."

얼마나 긴 침묵이 흘렀을까. 언네가 그때까지도 계속 눈을 감고 깊은 상념에 잠겨 있는 꺽돌을 향해 조심스럽게 주름진 입을 열었다.

"시간이 너모 마이 지내간 거 같다."

꺽돌이 눈을 떴다. 생기가 없는 눈이었다. 그런 눈빛으로 잠자코 언네를 바라볼 뿐 가타부타 말이 없었다. 언네의 좁은 어깨가 한층 움츠러들었다.

언네는 모르고 있었지만, 꺽돌과 설단은 강 씨와 합천 댁을 억지로 잡아끌어 가까스로 그네들 집에 데려주고 오는 길이었다. 우리 논과 우리 밭에 팍 엎어져 죽고 말겠다며, 그곳에서 밤을 샐 것같이 하던 그들이었다. 집에 들어가라, 안 들어간다, 실랑이가 몹시 심했다.

꺽돌과 설단이 기진맥진한 것은 강 씨 부부에게 기운을 많이 쓴 탓만
은 아니었다. 정신적으로 몇 배 더 고단했다. 일제 통감부가 장악하고
있는 농공은행을 겨냥한 분노와, 종의 신분으로 살아오면서 겪었던 설
움과 고통이 겹친 그들이었다. 강 씨 부부가 당한 것과 똑같이 당할 수
밖에 없는 동족들을 향한 애틋한 동포애에서 벗어날 수 없었다.

그들을 괴롭히는 게 너무 많았다. 왜놈들에게 송두리째 빼앗겨야 할
토지, 억호에게 빼앗긴 재업, 배봉에 의해 앉은뱅이가 돼버린 의모義母
언네…….

"잘 알것심니더, 어머이 말씀이 무신 뜻인고예."

꺽돌은 억지로 마음을 다잡고 언네에게 용기를 주듯 말했다.

"하지만도 동업이가 운제꺼지고 그냥 이대로는 안 있을 낍니더."

동업이 살고 있는 남쪽 성곽 밖 동네 방향으로 눈길을 보냈다.

"충객이 너모 큰 탓에 아즉은 증신을 몬 채리고 있는지도 모리지예."

언네가 그러면 다행이라고 여기는 표정으로 말했다.

"꺽돌이 니 이약 들으이 그런 거 겉다. 동업이가 증신이 쪼꼼 더 들어
지 처지를 꼼꼼하거로 생각해 보모 그냥 안 미치삐까이."

"하모예, 어머이."

그러나 꺽돌은 그렇게 언네를 안심시키면서도 속으로는 초조하고 복
잡하기 이를 데 없었다. 조금 전 언네가 말한 그대로 시간이 지나도 너
무 많이 지나갔다. 아무리 동업이 나이에 비해 심지가 깊고 영악스러운
구석이 있다고 해도 이렇게 잠잠하게 있을 수는 없는 것이다.

"그라고 우짜모……."

언네가 이 말은 할까 말까 한참이나 망설이는 눈치를 보였다. 부엌에
서는 설단이 그릇 달그락거리는 소리가 새 나오고 있었다.

"말씀을 해 보이소."

120

꺽돌이 재촉했다. 언네는 또 다리가 저려오는지 손으로 주무르면서 말했다.

"동업이가 해랑이한테는 다 이약을 했는지도 모리것다."

꺽돌은 문득 정신이 번쩍 드는 얼굴이었다.

"해랑이한테 말입니꺼?"

언네는 기억을 되살리는 듯 눈을 가느다랗게 떠 보였다.

"이전에 내가 해랑이 시중들고 있을 적에 보이 말이다."

"……."

꺽돌 얼굴이 잘못 만들어진 토기처럼 일그러졌다. 이제는 다 지나간 한때의 이야기이긴 해도 두 번 다시는 떠올리고 싶지 않은 과거사였다.

"동업이가 해랑이를 그냥 보통으로 따리는(따르는) 기 아이데."

언네는 또 습관인 양 위로 말려 올라간 치맛자락을 잡고 밑으로 끌어내렸다.

"해랑이도 그런 동업이를 진짜 지 친자슥매이로 대해주더마."

꺽돌 얼굴에 우려하는 빛이 짙게 떠올랐다.

"그래예?"

"하모."

꺽돌이 조바심 이는 목소리로 말했다.

"그렇다모 문제가 있것는데예."

"우떤 문제 말고?"

"해랑이는 비화 마님하고 친자매맹커로 지내던 사이 아입니꺼. 물론 시방은 서로 웬수가 돼삣지만도 말입니더."

"그란데 문제는 와?"

"우리 짐작대로라모 동업이 친부가 눕니꺼?"

"동업이 친부?"

"바로 비화 마님 부군 아입니꺼?"

언네는 치맛자락 끝을 쥐고 있던 손을 자신도 모르게 놓았다.

"그, 그거는 그렇는데……."

"만에 하나, 안 있심니꺼."

상상만 해도 끔찍한 일이었다.

"동업이 말을 들은 해랑이가 비화 마님한테 그 소리를 그대로 했다고 가정해 보모……."

그 말을 끝까지 듣기도 전이었다.

"그, 그렇구마!"

언네도 매우 난감한 낯빛이 되었다. 연방 툇마루를 손바닥으로 문질 렀다.

"니 말대로라모 에나 문제다."

꺽돌은 부러져서 나무 둥치에 간신히 붙어 있는 가지처럼 고개를 꺾 었다.

"우리가 갱솔했던 거 겉심니더."

후회하는 기색과 함께 울상이 되었다.

"비화 마님꺼지는 미처 염두에 두지 몬했다 아입니꺼."

언네가 밤이 가까워지면서 조금씩 더 세차지는 바람에 흔들리고 있는 사립문보다도 더 흔들리는 소리로 말했다.

"비화가 지 남편 재영이가 동업의 친아부지라쿠는 사실을 알기 되 모……."

"……."

감나무에서 벌레 먹어 구멍이 송송 뚫린 감잎 한 장이 마당에 떨어져 내렸다. 한 생명의 마지막 몸짓은 희미하고 짧았다.

"그거는 상상만 해도, 아!"

그들은 까마득히 모르고 있었다. 비화는 동업이 재영의 아들이라는 사실을 이미 알고 있다는 것을. 그리고 일이 지금까지 전혀 생각지도 못한 엉뚱한 방향으로 흘러갈 수도 있다는 걱정과 염려에 더할 나위 없이 당황해하였다. 자칫 칼끝이 자기들 쪽으로 돌려질 수도 있다는 불길하고 찜찜하기 그지없는 예감에 사로잡혔다.

부엌에 들어간 설단은 여전히 밖으로 나오지 않고 있었다. 아무래도 오늘 저녁은 많이 늦어질 모양이었다.

수정봉과 충민사의 비극

옛 봉양재 자리에 진주봉양학교가 개교했다.

입학시험 과목은 산술, 작문, 한문, 국한문, 일어 회화 등등이었다. 입학생은 여자는 없고 남자만 해당되었다.

지난번에 대안면 면장실에서 비화와 강순재 면장 그리고 교육 선각자 김수기가 나누었던 이야기 그대로였다. 초대 교장은 강순재가 맡고, 초대 교감은 김수기였다.

"지가 볼 적에는 실용적인 교육을 강조하고 있는 거 겉네예."

그날 밤 세 식구가 빙 둘러앉은 밥상머리에서 준서가 비화에게 한 말이었다. 하나같이 상기된 낯빛이었다.

"내 생각도 가리방상하다."

재영이 고개를 끄덕였다. 적당하게 살도 붙은 데다가 단정하게 망건을 쓰고 동곳을 꽂아 맨 그는 이제 제법 풍채가 잡혀가는 모습이었다. 예전과는 몰라보게 달라져 아무나 쉬 접근할 수 없는 면모를 갖추었다.

"실제로 소용되는 학문이제."

그런데 이어지는 재영의 그 말을 들은 비화 입에서는 다른 소리가 나왔다. 그녀는 꼭 닫혀 있는 방문을 한번 보고 나서 최대한 목청을 낮추어 가며 얘기했다.

"지 생각을 말씀드리 보모, 그거는 그냥 겉으로 보기에만 그런 기고예."

모두 수저질을 멈추었다.

"실제 앞으로의 교육 내용은 그기 아일 깁니더."

방 한가운데 놓여 있는 호롱 불꽃이 화르르 타올랐다. 홀연 석유 냄새가 좀 더 진하게 풍겼다.

"예?"

"여보!"

부자가 다 같이 비화를 바라보았다. 비화는 행여 방문 밖으로 새나갈세라 조심하여 더욱 작은 소리로 말했다.

"그 핵조의 교육 내용은……."

그 말을 하는데 벌써 가슴이 벅찬지 숨을 한 차례 몰아쉬었다.

"민족교육이 될 깁니더."

재영이 놀라 반문했다.

"미, 민족교육?"

준서도 충격이 적지 않은 빛을 보이며 입속으로 되뇌었다.

"민족교육."

굽이치는 남강 줄기를 따라 형성되어 있는 나루터 가운데에서 가장 크고 또 오래된 상촌나루터를 적시는 강물 소리가 방문 틈새로 들어오고 있었다. 그것은 봉창을 비추는 노란 달빛과 어우러져 야릇하고 묘한 느낌을 엮어내고 있었다.

"그, 그렇다모 이, 이험한 핵조 아이요?"

재영의 안색이 달라졌다.

"그 말씀이 맞심니더."

비화가 감정을 다스리기 위해 천천히 말했다.

"시방 시상에 안 이험한 기 오데 있심니꺼?"

이내 하는 소리였다.

"그라고 이험해야 하고예."

재영은 도무지 이해가 되지 않는 표정이었다.

"그거는 또 무신 소리요?"

비화 입술이 한층 야물어 보였다.

"만사 안전주의로만 가다가는 우리나라가 일본한테서 영영 몬 벗어
납니더."

"……."

어쩐지 밤안개가 많이 그리고 짙게 낄 것 같은 밤이었다.

"목심을 걸고서라도 해야 할 일은 반다시 해야 하는 기지예."

준서는 부모의 대화에 끼어들지 않고 경청하는 자세로 있었다.

"여보?"

재영 얼굴이 호롱 불빛 아래 붉었다. 밤골집에서 매운탕거리를 안주
로 거나하게 취한 후에 속 풀이를 한다고 나루터집으로 찾아드는 취객
을 연상케 했다.

"멀리 볼 거 없이 시방 우리 고장 돌아가는 행핀만 보이시더."

비화는 꼭 한 번은 하고 넘어가야 할 이야기라는 것을 인식시켜주는
어조였다.

"일본뿐만 아이고 호주라쿠는 나라에서도 우짜고 있심니꺼?"

"호, 호주?"

"예."

비화 눈빛이 비상했다. 손에는 수저가 들려 있지 않았다. 나머지 식

구들도 마찬가지였다. 이제 거의 다 먹은 상태지만 누구도 더 먹을 생각이 없어 보였다.

"그라모 우선에 이거는 좀 치우고……."

재영이 밥상을 옆으로 치우려고 손으로 잡자 준서가 얼른 팔을 뻗어 한쪽으로 물렸다. 언제나 가정주부 몫이던 일이 그 순간에는 아버지와 아들 몫이 되었다.

"일본하고 호주가 하고 있는 일을 보모 말입니더."

오늘의 제 역할은 다 했다는 듯 밥상은 주인들이 주고받는 이야기에 귀를 기울이고 있는 것처럼 보였다.

"원래 이 나라 주인이 우리 조선 사람이 맞는가 하는 생각꺼정 듭니더."

그렇게 말하는 비화는 나루터에서 국밥집을 하는 여자와는 한참이나 거리가 멀어 보였다. 서당에서 학동들을 가르치는 여자 훈장이 있다면 그런 모습일 것이다.

'진무 스님 영향이 큰 기라.'

어머니를 보며 준서가 한 생각이었다.

'하기사 외할아부지도 이전에는 문무를 갬비한 무관이었다 안 캤나.'

재영이 비화가 한 말을 되새기는 투로 물었다.

"그 두 나라가 우리 고장에서 하고 있는 일이라모?"

비화는 식칼로 무를 탁 자르듯 하였다.

"배돈병원 말입니더."

재영이 눈을 끔벅거렸다.

"배돈병원? 아, 봉래 마을에 새로 선 그 병원 말이오?"

비화는 그 배돈병원 생각을 하니 머리가 지끈거리는지 손으로 이마를 짚기만 했다. 그걸 본 준서가 말했다.

"예, 그 병원 맞심니더, 아부지. 옥봉리 교회하고 쪼꼼 떨어져서 옆에 있는 거예."

물새 울음소리가 들렸다. 밤골집 쪽에서 시끄러운 소리가 났다. 또 술버릇 나쁜 술꾼들이 늦게 와서 횡포를 부리고 있는지도 모르겠다. 얼이와 준서의 도움을 받으러 순산집이 헐레벌떡 달려오는 경우도 적지 않았다.

"그 배돈병원을 누가 세웠심니꺼?"

비화 말에는 비수가 꽂혀 있었다.

'어머이가!'

준서는 약간 섬뜩한 심정이 되어 어머니를 바라보았다. 일본인들이 남방 내륙에 있는 이 고을에 들어오고 나서부터 부쩍 신경이 날카로워진 어머니였다. 물론 그전부터 배봉 집안에 대한 복수심으로 여느 여인들과는 비교가 아니게 달랐다.

"함 생각해 보입시더."

비화 입에서는 조선 사람이 듣기에는 썩 유쾌하지 못한 말이 흘러나오기 시작했다.

"그 병원 설계도는 '켐프'라쿠는 호주 건축가가 작성했고예, 일을 한 공사업자는 일본인 토목기술자 죽원웅차라 안 쿠던가예?"

재영은 기분이 좋지 못한 중에도 자못 감탄하는 빛이었다.

"호주 사람하고 왜눔이 세웠다쿠는 이약은 하매 들었지만도, 내는 그 이름꺼지는 모리고 있었소."

그건 다른 사람들도 마찬가지일 것이다. 그런데 재영의 말이 끝나기 무섭게 준서가 놀란 목소리로 확인하였다.

"죽원웅차가 그 공사를 했다고예, 어머이?"

"……."

아무 말 없이 고개를 끄덕이는 비화 몸에서 살의와도 같은 위험한 기운이 뿜어져 나오고 있었다. 준서가 또 숨 가쁘게 물었다.

"맹쭐이 그 사람하고 둘이 같이 잘 붙어 댕기는 그 죽원웅차 말입니꺼?"

"맞다."

비화가 똑똑히 확인시켜주는 소리로 거듭 대답했다.

"바로 그자다."

"예."

방안 가득 남강 물속을 방불케 하는 침묵이 내려앉았다. 물새도 숨을 죽이는지 소리가 없었다. 그 순간에는 밤골집의 소요도 멎었다.

"호주선교회가 세울라 캐서 세운 거는 다 아는 사실인데, 그란데 우찌 그 왜놈하고 손이 닿아서?"

그런 분위기 속에서 재영이 숨길 틔우듯 꺼낸 말이었다.

"우짜모 그전서부텀 서로 알고 있었는지도 모리지예."

비화는 까물거리는 호롱불을 보며 말을 이어갔다.

"호주선교회는 의료 혜택을 통해서 전도 사업을 더 쉽거로 할라꼬 저 병원을 세웠다쿠는 소리도 들리더마예."

준서는 또다시 부모가 주고받는 이야기를 듣고만 있고, 재영이 호기심 많은 아이 모습을 보였다.

"그거는 그렇고, 와 병원 이름을 배돈병원이라 쿠는고?"

준서는 어머니가 그것까지는 모르고 있을 거라고 보았는데 그게 아니었다.

"호주장로교 총회가 선교구역 시찰자로 우리 고장에 파견한 목사 이름이 '패톤'이라 글 쿠는데…….."

준서는 순간적이지만 어머니에게서 스승 권학을 떠올렸다. 보통 때는

지역 말을 쓰다가도 중요하거나 심각한 화제로 넘어가면 한양 말씨로
바뀌는 그였다.

"그 패톤 목사의 한자명을 따서 '배돈'이라 지잇다 합니더."

그러고 나서 혼자 오랫동안 고민하고 있던 내용을 내비치기 시작했다.

"맹쭐이 이약 나온 김에 우리 한분 으논해 보이시더."

"……."

그 말을 들은 재영과 준서 몸이 똑같이 경직되었다. 비화가 하는 말
뜻을 잘 알았기 때문이다. 사실 두 사람 또한 한 시도 머리에서 떠난 적
이 없었던 그 일이었다.

그날 맹쭐이 아들 노식을 데리고 나루터집에 와서, 자기 아버지 치목
을 죽인 범인은 점박이 형제라며 우리 서로 손을 잡자고 제의해 온 후
로, 나루터집 식구들은 서로 말은 안 해도 어떻게 할 것인지 머리가 복
잡하기 이를 데 없었다.

"내가 궁금한 거는, 여보."

재영이 불안과 근심을 떨치지 못하는 낯빛으로 말했다.

"배돈병원 공사를 맡은 죽원웅차라쿠는 그 왜눔하고 서로 친하거로
지내고 있는 맹쭐이 그자가……."

거기서 말을 끊고 비화와 준서의 얼굴을 번갈아 바라보고 있다가 강
한 의문에 싸인 목소리로 물었다.

"에나 지 심이 모지란다꼬 생각해서 우리하고 손을 잡을라쿤 기 맞으
까?"

비화가 되물었다.

"그런께 당신 말씀은, 그 정도로 심이 있는 맹쭐인데 무신 수작을 부
릴라꼬 우리한테 접근해 온 기다, 그런 뜻이라예?"

"그렇소."

재영은 그쪽으로 생각을 굳힌 모양이었다.

"준서 니 보기에는 우떻노?"

이번에는 준서에게 묻는 비화였다.

"지가 보기에는 말입니더."

준서는 잠시 생각한 끝에 말을 이었다.

"맹쭐이 그 사람도 왜눔을 몬 믿어갖고 그런 거 겉기도 합니더만, 확실하거로는 잘 모리겄어예."

"몬 믿을 왜눔."

비화는 그렇게 곱씹을 뿐 다른 말이 없었다. 호롱 불꽃은 언제나 꺼지려고 하다가도 금방 다시 살아나고, 또 괜찮다가도 어느 순간에 꺼져버릴 것같이 하고 있었다.

"생머리가 아푸다."

재영이 맹쭐에 관해서는 조금 더 시간을 두고 깊이 고심해 보자는 듯 준서를 보고 다른 이야기를 꺼냈다.

"안 있나, 너거 핵조 학상들의 으벙 활동이 잠잠해진께 이름이 배뀐 거도 내는 멤이 쪼매 그렇거마."

준서는 저 '동아개진교육회원'으로 낙육고등학교에 모여 혈서로 연판장을 작성하던 일이 어젠 양 또렷이 되살아났다. 일본군 헌병대의 급습으로 강제 해산은 되었지만, 그로 인해 고을 민심은 흉흉해질 대로 흉흉해졌다.

'무신 단團?'

준서는 속으로 말의 화살을 날렸다.

'겉잖커로.'

준서는 또 기억한다. 앞서의 그 사건으로 신변의 위협을 느낀 일본인 거류민들이, 이른바 '자경단'이라는 것을 만들고 심지어 폭약까지도 직접 만들어서, 혹시라도 있을지 모를 의병들의 공격에 대비하려고 했던 것이다.

"아, 예, 아부지. 그리 생각하는 사람들이 술찮이 있는 거 겉심니더."

아버지 말씀에 그렇게 응하는 준서 머릿속에는 '진주공립실업학교'로 개교하였다가 다시 '진주농업학교'로 개칭되어 칠암 마을 쪽으로 자리를 옮겨간 모교가 떠올랐다.

아버지께서 저 말씀을 하시는 이면에는, 모교 옛 건물이 철거되고 바로 그 자리에 일제가 도립진주의료원을 세운 사실을 지탄하는 의미가 담겨 있을 것이다. 그 생각을 하니, 이러다가 우리 고을이 어떻게 되나 온갖 걱정과 분노가 치밀었다.

그런 준서 마음속에는 그곳 재판소가 부산지방재판소 진주지부가 되어 위상이 더욱더 약화해버렸다는 스승 권학의 말씀도 자리 잡았다. 그리고 그 스승 옆에 나란히 모습을 드러내는 여자는 안골 백 부잣집 손녀 다미였다.

수정봉과 인근 옥봉 일대에 난장판이 벌어졌다.

온 고을이 전복되는 배처럼 발칵 뒤집혔다. 대체 왜놈들의 조선 약탈은 언제까지가 될지 그 종류나 방법도 정말로 가지가지라고 지역민들은 치를 떨어댔다. 엄청난 분개가 땅을 뒤덮고 하늘을 찔렀다.

수많은 사람이 사건이 벌어진 현장에 우 몰려들어 그 장면을 지켜보았다. 일본 경찰과 일본 군인들이 엄포를 놓기도 하고 종용하기도 했으나 그 일이 행해지는 내내 조선인들 발길은 끊이지를 않았다. 물론 가까이 다가가지는 못하고 멀찍이 떨어져 서서 저주와 비난을 퍼부어대며 나라 잃은 설움과 분노를 다시 한번 실감할 뿐이었다.

텃밭으로 개간된 그곳에는 고대의 무덤, 곧 고분古墳 형태만 남아 있었다. 그런 장소에 일제 어용학자들 모습이 띄었다. 이마니시, 세끼노, 쿠리야마, 야쓰이 같은 자들이었다. 그들은 강제로 동원시킨 조선인 인부들을 연방 닦달하며 발굴 작업에 혈안이 돼 있었다. 하늘에는 유난히 시뻘건 태양이 쩡쩡하였다. 휙 지나가는 바람기 한 점 없었다.

수천 년 동안 외부의 침입을 받지 않고 고대 가야인(백제계 가야인)의 안식처로 조용히 자리 잡고 있던 그곳 땅이 마구 파헤쳐지기 시작했다. 그리고 유물이 그 모습을 드러낼 때마다 일본인 사학자들은 기쁜 함성을 내지르며 원숭이처럼 팔짝팔짝 뛰었다. 그러면 그 광경을 바라보던 조선인들과, 직접 손에 흙을 묻힌 조선인 인부들까지도 피눈물을 내쏟으며 외면해버리곤 하였다.

"이마니시 선생!"

세끼노가 이마니시에게 말했다.

"어떻게 이런 곳을 찾아냈는지 정말 존경스럽습니다."

이마니시가 말했다.

"고대의 우리 조상들이 이 나라 가야 지역을 직할 통치, 그러니까 식민지로 경영했다는 '임나일본부설'을 입증하고자 경남 일대에 분포된 가야 고분군에 관심을 가지다 보니, 이런 천재일우를 얻은 것 같습니다. 하하."

세끼노가 말했다.

"이제 우리 대일본국이 조선을 접수한 것을 정당화할 수 있게 되었으니 참으로 가슴이 벅차기만 합니다."

그때 저쪽에서 조선인 인부들을 독촉하고 있던 쿠리야마가 그들 가까이 살짝 다가왔다. 그러고는 조선인들이 듣지 못할 정도의 낮은 소리로 하는 말이었다.

"어제 여기서 발견된 유물은 백제 계통의 것이 분명하지요?"

그러자 이마니시와 세끼노가 동시에 손가락을 제 입술에 갖다 대며 주의를 주었다.

"쉿! 큰일 날 말씀을?"

"그게 아닌 것으로 하자고 단단히 밀약하지 않았던가요?"

쿠리야마는 낯을 붉히면서 변명하였다.

"그, 그건 잊지 않았는데, 아무래도 그게 자꾸 마음에 걸려서 드린 말씀입니다."

이마니시가 목청을 잔뜩 낮추었다.

"무슨 일이 있어도 우리는 주장해야지요. 여기 수정봉 고분은 가야 것과 같고, 고구려 등의 한민족과는 전혀 관계가 없다고 말입니다."

그 말을 들은 세끼노가 '큭큭' 웃음을 터뜨렸다. 쿠리야마도 '흐흐' 하고 음흉한 미소를 흘렸다. 그곳 수정봉 고분을 저 임나일본부설의 근거로 삼고자 하는 그들의 간계는 실로 가증스럽고 혐오스럽기 그지없는 노릇이었다.

그들은 수정리와 옥봉리 지역의 두 개의 산봉우리에 있는 수정봉 고분은 모두 7기基의 가야 고분이 있는 것으로 알아냈다. 그러니 그들로서는 황금 광맥을 발견한 것보다도 더 감격스럽고 흥분할 일이 아닐 수 없었다.

"그동안 우리가 이들 고분에서 발굴한 유물들을 생각만 해도 환장할 것 같아요. 기적이 따로 있나요?"

"나는 밤에 잠이 안 와요, 잠이."

"이런 엄청난 도기와 철기를 얻을 줄이야!"

이마니시와 야쓰이, 쿠리야마가 저마다 한마디씩 해댔다. 그러자 혼자 가만히 듣고 있던 세끼노가 입을 열었다.

"며칠 동안 출토된 유물들만 해도 진정 엄청나지요. 그릇받침, 목단지, 말재갈, 발걸이, 뚜껑바리, 뚜껑접시……."

그들이 희희낙락 그런 이야기를 나누고 있는 동안에도, 발굴 현장에서는 굽다리, 가랫날, 가락바퀴, 청동바리 같은 것이 계속해서 모습을 드러내고 있었다. 천고千古의 시간이 기지개를 켜고 있는 것과 진배없었다.

"이것들을 우선 어디에 임시 보관해 두지요?"

야쓰이가 탐욕에 찬 얼굴로 물었다.

"아, 그건 여기 경찰서지요. 경찰서만큼 안전한 데가 또 어디 있겠어요."

이마니시 대답이었다. 단언하는 그는 걸리적거릴 것이 없어 보였다.

"나중에 우리 일본으로 송출하면 어디에?"

쿠리야마 말은 세끼노가 받았다.

"동경공과대학에 소장되는 게 순서지요. 하하하."

그들이 그렇게 속닥거리고 있는 사이에도, 현장에 와서 그 안타깝고 격분할 광경을 그저 속수무책으로 지켜보고 있는 그곳 주민들은 이런 소리를 주고받는 게 고작이었다.

"우리 조상님들 손때가 한거석 묻어 있는 저 유물들을 저리 약탈하고 있는데도 두 눈 빤히 뜨고 바라보고만 있어야 하다이, 남강 백사장에 쎌 바닥 콱 처박고 죽어야제."

"비록 텃밭으로 일구고는 있었지만도, 그래도 고분 모양새는 남아 있었는데, 인자는 그 모양새마저 모돌띠리 파괴돼삣다 아이가."

"세월이 더 가모 저런 흔적도 몬 찾아보기 될 끼라. 으, 몬 살것다."

조선 백성들은 훗날 세끼노가 자기 나라에 어떤 발굴조사보고서를 보고할지 아무도 몰랐다. 만약 그것을 알았다면 더욱더 통탄하고 격분할 것이었다.

세끼노는 그 보고서를 통해, 그곳 수정봉 고분의 부장품이 고대 일본에서 출토된 것과 비슷하고, 또한 고구려 것과는 달라 가야민족이 일본과 깊은 연유가 있고, 고구려나 한민족과는 관계가 무척 드물다면서 소위 임나일본부설을 정당화한 것이다.

그러나 세끼노는 그 보고가 임나일본부설을 부정하는 근거도 된다는 것은 미처 알지 못했을 것이다. 왜냐하면, 수정봉 고분에서 발굴을 통해 발견된 횡혈식 석실묘는, 그곳이 가야 지역이었지만 적어도 6세기 초부터 백제 지배하에 있었다는 사실을 반증하고 있기 때문이다. 그리하여 횡혈식 석실묘는 백제계의 석실로서 훗날에 일본 측 고대사학계에서도 임나일본부가 백제에 설치되었다는 주장은 하지 않을 거라는 것 또한 내다보지 못했을 것이다.

여하튼 그 귀중한 유물들이 모조리 일본으로 송출돼버렸다는 사실은 땅을 치고 통곡해도 모자랄 터였다. 다만 무슨 연유에서인지는 잘 모르겠으나, 수정봉 3호 고분에서 출토된 유물만은 그 당시 일본으로 바로 가져가지 아니하고 저 '이왕가李王家박물관(지금의 국립중앙박물관)'에 보관되었다. 그리고 해방이 되고 나서 그것은 국립진주박물관으로 옮겨와 보관할 수 있게 되었으니, 그나마 한 가닥 위안으로 삼을밖에.

그런데 당시 조선에 와 있던 모든 일본인이 전부 자기들 뜻대로 되지는 못했다. 한 가지 예를 들어, 진주와 삼천포 사이를 잇는 진삼선晉三線 철도가 그랬다. 지난 4월에 일본인 자본가 후꾸이(복정)와 오오노(대야)가 그 고을 한국인 부호 몇 사람과, 진주와 삼천포 사이에 궤도가 좁고 규모가 작은 경편철도輕便鐵道를 부설하려고 설쳐댔다. 그리하여 그들은 마산이사청을 거쳐 통감부에 경철 부설을 청원했지만, 국권 상실로 착공되지는 못했다.

국권을 잃은 후로 그 고을에서 흔적이 사라진 것은 수정봉 고분만이 아니었다. 또 있었다. 바로 성내에 있는 저 충민사忠愍祠가 그것이었다.

그날 준서와 얼이는 충민사 쪽에 가 있었다. 수정봉 고분 발굴 현장에서 조선 백성들이 그랬듯이, 그들도 가까이는 가지 못하고 멀리 떨어진 곳에 서서 바라보고만 있었다.

그때 그곳에서는 일제 감독 아래 수돗물 여과지(물탱크) 설치 작업이 한창 진행되고 있은 탓이었다. 거기 성에 맑은 물을 공급한다는 명분이었다. 그것도 한 개가 아니라 두 개나 되었다.

"그때가 운제더라?"

얼이 말에 준서가 되물었다.

"머 말고?"

얼이는 기억을 더듬는 얼굴이었다.

"내가 서당에 댕길 적에 우리 권학 스승님을 뫼시고 저게 와서 말씀을 듣던 때가 말이다."

얼이 음성은 감회와 분노로 말미암아 크게 떨려 나왔다.

"그런 일이 있었드가?"

준서는 작업 현장에서 눈을 떼지 않고 물었다.

"그날 무신 말씀을 해 주시던데?"

준서 표정 또한 겨울 강가 돌멩이만큼이나 차갑게 굳어 보였다.

"저 충민사가 임진왜란 3대 대첩의 하나인 진주대첩의 영웅 김시민 장군을 기리는 사당이었다쿠는 거는 내도 아는데, 다린 거는 잘 모린다 아이가."

준서는 강물의 불순물을 걸러내는 장치는 어떻게 생겼을까 하는 호기심을 누르면서 주문하였다.

"그런께 얼이 새이 니가 스승님한테서 들은 이약 좀 들리조라."

그들은 사라져 가는 충민사에 대한 일종의 추모랄까, 하여튼 조금이라도 더 흔적을 붙들어 두고 싶은 심정에서 그런 대화를 나누고 있었는지도 모른다. 얼이는 신주를 모셔 놓았던 집답게 공기부터 다르게 느껴지는 충민사 쪽에 시선을 던지며 말했다.

"김 장군은, 아, 사람들은 준서 니 외할아부지 보고도 김 장군이라 부리제. 에나 부럽다. 우쨌든 그는 죽은 담에 안 있나, 싸움에서 세운 공로를 인정 받아갖고 안 있나."

학교에서의 역사 수업이 연장되고 있는 분위기였다. 준서에 비해서 공부에 취미가 적은 얼이지만 역사에 관한 것이 나오면 흥미와 관심을 보이곤 했는데 지금도 마찬가지였다.

"영의정 상락부원군에 추증되고, 그의 사당이 세워졌다 글 쿠더마는."

준서가 궁금해 하였다.

"그란데 우째서 내는 한 분도 몬 봤으꼬?"

얼이가 안타깝다는 듯 말했다.

"고종 임금이 왕위에 오르고 나서, 흥선대원군이 전국적으로 단행한 서원철폐령 알제?"

준서는 허공 어딘가에 시선을 머문 채로 말했다.

"으응, 안다."

"그거에 따라 철거해삣다."

"아, 그래서 그런 기네."

작업 소리가 요란했다. 새들도 귀가 따가운지 그곳으로 날아오기 바쁘게 금방 다른 데로 훌쩍 날갯짓해 가버렸다.

"그때 충민사에 모셔져 있던 김시민 장군 위패는……."

얼이는 자잘한 것에 대해 말하기 싫어하는 그의 성격이 무색할 정도로 퍽 꼼꼼하게 일러주었다. 그만큼 충민사의 역사적 가치와 의의를 중히 여기고 있다는 증거일 거라고 여기며 준서는 한층 귀를 기울였다.

"여게 성안 저 남산정 배수지 서북쪽에 있는 창렬사로 옮깃다."

그러는 얼이 눈앞에, 그날 스승을 모시고 거기 왔을 때만 해도 남아 있던 사당 문과 기초석 등이 어른거렸다. 지금은 그것들마저 사라져버리고 없는 것이다.

"그란데 왜눔들이 와 해필이모 충민사 자리에 저런 거를 설치하고 있는 기꼬?"

준서는 조선인 인부들을 감독하고 있는 일본인들을 노려보며 물었다.

"아, 그거?"

얼이 눈길이 강 쪽으로 돌려졌다.

"그날 스승님께서, 충민사 자리는 사당이 세워지기 전에는, 임진왜란 때 봉기대를 세운 지휘본부였다쿠는 말씀을 하싯는데……."

준서는 어쩐지 가슴이 뛰었다.

"봉기대."

얼이가 다시 작업 현장으로 고개를 돌렸다.

"내 생각에는, 바로 그런 점 땜에 왜눔들이 저라는 기 아인가 시푸다."

준서가 고개를 끄덕이다가 문득 또 하나 깨달은 게 있는 모양이었다.

"아, 또 있다!"

"머가?"

"저눔들이 충민사 자취를 모돌띠리 없애삘라쿠는 이유."

"머꼬, 그기?"

"충민사가 우떤 사당이고?"

"묻지 말고 답해라."

"성이 방금 전 이약했던 거매이로, 임진년에 왜적을 물리치고 성을 지킨 김시민 장군을 기리는 사당 아이가."

"하기사 왜눔들 입장에서는 꼴도 보기 싫은 기 충민사 아이것나."

하늘 높이 천천히 맴돌고 있는 것은 솔개였다. 나루터집에 찾아드는 손님 중에는 간혹 포수들도 있는데, 그들이 주고받는 얘기를 들어보니, 갈수록 솔개나 매 같은 큰 새는 숫자가 줄어들고 비둘기나 참새같이 작은 새는 오히려 늘어난다고 했다.

'내 판단하기에는 심이 센 새가 심이 약한 새보담도 더 마이 오래 살아 있는 기 정상인 거 겉은데 와 그러꼬?'

그 기억을 떠올리던 얼이는 '소리개 까치집 뺏듯' 하는 일제도 세월이 더 가면 우리보다 못해지리라 자위하였다.

"그래서 맑은 물을 공급하것다는 핑개(핑계)를 대고 저런 짓을?"

"접시 물에 빠지 죽어삐라."

두 사람이 그런 이야기들을 나누고 있는 사이에도 수돗물 여과지는 점점 형체가 완성되어 가고 있었다. 그렇지만 그들 마음에 그것은 영원히 걸러버릴 수 없는 탁류가 잔뜩 고여 빠져나갈 줄 모르는 녹슨 물탱크로 자리 잡고 있었다.

성벽에 걸려 있는 하늘빛은 흐려 있었으며, 나무들도 어쩐지 매우 지친 나머지 주저앉고 싶어 하는 기색이었다. 그런 하늘 아래 그런 나무처럼 우울하고 피곤한 모습으로 근처를 지나가던 사람들도 발걸음을 멈추고는, 완공이 돼 가고 있는 수돗물 여과지를 한참이나 무연히 바라보았다. 그네들 머릿속에도 거기에 있던 충민사 사당 문과 기초석이 떠오르고 있을 것이다.

그런데 잠시 후 준서와 얼이가 인내의 한계에 다다라 그곳을 벗어나려 할 때였다. 남강이 내려다보이는 성가퀴 쪽에서 사람들 몇이 무언가를 들여다보며 떠들어대고 있었다.

"머꼬?"

"글씨, 머를 보고 있는 거 겉다."

둘은 그쪽으로 발을 옮겼다.

등 뒤에서는 여전히 공사하는 소리가 아귀처럼 들러붙고 있었다. 그들은 그곳에서 벗어날 좋은 명분을 얻은 것처럼 사람들이 모여 있는 곳으로 향했다.

"아, 신문이다, 신문!"

준서가 들뜬 목소리로 말했다.

"신문?"

얼이 표정도 자못 흔들렸다.

"하모, 올매 전 우리 고장에 맨들어진 갱남일보 모리나?"

"갱남일보!"

그들 뇌리에 곧장 경남일보라는 신문사가 그려졌다. 지방지로서는 전국에서 최초로 발간한 신문이라는 소리를 들었다. 서울에서도 만들기 어려운 신문을 지방에서 만든다는 사실 하나만으로도 대단한 일이 아닐 수 없었다.

그렇지만 아직 한 번도 본 적이 없었는데 오늘 뜻밖의 장소에서 그것을 보게 된 것이다. 그건 대다수의 다른 사람들도 마찬가지일 터였다. 그래서 모두 신문이 신기하여 그렇게 한 장을 사이에 두고 둘러서서 들여다보느라 야단들인 것이다.

"우리도 째이 가서 보자."

"그라자."

준서와 얼이가 그들이 있는 곳에 당도했을 때였다. 아마도 그 신문 주인인 성싶은 사십 대 선비풍의 남자가 하는 말이 귀를 울렸다.

"왜눔들이 또 사기를 치고 있는 기라, 사기를."

신문에 눈을 박고 있던 동년배 사내가 말했다.

"신문 광고를 통해서 말인가베."

신문 광고라는 말이 귀에 설기만 한 두 사람이었다. 삼십 대 중반쯤으로 보이는 남자가 말했다.

"증말 농공은행이 갈수록 와 이라지예?"

그는 이제 막 준서와 얼이가 떠나온, 일본인들에 의한 수돗물 여과지 공사가 진행 중인 곳을, 무척이나 떨떠름한 표정으로 한번 바라보고 나서 말했다.

"그만치 순진한 우리 농민들 땅하고 상인들 담보물을 빼앗아갔으모 됐제, 또 머를 올매나 더 빼앗아갈 끼라꼬 요 발광을 하는고 모리것심니더."

그의 말은 성 위에 낮게 쌓아놓은 성가퀴를 넘어 강 위로 퍼져나가는 것 같았다.

"모도 여게를 함 보시오."

신문 주인은 뒤에 나타난 준서와 얼이에게도 읽어보란 듯이 했다.

"높은 이자를 주것다꼬? 허어, 지눔들이 우떤 눔들인고 인자는 우리가 빤히 알고 있는데 조선 사람들한테 그리 해 준다꼬오?"

정기예금과 당좌예금을 하면 높은 이자를 주겠다고 한다는 것이다. 조선인들에게는 당최 생경한 소리였다.

'그것들이 에나 몬됐다.'

기한 전에는 맡겨 놓은 것을 찾지 못하는 정기예금이란 것도 그렇거니와, 기한을 정하지 않고 예금자의 청구에 따라 지급하는 당좌예금이란 것이 더 큰 함정으로 받아들여지는 준서였다.

'하기사 왜눔들이 하는 기모, 그거나 저거나 가리방상 안 하까이?'

준서 뇌리에 얼마 전에 서양식 건물을 지어 성곽 밖으로 영업장소를 옮긴 그 지역 농공은행이 떠올랐다. 조선식 건물이 아니라 서양식이었다.

"은행 일반의 사무를 규정대로 하고 있지만……."

언제 신문을 받아든 걸까, 얼이가 큰소리를 내어 그 선전 문구를 적혀 있는 그대로 읽고 있었다. 그 발음이 얼핏 경우에 따라 달라지는 스승 권학의 말씨를 닮았다.

"부득이한 사정이 있는 고객은 지배인을 직접 만나면 해결책이 있다."

그 소리를 들은 사람들이 콧방귀를 뀌었다. 그런가 하면, '한 번 속지 두 번 속나?' 하는 빛도 엿보였다.

준서는 얼이 손에 들려 있는 신문을 들여다보았다. 거기에는 '농공업 전문기사와 기수를 고용해 농공업 일체에 관한 감정의뢰를 받고 있다.'라는 글귀도 보였다.

'우짜든지 속카무울라꼬 베라벨 소리를 다 하고 있거마.'

녹두색 한복을 입은 오십 대 초반으로 보이는 남자가 모두를 둘러보며 말했다.

"내가 한양에 갔다가 들었는데, 왜눔들이 토지조사사업인가 머신가를 실시하고 있다 안 쿠요."

신문 주인이 말했다.

"토지 소유 제도를 근대화하는 사업은 일제에게 나라를 빼앗기기 전부텀 우리 정부에서 상당히 진행시키고 안 있었심니꺼?"

무슨 일을 하는 사람인지는 알 수가 없지만 한양에 자주 올라가는 듯한 그 남자가 말했다.

"그랬지예. 하지만도 일본은 그거를 없었던 거로 하고, 다시 토지를 조사해갖고 소유권 장부, 그런께 등기부라는 거를 맨들라 쿤답니더."

나이에 비해 배운 것이 많아 보이는 삼십 대 남자가 물었다.

"그리 되모 말이지예, 토지 소유자들은 자기들 소유권을 쪼꼼 더 확실하거로 보장 안 받것심니꺼?"

그러자 그때까지 잠자코 듣고만 있던 준서가 그들을 상대로 처음으로 입을 열었다.

"개항 이후에 일본인들이 불법적으로 사들였던 토지도 법적 소유권을 인정받거로 된께 그기 문제 아이것심니꺼."

"……."

준서 말을 들은 모두가 적잖게 놀라는 눈빛으로 일제히 준서를 바라보았다. 얼이도 내심 크게 놀랐다. 평소 준서의 영특함을 모르는 바는 아니었지만 저런 말까지 할 줄은 몰랐다.

'역시 우리 준서는 오데다가 내놔도 따라올 사람이 없을 끼다. 내 장담한다 고마.'

공연히 제 어깨가 으쓱해지는 얼이였다.

'비화 누야가 우찌 저리키나 똘똘한 아들을 낳을꼬? 내는 와 좀 저리 몬 똑똑하까.'

누군가가 준서에게 무엇을 물었는지 준서가 이렇게 답하는 소리를 들었다.

"그리만 되모 증말 올매나 좋것심니꺼마는, 아모래도 그거는 아일 끼라 봅니더. 우리나라 농민들은 관습적으로 인정받고 있던 갱작권(경작권)도 보호를 몬 받을 깁니더."

사람들이 웅성거렸다. 신문을 볼 정도의 사람들이니 어느 정도 배울 만큼은 배운 그들일 것이다. 영웅은 영웅을 알아본다고, 그래서 그들은 준서 이야기에 더한층 귀를 기울이는 게 아닌가 싶었다.

"허, 그, 그렇제!"

"우짜모 그런 것도 아노?"

준서의 놀라운 예지와 식견은 사람들을 휘어잡기에 모자람이 없어 보였다. 하긴 그만큼 중요하고 급박한 사안이긴 했다. 하지만 준서의 이런 예견은 모두의 가슴을 서늘하게 만들었다.

"앞으로 우리 농민들은 갱작권을 지킬라꼬 지주와 조선총독부를 상대로 싸움을 벌이나갈 수밖에 없을 깁니더."

사람들 입에서 경악과 우려의 소리가 흘러나왔다.

"조, 조선총독부하고도?"

"그리 되모 갱작권은 고사하고 목심도 지키기 에러블 낀데 우짜노?"

얼이 눈에 비친 준서는 영락없는 스승 권학의 분신이었다.

"그 토지조사사업이란 거로 인해서 세금 매기는 땅은 배나 늘어날 끼고예."

충민사가 있던 터에서 행해지고 있는 수돗물 여과지 설치 작업은 곧 끝날 것 같으면서도 그렇지 않았다. 조선 사람들에게 최대한 골을 먹이기로 작심한 듯했다.

"지세地稅, 그렁께 저들이 올리는 땅의 세금 수입은 배로 늘어날 꺼 겉심니더."

신문에 실린 글을 읽으면서 열을 올리고 있던 사람들이 준서 이야기에도 흠뻑 빠져들어 흩어질 줄 모르고 계속 감탄사를 발하기 바빴다.

"아, 그런?"

"마, 맞구마, 맞아!"

하지만 준서도 내다보지는 못했다. 조선총독부가 왕실과 관청이 소유했던 토지는 물론 소유권이 불명확한 공유지 등을 죄다 자기 소유로 차지해버리게 된다는 것이다.

"허, 아즉 젊은 친구가 에나 대단하거마. 오데 사는 누요?"

"누 문하門下에서 배와서 그리키 뛰어난고 모리것네."

"장차 큰 인물이 될 끼거마. 내 요 손가락에 장을 지지것소."

사람들은 좀처럼 준서에게서 떠날 줄 몰랐다. 얼이는 준서가 자랑스러우면서도 혹시 어디서 일경日警이라도 불쑥 나타나지 않을까 가슴이 더없이 조마조마했다. 낙육고등학교가 폐쇄되고 농업학교로 개칭한 후부터는 일경의 감시의 눈이 많이 사라진 것 같기는 하지만, 그래도 여전히 위태위태하고 불안하기는 마찬가지였다.

어느새 신문에 실린 농공은행의 선전보다도 준서 말에 훨씬 더 큰 관심과 흥미를 보이는 사람들을 지켜보면서, 얼이는 역사의 뒤안길로 사라져 간 충민사를 한 번 더 생각하고 있었다. 그곳 성에 깨끗한 물을 제공한다는 허울 좋은 미명하에 소위 저 수돗물 여과지라는 것을 만드는 공사 현장에서는, 여전히 시끄러운 소리가 사람들 귀에 아귀같이 들러붙고 있었다.

비화와 다미가 고을 북쪽 골짜기에 있는 비어사를 찾았다.

나뭇잎이 거의 다 떨어진 앙상한 나목의 가지를 맵고 차가운 바람이 몰인정하게 흔들고 지나가는 무렵이었다.

유난히 준서를 따르던 털빛 뽀얀 진돗개 '보리'도 없는 거기는 말 그대로 '절간처럼' 고요하였다. 아마도 천수를 누리고 부처님 곁으로 갔을 것이다. 모든 게 텅 빈, 이른바 '공空의 세계' 바로 그것이었다. 심지어 그곳을 찾는 사람이 그 자신마저도 없는 것으로 여겨질 정도였다.

"낮이고 밤이고 간에 저리 누우시갖고 자리보전만 하고 계신 지가 올매나 됐는고 모리것심니더."

동자승이었을 때부터 진무 스님을 모시는 홍각 스님이 요사채 방에 누워 있는 진무 스님을 보며 울먹이는 목소리로 말했다. 뒷마당에선가 사람이 사는 동리에서는 잘 듣기 어려운 멧새 울음소리가 끊어질 듯 이어지고 있었다.

'삐~이, 후루룩. 삐~이, 후루룩.'

비화 눈에 연방 물기가 배여 났다. 옛날부터 '바스락' 하고 마른 나뭇잎 소리가 날 것 같던 진무 스님 몸매는, 이제 그 자체가 하나의 마른 나뭇잎과 유사했다. 불가에 들면서부터 의미가 다 없어져 버린 속세의 나이는 더 생각해볼 필요도 없고, 중이 된 뒤로부터 치는 나이인 법랍法臘도 수를 헤아리기가 어려운 스님이긴 했다.

"스님."

비화는 죽은 듯이 두 눈을 감고 와불臥佛처럼 누워 있는 진무 스님을 향해 계속 눈물 섞인 소리를 내었다.

다미 또한 시종 손등으로 눈두덩을 찍어내며 복받치는 울음을 가까스로 참아내고 있었다. 홍각 스님도 더 이상 지켜보기가 힘들었던지 소리 없이 몸을 일으키더니 조용히 문짝을 열고는 밖으로 나가버렸다.

그사이 진무 스님은 어떤 말은 고사하고 미동조차도 없었다. 어쩌면 조금씩 생명이 소진해 가고 있는 게 아닌가 싶어 비화는 한층 애간장이 타고 목이 메었다. 만약 다미가 옆에 없었다면 진무 스님 몸을 붙들고 함부로 통곡을 터뜨렸을지도 모른다.

"비화야."

이윽고 꿈쩍도 하지 않고 있던 진무 스님 입에서 들릴락 말락 비화를 부르는 소리가 흘러나왔다. 얼핏 신음이 아닐까 착각될 지경이었다.

"예, 스, 스님. 지 여 있심니더. 마, 말씀하시이소."

비화는 앉은 자리에서 얼른 조금 더 진무 스님 몸쪽으로 다가가며 급히 말했다. 다미 역시 자신도 모르게 비화와 똑같이 행동하고 있었다.

"스님! 지 비화, 비홥니더. 다미 처녀도 함께 왔심니더."

비화가 고하는 소리에 진무 스님이 천천히 두 눈을 떴다. 그러고는 조금 전 비화를 불렀던 그 음성으로 가느다랗게 입을 열었다.

"다미야."

"예, 스, 스님."

다미 어깨가 불안해 보일 정도로 크게 출렁거렸다. 어쩌면 그 어깨에 짊어져야 할 짐의 무게 때문에 더 그렇게 비치는지도 모른다. 비화는 왠지 사람의 어깨가 많은 것을 이야기해 준다는 사실을 처음으로 느꼈다.

"내가, 진작, 부처님 곁으로 갔어야, 했는데……."

그게 진무 스님이 힘겹게 몰아쉬는 숨 사이로 띄엄띄엄 끊어가며 두 사람에게 한 최초의 얘기였다. 그 말을 듣자 비화와 다미 머릿속에 똑같이 요사채 밖에서 홍각 스님에게 들었던 소리가 되살아났다.

"그전에도 간신히 운신을 해오고 계싯지만도, 우리나라의 국권이 상실되었다쿠는 소식을 들으신 그날부텀 건강이 급객히 나빠지시고 말았심니더. 당장 우찌되시지 않을까 무진 걱정도 했지예. 그래도 저 정도 되신 것만 해도 증말 다행입니더."

그동안의 진무 스님 안부를 그런 말로 요약해서 들려준 후에 또 당부하기를 잊지 않았다.

"소승이 따로 말씀 안 드리도 두 보살님께서 어련히 알아서 잘 안 하시것나 생각은 하지만도, 그래도 노파심에서 드리는 말씀입니더. 해나 큰스님께 충객을 드릴 만한 우떤 말이나 행동도 꼭 자제해 주싯으모 합니더. 나무관세음보살."

홍각 스님 말을 되살리는 비화는 진무 스님께서 지금 하신 그 말뜻을 십분 깨닫고 또다시 가슴이 찢어지는 듯했다. 진작 열반에 들었다면 일제에게 나라를 빼앗기는 고통과 치욕을 겪지 않아도 되었을 거라는 의미였다. 어쩌면 당신은 또 이런 말씀도 하시고 싶은지 모른다.

'염 부인 마님이 차라리 행복하신 분이다. 망국의 설움을 당하시지 않

아도 되니까.'

그 생각 끝에 비화는 고개를 완강히 내저었다.

'아이다, 그거는 아이다. 이보담 더한 일을 감수하더라도 살아 있어야 하는 기라. 살아서, 꼭 살아서, 헤쳐나가야 안 하나.'

그때 다시 조그맣게 들려오는 진무 스님 말씀을 단 한마디라도 놓치지 않기 위해 비화는 온 신경을 두 귀에 쏟았다.

"곧 부처님 곁으로 갈 나 같은 사람이야 괜찮겠지만……."

얼굴까지는 돌리지 못하고 눈만 아주 조금 돌려 두 사람을 보았다.

"남아 있을 너희 같은 사람들이 걱정이구나."

"스님."

역시 진무 스님이구나 싶었다. 저런 몸 상태를 가지고서도 중생을 염려하는 말씀을 잊지 않으시다니. 비화 심장이 뜨겁게 달아올랐다.

'진무 스님이야말로 생불生佛이시다.'

그런 생각이 드는 비화 귀에 언젠가 진무 스님이 했던 말이 또렷이 들려왔다.

― 저들을 두고도 생불이라고 하거늘, 그 말 뒤에 숨겨진 의미를 새겨 볼 필요가 있도다.

나루터집에 굶주린 걸인들이 몰려왔던 날, 마침 염 부인과 함께 들렀던 그에게서 들었던 말이었다.

'시상에, 아모리 부처 눈에는 다 부처로 비이고, 도둑 눈에는 다 도둑으로 비인다는 말이 있지만도, 저 거지들을 보고 생불이라 하시다이?'

비화는 도저히 진무 스님 말씀을 납득할 수 없었다. 비화의 그런 표정을 읽은 그는 이런 질문을 던졌다.

― 여러 끼를 굶은 사람, 그를 가리켜 생불이라고 한다는 걸 모르느냐?

그러니까 여러 날 동안 아무것도 먹지 못해 나루터집으로 찾아든 걸인들을 그냥 내쫓지 말고 배불리 먹여 보내라는 불제자다운 말씀이었다.

'그거는 이해가 되는데, 와 굶은 사람을 생불이라 쿠는지 모리것다 아이가.'

비화의 그런 의문은 아직도 풀리지 않고 있는 숙제였다. 어쩌면 알 것도 같기는 하면서도 또 어쩌면 전혀 모를 것 같기도 하였다.

그러나 과거를 맴도는 비화의 상념은 곧 끊어져야 했다. 진무 스님 입에서 그녀를 몹시 당황케 하는 말이 나온 것이다.

"내가 이제 곧 염 부인 마님을 만나게 될 텐데, 뭐라고 말씀을 드려야 하누?"

비화 못지않게, 아니 틀림없이 비화보다도 더 충격을 받은 사람은 다미였을 것이다.

"스, 스님."

다미는 가슴이 무너져 내려 숨을 쉬기도 어려운 사람 같아 보였다. 적어도 그 순간에는 진무 스님보다도 더 힘든 모습이었다.

'해나?'

비화는 그동안 다미가 혼자 진무 스님을 찾아뵜을 때 그들끼리 무슨 이야기를 주고받았을까 연상해보며 몸이 절로 움츠러들었다. 혹시 다미가 비화 자신에게 들었던 모든 것을 진무 스님에게 모두 고해 올렸다면?

'아일 끼다.'

마음을 졸이다가 비화는 속으로 고개를 흔들었다. 그렇게는 하지 않았을 것이다. 비화의 나중 짐작이 맞는지, 진무 스님 입에서는 혼잣말 비슷한 이런 소리가 새 나왔다.

"염 부인의 비밀."

어떻게 들으면 귀신과 대화를 나누는 것 같았다.

"마님 손녀인 다미도 모를……."

그 소리가 하도 낮고 작아서 다미는 알아듣지 못할 게 아닌가 싶기도 했다. 어쩌면 제 할머니 이야기가 나오는 그 순간부터 그녀의 모든 신체 감각은 마비 상태가 돼버렸는지 모른다.

"비화 넌 끝까지 날, 나를……."

그런데 이어지는 진무 스님 말은 좀 더 분명하여 다미도 충분히 알아들을 정도였다. 그렇지만 '나를' 뒤에 나올 이런 소리는 알아채지 못할 것이다.

'나를 속이고 그 비밀을 말해주지 않았어. 그게 임배봉과 연관이 있다는 사실을 난 모두 알고 있는데도 말이다.'

진무 스님은 비록 몸은 손가락 하나 움직일 수 없을 만큼 몹시 쇠약해졌지만, 정신만은 아직도 맑은 것 같다는 느낌을 비화는 받았다.

'그렇다모 시방이 적기가 아일까?'

비화는 홀연 크나큰 혼란과 갈등에 부대끼기 시작했다.

'모도 말씀드릴…….'

요사채 문짝이 흔들리는 게 어서 결론을 내라는 독촉으로 전해졌다. 그제야 코가 제 기능을 제대로 하는지 지금까지 전혀 감지하지 못하고 있었던 향불 냄새가 맡아지는 비화였다. 절 마당에 서 있는 팽나무에서 들려오는 산새 소리가 마음을 일깨워주려는 부처님 음성 같기도 하였다.

'시방보담도 더 심신이 악화되시모, 그때 가서는 말씀을 드리도 무신 뜻인지 모리실 수도 안 있것나.'

비화의 혼자 생각은 가실 줄 모르는 연기같이 몽개몽개 피어올랐다. 가슴에 큰 못을 박고 바윗덩이를 안은 채 열반에 드시게 되면 당신께서는 결코 홀가분하시지 못할 것이다. 그러니 약간 말귀를 알아들을 수 있는 바로 지금 고해 올리는 게 바른 도리가 아닐까.

'하지만도 다미가 옆에 안 앉아 있나.'

비화 마음속에서 상념의 연기를 몰아가는 바람의 방향이 바뀌었다.

'아모리 진무 스님이라 쿠더라도 지 할무이의 부끄러븐 일을 아시는 거는 그럴 끼라. 다미 아이라 우떤 누라도 말이제.'

방향이 바뀐 바람은 계속해서 그쪽으로 불어갔다.

'내한테 대고 상구 원망도 할 끼거마. 같은 여자로서 우찌 그럴 수가 있냐꼬 웬수맹커로 대할랑가도 모리고.'

그러나 웬일인지 다음에 오면 진무 스님 정신이 이날만큼 온전하지 못하리라는 나쁜 예감이 자꾸 들었다. 또 역방향의 바람이었다. 그건 정말 상상조차 하기 싫은 소리지만, 어쩌면 이미 열반에 드셨을 수도 있었다.

그런데 비화에게 결단을 내리게 한 것은, 바로 그때 다미가 진무 스님에게 한 이런 꽤 긴 말이었다.

"스님, 이거는 지 할무이 일인께 지가 첨부텀 끝꺼정 다 알아서 하것심니더. 그라고 내중에 지가 죽어서 울 할무이 만내기 되모, 그때 가갖고 지가 모든 거를 말씀드릴 낀께, 스님께서는 더 이상 그 일을 멤에 두지 마시고 스님 건강에만 신갱을 써주실 것을 부탁드립니더."

"다미야."

진무 스님이 또 다미를 불렀다. 첫 번째와는 다른 감정이 실려 있는 음성이었다. 그가 다미의 그 말을 어느 정도까지 알아들었는지 비화로서는 가늠하기 어려웠다. 하지만 적어도 당신이 짐을 지지 않아도 된다는 다미의 진심 정도는 깨친 듯했다.

"고맙구먼. 다미 처녀도……."

또 숨이 가빠오는지 진무 스님은 잠시 쉬었다가 말했다.

"준서만큼이나 뛰어나구나."

일순, 다미 몸이 움찔했다. 다미의 그 반응이 비화에게는 크나큰 수수께끼로 와 닿았다. 한데 다미뿐만 아니라 비화에게도 한층 당혹스러운 소리가 계속 나왔다.

"젊은 두 사람이 마음과 힘을 합치면 못 할 게 없을 것이야."

"……."

다미 얼굴이 벌겋게 달아올랐다. 쿵쿵 뛰는 심장 소리가 비화 귀에 들릴 만했다. 비화는 반신반의했다.

'진무 스님은 내가 다미를 우리 준서하고 서로 짝지어줄 생각을 하고 있다고 보고 계시는 기까?'

절집 처마 끝에 매달린 작은 종 모양의 풍경이 그윽한 소리를 내고 있었다.

'내가 한 분도 그런 눈치를 비인 적이 없는데도 안 있나.'

진무 스님의 눈은 아직도 밝다는 것일까, 아니면 이제는 크게 어두워져 있다는 것일까? 비화는 고개를 가로저었다.

'아이다. 내 스스로도 혼란스러버 하는데 진무 스님께서 우찌?'

어쨌든 진무 스님의 그 말은 갑자기 그곳 분위기를 아주 다르게 바꿔놓았다. 음력 시월 열엿샛날부터 이듬해 정월 보름날까지 일정한 곳에 살며 수도하는 동안거冬安居에 들어간 것 같았다.

한참 동안 길고 깊은 침묵이 흘렀다. 그곳이 절집이라는 사실을 새로이 일깨워주는 공기로 꽉 찼다.

— 비화야.

비화는 자기 안의 비화에게 물었다.

— 니는 다미를 며느리 삼고 싶제?

대답을 못 하고 있는 자기 안의 비화가 답답했다.

— 아이가? 기가?

다미 앞에서는 언제나 허둥거리고 낯을 붉히는 준서였다. 그러자 부처님마저도 예측하지 못했을 일이 벌어졌다. 비화는 별안간 짜증이랄까 자존심이 뭉개지는 자의식에 빠져버렸다. 그리하여 조금 전에 다미가 진무 스님에게 한 말을 되새기며 마침내 털어놓았다.

"스님, 지가 다미 처녀한테는…….."

그러나 그다음 말은 나오지를 않았다. 아니, 못 했다.

"어디…….."

진무 스님이 처음으로 고개를 아주 조금 두 사람 쪽으로 돌렸다. 잿빛 승복 사이로 목이 약간 드러나 보였는데 살점이라곤 거의 없었다.

"말……."

그는 말을 잇기는커녕 그 정도 고갯짓을 하는 것도 너무나 힘들어 보였다. 비화는 마지막 피를 토하듯 고했다.

"다 이약했심니더."

'뭐라고?'

진무 스님 입에서는 얼핏 그런 소리가 나온 것 같았다.

'정말이냐?'

그렇게 물은 것인지도 모르겠다.

"음."

아무튼 진무 스님은 비화가 한 말의 뜻을 간파한 것만은 틀림이 없어 보였다. 그는 아무 말 없이 베개 위에 얹혀 있는 고개를 본래대로 돌렸다. 뼈만 남은 목도 승복 속으로 어느 정도 감추어졌다.

'아, 스님.'

비화는 확실히 느낄 수 있었다. 진무 스님 얼굴이 더할 수 없이 평온해지고 있다는 것이다. 정말 이제는 죽어도 여한이 없겠다는 빛도 엿보였다.

'시방꺼정 염 부인 일 땜에 진무 스님이 올매나 심들어 하싯는고를 알 것다.'

비화는 지금까지보다 몇 곱절로 덮치는 죄스러움을 떨칠 수 없었다. 또다시 울음이 터지려고 했다.

"다미야."

그때 진무 스님이 다미를 불렀다.

"예, 스님."

다미가 진무 스님이 누워 있는 자리 쪽으로 고개를 좀 더 숙였다. 약간 드러나는 그녀의 하얀 목덜미가 서러울 정도로 눈부셨다. 흰 목련꽃이 살짝 내려앉아 있는 것 같은 그 목은, 수수깡을 연상케 하는 진무 스님 목과 크게 대비되어 보였다.

"우리 중생의 삶이란……."

진무 스님은 마른기침을 두어 번 한 후에 말을 이어갔다. 믿어지지 않을 정도로 심상한 어투였다. 더 놀라운 일은, 비록 힘이 들어 보이기는 해도 그때까지와는 다르게 그가 말을 보다 분명하고 또 제법 길게 하고 있다는 사실이었다.

"흔히들 하늘의 뜬구름이나 흘러가는 강물 같다는 말을 하기도 하지만……."

"예."

요사채 방바닥은 비화가 전번에 왔을 때보다는 좀 덜 차가웠지만 따뜻하지는 않고 약간 미지근한 느낌이 들었다.

"어쩌면 영원히 흩어지지 않는 먹장구름, 깊고 어두운 한 웅덩이에 갇혀버린 물, 그러한 것일 수도 있느니."

"예."

다미 몸 위로 염 부인 모습이 겹쳐 보여 비화는 쉴 새 없이 눈을 끔벅거리지 않으면 안 되었다.

"내 말은……."

"예? 예."

"결국, 모든 것은 마음에 달려 있다는 것이야."

"……."

"뭐 각별할 것도 없는, 그런 말이지?"

"아, 아이고예."

"맞아. 흔하게 하고 흔하게 듣는 소리니까. 그렇지만 진리는 언제나 그런 거라고 불민한 이 땡추는 믿고 있거든. 아무튼, 그리고……."

염 부인이 명주 끈으로 목을 매단 대웅전 뒤쪽 고목에 올라앉아 울고 있는 것일까? 그쯤이라 짐작되는 곳에서 들려오는 산새 울음소리가 요사채 방문을 흔들고 있었다. 저 새는 염 부인의 환생일지도 모른다.

"후우."

진무 스님은 말을 하기 위해 마지막 남은 힘을 다 짜내고 있는 사람으로 비쳤다.

"모르고 있지는 않겠지만……."

진리는 평범한 곳에 뿌리를 내리고 있다는 사실이 입증되고 있는 것일까, 거의 원론적인 말이 이어지고 있었다.

"원수는 원수를 낳고, 복수는 또 복수를……."

"……."

비화는 진무 스님이 다미에게 무슨 이야기를 들려주려는지 어렵잖게 깨달을 수 있었다. 그건 비화 자신에게도 이미 수차례 했던 말씀이었다.

진무 스님은 자신의 말이 상대를 조금도 변화시키지 못하리라는 사실을 알고 있을 것이다. 하지만 그런데도 그는 똑같은 말을 되풀이하고 있었다. 그게 불제자의 신분이 영구히 벗어날 수 없는 그 무엇인지도 알 수 없다.

그런데 예전에 비화 자신이 보였던 반응과 지금 다미가 해 보이고 있는 반응은 달랐다. 그녀는 절대로 복수를 포기할 수 없다고 불경스럽게 진무 스님에게 덤벼들 것처럼 했었는데, 다미는 그저 조용히 앉아 듣기만 할 뿐인 것이다.

'역시 내가 보는 눈이 안 틀리다.'

비화는 다시 한번 느꼈다. 다미는 참으로 예사 처녀가 아니라는 것이다. 염 부인 복수를 할 수 있을 것으로 보았다.

그때 요사채 문짝이 열리더니 홍각 스님이 안을 들여다보며 물었다.

"아즉도 이약이 다 안 끝난 깁니꺼? 시방 큰스님 몸은……."

비화는 아차! 싶었다. 몸이 피폐해질 대로 피폐해져 있는 진무 스님이었다. 절대로 무리하지 말고 안정을 취하게 해드려야 마땅했다. 그런데도 국권 상실과 염 부인 죽음 때문에 미처 그 생각을 하지 못했다. 다미도 퍼뜩 깨달았는지 홍각 스님을 향해 말했다.

"죄송합니더, 스님."

비화는 서둘러 자리에서 몸을 일으켰다.

"스님, 저희는 인자 가보것심니더. 담에 또 찾아뵙것심니더."

다미도 비화와 같은 동작을 취했다.

"건강하시이소, 스님. 좋은 말씀 고맙심니더."

두 사람이 일어나 작별인사를 했을 때 진무 스님은 자리에 누운 채 눈짓으로만 인사를 받았다. 비화 가슴이 또다시 무너져 내렸다. 정말 이제 열반에 드실 시간이 얼마 남지 않은 것 같았다. 입술을 질끈 깨물며 그곳에서 물러 나왔다.

"살피 가시이소, 보살님들. 부디 부처님 가호가 있으시기를."

홍각 스님이 합장하며 말했다.

"스님께서도 무탈, 강건하시고…….."

비화와 다미도 합장했다.

산문을 벗어나고 있는데 또 한 번 아까 들었던 것과 같은 산새 울음소리가 그대로 떠나보내기 아쉽다는 듯이 뒤를 따라왔다.

대웅전 뒤쪽에서 들리는 소리였다.

귀신도 놀랄 방문객

언제부터인가 그 고을에서 최고로 크고 으리으리한 임배봉의 대저택 솟을대문은 아주 굳게 닫혀 있었다.

간간이 그 대갓집에서 부리고 있는 남녀 종들이 드나드는 모습만 보였으며, 정작 집 주인인 배봉과 운산녀 부부나 억호, 해랑 부부의 출입은 극히 드물었다.

그뿐만이 아니었다. 손자 동업과 재업도 어른들을 닮아 가는지 학교에 가는 것 말고는 이전에 비해 바깥출입이 현저히 줄어들었다. 만호와 분녀 역시 못 올 집이기라도 한 듯 발길을 딱 끊었다. 공기마저 집 안팎으로의 흐름을 멈춘 분위기였다.

그런데 정확하게 털어놓아 지금 그 집에 운산녀는 없었다. 어디에 가 있는지 아무도 알지 못했다. 어쩌면 그 고을에서 자취를 감춰버렸는지도 모른다. 그럴 공산이 컸다.

그날 상촌나루터 조선목재 밀실에서 민치목이 점박이 형제에게 살해당하고 혼자 가까스로 탈출한 운산녀였다. 그래서 분명히 어딘가에 살아는 있을 터인데 누구도 쉬 찾아내지는 못할 것이다. 이름 그대로 구름에 가려져 있는 산 같은 여자인지라 행방은 그냥 오리무중 정도가 아니라 오십 리, 오백 리가 무중이었다.

배봉의 사랑방을 억호와 해랑 부부가 찾아들었을 때, 배봉은 수건으로 이마를 동여맨 채 자리보전을 하고 있었다. 그의 몰골은 진정 말이 아니었다. 근동 최고 갑부다운 면모는 눈을 닦고 봐도 찾기 어려웠다.

"아즉도 고년을 몬 찾았다 말가?"

배봉이 중앙집중식의 오만상을 찡그리고 간신히 일어나 앉으면서 책임을 추궁하는 투로 맨 처음 꺼낸 말이었다.

"이집 사람들 모돌띠리 오데로 이사를 간 기가, 난리가 나서 도망을 친 것가, 안 그라고서야 우찌 여태꺼정……."

억지로 화를 삭이는 빛이 완연한 그의 머리맡에 아무렇게나 놓여 있는 유리 재떨이에는, 허연 담뱃재가 흡사 먼지 뭉치나 덩어리처럼 수북하게 담겨 있었다.

"죄송해예, 아버님. 머라꼬 드릴 말씀이 없네예."

해랑이 눈동자를 고정시킨 얼굴로 말했다. 억호는 오른쪽 눈 밑에 박힌 점을 씰룩거리며 아무 말도 하지 않고 그저 한숨만 내쉬었다. 그러고는 혼자 마음속으로 반항하는 어조로 구시렁거렸다.

'인자 와서 찾아갖고 머할 낀데? 짐승 겉으모 고아묵든지 삶아묵든지 하지.'

억호는 솔직히 운산녀 행방 따위에는 쥐꼬리만큼도 관심이 없었다. 그런 일이 일어나지 않았을 때도, 명색 대갓집 마나님이라는 여자가 종들을 단속하며 안방을 지킬 생각은 하지 않고, 대체 어디를 어떻게 쏘다니는지 통 알지 못했던 운산녀였다.

'그거는 한 개도 멤 안 쓰이는데…….'

억호에게 가장 중요한 것은 언제 갑자기 총칼을 찬 경찰이 들이닥쳐

160

자신을 살인범으로 붙잡아 끌고 갈 것인가 하는 거였다. 어쩌면 체포되는 건 기정사실로서 시간문제라고 보았다. 그런 생각만 해도 간담이 오그라들고 극심한 불면증에 시달려야 했다. 한데 아버지라고 하는 인간은 아들의 고민이야 처음부터 안중에도 없는지, 오로지 불륜을 저지르고 달아난 마누라를 겨냥한 증오와 분노에만 사로잡혀 방방 뛰는 것이다.

"내가 진즉부텀 고 망헐 년이 치목이 고눔하고 장마당 딱 붙어 댕김시로 무신 짓들을 할 것인고는 짐작했지만, 그래도 설마 했다 아이가."

배봉은 운산녀에게 늘 핀잔받던 습관을 여전히 못 버리고 이빨을 뿌득뿌득 갈아가며 온갖 악담을 퍼부었다.

"내 눈깔에 흙이 들가도 반다시 고 더러븐 년을 찾아갖고 가래이를 쫙쫙 찢어서 쥑이삘 끼다. 지년이 암만 뛰봐야 배룩(벼룩)인 기라."

그 말을 듣고 있던 해랑이 가져온 꿀물을 탄 그릇을 배봉에게 내밀었다.

"그라실라모 기운부텀 채리시야지예. 자, 이거 좀 드시소."

만일 다른 사람이 권했다면 당장 그릇을 집어 들어 벽이고 천장이고 방문이고 가릴 것도 없이 냅다 내던졌을 것이지만, 그날 밤 꺽돌의 공격으로부터 자신의 목숨을 건져준 후로 해랑의 말이라면 무엇이든 꼬박꼬박 따르는 배봉이었다. 그 정도가 너무 지나친 바람에 만호 부부는 물론이고 억호마저도 시답잖다는 표정을 지을 때가 있었다.

"그래, 며눌악아, 알것다. 이리 도. 내 마실 꺼마."

배봉이 그릇을 받으려 했지만 해랑은 넘겨주지 않고 그의 손길을 피하면서 말했다.

"가마이 계시소. 지가 마실 수 있거로 해드리께예."

"그랄래? 그래라."

배봉은 해랑이 입에 대주는 그릇에 담긴 꿀물을 단숨에 쭉 비웠다.

해랑이 음식을 이것저것 챙겨 먹이지 않았다면 배봉은 이미 굶어 죽었을지도 모른다. 이래저래 해랑은 여러 겹으로 배봉에게는 생명의 은인이었다.

"역시나 내한테는 우리 큰며느리 하나밖에 없제."

꼭 약 먹은 쥐나 바퀴벌레 모양으로 비실비실하다가 꿀물 한 그릇에 벌써 원기가 크게 회복된 사람인 양 굴었다.

"작은며느리라쿠는 거는 지 시애비가 굶어뒤지든 맞아뒤지든 관심 하나 없다 고마."

온통 돈으로 도배를 해놓은 것처럼 보이는 사랑방 안 아무 곳에다 침이라도 뱉을 기세였다.

"흥, 그래갖고 지들은 올매나 잘사는고 오데 함 두고 볼 끼다."

배봉의 악담 섞인 말에 억호는 그 자신의 불만까지 보태어 동생 부부를 옹호하는 진심이 아닌 소리를 했다.

"아부지도 자꾸 그리 욕만 하지 마시고예, 함 깊이 생각해보이소. 시방 동상 부부가 지 증신들이것심니꺼?"

자신의 감정을 이기지 못해 토로하는 목소리였다.

"사람을 쥑인 살인범이 돼갖고 운제 잽히가서 처행당할란지도 모리는 이런 위태위태한 판국에 말입니더."

배봉은 끄응, 하고 앓는 소리를 내더니 입맛만 쩝쩝 다셨다. 말인즉슨 구구절절 옳았다. 도둑을 때려죽이든 강도나 화냥년을 밟아 죽이든 살인은 살인인 것이다. 배봉은 이제 밖으로는 꺼내지 못하고 속으로만 중얼거렸다.

'그런께 요령껏 좀 안 하고, 요것들이 똑 생긴 거매이로 그러키 미련시럽거로 일을 처리해갖고 이리 안 맨들어 놔삣나.'

콩 심어 놓고 팥 나기를 기대했던 사람처럼 했다.

'머라쿠노, 자업자득이다 고마. 춧춧.'

그때 해랑이 억호를 한번 보고 나서 배봉에게 물었다.

"그란데 아버님, 머신가 쪼매 이상하다쿠는 기분은 안 드십니꺼?"

배봉은 생기 없는 눈을 게슴츠레하게 뜨면서 되물었다.

"이상? 머가 이상한데?"

"갱찰이 저리 조용한 기 말입니더."

듣고 있던 억호가 몹시 신경질적으로 내뱉었다.

"와? 후딱 달리와갖고 지 서방 안 잡아가는 기 그리카나 서분나?"

하지만 해랑은 그 말은 들은 척도 하지 않고 이번에도 배봉만 상대했다.

"이리카나 오랫동안 꼬랑지를 몬 잡을 리는 없어예."

배봉이 잠시 생각한 끝에 또 물었다.

"그라모 갱찰이 다 암시롱 그냥 가마이 있다, 그 말이가?"

억호가 이번에는 아버지에게 짜증을 부렸다.

"아, 그기 말이라꼬 하시예? 개도 별로 몬 짖는 갱찰이 우떤 것들인데 범인을 암시롱 가마이 있다이예?"

배봉이 심드렁한 어투로 말했다.

"그거는 모리제. 어부가 더 큰 물괴기 잡을라꼬 쪼꼬만 새끼 물괴기 는 그냥 놔줄 때도 안 있나."

그 말이 떨어지기 무섭게 해랑이 얼른 말했다.

"바로 그거라예, 그거. 지 생각하고 우리 아버님 생각하고 우찌 이리 똑겉지예?"

억호는 아버지에게는 계속 그러지 못하고 아내를 향해 불만을 터뜨렸다.

"그라모 내가 새끼 물괴기다, 그 소리가?"

해랑이 정색을 했다.

"지는 도로 그랬으모 더 좋것어예. 그라모 잽히 죽지는 안 하는 거 아이라예?"

억호는 자포자기에 가까운 목소리였다.

"내사 낮이고 밤이고 간 있는 대로 다 졸이감시로 사느이, 도로 쌔이 잽히가서 무신 처벌이라도 후딱 받았으모 좋것다."

해랑이 눈을 흘기며 핀잔을 주었다.

"죽고 나모 다 끝인 거 몰라서 그런 말씀을 하시예?"

억호는 주먹이라도 날릴 태세였다.

"오데다 대고 꼬빡꼬빡 말대꾸고? 그냥 콱!"

조금도 기가 죽지 않는 해랑이었다.

"그날 어머님, 아니 운산녀라쿠는 분한테 좀 안 그라시고……."

운산녀 말이 나오자 배봉은 더 듣기 싫다는 빛이었다.

"둘이 다 고마해라, 고마해. 걸베이끼리 자루 째지 말고."

그러더니만 문득 떠오른 모양이었다.

"아, 참. 맹쭐이 말이다."

"……."

억호 안색이 대번에 싹 바뀌었지만 이내 아무렇지도 않은 척했다.

"고런 새끼는 하나도 겁 안 납니더. 그눔이 바로 새끼 물괴기지예. 오기만 하모 당장 지 애비 꼴 나거로 해삘 낍니더."

배봉이 고개를 흔들며 설득조로 나왔다.

"쥐도 급해지모 괭이를 문다 캤다. 그눔을 이전 그눔으로 보모 큰일 난다."

아무래도 께름칙하고 심상치 않은 예감이 드는지 이런 말도 했다.

"내가 들은께, 죽원웅차라쿠는 왜눔하고 그리 친하거로 지낸다 쿠더라."

해랑이 여전히 길고 가느다란 하얀 고개를 끄덕였다.

"그거도 아버님 말씀이 지당하심니더."

시들시들해 보이면서도 용케 생명을 유지하고 있는 분盆에 담긴 난초를 보았다.

"본디 그래 비이도 맹쭐이가 끈질긴 구석이 있어예. 해나 지 아부지를 쥑인 범인이 눈고 알모……."

그러다가 해랑은 말끝을 흐렸다. 지난날 맹쭐이 그녀에게 치근덕거리던 기억이 되살아났고, 혹시라도 억호가 그런 과거를 알기라도 하면 어쩌나 싶기도 해서였다. 알게 되면 질투심에 불타서, 그놈하고 무슨 짓을 했냐고 다그칠 사람이 억호였다.

"눈고 알모, 눈고 알모."

억호가 그 말을 되뇌다가 홀연 버럭 고함을 내질렀다. 지금까지는 만지면 부서지고 불면 날아갈세라 애지중지하던 아내에게 계속 그러는 것을 보니, 아무래도 신경이 날카로워질 대로 날카로워져 있다는 증거였다.

"알모 우짠단 말인데?"

해랑은 너무나 한심하고 딱하다는 얼굴이었다.

"방금 막 아버님께서 말씀 안 하시던가예? 맹쭐이가 왜눔하고 친하다 꼬예."

그들 부자 모두 들으란 듯이 말했다.

"시방은 우리나라가 없어져삔 시대라예. 그래서예, 모든 거는 왜눔들지 멋대로 해갖고 돌아가는 시상이 돼삣어예."

배봉과 억호 둘 다 입 봉창하고 듣기만 했다. 그들도 피부로 접하고 있었다.

"만약에 맹쭐이가 죽원웅차 겉은 왜눔을 앞장세와갖고 온다모, 절대로 만만하기 볼 수가 없는 기라예."

대궐 어전에 있는 병풍을 방불케 하는 열두 폭 병풍이 어쩐지 앞으로 폭삭 무너질 성싶은 느낌을 주었다.

"솔직히 우리도 왜눔들하고 손을 잡고 일을 할 때가 없지는 않지만도예."

"왜눔을 등에 업고 있는 맹쭐이는, 쪼꼼 전에도 말이 나왔지만도……."

그 고을을 거쳐 간 목사 여럿을 모셨던 화려한 관록이 바야흐로 진가를 발휘하는 순간이었다.

"우리가 알고 있던 그 맹쭐이하고는 상구 다리다쿠는 거를 잊아삐모 안 되는 기라예."

시무룩한 얼굴로 한동안 듣고만 있던 배봉이 무척 아쉽다는 빛으로 입을 뗐다.

"요럴 때 사토가 살아 있다모 올매나 좋으꼬. 고 사우 새끼 무라마치하고 그노무 동상 무라니시 고것들은, 지들만 갖고는 모지래서 다린 왜눔들꺼정 데꼬 와서는 넘의 턱 밑에 떠억 앉아서 장사 방해나 해쌌고……."

삼정중 오복점을 겨냥한 증오와 시샘은 배봉뿐만 아니라 그 고장 모든 조선인도 똑같이 품고 있었다. 그렇지만 문제는, 그 환장할 백화점은 하루가 멀게 번성해가고 있다는 사실이었다. 게다가 이제 자기들 세상이 되었으니 도대체 어디까지 어떻게 튈지 누구도 모를 노릇이었다.

"운젠가는……."

해랑이 진지한 어조로 말했다. 그녀의 변신 또한 나날이 발전하여 억호도 눈을 비비고 다시 볼 지경이었다.

166

"맹쭐이가 지 아부지를 그리 맨든 사람들이 눈고를 알기 될 깁니더."

해랑의 그 말은 또다시 억호 심기를 있는 대로 건드려 놓기에 충분했다. 죽기 살기로 덤벼드는 놈에게는 천하장사라도 상대하기가 버겁다는 것을, 그는 오랜 싸움판 경험을 통해 잘 깨치고 있는 것이다.

"그러이 우리는 쪼끔도 방심을 해서는 안 돼예."

배봉이 심각한 얼굴로 해랑의 말을 되받았다.

"맹쭐이 자슥 노식이도 인자 어른이 다 됐더마. 그라고 치목이 집사람 몽녀하고 맹쭐이 아내도 여자들이라꼬 새피하거로(얕잡아) 보모 안 된다."

억호가 진짜 속내는 감추고 자존심 상한다는 식으로 나왔다.

"탁 털어놓고 이약해서, 내는 총칼 찬 갱찰들만 겁나제, 치목이 식솔들은 하나도 안 무섭심니더."

배봉과 해랑도 그 말에는 부정하지 않았다. 경찰도 그냥 경찰이 아니라 바다 건너서 온 섬나라 오랑캐 경찰인 것이다.

그런데 그건 무슨 예언이나 전조前兆와도 같은 것이었다. 그로부터 얼마 지나지도 않은 이튿날 밤이었다.

하늘에는 천장에 거꾸로 매달린 장식품을 연상케 하는 달과 별이 걸려 있었다.

그 시각, 그 지역 최고의 대저택인 임배봉의 집에 정말 귀신조차 내다보지 못했을 어떤 방문객이 찾아들었다. 그 집안사람들에게는 그가 귀신이었다.

이번에도 배봉의 사랑방에는 배봉과 억호 해랑 부부가 모였다. 어제와 똑같았다. 다만 한 가지 달라진 점이 있다면, 기실 백 가지보다 그 한 가지가 한층 중요하고 무서운 것이었지만, 다른 한 사람이 더 있다는 사실이었다.

그 방문객은 실제로 눈앞에 맞이하고서도 차마 믿기지 않게 바로 그곳 경찰서 차베즈 경사였다. 그가 밤중에, 그것도 부하 한 명도 대동하지 않고 자기 혼자 거기를 찾아든 것이다.

"아, 차베즈 갱사님께서 우찌 이런 시각에 이 누추한 데를 다 찾아주시고?"

평소 서로 안면 정도는 틔고 있는 차베즈 경사에게 배봉은 크게 떨리는 목소리로 말했다. 일경의 방문은 당시 조선 사람들에게는 저승사자의 방문과 다르지 않았다.

더군다나 요즈음 그들이 처해 있는 현실이 어떠한가? 살인범. 그랬다. 사람을 죽인 죄로 잡혀가서 처형당할까 봐 밤낮으로 간담을 졸이고 있는 정황이었다. 그래 멀찍이서 경찰 그림자만 어른거려도 심장이 멎고 오금이 저릴 형편이었다. 한데 경찰이, 그것도 온 고을에서 조선인들을 괴롭히기로 악명 높은 일경으로 소문나 있는 차베즈 경사가 느닷없이 찾아왔으니 더 이상 무슨 말이 필요하랴.

그 차베즈 경사가, 배봉이 다시없이 공손하게 권하는 자리에 앉자마자 도끼눈을 번득이며 그 집안사람들 얼굴을 빠짐없이 하나하나 살펴나가다가 대뜸 한다는 말이었다.

"만호 그 사람 얼굴은 왜 안 보이무니까?"

그것만 해도 가슴이 철렁 내려앉고 정신은 십 리 밖으로 달아날 판국인데, 숨 쉴 틈도 주지 않고 또 곧장 내쏟는 말이었다.

"지금 당장 가서 불러오시오."

"……."

모두의 인색은 그야말로 사색이 되었다. 만호까지 알고 있다니. 차베즈 경사는 철저히 조사를 하고 왔다는 것을 단박에 알 수 있었다.

168

'아, 우짜노? 저눔이 다 알고 온 기라. 만호가 오모 억호하고 둘이를 같이 묶어서 잡아갈라쿠는 기 확실타.'

배봉은 사지가 마비되고 눈앞이 놀놀했다. 그야말로 졸지에 생때같은 아들 두 놈을 한꺼번에 잃게 생겼다. 조선인은 무슨 죄목이 없어도 무작정 잡아가는 왜놈 경찰들 세상인데, 살인범이라는 엄청난 죄를 지었으니 도저히 피해갈 수 없는 막다른 지경에 처해버린 것이다.

'허억! 내하고 만호를 잡으로 온 기 틀림없다. 인자 내 인생은 끝장난 기라.'

억호는 배봉보다도 훨씬 더 큰 공포와 자포자기에 빠졌다.

'내가 잘못한 기라. 집구석에 떡 앉아갖고, 퍼뜩 와서 낼로 잡아가소, 하고 있었을 끼 아이라, 오데라도 달아나서 숨어 있어야 했던 기라.'

장식장 모서리에 머리를 부딪쳐서 자살해버리는 게 더 낫지 않을까 하는 극단적인 마음도 들었고 나라가 원망스럽기 그지없었다.

'중국이모 우떻고, 미국이모 또 우떻노. 왜놈들한테 뺏기삔 요런 나라, 지 나라 백성도 몬 지키주는 나라에 머가 미련이 더 있어갖고…….'

그런데 해랑의 표정은 미묘했다. 다른 식구들과 마찬가지로 새파랗게 질려 있기는 했지만, 연방 차베즈 경사의 눈치를 읽어가는 일에도 열심이었다. 마음은 말 그대로 뒤죽박죽이었다. 혼란스럽기 이를 데 없었다.

'참 알 수 없는 일 아이가. 사람을 쥑인 살인범들을 잡으로 왔는데 혼자서 왔다? 그것도 이런 밤중에?'

곱씹어볼수록 기이한 노릇이었다.

'아모리 시방 허리춤에 차고 있는 권총이 있다 쿠더라도, 그래도 지는 혼자고 우리는 여러 사람 아인가베.'

그 방과 가족들을 둘러보았다.

'특히나 요기가 오데고? 지가 잡으로 온 살인범들 집 아이가? 갱찰이

라꼬 지 혼자 심으로 이 많은 사람을 다 제압할 수 있다꼬 자신하고 있는 기까?'

그러나 그 집안 식구들이 무슨 생각들을 굴리고 있는지 따위에는 애당초 관심도 없다는 표정으로, 차베즈 경사는 무어라 입을 열기는 고사하고 꼼짝도 하지 않고 앉아 있기만 했다. 눈에 아무것도 보이지 않는 사람 같았다.

"만호 그 사람이 올 때까지 기다리고 있겠소. 그 사람이 오고 나면 내가 찾아온 용건을 털어놓겠소. 그러니 이 집 식구들도 그때까지 아무도 어디 가지 말고 여기 그대로 앉아들 있도록 하시오. 알아들었소?"

그리하여 그들은 만호를 데리고 오라는 주인의 지시를 받은 종이 만호를 데리고 올 때까지 꼼짝도 하지 못하고 그렇게 갇힌 신세가 되고 말았던 것이니, 가택 수색과 연금이 따로 없는 것이다.

"……."

시간은 참으로 더디고 지루하게 흘러갔다. 어쩌면 박제처럼 굳어버린 것 같았다. 만호는 금방 나타나지 않았다. 와도 벌써 서너 차례는 왔을 시간이었다.

'해나 요놈이 지 혼자만 살 끼라꼬 오데로 토껴삔 거 아이가?'

억호다운 지레짐작이었다.

'가마이 있거라. 요 왜놈한테 무신 말을 붙이본다?'

배봉은 애가 닳는 와중에도 속으로 궁리에 또 궁리를 해 보았지만, 도무지 마땅한 무엇이 떠오르지를 않았다.

'지발 살리 달라꼬 달라붙어 봐? 우리 자슥들을 잡아만 안 가모 무신 일이든지 시키는 대로 다 하것다꼬 해 봐?'

그러다가 금세 또 생각이 바뀌었다.

'아이모, 집안 사뱅들을 시키서 저놈을 감쪽걸이 딱 처치해삐? 그래

갖고 시체에다가 큰 돌을 매달아서 남강 물속에 던지넣어삐?'

이도저도 실행에 옮기기에는 엄두가 나지 않아 차베즈 경사를 훔쳐보기만 하였다.

'그란데 시방 저눔이 대체 무신 대가리를 굴리고 있는 기고?'

도대체 차베즈 경사의 속내를 읽을 수 없었다. 어찌 보면 너무 무표정하여 백치에 가깝고, 또 어떻게 보면 숱한 계산들을 품고 있는 천재에 가까웠다.

'혼자 올 리는 없는데…….'

해랑은 줄곧 그 의문이었다.

'우짜모 시방 밖에서 왜눔 갱찰들이 우리 집을 삥 포위하고 있는지도 모린다. 하모, 맞다. 아모리 지멋대로인 인간이라 캐도 지 혼자서는 이리 몬 하제.'

그러다가 이번에는 다시 다른 추측이었다.

'그거는 아일 끼다. 그리할 필요가 오데 있것노. 그냥 우 들이닥치서 잡아가모 고만 아이가.'

거기서 또다시 파생되는 의구심이었다.

'그렇다모? 해나 또 다린 꿍꿍이가?'

해랑은 골이 울렁거리면서 터져날 것만 같았다. 하지만 아무리 온갖 머리를 짜내 봐도 차베즈 경사의 의중을 짚어낼 방도가 없었다. 그렇다면 결국 할 수 있는 일은 오직 한 가지뿐이다. 손발 맺고 기다려보는 수밖에 없는 것이다.

"누가 내를 찾는다꼬?"

만호가 온 것은 그때였다. 아내 상녀도 함께 왔다. 둘 다 얼굴이 살아 있는 사람 같지 않았다. 중국인가 어느 나라인가에는 얼어 죽은 송장인 강시僵屍가 함부로 막 돌아다닌다더니, 그것들이 나타났나 싶을 지경이었다.

'그래도 지 서방이라꼬 혼자만 안 보내고 같이 왔는갑다.'

그 경황 중에도 억호는 가슴 밑바닥이 약간은 덜컹거렸다.

'그래서 옛날 사람들이 효자 자슥보담 악처가 더 낫다꼬 했으까?'

배봉 또한 상녀를 좀 달리 보게 되었다. 억호 첫째 아내였던 분녀가 살아 있었을 때는 분녀에게, 또 지금은 해랑에게 밀려, 언제나 빛을 보지 못하는 상녀였다.

'내가 둘째 며누리를 너모 푸대접한 기라.'

운산녀 얼굴이 기습처럼 떠올랐다. 대패나 끌로 민 것같이 쪽 빠진 하관에다 누가 봐도 정숙치 못한 언행이었다.

'대체 고년이 시방 오데 가 있는 기고? 설마 콱 죽어삔 거는 아이것제?'

그렇게 꼴도 보기 싫고 죽이고 싶던 운산녀가 거짓말처럼 보고 싶고 그리워지기 시작했다. 사실 운산녀가 그렇게 된 이면에는 배봉 자신의 책임이 더 컸다. 날만 새면 기생질에 조강지처를 종년 취급했으니 세상 어떤 여자가 빗나가지 않겠는가? 지금 심정대로라면 운산녀가 지은 모든 죄를 다 용서해주고 따뜻하게 맞아들이고 싶었다.

'요년아, 그러이 후딱 돌아오이라.'

그러나 배봉의 그런 어쭙잖은 감상 따윈 더 길게 갈 수가 없었다. 만호가 오자 차베즈 경사는 대결에서 총이나 칼을 재빨리 뽑듯 즉시 입을 열기 시작했다.

"이제 올 사람은 다 온 모양이군. 그럼 지금부터 시작해 봐야지."

차베즈 경사는 그곳에 들어온 후 처음으로, 임금 처소 부럽잖게 으리으리한 거기 사랑방을 휘익 둘러보더니, 누구 하나를 지목하지 않고 그집 식구들 전체를 상대로 물었다.

"내가 당신들을 찾아온 이유를 모르는 사람 있스무니까?"

징그러울 정도로 낮고 느린 어조였다. 말을 좀 더 빠르고 높게 하라고 고함이라도 지르고 싶은 심정이었다.

"……."

배봉과 해랑 그리고 억호와 만호의 눈빛이 마주쳤다. 그 말을 듣자마자 상녀는 그대로 눈을 감아버렸다.

"염라대왕이 곧 찾을 다 늙어빠진 이 영감태이가……."

그 집안 최고 어른답게 배봉이 맨 먼저 입을 열었다. 근동 최고가는 갑부라는 명성이 결코 무색잖아 보였다. 하기야 인생 저 맨 밑바닥에서부터 최상류층을 향해 치고 올라올 때까지 그가 겪은 일들이 오죽이나 많겠는가? 파란만장의 이력은 남강을 채우고 비봉산 같은 산을 쌓아도 남을 터였다.

"요 나이 되거로 살아본 이 시상은……."

그 순간에는 그 방이 꼭 천박하지만은 않고 아주 조금은 빛나 보이는 것 같기도 하였다.

"내 뜻하고는 상구 다린 짓을 할 수도 있고, 또 그기 도로 내를 더 잘되거로 해 주기도 합디다."

그러자 사냥터에서 어딘가 숨어 있는 먹잇감이 내는 소리를 더 잘 듣기 위해 귀를 쫑긋 세우는 사냥개처럼 귀를 기울이고 있던 차베즈 경사가 별안간 큰 웃음을 마구 터뜨렸다.

"더 잘되게 해 주기도?"

배봉의 반응이 아주 잽쌌다. 특유의 윗사람 눈치 보는 눈빛과 말투로 응했다.

"예, 갱사님."

차베즈 경사는 여전히 웃음 띤 얼굴로 말꼬리를 높였다.

"그래요오?"

"예, 갱사님."

"예라……."

"예."

사랑방 분위기가 봄날 양지바른 언덕배기 잔설 녹듯이 부드럽게 풀릴 조짐을 나타내었다. 그 대화를 끝으로 잠시 침묵이 가로놓였다.

차베즈 경사가 돌변한 것은 그 와중에서였다. 숨소리도 크게 나지 않는 고요를 깨고 버럭 고함을 질렀던 것이다.

"지금 누구에게 무슨 소릴 하는 거야, 엉?"

저마다 깜짝 놀라며 몸을 움츠렸다. 방안의 많은 가구와 고급 장식품도 일제히 잔뜩 몸을 사리는 것으로 비쳤다.

"이거 안 되겠군."

차베즈 경사는 매같이 눈을 크게 번득이며 매가 발톱으로 먹이를 낚아채듯 곧바로 치고 나왔다.

"이건 순전히 자기들이 어떤 짓을 했는지 잊어버리고 있는 사람들 같군, 그래."

"그, 그거는, 저……."

만호가 더듬거리며 무슨 말을 하려고 하는 것을 손을 들어 제지하며 억호가 비장한 목소리로 말했다. 차베즈 경사뿐만 아니라 집안 식구들 모두 전혀 예상하지 못한 모습이었다.

"좋심니더. 다 알고 오신 거 겉은데, 인자 동상도 왔으이 갱찰서로 가입시더. 우리 발로 걸어가것심니더."

억호에게서는 다른 누가 입을 열 틈도 주지 않으려는 의도가 엿보였다. 이어지는 말은 산천초목이 경악할 만하였다.

"그라고 조사받을 때 상세히 말씀드리것지만도, 이 일을 주도한 사람

174

은 지 아부지도 지 동상도 아이고 바로 집니더, 이 임억호."

"아!"

아주 충격을 받은 것은 식구들만이 아니었다. 차베즈 경사도 적잖게 놀랐는지 별로 크지 않은 두 눈을 있는 대로 치떴다.

"과연 동업직물 후계자다운 모습이군 그래. 예수 믿는 사람들 말을 끌어오면, 나 혼자 십자가를 지겠다, 그런 얘긴가?"

"……."

"그래도 명색이 자기네 어머니의 남자인데 아무리 밉더라도 죽이기까지 하다니, 그건 좀, 아니 좀이 아니라 너무 심했다고 여겨지지 않스무니까?"

"……."

언제부터인가 방안 가득 깊고 무거운 침묵이 흐르고 있었다. 그곳에는 살인자도 경찰도 그 밖의 누구도 없는 것으로 느껴졌다.

모두 모르고 있었다. 방문 밖에서 소리 죽인 채 서 있는 두 개의 그림자를 알지 못했다. 그들 또한 조금 전 억호 말을 듣고 자지러지게 놀라고 있었다.

동업과 재업이었다. 억호 심복 양득에게서 일본 경찰 간부가 와 있다는 말을 전해 듣고 곧장 달려와 몰래 엿듣고 있는 그들이었다. 아버지 형제가 할머니 운산녀의 정부를 죽였다니 도저히 믿을 수 없었다. 하지만 경찰이 온 것으로 보아 그건 틀림없는 사실로 받아들여졌다.

"콜록, 콜록."

잠시 후 방에서 심한 감기에 걸린 사람이 내는 소리와 유사한 기침 소리가 나고 뒤이어 이런 소리가 흘러나왔다.

"피살자의 아들도 알고 있심니꺼?"

그건 할아버지 배봉의 음성이었다.

"글쎄요. 그건……."

대답을 회피하고 있는 차베즈 경사였다. 노련한 노름꾼처럼 제 패를 선뜻 내보이지 않고 아끼려고 하는 고약한 심보가 드러나 보였다.

"그거는 그렇고……."

이번에는 만호가 묻고 있었다.

"우리는 잽히가모 우찌 되는 깁니꺼? 사행당하것지예?"

"사형, 사형이라."

이번에도 차베즈 경사는 말꼬리를 얼버무렸다.

"재판을 받게 되면……."

그때 해랑의 이런 목소리가 불시에 튀어나왔다.

"재판을 안 받기 되모, 사행도 안 당하것지예?"

상녀의 울먹이는 소리도 나왔다.

"우찌 재판을 안 받을 수가 있어, 재판을?"

상녀 말끝을 해랑이 낚아챘다.

"재판소가 없어지모 되지예."

배봉과 억호가 한꺼번에 불렀다.

"며눌악아."

"여보."

차베즈 경사가 해랑에게 물었다.

"그게 가능하다고 믿스무니까? 재판소가 없어진다는 것 말이오."

해랑의 답변이 허랑하고도 당찼다.

"사람이 맨든 재판손께네 사람이 없애삘 수도 있지예."

"……."

엿듣고 있는 농업과 재업의 눈이 마주쳤다. 그런데 똑같이 부딪힌 눈빛들이었지만 각각 서로 달랐다. 동업의 그것은 영재를 연상시킬 만큼

176

반짝거렸고, 재업의 그것은 바보를 방불케 할 정도로 흐릿했다.

그런가 하면, 사랑채 마당 한쪽 귀퉁이에서는 양득을 비롯하여 신강이, 차돌이, 점석이, 홍갑이 등의 종들이 모여 더없이 불안한 눈으로 사랑방 쪽을 올려다보고 있었다. 그것은 천둥 번개가 치는 소리를 듣고 매우 놀란 몰골을 하는 병아리 떼를 떠올리게 했다. 바로 그날 밤 조선목재를 습격한 그 집 사병들이었다. 주인들이 잡혀가서 취조를 받게 되면 자연히 그들도 무사할 수 없을 것이다.

그런데 사랑방 안에서는 실로 어안이 벙벙해질 일이 벌어지기 시작했다. 차베즈 경사 입에서 이런 어처구니없는 소리가 나온 것이다.

"그렇다면 우리가 재판소를 없애면 어떻겠스무니까?"

배봉과 점박이 형제 그리고 상녀 입에서 거의 동시에 나온 말이었다.

"예?"

"무, 무신?"

"재, 재판소를!"

한데 해랑은 전혀 흔들리지 않는 목소리였다.

"좋심니더. 재판소 철거 비용은 저희가 싹 다 대것심니더."

재판소 철거 비용.

동업과 재업의 눈이 또 한 번 맞닥뜨렸다. 지금까지 글방이나 서원에서 한 번도 들어본 적이 없는 말이었다. 그리고 당연히 그건 그들 형제뿐만 아니라 온 세상 사람들 모두가 마찬가지일 것이다.

무엇의 철거 비용? 저 멀리서 눈에 들어오는 순간, 벌써 다리가 후들거리고 심장이 뛰어 당장 돌아서서 최대한의 속도로 달아나고 싶은 곳이 재판소라는 데가 아니냐? 아무 지은 죄가 없는데도 말이다. 아니다. 없는 죄도 만들어 씌운다는 곳이 거기라니 더 무어라고 입을 벙긋할 필요도 없었다.

"잠깐!"

그런 가운데 차베즈 경사가 해랑에게 묻는 소리가 나왔다.

"그 비용을 모조리 다 대려면 이 집과 동업직물을 전부 팔아야 될 텐데, 그래도 그렇게 하겠스무니까?"

그에 대한 해랑의 즉답이 서슴없었다.

"그래도 모지라모 관기 출신 여자 하나의 몸값을 더 보탤라 쿱니더."

차베즈 경사는 두 손은 물론 허리에 차고 있는 무기도 흔들릴 정도로 온몸까지 내저으며 말했다.

"아니무니다, 아니무니다. 다른 건 안 돼도 그 몸값만큼은 깎아드리도록 하겠스무니다. 하하."

해랑이 응수했다.

"그 몸값이 올매나 비싼데 그런 말씀을 하심니꺼?"

차베즈 경사도 질세라 맞받았다.

"그래도 상관없스무니다. 하하하."

"그 몸값은……."

해랑이 말했다.

"이 집하고 동업직물을 합친 거보담도 더 비싸게 나갑니더."

"하! 하! 그 정도씩이나?"

차베즈 경사는 기겁하는 시늉을 지어 보였다.

"이 나라 조선 땅에 그런 몸값이 있을 줄이야!"

그건 누구의 눈에도 과장인 게 또렷해 보였다. 하지만 결코 상대를 홀대해서 하는 짓은 아닌 성싶었다.

"그렇다면야……."

마침내 차베즈 경사가 백기를 들었다.

"좋스무니다, 좋스무니다. 모두 팍팍 깎아드리겠스무니다."

"……."

전차에 떠받친 사람들이 거기 있었다. 방 밖에 있는 동업과 재업도 여전히 이해가 되지 않았다. 차베즈 경사는 이제 여러 식구 중에서 오직 해랑 한 사람만 상대하려는 것처럼 보였다. 진지한 표정으로 해랑에게 물었다.

"그런데 한 가지 궁금한 게 있스무니다."

해랑은 지금 그 자리 분위기와는 도저히 어울리지 않을 낭랑한 목소리에 장난기 서린 얼굴로 물었다.

"궁금한 기예? 지한테예?"

차베즈 경사 음성은 여전히 무거웠다.

"그렇스무니다."

해랑 음성은 여전히 가벼웠다.

"한 가지만 아이고 열 가지라도 괘안은게 머신고 다 말씀해보이소."

차베즈 경사는 궁금증을 넘어 경계하는 빛까지 실린 어조로 물었다.

"내가 그런 제안에 응할 줄 어떻게 알았스무니까?"

해랑이 이내 대답했다.

"그거는 간단하지예."

차베즈 경사는 얼핏 바보 얼간이 상판, 아니 상판대기가 꽹과리 같다, 그런 말을 떠올리게 하는 얼굴이 되었다.

"간단?"

해랑의 말이 짧았다.

"예."

"어떻게?"

차베즈 경사는 안달 나 하는 기색마저 드러내었다.

"갱사님께서 혼자 저희 집에 오신 거를 본 그 순간부텀 하매 알았지예."

해랑은 너무나 쉬워 오히려 맥이 풀리고 재미도 없는 수수께끼라는 듯이 말했다.

"그, 그때부터라니!"

차베즈 경사는 비명 지르듯 하였다.

"아."

동업과 재업 입에서 같은 소리가 흘러나왔다. 그들이 모여 있는 그곳까지는 방 안의 소리가 잘 들리지 않는 탓에, 아직까지 아무것도 모르는 양득과 다른 사병들은 더없이 겁을 집어먹은 얼굴들로 서 있었다.

"우쨌든 고맙심니더."

해랑은 고개는 숙이지 않고 입으로만 말했다.

"하여튼 감사합니더."

"……."

차베즈 경사는 그만 말문이 막히는 눈치였다. 해랑은 그에게 그렇게 말한 다음, 아직도 눈앞의 일을 믿을 수 없다는 멍청한 표정을 짓고 있는 식구들을 둘러보면서 말했다.

"오늘밤부텀은 우리 모도 두 다리 쭉 뻗고 잠잘 수 있을 꺼 겉심니더."

차베즈 경사가 배봉에게 말했다.

"참으로 훌륭하신 며느님을 두셨스무니다. 경하, 경하드리무니다."

억호에게도 말했다.

"저렇게 재색을 겸비한 아내는 우리 일본국에서도 찾아보기 힘들 것이무니다. 역시 경하, 경하드리무니다. 하하."

근동 최고의 대저택인 그 집 솟을대문 위로 달은 더 높이 떠오르고 있었다. 대궐 뜰같이 넓은 사랑채 마당 가의 그늘도 점점 더 사라지고 환한 기운이 넘쳐나고 있었다.

문득, 담장 너머로 별똥별 하나가 떨어져 내렸다. 그것은 순식간에 사라져 갔다. 그것을 본 사람은 거의 없을 것이었다. 그 별똥별처럼 민치목 피살 사건은 층층이 깊은 어둠 속으로 스러져 갈 것이었다.

배봉가의 돈이 얼마나 일본인 경찰 간부의 손으로 넘어갔는지 그것을 아는 사람은 단 둘뿐이었다. 배봉과 해랑이었다.

심지어 점박이 형제도 몰랐다. 모든 것을 해랑에게 일임한 까닭이었다.

동지들은 떠났는가

손님이 뜸한 시각, 밤골 댁이 나루터집에 놀러왔다.

"하이고, 이기 올매 만이오? 한 이우지(이웃)에 살아도 서로 얼골 싹다 잊아삐껏소. 좀 자조자조 안 오고……."

밤골 댁과 동갑나기인 우정 댁이 가장 반겼다.

"아, 장마당 그리 이약해쌌는 우정 댁은 오데 발이 없소? 엎어지모 무르팍 닿을 거리에 있음서도 우리 집에는 한 분도 걸음 안 하고……."

스스럼없는 밤골 댁을 나루터집 주방 여자들도 모두가 좋아했다. 좀 일찍 퇴근하는 날은 밤골집으로 몰려가 술을 마시기도 하는 그녀들이었다.

"흠흠."

밤골 댁은 냄새를 맡는 모양새로 코를 벌름거렸다.

"우리 집 매운탕거리가 먼첨 바닥나는가, 여게 나루터집 콩나물국밥이 먼첨 바닥나는가, 참말로 알고 싶거마는."

우정 댁도 앞치마에 두 손을 싹싹 비비며 말했다.

"상촌나루터 물은 모돌띠리 말라도 나루터집하고 밤골집 돈은 안 마린다꼬 사람들이 그냥 난리들인데, 그런 소문이 자꾸 나모 늑대 겉은 왜눔들이 뺏아갈 끼라꼬 뎀비들까 싶어 겁나요."

우정댁 말이 끝나자 밤골댁 얼굴에서 홀연 웃음기가 싹 가시더니, 그때까지 옆에서 묵묵히 듣고만 있는 비화에게 추궁하는 투로 물었다.

"내 우리 고장 땅 부자한테 시비 걸 끼 쪼매 있는데, 시방 왜눔들이 차지하고 있는 우리 지역 땅이 올매나 되는고 알기나 하고 있는감?"

"……."

그 말을 들은 모두의 얼굴이 딱딱하게 굳어졌다. 근동 사람들은 참으로 이상했다. 땅과 연관이 있는 문제는 꼭 비화에게 와서 까발리며 대책을 요구하는 것이었다. 물론 땅에 관해서는 비화만큼 잘 알고 있는 사람이 없다고 생각한 나머지 그러는 것이긴 할지라도, 당사자인 비화 입장에서는 실로 난감하고 때로는 억울할 경우도 없잖아 있었다. 그래서 대충 듣고는 그냥 흘려보내곤 하였다.

그런데 지금은 그럴 계제가 못 되었다. 다른 사람도 아니고 일본인들 수중에 들어가고 있는 조선 땅 이야기인 것이다. 비화는 이미 들은 바가 있지만, 짐짓 모르고 있는 척하고 되물었다.

"올매나 된다 쿠던데예?"

밤골 댁이 크게 실망했다는 표시로 쇳소리 나게 혀를 끌끌 찼다.

"일등 땅 부자 이름이 아깝다. 그 이름 내한테 넘기라 고마."

그리고 나서 나루터집 사람들 전부 들으라는지 목청을 높였다.

"우리 지역만 해도 350정보町步가 더 넘는다 안 쿠나, 350정보가!"

주방 최고참인 구 씨 아주머니가 너무나 억울하고 분통 터진다는 모습을 보였다.

"땅이 땅을 침시로 통곡하것다."

비화가 몹시 경직된 얼굴로 말했다.

"조선권업회사라꼬 안 있어예?"

평소에는 나이 든 사람들 말을 그저 듣기만 할 뿐 제 의견을 잘 드러내지 않는, 주방에서 가장 어린 덕자 처녀가 끼어들었다.

"우리 고장에도 지점이 있는 그 회사 말이지예?"

덕자 처녀가 친언니만큼이나 좋아하고 따르는 원아가 말했다.

"하모, 내가 잘은 몰라도 우리나라 곳곳에 있는갑데."

우정 댁과 밤골 댁이 알아놓으려는지 똑같이 되뇌었다.

"조선권업회사 지점."

남강에 터를 잡고 살아가는 물새 소리가 간헐적으로 들려오고 있었다. 이따금 들리곤 하는 뱃사공들 노랫소리는 들리지 않았다. 꼽추 달보 영감이 등짝의 혹을 들썩거리며 불러대던 그 구성진 노랫가락이 끊어진 게 어언 몇 년 세월이나 되는지 모르겠다.

"조선권업회사 진주지점이예."

비화는 전신에서 기운이 쫙 빠지는 바람에 가까운 평상 위에 털썩 몸을 내려놓았다. 보통 땐 어지간해선 앉지 않고 서서 생활하기를 좋아하는 그녀였다.

"그기 와?"

우정 댁이 비화 옆에 바짝 붙어 앉았다.

"내는 그거꺼지는 잘 모리는데……."

밤골 댁도 비화를 사이에 두고 우정댁 반대쪽에 엉덩이를 걸쳤다.

'냐오옹.'

나루터집 살림채 쪽에서 사람들 눈치를 보아가면서 슬금슬금 가게 마당으로 기어 나오고 있던 도둑고양이 한 놈이, 그 자리에 멈춰 서서 귀를 쫑긋 세우는 게 보였다. 몸뚱어리 전체가 칡소와 비슷하게 얼룩덜룩한 수컷이었다.

"또 저, 저놈의 도둑괭이가야?"

주방 정 씨 아주머니가 고양이를 겨냥해 주먹을 휘두르며 크게 소리쳤다. 그렇지만 그놈은 꿈쩍도 하지 않고 그대로 있었다. 그러다가 또 다른 사람이 자기 쪽으로 달려가자 그제야 느릿느릿 몸을 움직이는가 싶더니만, 어느 한순간 말 그대로 '나비'같이 훌쩍 날아 이제는 고목이 돼 가는 큰 대추나무 가지에 올라앉아 밑을 내려다보았다.

"고마 놔 놔삐라. 지도 조선괭이라서 왜눔들한테 땅 뺏긴 이약 들은 께, 고마 성이 나갖고 저라는 기 아이까이."

밤골 댁이 목을 빼어 고양이를 올려다보았다.

"괭이야, 요 집에서 그리 구박받음서 살지 말고 내하고 우리 집에 같이 가자. 우리 집에는 여보담도 니가 무울 물괴기 빼따구도 천지삐까리다. 아, 빼따구만 주까이, 살도 한거석 준다 고마. 알아들었제?"

그렇게 주절주절 늘어놓더니만 또 한다는 소리였다.

"그래도 우리 집 '나비'는 안 된다. 니 그기 무신 뜻인고 아나?"

우정 댁이 흉허물 없이 지내는 밤골 댁더러 퉁을 주었다.

"그 집에 쥐가 짜다라 있는갑거마. 인자 괭이는 고마 보고 우리 사장님 말씀이나 더 듣자 카이."

어느새 주방 여자들도 모두 평상 위에 앉아 있었다. 하긴 조금 전까지 정신없이 음식 나르느라 다리가 아플 법도 했다.

"증말 예삿일이 아이라예."

저마다 그 도둑고양이처럼 귀를 세우고 비화 말을 들었다.

"그 지점이 우짜고 있는고 함 들어보이소."

작은 구름 한 장이 나루터집 마당 위에 떠서 비화가 하는 이야기를 듣기 위한 양 머물러 있는 게 올려다보였다.

"진주를 비롯해갖고 사천, 삼천포, 고성, 하동 그리고 창원하고, 섬진

강 저짝 전라도 순천꺼지 손을 뻗치갖고 말입니더."

나루터집과 면해 있는 남강 쪽으로부터 좀 더 큰 물새 소리가 다가왔다. 그 소리는 어쩐지 지난날 달보 영감이 한창 노를 젓다가 신바람이 붙으면 한바탕 멋지게 불러 젖히곤 하던 그 노랫소리를 닮아 있었다. 남달리 의협심이 강하고 무척이나 노래 솜씨가 뛰어난 상촌나루터 터줏대감이었다.

"토지하고 산림을 각각 250여 정보씩이나 장악하고 있는 것으로 알고 있심니더."

우정 댁과 밤골 댁이 솟구치는 분노와 흥분을 감추지 못했다.

"아, 그기 말이나 되는 소리가?"

"불을 확 싸질러삘 수도 없고!"

비화 음성이 서글펐다.

"그기 시방 우리가 처해 있는 실정이지예."

그놈들은 아무것이나 먹어치운다는 저 '불가사리' 종자들이란 말인가? 이러다간 나중에는 무엇까지 집어삼킬지 모르겠다.

"이거는 우리 집에 술 무로 온 손님들이 나누던 이약인데, 청수합자 주식회사라쿠는 기 또 극성을 부린담서?"

열이 오르는 얼굴로 하는 밤골댁 말에 벙어리 말문 틔운 듯 덕자 처녀가 물었다.

"무신 회사예?"

밤골 댁이 꼭꼭 씹어 먹는 소리로 말했다.

"청 수 합 자 주 식 회 사."

우정 댁이 자못 감탄하는 빛으로 말했다.

"와아, 우리 밤골 댁이 장사 오랫동안 하더이만 인자 모리는 기 안 없나? 도사가 다 됐네, 도사가!"

원아가 우정 댁에게 말했다.

"성님, 그럴 때는 도사가 아이고 박사라꼬 해야 맞는 기라예."

우정 댁이 입을 삐죽거렸다.

"내 멤이다 와? 박사가 그리 좋으모 니는 록주나 박사 시키라. 내는 우리 얼이 도사 시킬란다."

최고참 구 씨 아주머니가 이번에도 중재인 역할을 했다.

"도사도 좋은 기고 박사도 좋은 기다. 그러이 인자 모도 고만해라꼬."

비화가 사려 깊은 여자처럼 눈을 가만 감았다가 다시 뜨며 말했다.

"청수합자주식회사가 우리 지역에 들어서 갱재권의 지배력을 넓히고 있다쿠는 이약은 들어본 적이 있심니더."

그러자 너나없이 저마다 한마디씩 퍼붓기 시작했다.

"무신 회사, 무신 회사. 저거들끼리 다 해 처무라 캐라."

"지리산 중이나 돼삐릴까. 요꼴 조꼴 안 볼라모."

"오데 지리산 중은 아모나 할 수 있는 줄 아는가베?"

"이라다가 조선 사람은 발 디디고 서 있을 땅이나 하나 남아 있것나."

"하모, 몬 살 끼다. 두 발 들고 새매이로 공중에 붕 떠댕기모 모리까."

도둑고양이는 인간들 일에는 우리 고양이들이 관여할 바가 아니라는 듯이 꾸벅꾸벅 졸고 있었다. 아무리 높은 곳에서 떨어져도 다치지 않는다는 그놈의 이마빼기가 사람들 말대로 좁기는 좁아 보였다.

바로 그 시각이었다.

나루터집 살림채에 어떤 형제가 찾아들고 있다는 사실을, 지금 거기 가게에 모여 앉아서 일본을 성토하고 있는 사람들은 전혀 알지 못했다.

가게 문을 통해야만 살림채로 들어갈 수 있었던 예전 구조와는 달리, 안채 대문을 따로 낸 후부터는 콩나물국밥을 먹으러 오는 손님이 아닌 다른 방문객들은 으레 그쪽으로 출입하였다.

마침 마루에 나와 앉아 이런저런 이야기를 나누고 있던 준서와 얼이는, 갑자기 불쑥 찾아든 사람을 보고 반가우면서도 한편으로는 또 놀랐다. 그는 훌쩍 왔다가 또 훌쩍 떠나는 바람 같은 사람이었다.

"아자씨?"

"우찌 각중애?"

꼽추 달보 영감의 장남 원채였다. 그에게는 일행이 한 사람 있었다. 그런데 어쩐지 그들 두 사람은 많이 닮은 데가 있었다. 이목구비를 하나하나 떼놓고 보면 그런 것만도 아닌데 전체적인 얼굴 생김새라든지 특히 풍기는 인상이 그러했다. 아니나 다를까, 그를 소개하는 원채 입에서는 이런 소리가 나왔다.

"내 둘째 동상이라네. 승채라꼬……."

준서와 얼이는 소스라치게 놀랐다.

"아, 예."

"동상분예!"

그러고 나서 얼른 승채를 유심히 바라보았다. 원채가 아버지 달보 영감을 많이 닮았다면, 승채는 어머니 언청이 할멈을 좀 더 닮은 성싶었다. 울보 왕눈 재팔의 동생 상팔에게서 말로만 들었던 그 승채를 직접보게 될 줄은 몰랐다.

"방으로 좀 들가서 이약하모 우떨꼬?"

원채가 평소의 그답지 않게 서두르는 목소리로 물었다.

"그래도 괘안컷는가?"

두 사람은 곧바로 선선하게 대답했다.

"괘안코 말고예."

"째이 들가이시더."

가게채와의 사이에 울타리 삼아 죽 심어 놓은 나무들에서 반가운 손님이 온 것을 뒤늦게 알려주려는지 까치 소리가 났다.

"고맙거마는."

원채는 동생 승채를 돌아보았다.

"자, 들가자."

승채가 준서와 얼이에게 약간 고개를 숙여 보이고 나서 말했다.

"예, 행님."

약간 저음인 그의 목청도 원채 못지않게 듬직했다. 체격이 택견 고수인 형만큼은 되지 못해도 웬만한 사내 서너 명은 너끈히 당해 낼 수 있을 정도로 단단한 몸매였다.

"여게로예."

그들은 나루터집에 무슨 중요한 일이 있을 때 식구들 모두 함께 모여 의논하곤 하는 그 큰방으로 들어갔다.

"먼첨 무신 말부텀 우뗗게 해야 할랑고 모리것네."

원채는 난감한 표정을 지었다. 그러자 얼이가 말했다.

"그리 복잡하거로 생각 안 하시도 됩니더. 사실은예……."

얼이는 준서를 한번 보고 나서 말을 이었다.

"저분, 아자씨 동상분에 대해서 들은 적이 있거든예."

"머라꼬?"

원채가 깜짝 놀랐고, 승채 또한 놀라는 모습이었다. 그리고 그에게서는 원채처럼 단순한 놀람만 있는 게 아니라 경계하는 빛도 분명히 느껴졌다.

그럴 수밖에 없었을 것이다. 승채 자신의 행적을 감안할 때 그는 언제 어디서나 위험에 노출되어 있는 신분이었고, 따라서 여차하면 상대가 누구인가는 상관없이 항상 때려눕힐 준비와 각오가 돼 있었던 것이다.

"우, 우찌 들었는데?"

원채는 거의 반사적으로 동생을 보호해주기 위해 택견 자세를 취하는 것 같아 보였다. 역시 무예의 고수다운 면모를 갖추었다.

"그기 말입니더."

준서가 얼른 끼어들었다.

"상팔이 아자씨 아시지예? 그분한테서예."

승채는 여전히 경계의 빛을 늦추지 않은 태도를 보였다.

"상팔이?"

이번에는 얼이가 또 말했다.

"예, 그분 말씀이, 승채……."

하다가 퍼뜩 정정했다.

"아, 원채 아자씨 동상분하고 서로 친한 친구라 쿠시던데예."

"친구?"

승채보다 원채가 먼저 입을 열었다.

"그거는 맞는데, 상팔이가 자네들한테 내 동상 이약을 했다이, 좀 뜻밖이라서."

얼이가 그들 형제 기색을 살피며 얼버무렸다.

"그리 오래 자세한 말씀을 하신 거는 아이고예, 그냥 대강……."

"그렇다 쿠더라도 그거는 아이라꼬 보네."

원채는 상팔의 경솔한 처신이 못마땅하고 마음에 걸리는 모양이었다. 이맛살을 찌푸리기도 했다.

"다린 사람들한테 지 친구 이약을 벌로 하는 거는, 도道를 넘는 짓이제."

"……."

준서와 얼이 눈이 마주쳤다. 똑같이 어깨를 움츠렸다. 그런 이야기를 한 상팔뿐만 아니라 그런 이야기를 전해 들은 그 자신들도 죄를 지었다는 자격지심이 일었다.

홀연 방 안 공기가 어색하고 답답해졌다. 그 분위기를 몰아내려는 의도인지 승채가 원채에게 말했다.

"행님, 너모 그리 신갱 쓰시지 마이소. 지는 아무치도 않심더."

가게채에서 어렴풋이 들리는 손님들 소리가 다른 세계로부터 오는 소리 같았다.

"그래도 이거는……."

원채가 계속해서 마음을 풀지 않자 승채는 엷은 미소까지 띠었다.

"그라고, 해도 될 만한 사람들인게 상팔이가 그리 안 했것심니꺼. 저 왜눔들 겉으모 그런 이약을 했것심니꺼? 그러이 인자 고만 멤을 푸시소."

준서와 얼이는 또 동시에 느꼈다. 승채는 원채 못지않게 대범하고 포용력이 무척 넓다는 것이다. 역시 같은 핏줄을 나눈 형제로서 그들 아버지 달보 영감이 항상 자랑삼을 만했다. 승채는 이런 말도 했다.

"행님이 낼로 여게 데꼬 오신 거는, 그만치 여게 사람들을 믿는다쿠는 거 아이거심니꺼. 내는 그리 봅니더."

승채 그 말에 원채는 비로소 굳은 낯빛을 약간 풀었다.

"그거는 맞거마. 한 가족겉이 지내는 사이다. 우리 아부지가 뱃사공 하실 적에는 이집을 당신 집매이로 드나드싯고."

승채가 하얀 이를 드러내고 활짝 웃었다.

"그라모 더 괘안커마예."

그 대화를 들으면서 준서는 내심 헤아려보고 있었다. 저 말로만 듣던 남만주와 중국 등지를 돌아다니며 항일운동을 하던 승채가 무엇 때문에 한국으로 돌아왔을까 궁금했다. 활동무대를 국외에서 국내로 옮긴 걸까? 아니면, 잠시 무슨 임무를 띠고 고국에 잠입한 것일까? 혹시 목숨이 위태로운 막중 거사를 눈앞에 두고 부모 형제를 마지막으로 만나보기 위해서인가? 원채 아저씨는 왜 그런 동생을 데리고 우리 집에 왔을까?

'한 개도 모리것다.'

영특한 두뇌를 가진 준서도 무엇 하나 제대로 짚어낼 수가 없었다. 얼이 또한 그런 궁금증과 의문을 품고 있었으나, 단순하고 깊이 생각을 하지 못하는 그의 성격으로 인해 준서보다 더 알아내지 못하고 있었다.

'너모 조급하거로 굴지 말고 일단 기다리 보자. 원채 아자씨가 이약해 주실 때꺼지.'

그때쯤 동생과 나누던 말을 멈추고 혼자 무슨 생각인가를 골똘히 하는 원채를 보고, 준서는 그가 곧 방문 목적을 이야기할 것이란 짐작을 했다. 물론 금방 쉽게 털어놓을 정도의 사소한 이야기가 아니라 아주 무게가 있는 내용일 것이다.

그렇지만 준서와 얼이는 정말 몰랐다. 원채 입에서 그런 이야기가 나올 줄이야. 두 사람에게 그것은 흡사 달이나 별 같은 곳에서 일어난 일 같았다. 한성에서 천 리나 떨어진 남방 작은 고을에서만 줄곧 살아온 그들로서는 상상으로도 불가능했던 사건이 아닐 수 없었다. 처음에 원채가 이렇게 물었을 때까지는, 물론 적잖게 놀라기는 하였지만, 그런대로 답을 할 수는 있었다.

"안중근 의사라꼬 들어봤디제?"

준서와 얼이는 한꺼번에 말했다.

"예, 알지예."

"우리가 그분을 올매나 존갱하는데예."

그런데 정작 원채가 말하려고 하는 인물은 안중근이 아니라 그의 사촌 동생 안명근이라는 사람이었다.

"그분이 안 있나, 무관핵조를 세울 자금을 몰래 모으다가 고만 정보가 새나가는 바람에 왜놈들에게 붙들리고 만 기라."

두 사람은 어쩔 줄 몰라 했다.

"예?"

"우짭니꺼?"

무관학교武官學校. 군軍에 적籍을 두고 군사 일을 맡아보는 관리를 양성하는 학교였다. 일제에게 나라를 빼앗긴 이런 시국에 그렇게 대단한 학교를 세우려고 한 그 훌륭한 분이 일경에게 체포되었다는 것이다.

"승채야, 인자부텀 니가 말해라. 아모래도 직접 보고 들은 니가 이약하는 기 더 정확할 낀께네."

원채는 동생에게 발언권을 넘겨주었다.

"예, 행님. 알것심니더."

승채는 그렇게 말은 했지만, 선뜻 입을 열지는 못했다. 아마도 그 사건을 떠올리니 너무 감정이 격해져서 그러는 게 아닌가 싶었다.

"마실 물이라도 좀 갖다드리까예?"

준서가 승채에게 물었다.

"아, 괘안소."

승채는 떨리는 목소리로 이야기를 꺼내기 시작했다.

"그기 안 있소."

강단 있게 생긴 입술을 질끈 깨물었다. 그리고 일단 이야기를 시작하고 나서부터는 크게 막힘이 없었다. 그야말로 산전수전 다 겪은 백전노장이기에 가능할 것이다.

"왜놈들은 그 일을 구실로 해서는 우리 한국인 160여 명을 검거한, 소위 안악 사건을 일으킨 기요."

안악 사건. 준서나 얼이로서는 당연히 처음 들어보는 소리였다. 하지만 그것에 관해 물어볼 겨를이 없었다. 더한층 충격적인 이야기가 이어졌다.

"그라고, 그 사건을 총독 암살 미수 사건으로 날조하여 무려 6백여 명을 체포한 뒤에…… 그중 105명을 기소하는 '105인 사건'을 일으키고는……."

다소 불안정한 어조였지만 그런대로 전해주던 승채는 거기서 또 말을 잇지 못했다. 아무래도 그가 받은 충격이 너무 큰 탓일 것이다. 역시 잠시 후 그의 입에서 다시 나온 말은 그에게는 더 괴롭고 힘든 사건이었다.

"붙잡힌 사람들은 대부분 신민회 회원이면서 민족교육 활동에 심을 쓰던 개신교 인사들이었소."

"예."

다른 사람이 옆에서 지켜보기 민망스럽고 고통스러울 지경이었다. 그래도 승채는 반드시 전하지 않으면 안 된다고 굳게 작정을 내린 사람 같았다.

"그란데, 그중에 내하고 가장 절친한 동지 한 사람이 있소."

마지막 피를 토하듯 하였다.

"화, 화지, 진훈이라고……."

준서와 얼이도 그만 가슴이 콱 막혀왔다.

"아."

"그런 일이!"

둘 다 승채를 외면하지 않을 수 없었다. 그의 두 뺨 위로 굵은 눈물방울이 줄줄 흘러내리고 있었다. 그것을 본 원채가 타이르듯 위로하듯 말했다.

"너모 슬퍼해쌌지 마라. 그라고 또, 다린 동지들은 잽히갔는데 니는 안 잽히갔다꼬 그러키나 양심의 가책을 느끼서도 안 된다."

동생을 두 팔로 안아줄 것같이 하였다.

"니도 할 만치는 해왔다 아인가베."

별안간 강바람이 거세어지고 있는 걸까, 방이 큰 만큼 다른 방의 방문보다 큰 방문이 덜커덩거리고 있었다.

"머보담도 다 끝난 기 아이다."

원채 눈빛이 비상하게 번득였다. 준서와 얼이 가슴이 서늘해질 정도였다.

"우짜모 시방부터가 진짜 시작일 수도 있는 기라."

얼이도 코를 훌쩍이며 승채에게 말했다.

"원채 아자씨 말씀이 맞심더. 이런 말씀꺼지는 안 드릴라캤는데, 상팔이 아자씨한테서 들었는데, 증말로 큰 활동을 하싯더마예. 그 정도로 왜눔들하고 잘 싸우싯는데 와 그리 자조하십니꺼?"

원채가 고개를 끄덕이며 눅진한 목소리로 말했다.

"화진훈이 그 사람도 니가 이리하는 거를 안 바랄 끼다. 자기가 다 몬 핸 일들을 니가 끝꺼지 해주기를 원하고 있을 끼다."

얼이가 한 번 더 그러지 말라는 뜻을 전했고, 승채는 손등으로 눈물을 훔쳤다.

"고맙소. 내가 내보담 나이 적은 사람들 앞에서 비이서는 안 될 꼴을 비이는 거 겉소."

그때 준서가 분위기를 좀 바꿔보려고 막냇동생이 어리광 부리듯 승채에게 말했다.

"중국 이약 좀 해주이소. 그 나라에도 가 계싯다쿤께, 마이 아실 꺼 겉애서예."

얼이도 준서 말을 거들었다.

"될 수 있으모 봉기나 핵맹 겉은 거예."

그런 얼이에게서는 지난날 그가 어린 나이에도 맹활약했던 농민군과 의병의 모습이 엿보였다. 그렇게 사람의 전력前歷은 수시로 겉으로 드러나기 마련인 모양이었다.

"내가 우리 행님한테서 들으이⋯⋯."

승채는 준서와 얼이를 번갈아 보았다.

"여 있는 두 사람도 왜눔들을 상대로 으뱅 활동을 했다 쿠더마는."

"승채 성님이 하고 계시는 거에 비하모 아모것도 아이지예."

그렇게 말해놓고 얼이는 그만 쑥스러워진 나머지 목을 움츠렸다. 자기도 모르게 '승채 성님'이라고 불렀던 것이다. 평소 넉살좋은 얼이였지만 난생처음 보는 사람에게 그런 호칭을 붙이니 낯이 화끈거릴 만했다.

하지만 그게 당장 큰 효과를 나타내었다. 승채는 그 말을 듣는 순간 거리감이랄까 서먹한 관계에서 훨씬 벗어난 사람 같아 보였다. 그는 정감이 묻어나는 목소리로 말했다.

"동상이나 조카 겉은 사람들인께 내가 멤 핀하거로 대해도 될 꺼 겉거마. 우리 성님도 두 사람을 그리 생각하고 계신다 캤고."

이번에는 그도 얼이가 자기더러 그렇게 불렀듯 원채를 가리켜 '행님' 대신 '성님'이라고 했다. 얼이는 순발력도 뛰어났다.

"고맙심니더, 승채 성님. 인자 정식적으로 성님이 됐은께 저희를 동상맹캐 대해 주이소. 그래야 저희도⋯⋯."

물론 그런 활동을 하고 있으니 미리부터 짐작은 했지만 승채는 남아다운 기질이 다분히 있는 사람이었다.

"오늘 듬직한 동상 둘을 한꺼분에 얻었다 아인가베. 내 천하를 얻은 거 겉거마."

원채에게도 말했다.

"역시나 성님이 말씀하신 그대로 에나 멋진 친구들입니더. 앞으로 아주 큰일을 해낼 재목감으로 쪼꼼도 모지람이 없것심니더."

원채가 가만히 미소를 지으며 말했다.

"동상들이 저리 원하고 있으이, 승채 니가 알고 있는 중국의 봉기하고 핵맹에 대해서 들려주라꼬."

승채는 그냥 어물쩍 넘어가도 될 일을 지나치리만치 솔직했다.

"중국인들 옷 입고 댕기는 모냥새하고, 좋아하는 음식이 머신고 하는, 머 그런 것들을 이약해 달라쿠모 자신이 있지만도, 봉기하고 핵맹에 대해서는 그냥 전해 듣고 있는 거 말고는 아는 기 없어서……."

준서는 그럼 그런 이야기를 해 달라고 하고 싶었는데, 얼이는 천성을 속이지 못하고 또 고집스럽게 나왔다.

"그래도 봉기하고 핵맹이 더 좋심니더. 직접 안 보싯더라도 그거를 말씀해 주이소."

승채가 가늘게 웃었다.

"역시 생긴 대로 고집이 보통 아이거마는. 하기사 고집이 없으모 사내라꼬 할 수가 없제. 알것네. 그라모……."

원채가 동생의 부담을 덜어주려는지 농담조로 하는 말이었다.

"우리는 아모것도 모린께, 돌삐이를 섞고 풀이파리를 섞고, 그리 이약해도 아모 상관이 없을 끼거마는. 하하."

하지만 승채에게서는 농을 늘어놓으려는 빛은 전혀 찾아볼 수 없었다. 비록 남의 나라 봉기와 혁명이지만 아주 진지하고 엄숙한 어조로 얘기했다.

"핵맹 단체들이 연합해갖고 무장 봉기를 이끌 통일적인 기구를 맹글었다네."

"아, 예."

비록 승채가 말은 그렇게 했지만, 그가 직접 경험한 일 이상으로 들을수록 대단히 실감이 나는 준서와 얼이였다.

"그 핵맹파가 이끄는 신군들은 먼첨 무기고를 장악한 다음에, 밤새도록 진행된 격렬한 전투 끝에 정치적 중심지인 우창이라는 데를 손에 넣었제."

"……."

준서와 얼이뿐만 아니라 원채도 무척 긴장된 기색을 드러내었다. 봉기와 혁명이란 언제나 그런 그림자를 이끌고 다니는 것인지도 모른다.

"그 뒤 핵맹군은 곧장 한양과 한커우라는 데를 잇따라 함락시키고 나서……."

준서와 얼이는 지금 그들이 중국 땅에 와 있는 느낌이었다.

"후베이 군정부를 조직하고 이위안홍을 도독으로 추대했다네."

승채는 막연히 예상하던 것보다도 훨씬 더 보고 들은 것이 많았으며, 따라서 아는 것도 많은 사람이었다.

심지어 원채마저 내 동생이 맞나 싶었다. 목숨을 담보로 한 국외에서의 항일운동이 그를 그렇게 만들었을 것이다. 원채는 그 동생이 자랑스럽기도 하고 짠하기도 하고, 여하튼 마음이 열 갈래 스무 갈래로 나눠져 갈피를 잡기 힘들었다.

승채는 중국 이야기보다도 우리나라와 관련된 이야기를 더 하고 싶다면서 이런 포부를 밝혔다.

"내가 역량만 되모, 조선총독부 저거를 파괴해삐고 싶거마."

"조선총독부를!"

"우리 땅에서 날려버릴 수만 있다모, 이 한 목심 바칠 각오를 하고 있다네."

"승채 성님."

준서와 얼이는 찬탄을 넘어 차라리 멍해졌다. 원채도 마찬가지였다. 조선총독부를 파괴하고 싶다는 것이다. 조선총독부는 흔한 개집이나 닭집 이름이 아니었다. 일본이 한국을 치밀하게 다스리기 위해 설치한 최고 행정 관청이었다.

그런데 그게 단순한 치기나 그냥 해 본 소리가 아닌 성싶었다. 승채는 조선총독부 기구에 관해서 줄줄이 꿰고 있었던 것이다. 그 이야기를 할 때는 말씨도 지역 방언에서 많이 벗어나 있었다. 그는 신변을 감추기 위해 여러 지방 말을 익혀서 번갈아 가며 쓰는 경우도 있었다. 그들 스승 권학을 떠올리게 하는 순간이었다.

"총독 밑에 정무총감과 경무총감이 있제. 정무총감에는 총독관방, 총무부, 내무부, 탁지부, 농상공부, 사법부가 있고, 경무총감 아래에 경무총감부……."

그 복잡한 기구 이름에 관해 기억하고 있는 승채를 보며 준서는 생각했다. 원채 아저씨 집안은 좋은 혈통을 가진 집안 같았다. 비록 꼽추와 언청이 부부 사이에서 태어났지만, 자식들은 모두 신체 건장하고 두뇌가 명석했다. 달보 영감님이 시간만 나면 자식들 자랑을 늘어놓으시더니 그게 사실이었다.

"음."

고개를 숙인 채 가만히 동생 이야기를 듣고 있던 원채가 신음 같은 소리를 내더니 침통한 얼굴로 입을 열었다.

"왜눔들이 우리 국권을 강탈한 이후로 말이다, 헌뱅 갱찰 통치가 심해져서 그기 또 문젠 기라."

헌병 경찰 통치. 준서와 얼이는 공포와 분노를 동시에 느꼈다. 승채 또한 형의 말에 공감하였다.

"예, 맞심니더. 우리가 입수하고 있는 정보를 봐도, 갈수록 왜눔들이 주요 지역에 군대를 배치하고 있심니더."

붉어진 얼굴에 어금니를 깨물었다.

"으뱅이 활발하게 활동을 했던 지역하고, 또, 서울로 올라가는 철도 주변 지역은, 특히나 경비를 엄중하거로 하고 있심니더. 바람도 몬 빠지나갈 정도로 삼엄합니더."

그들 형제에 비하면 아직도 우물 안 개구리인 준서와 얼이는 듣고만 있고, 승채가 두 마디 하면 원채도 한마디 하는 분위기였다.

"치안은 일본 헌뱅 갱찰이 모도 주도하고 있고, 헌뱅 권한이 올매나 막강해졌는고 일반 갱찰꺼지도 헌뱅이 지휘하고 안 있나."

"내가 각지를 댕김서 보이, 저 산간 벽지꺼정 헌뱅 분견소하고 갱찰관 출장소가 설치돼 있더라꼬예."

일제는 전국 주요 지역에 배치된 군대와 경찰력으로 한국인을 무자비하게 억압하며 지배하려 들고 있다는 악랄하고 가증스러운 얘기였다.

"지가 잘은 모립니더마는……."

형제가 무엇을 생각하는 표정으로 잠시 말을 멈추고 있는 사이에 얼이가 물었다.

"원래 헌뱅이라쿠는 거는 군인을 대상으로 규율을 유지하고 수사 활동을 하는 군대 갱찰 아입니꺼?"

"맞거마, 그 말이."

여러 이야기를 쏟아낸 승채는 이제 골똘한 상념에 잠겨 있고, 원채가 고개를 끄덕거리며 대답했다. 넓은 큰방은 밝았지만 거기 앉아 있는 얼이 음성은 어두웠다.

"그렇지예? 그란데 그런 헌뱅이 일반 갱찰 업무꺼정 다 맡는다쿠는 기, 지로서는 도모지 납득할 수가 없심니더."

준서는 새삼스러운 눈빛으로 얼이를 바라보았다. 농민군과 항일의병 활동을 하면서 그도 군인이나 경찰에 대해서 어느 정도 알고 있었다.

"왜눔들이 그리하는 거는 말이제."

승채가 모자라는 부분을 채워주듯 하였다.

"우리 대한제국을 군대맹커로 통제해서 하로빨리 식민지 지배에 팬리하거로 사회질서를 확립할라는 그런 의도가 아이것는가."

원채는 퍽 같잖다는 투였다.

"잘 봤거마는. 강압적인 정책을 통해서 우리 한국 사람들한테 공포심을 심어주고, 독립 으지를 꺾을라쿠는 것이것제."

말을 아끼는 준서가 제 의견을 말했다.

"행정 관리뿐만 아이고 핵조 교원들꺼정 제복을 입고 칼을 차거로 핸것도 다 그런 이유 땜인 거 겉심니더."

얼이가 흥분한 목소리로 말했다.

"요새는 우떤 핵조든 가보고 싶은 멤이 도통 안 생기는 기라."

그 사진이 있으면 보여주고 싶다는 빛이었다.

"무신 행사할 때도 보모, 교사들은 하나겉이 답답한 제복을 입고 칼을 떠억 차고 앞줄에 앉아 있고, 학상들은 부동자세를 취한 채로 뒷줄에 서 있고예."

승채가 저주 퍼붓는 소리로 말했다.

"그기 소위 일제 식민지 문화정책을 펴는 이 나라 핵조의 공통적인 모습 아인가베. 대체 문화라는 기 우떤 긴고 알고나 하는 짓인지……."

준서와 얼이 눈앞에 스승 권학을 모시고 문대, 남열, 철국 등과 더불어 공부하던 서당 광경이 어른거렸다. 눈물이 날 만큼 정겹고 그리운 정경이었다. 이제 두 번 다시는 그런 전통적인 글방의 학동이 될 수는 없을 것이다.

"아까 행님께서 일본 헌뱅이 치안을 주도하고 있다고 말씀하싯는데예.”

　오랫동안 입에 붙었던 말이라 자신도 모르게 또 ‘행님’으로 호칭을 한 승채는 격분하는 빛으로 말을 계속했다.

　“내가 보고 들은 바에 따르모, 치안뿐만 아이고 호적 사무, 일어 보급, 그라고 전염병 예방하고 강우량 측정에다가, 심지어 묘지 단속 등 모든 분야의 일을 다 담당하고 있심니더.”

　원채가 더욱 우울한 표정을 지었다.

　“인자 우리 한국인은 시상에 태어나는 그 순간부텀 무덤에 들가기꺼지, 일본 헌뱅 갱찰의 감시와 통제를 벗어날 수가 없게 돼삔 기라.”

　여러 사람이 앉아도 넉넉한 거기 방은 답답한 공기가 사람을 옥죄듯이 흐르고 있었다. 아니, 정지돼 버린 듯했다. 남강 물새 소리라도 들리면 조금 나으련만 하필 그 순간에는 그마저도 없었다.

　“행님 말씀 그대로고예, 또 있심니더.”

　다 하자면 도무지 끝이 없을 성싶은 이야기였다. 이어지는 승채 말을 들으니, 일본 헌병 경찰의 횡포와 만행은 그 정도에서 그치는 게 아니었다.

　“그눔들은 정식 재판을 안 거치고도 한국인을 처벌할 수 있는 권한을 갖고 있지예.”

　준서와 얼이가 동시에 큰 소리로 말했다.

　“정식 재판을 안 거치고도예?”

　원채가 천장을 올려다보며 혼잣말을 했다.

　“상식이 안 통하는 것들.”

　승채는 그 기억을 떠올리기만 해도 괴로운지 낯을 찡그렸다.

　“우리 한국인에게 매를 때리는 태헹(태형)을 가할 수도 있제. 올매 전에 우리 동지 한 사람이 붙들리 가갖고 그런 태헹을 당한 후유증으로 고마 죽고 말았던 억울하고 참담한 일도 있거마는."

'아, 순국선열!'

준서는 속으로 그의 명복을 빌었다. 그에게도 살붙이들이 있을진대 그 비보를 전해 듣고 얼마나 가슴이 찢어졌을까.

"내도 미군 포로 생활을 할 적에……."

원채는 지난날 겪었던 그 경험을 잠깐 이야기하고 나서 사견을 털어놓았다.

"왜눔들이 그리하는 거는, 감옥에 갇아두는 거보담도 비용이 적거로 들고, 또 처벌 효과는 더 높일 수 있다꼬 봤기 땜일 끼라."

아무래도 그쪽 방면에는 일천日淺한 준서와 얼이는 다시 입을 다물었고, 또다시 그들 형제끼리 주고받는 대화가 이어졌다.

"행님도 잘 아시것지만, 태행은 전근대적이고 야만적인 행벌(형벌)이라 캐서, 우리 조선 정부가 이른바 저 갑오개혁 때 없애삣다 아입니꺼."

"그랬디제. 그란데 왜눔들이 그 태행을 부활시킷담서?"

"그냥 부활시킨 그 정도가 아입니더."

"그라모?"

"상구 더 무자비하거로 곤치서 우리 한국인에게만 적용하는 깁니더."

그 말을 끝으로 승채는 가만히 눈을 감았다. 고통과 고뇌와 회한에 찬 모습이었다. 그의 머릿속으로 그날의 일이 또렷이 되살아나고 있었다.

'모도 우리를 무모하다꼬 할 만도 하것지만도.'

기실 지금 와서 생각해 봐도 참으로 위험천만하고 무서운 거사였다. 동지들이 갇혀 있는 어떤 감옥을 습격했다. 총칼로 중무장한 일경들이 철통같은 경비를 서고 있는 감옥이었다. 그야말로 불을 지고 섶으로 뛰어드는 격이었다. 하지만 그곳에 구금되어 있는 동지들이 더없이 악랄하고 심한 고문을 당하고 있다는 정보를 입수하고도 그냥 있을 수만은 없는 일이었다.

"진훈 동지! 부디 몸조심 하시오."

"승채 동지! 동지도 무사하시기를……."

그때는 화진훈이 일경에게 체포되기 전이었다. 그리하여 승채와 더불어 누구보다도 눈부신 맹활약을 펼치고 있었다.

일경의 반격은 몹시 거셌다. 수적으로나 무기적으로나 조선독립군의 열세였다. 그렇지만 그동안 일제에게 당한 분노와, 동지들을 구해야 한다는 강한 동지애가, 독립군의 승리를 가져다주었다. 정말 기적과도 같은 성과를 이루어낸 것이다.

그날 동지들을 구출해 내는 과정에서 일본인들이 한국인들을 심문할 때 사용하는 형구도 함께 가져왔다. 그대로 놓아두면 필시 또 우리 한국인을 고문하는 기구로 사용될 것이기 때문이었다.

"형구의 형판과 채찍이 우리나라 고대의 것과 완전히 다르군."

비밀본부 사무실로 가져온 그 형구를 살펴보고 있던 화진훈이 말했다.

"어떻게 다른데?"

경기도 출신 지창도 동지가 물었다. 그는 화진훈과 닮은 데가 많았다. 얼핏 백면서생 같은 모습이었지만 일단 일본군과의 전투가 시작되면 그 누구보다도 앞장서서 돌진하는 사람이었다.

그런데 그 동지 또한 얼마 전에 화진훈과 함께 일경에게 붙들리고 말았다. 어쩌면 그도 화진훈처럼 두 번 다시는 보지 못할지도 모른다. 하긴 같이 활동을 하던 그 동지 중에서 영영 만나지 못할 사람이 어디 그들뿐이겠는가.

"잘 보시오."

승채와 다른 동지들은 화진훈의 설명에 귀를 기울였다.

"왜놈들이 만든 이 형구의 형판은 보다시피 배를 깔게 되어 있고, 음부가 닿는 곳에 구멍이 뚫려 있어요."

화진훈은 그 형구 위에 직접 누워 보이며 계속 설명했다.

"양팔은 십자판에 묶고, 다리와 허리도 형판에 단단히 묶어놓고 고문을 했을 겁니다. 죽일 놈들!"

그날 이후로 승채는 날마다 악몽을 꾸고 신음소리를 내다가 잠에서 깨어나곤 하였다.

동지들이 끔찍한 고문을 당하고 있었다. 소의 음경으로 만든 채찍의 끝에는 납이 달려 있었는데, 일경들이 동지들을 향해 그것을 휘두르자, 그 납이 동지들의 살 속으로 파고 들어가 살 조각이 튀어나오고 핏물이 어지럽게 튀었다.

신新백정 개(犬)백정

"승채야."

승채가 현실로 돌아온 것은 원채가 부르는 소리를 듣고서였다. 준서와 얼이도 적잖게 놀란 눈으로 승채를 바라보았다. 그의 이마에 심한 열병을 앓는 환자처럼 땀방울이 맺혀 있었다.

"오데 아푸나?"

원채가 걱정스럽게 물었다. 동기간의 정이 흠뻑 묻어나는 목소리였다.

"아, 아입니더, 행님."

승채는 억지로 웃어 보였다.

"아인 기 아이고, 암만캐도 요분 일로 충객을 너모 크기 받았는갑다."

그리고 나서 원채는 너무 시간을 많이 지체했다는 자각이 일었다.

"인자 우리가 여게 온 목적을 말해야것다."

그러면서 준서와 얼이를 바라보는 원채의 눈빛이 또 한 번 비상하여 두 사람은 가슴이 뜨끔하였다.

"음."

신음 비슷한 소리를 내는 승채의 표정 또한 짙은 초조감에 싸이는 듯했다.

"승채 니가 말하는 거보담도 내가 이약하는 기 더 좋겄다. 이 두 사람하고는 아즉꺼정은 내가 더 가깝븐 사인께네."

그러나 원채는 시간에 쫓기는 빛이면서도 선뜻 용건을 꺼내지 못하고 계속 변죽만 울렸다.

"이 두 사람이 우리하고 생각이 다리다 캐도, 우리를 이해해 줄 끼라 믿는다."

준서와 얼이는 한층 긴장감에 사로잡혔다. 대체 무슨 말을 하려고 저러는 것일까? 결국, 성미 급한 얼이가 더 이상 참지 못하고 재촉했다.

"아자씨! 무신 말씀이라도 좋으이 퍼뜩 해 보시이소. 아자씨하고 우리 사이에 머 기실 끼 있것심니꺼."

그 말을 듣자 원채는 비로소 털어놓을 용기를 얻은 듯했다.

"사실은……."

"예."

"내 동상 승채가 고향에 온 거는……."

"말씀해보시소."

"새로븐 동지를 규합하기 위해선 기라."

그 말이 떨어지기 무서웠다.

"예? 그, 그라모 우리를?"

얼이의 놀란 목소리가 천장까지 치솟았고, 준서의 얼굴 근육도 파르르 경련을 일으켰다.

동지 규합. 두 사람은 숨이 멎는 듯했다. 승채가 무슨 일을 하는 사람인가를 알고 있는 그들이었다. 그런 사람과의 규합이었다.

승채가 그 일을 하려고 나서게 된 배경이랄까 내막을 털어놓았다.

"실상을 이약하자면, 요분 안악 사건과 105인 사건으로 말미암아 우리 단체는 거의 괴멸 상태에까지 이르고 말았네."

"……."

"회원 수가 급격하거로 줄어들었고, 활동비 또한 그 바닥이 드러나삔 행핀일세. 그란데 자금보담도 더 필요한 기 사람 아이것나."

"……."

"내는 오늘 하로만 더 여게서 묵고, 낼 날이 밝는 대로 한성, 아, 인자는 한성이 아이고 경성이제. 하여튼 경성으로 떠나야 한다네."

"……."

"물론 경성에서도 오래 머물지는 몬하고, 또 중국 아이모 그보담도 상구 더 먼 곳, 저 영국이나 불란스 겉은 구라파 쪽으로 가야할지도 모리것네. 상부의 지시대로 따라야 하는 기, 우리 조직원들의 으무이자 운맹 아인가베."

승채의 그런 이야기를 들으면서도 준서는 머릿속이 온통 하얗게 비어 버리는 느낌이었다. 그리고 어처구니없다고나 할까 스스로도 통 이해할 수 없는 게, 아, 일본이 우리나라를 강제로 점령하면서 한성에서 경성으로 고쳤지, 하는 그 정도의 생각만 기껏 할 수 있다는 사실이었다.

그랬다. 정작 중요한 것은 그따위 것이 아니었다. 한성이면 어떻고 경성이면 어떻고 또 다른 지명인들 대수겠는가. 항일단체 회원이 될 것인가 되지 않을 것인가 하는 중차대한 결정을 내려야 하는 긴박한 순간이었다. 그리고 그것은 곧 하나뿐인 목숨을 담보로 하는 일이었다.

얼이 또한 준서와 다르지 않았다. 그들 형제의 제의에 응하게 되면 집을 떠나야 할지도 모른다. 고향에 있게 되더라도 이제까지와는 비교가 아니게 항일투쟁의 최전선에 나서야 할 것이다.

아무리 진정하려고 애를 써도 가슴이 쿵쿵거리고 이빨이 딱딱 부딪쳤다. 어쩌면 일경의 감시를 받고 있는 승채 저 사람은 벌써 미행당하고 있는지도 모르겠다. 아, 무시무시한 총칼로 무장한 일경들이 지금 우리 집을 몇 겹으로 포위하고 있는 것은 아닐까? 그들 형제가 시한폭탄을 안고 집으로 뛰어든 것같이 느껴졌다.

"시방 자네들이 우떤 심정인고는 말 안 해도 불 보듯기 알것네."

원채는 스스로도 안정이 되지 않는지 잠시 말을 끊었다가 계속했다.

"당장 이 자리서 답을 달라는 거는 아이네. 그리할 수도 없는 일이고."

"……."

"내가 마이 원망스러울 수도 있것구먼. 하지만도 내도 내 멤을 우짤 수가 없었거마. 내 동상한테서 그 말을 듣는 순간, 젤 먼첨 내 머릿속에 팍 떠오린 사람들이 눈 줄 아나? 바로 자네들 두 사람이었제. 아, 그들이라모 우찌 한분 이약은 해볼 수 있것다, 성사가 되든 안 되든 그거는 차후 문제고, 그렇게 말일세."

"……."

"멤이 정해지거들랑 그때 가서 내한테 알리주게나."

언제 날아온 걸까, 살림채 지붕 위에서 까치와 까마귀가 번갈아 가며 소리를 내고 있었다.

그 고장 민간서당인 '봉양재'의 이름을 따서 지은 사립봉양학교.

지금 '교장실'이라는 나무 팻말이 출입문 위에 붙어 있는 방에서 초대 교장 강순재와 그의 장남 강호상이 마주 앉아 이야기를 나누고 있었다. 그런데 부자의 표정이 둘 다 여간 예사롭지 않아 보였다.

"또 조선총독봅니꺼, 아부지?"

호상은 매우 격앙하는 목소리로 물었다. 순재는 아무 말이 없이 그저 책상과 의자의 다리가 내려앉을 만큼 깊은 한숨만 내쉬었다.

"교육령! 조선교육령!"

급기야 호상은 탁자를 주먹으로 세게 내리치면서 소리쳤다. 그것은 일찍이 아버지는 물론이고 누구 앞에서도 하지 않던 불미스러운 행동이었다.

전통 있는 양반 가문 후예로서 그 고을 천석꾼 강순재의 맏아들로 태어난 호상은, 언제나 겸손하고 사려 깊고 예의 바른 사람이었다. 돈 없고 힘없는 하층민들을 대단히 가련하게 여겼으며 온갖 수단을 써서 그들을 도우려고 하였다. 그리고 특히 그가 마음속에 두고 있는 게 있었으니, 그건 당시 최하위층으로 사람대접을 받지 못하는 백정들을 어떻게 하면 사람답게 살 수 있도록 할 수 있을까 하는 강렬한 염원이었다.

"선상과 학상들이 복도를 오가다 들을 수도 있다. 그러이 목청을 낮춰라. 더 하고 싶은 이약이 있으모 내중에 집에 가서 하도록 하자."

이윽고 순재 입에서 조용히 타이르는 소리가 나왔다.

"죄송합니더, 아부지. 지도 모리거로 그랬심니더. 하지만도 이거는 증말."

호상은 자신의 무례를 사과했지만 마구 복받치는 감정은 여전히 추스르지 못하는 모습을 보였다.

"아부지도 함 생각해보시이소."

"흠."

"쓸모 있는 지식과 온건한 덕성을 기른다, 거기꺼지는 그래도 좋다 이겁니더."

"호상아."

"그 뒤에 우떤 흉계가 감춰져 있든 없든 말입니더."

"소리가 크다 캤다."

"예, 아부지. 작은 소리로 말하것심니더."

"작은 소리도……."

"그란데, 머라꼬예? 제국 신민으로서 자질과 품성을 갖춘 사람? 우찌 그런?"

"……."

"도대체 이 나라 학상들이 우떤 나라 학상들입니꺼, 예?"

"인자 더 이약하지 마라."

"지들 나라에서 지들 학상들한테야 그런 거를 강요하든 말든 아모 상관 안 합니더. 할 필요도 없고예. 그란데……."

그때 수업시간이 끝났는지 종 치는 소리가 들렸다. 그런데 종소리가 학교 종소리치고는 특이했다. 절간에서 들을 수 있는 범종 소리였다. 그것은 저 비어사 주지 진무 스님이 각별히 기부한 바로 그 종이었다.

"이 애비도 젤 멤에 걸리는 거는……."

잠시 후 물 위에 퍼지는 파문처럼 학교 전체를 감싸고돌던 범종 소리의 여운이 가시자 순재가 말했다.

"저들이 공포한 조선교육령 제3조다. 교육은 시세時勢와 민도民度에 적합하도록 한다, 그렇게 맹시(명시明示)한 거 말이다."

방금 전 호상에게 주의를 주던 순재도 어쩔 도리 없이 음성이 사뭇 떨려 나오고 있었다. 아비로서 아들 앞에서 억지로 감정을 억누르고 있을 것이다.

"그거는 머를 으미하것노."

"……."

이제 말하고 듣는 사람이 바뀌어 있었다.

"한국 안의 사정과 사람들의 수준을 구실로 삼아갖고, 우리 한국 학상들의 교육 기간을 줄일라쿠는 기 아이고 머시것노?"

순재가 바로 보고 있었다.

"내가 알아본 바에 으하모, 시방 일본 국내 학상들은 초등 6년의 으무 교육하고 중등 5년의 교육을 받고 있제. 그란데, 우리는 아인 기라."

한국 학생은 초등과 중등 각 4년씩 모두 8년 만의 교육을 받게 된다는 사실을 그는 예견하고 있었다.

"이런 거에 대해서는 우리 한국민이라모 모도가 겉은 심정 아이것 나."

순재는 얼마 전에 봉양학교를 세우는 데 큰 공로를 했던 김로원과 남평 문 씨가 와서 분개하던 일이 생생히 되살아났다.

"충량忠良한 국민으로 맨들기 위해서라꼬예? 참말이지 고 말 한분 그 럴싸합니다. 충실하고 선량한 국민으로 맨든다."

김로원은 울분에 찬 목소리로 계속 말했다.

"그리하는 목적이 머것심니꺼? 일본어 교육을 강조하기 위한 술수라 쿠는 거, 세 살 묵는 아아들도 다 알 낍니다. 에나 저들 간계에 속이 울 컥거립니다. 사람 탈바가치를 쓰고 나와갖고 무신 짓입니꺼?"

"교장 선상님!"

백 부잣집 염 부인 생전의 모습을 다시 보듯 우아한 기품이 몸에 배어 있는 여성 독지가 남평 문 씨가 순재에게 물었다.

"보통핵조 주당 수업시간 26~27시간 가온데 일본어 시간이 10시간 이라쿠는 기 사실입니꺼?"

순재가 침통한 낯빛으로 대답했다.

"예, 시방 말씀하시는 그대롭니다. 우리 한국어는 한문꺼정 포함해갖 고도 5~6시간에 불과하고예."

그때 이번에는 수업 시작을 알리는 범종 소리가 났고, 순재는 현재로 돌아왔다. 호상이 다시 입을 열었다.

"하여튼 몬 말릴 족속들입니더. 심지어는 핵조 이름도……."

일본 자기네들은 소학교, 중학교, 고등 여학교로 부르는데, 한국은 보통학교, 고등 보통학교, 여자 고등 보통학교로 구분해서 부르게 한 것을 지적하고 있는 것이다.

"조선총독부는, 음."

순재는 그날 김로원과 남평 문 씨와도 주고받았던 이야기를 꺼냈다.

"인문, 과학, 예술 교육보담도, 보통 교육과 실업 교육에 치중하고 있는 기라. 그 실업 교육도 고등 기술 교육은 억제해삐고 말이제."

그 말끝에 그는 고개를 한번 숙였다가 다시 들며 아들에게 물었다.

"니는 저들이 그리하는 이유가 머라꼬 보노?"

호상은 깊이 생각해 볼 필요도 없다고 했다.

"똑똑하고 비판적이거나 다양한 재능을 갖춘 한국인을 안 맨들라꼬 하는 가증시러븐 짓이것지예."

교장실 앞 복도를 조심스럽게 지나가는 발소리가 들렸다.

"바로 봤다. 그저 시키는 대로 묵묵히 따르는 사람이모 충분하다, 그런 속셈이다."

이번에는 호상이 물었다.

"사립핵조뿐만 아이고 서당도 통제를 받는담서예, 아부지?"

"그러이 더 문젠 기라."

순재는 창문 너머 뜬구름 두어 조각이 흐르고 있는 하늘가로 눈길을 보냈다. 다른 곳보다 고지대에 자리를 잡은 사립봉양학교에서는 고을 전체가 잘 내려다보였다. 그리하여 순재는 가끔 전교생을 모아놓고 훈시를 할 때면 그 사실을 환기해 주면서, 여러분은 항상 더 많이 더 넓게 볼 수 있는 더 높은 곳을 향해 정진해야 한다고 설파하곤 했다.

"조선총독부에서 편찬하거나 검정 또는 인가한 교과서를 사용 안 하거나, 거서 내리는 지시를 거부하모, 핵조 문을 닫는 일꺼지 당하는 실정인 기라."

순재 말에 호상은 얼굴뿐만 아니라 목까지 붉어졌다.

"그 정도꺼지라이?"

순재는 창문에 의해 분할되어 보이는 세상이 왠지 싫다는 생각을 하였다.

"비록 시방은 우리나라에 2천 개가 넘는 사립핵조가 있지만도, 이런 식으로 나가다가는 올매로 줄어들랑가 내사 상상도 하기 싫다."

아버지 말을 들으며 호상은 창을 통해 운동장에서 무언가를 열심히 주워 먹고 있는 비둘기 무리를 내다보았다. 간혹 다른 사람들도 비둘기를 보고 그렇게 느낀다고 하던 그 말이 실감나는 순간이었다.

'저눔들은 와 장마당 저리 땅바닥을 쪼아대고 있는 기까? 주우 무울 것도 벨로 없을 낀데. 노상 배가 고픈 거매이로.'

그러자 그의 뇌리에 또다시 떠오르는 게 백정이었다. 온갖 멸시와 천대를 받으며, 인간이면서도 인간처럼 살아가지 못하고 있는 계층이었다.

그런데 그가 지금까지 만나본 백정들은 백정 아닌 일반인과 조금도 다르지 않았다. 똑같은 인간이었다. 오히려 그들은 남을 해친다거나 권모술수를 부릴 줄 모르고 묵묵히 자신들 일에만 몰두하는 순박하고 착해빠진 사람들이었다.

특히 그들 가운데서도 호상의 마음을 가장 잡아끈 백정은 방상각이었다. 비록 검게 그을리고 거친 피부지만 퍽 잘생긴 얼굴, 여느 선비들 못지않게 점잖고 장중한 행동거지, 그리고 무엇보다도 생각의 깊이와 너비가 남달랐다. 한마디로 백정이라는 굴레를 쓰고 짐승 같은 대접을 받으며 살아가기에는 너무나 아까운 천민이었다.

한데 부자간 마음에는 어떤 보이지 않는 기운이 흐르고 있는 걸까. 순재가 아들 머릿속을 훤히 들여다보기라도 했는지 문득 이렇게 물었던 것이다.

"니 해나 시방도 백정들 만내고 댕기는 거는 아이것제?"

"예?"

정곡을 찌르는 아버지 말에 호상은 그만 가슴부터 뜨끔하지 않을 수 없었다. 그 눈치를 알아챈 순재는 금방 나무라는 어투로 나왔다.

"그라모 아즉도 애비 말을 안 듣고…….."

대단히 못마땅하다는 얼굴이었다.

"사람들이 닐로 보고 머라꼬 해쌌는 줄 아나?"

"……."

눈 둘 곳을 몰라 여전히 아무 말도 하지 못하고 있는 아들더러 순재는 잔뜩 화가 돋친 목소리로 말했다.

"신新백정, 개(犬)백정이라쿠는 기라."

순재는 속이 바짝바짝 타들어 가는지 혀로 입술을 축였다. 기존의 백정이 아니라 새로운 백정, 그리고 또 그냥 백정도 모자라 개 같은 백정…….

"조선총독부도 문제지만도, 내는 니 하는 짓도…….."

순재는 믿고 걱정도 하지 않았던 아들에 대한 강한 배신감에 사로잡혀 말도 제대로 잇지 못했다.

"죄송합니더, 아부지."

호상은 앉은 자리에서 고개를 깊이 숙였다. 여차하면 벌떡 일어나 맨바닥에 무릎이라도 꿇을 태세였다.

"이기 오데 죄송하다꼬 해서 그냥 넘어갈 수 있는 문제가?"

순재는 가까스로 화를 삭이는 빛이었다.

"우리 가문 전체의 맹애와 직갤된다는 거를 니는 우찌 모리노?"

"죄송합니더."

호상은 또 그 말밖에 하지 못했다. 그도 잘 알고 있었다. 근동에서 손꼽히는 전통 있는 양반 가문이었다. 게다가 천석꾼 집안이었다. 그런 명문가의 후예로서 무엇이 부족해서 그런 짓을 하느냐고 온 고을 사람들이 등 뒤에서 수군대고 있었다.

　또 모르지 않았다. 낮이 부신 일이지만, 백정들이 호상 자신을 깊이 추앙하고 있다는 것이다. 백정들은 그를 그들의 '아버지'라고 불렀다. '백정들의 아버지'였다. 이제 와 그 불쌍한 사람들을 배반할 수가 없었다. 그건 호상 스스로 인간이기를 포기하는 짓이라고 보았다.

　그러나 아버지 입장에서는 누가 무슨 소리를 끌어와도 도저히 용납할 수 없는 아들일 것이다. 일반인들로부터 신백정, 개백정이라는 해괴망측한 소리까지 들어가며 백정들과 어울리는 자식이었다.

　단지 그뿐만이 아니었다. 일반인 가운데 어떤 자들은 절대로 호상을 그냥 두지 않겠다고 잔뜩 벼르고 있다는 소리까지 들렸다. 최악의 경우 목숨까지도 위태로울 수 있는 것이다. 그러니 부모 된 처지에서 어찌 나 몰라라 뒷짐 지고 보고만 있을 수 있겠는가.

　그렇지만 이미 다 장성해버린 아들이었다. 훨훨 둥지를 벗어난 새가 돼버린 자식이었다. 순재는 엄청난 무력감에 미칠 것만 같았다. 사실 백정과 관련된 일 말고는 애먹이는 게 하나도 없었다. 되레 아버지의 뜻을 어느 동생들보다도 더 잘 따랐다. 순재 자신이 모든 것을 걸고 있는 이 나라 교육을 위해 누구보다 그 활동에 앞장을 섰다. 아들이기에 앞서, 뜻을 같이 해 주는 가장 든든한 동지라고 해도 지나친 말이 아니었다.

　'아, 그런 늠이 우짜다가?'

　순재가 더 힘든 것은, 비록 면전에 대고 호상을 꾸짖고 있기는 하지만, 솔직히 호상이 잘못된 일을 하고 있지는 않다는 것을 너무나 잘 알고 있기 때문이었다. 더 나아가 오히려 상찬할 만한 일이었다. 하지만 그건 어디까지나 다른 사람이 그렇게 하였을 때의 경우이고, 세상에 다시없이 소중한 내 아들이 그렇게 하는 것은 아닌 것이다.

"오늘 이왕지사 말이 나온 김에 확답을 받아야것다."

무슨 말을 하려는 호상을 손짓으로 제지하였다.

"좋은 이약 겉으모 내중에도 두고두고 꺼낼 수 있것지만도, 이거는 꿈에서라도 다시 입에 안 올리고 싶은 기다."

순재는 부자지간 천륜마저 끊어버릴 사람같이 아주 비장하고 결연한 어조로 말했다.

"답해라. 앞으로는 절대 그런 짓 안 하것다꼬. 그라모 이 애비가 시방 꺼지 있었던 모든 일은 하나도 없었던 거로 해 주것다."

그곳 교장실 벽면에 걸린 게시물들이 그들 부자를 무연히 내려다보고 있었다.

"우떻노? 그리 말해 줄 수 있것제?"

순재의 말은 숫제 울음소리로 들렸다. 그러나 호상의 입에서는 이제 죄송하다는 말조차 나오지 않았다. 그는 남달리 희고 가지런한 이빨로 피가 배여 나올 정도로 붉은 입술을 강하게 꾹 깨물고만 있었다. 백정들이 키우는 소처럼 무척 맑고 선량해 보이는 두 눈에서는 굵고 투명한 눈물방울이 낙숫물처럼 뚝뚝 떨어져 내리고 있었다. 그것은 순재 가슴에 폭우가 되어 쏟아졌다.

'땡, 때~앵.'

수업 종료를 알리는 두 번째 범종 소리가 들려오기 시작했다. 그 소리는 어쩌면 온갖 억압과 멸시를 받으며 근근이 하루하루를 살아가고 있는 백정들의 피맺힌 통곡이나 울부짖음을 닮았다.

여자 많은 집 찾는 남자

시간은 망국의 설움과 탄식을 안은 채 굽이치고 있었다.

적어도 세월만 놓고 볼 때는 국권 상실 이전이나 이후나 달라진 게 아무것도 없는 것 같았다. 서글프고 신경질 날 정도였다.

그러나 아니었다. 없을 리가 없었다. 그건 평범한 진리에 불과한 것이었다. 땅에 떨어진 씨앗이 뿌리를 내리고 가지를 뻗고 꽃을 피우고 열매를 맺는 이치와 마찬가지로, 대한제국 백성들이 살아가고 있는 영토 또한 예외는 아니었다.

11월의 어느 날이었다. 그 고을 주봉인 비봉산 두 능선이 맞닿은 채 아래를 내려다보고 있는 봉래 마을에서 큰 사건 하나가 벌어졌다.

그것은 호주선교회가 이제는 거의 다 완공시켜 가고 있던 배돈병원에서 벌어졌다. 바로 호주장로교 총회가 선교구역 시찰자로 그 고장에 파견한 패톤 목사의 한자명을 따서 이름을 붙인 그 배돈병원이었다. 그것은 역시 그들 선교회가 이미 세웠던 옥봉리 교회와 가까운 거리에 있는 근대식 병원이었다.

그리고 그 병원을 건립하게 된 이면에는, 의료 혜택을 통해 전도 사

218

업을 좀 더 용이하게 하려는 의도도 깔려 있었지만, 장차 근대 의료기관으로서 큰 역할을 해주리라는 기대도 상당히 컸던 게 사실이었다. 말하자면 다방면으로 활용하고자 했던 것이다.

그런데 바로 그곳에 원인을 알 수 없는 화재가 발생했다. 그리하여 5백여 파운드의 손실이 난 것으로 추산되었다. 저 '파운드'라는 영국 화폐 단위를 쓴 것은, 그때 당시는 호주가 영국의 식민지였기 때문이었다. 세계지도에 한 개의 작은 점으로도 표시되어 있지 못했을 그 고을 백성들은 그런 사실을 잘 알고 있었을까, 아니면 전혀 모르고 있었을까? 하기야 식민지를 가지고 식민 사업을 하는 일본이라든지 영국 같은 식민국植民國도 아닌 나라 백성에게 무슨 정신이 있어 그런 데 눈을 돌릴 수 있을까?

일본의 식민지인 한국 땅에 영국의 식민지인 호주가 세운 병원이라는 그 사실도 특이하다면 특이했다. 물론 맨 처음 병원 건립 논의가 시작된 것은, 그들 호주선교회가 그 고장에 들어온 구한 말, 정확히 말해서 1908년부터였지만, 호주의 건축가 '켐프'가 병원설계도를 작성하면서 그 사업이 활기를 띠기 시작한 것은, 일제에게 나라가 넘어간 바로 그해부터였다.

그리고 또 하나 간과할 수 없는 게, 당시 공사를 맡은 사람은 일본인 토목기술자 죽원웅차라는 사실이었다. 자기 목적 달성을 위해서는 자국민이든 타국민이든 가릴 것 없이 한배를 타고자 하는 자였다. 바로 맹쭐에게 접근한 바 있는 그 일본인이었다.

어쨌거나 그날 화재 현장에 몰려든 그 고을 백성들은 활활 타오르는 불길만큼이나 숱한 이야기의 불꽃을 붙였다. 무엇보다도 그들의 최대 관심사는 화재의 원인이 무엇이냐는 것이었다. 그리하여 세상이 다하는 그 순간까지 그것을 하나의 화두처럼 안고 있으려는 분위기였다.

─ 시상에, 누가 그랬으까? 인자 거진 다 된 건물인데 말이다.

─ 모리지. 그거를 알모 당장 잽히가거로?

─ 꼭 사람이 질러야만 불이 나는감. 저절로 날 수도 있는데.

─ 머라꼬? 불이 미칫나, 저절로 나거로.

─ 음, 이거는 오데꺼지나 내 짐작인데……. 에이, 모리것다. 무담시 씰데없는 소리 해갖고 우찌 될라꼬.

─ 우찌 되든 저찌 되든 퍼뜩 이약해 봐라. 그런 소리 할라모 애초부 텀 아모 말도 하지 말든지.

─ 암만캐도 이거는 안 있나, 저 뱅원 건립에 불만을 품은 우떤 누군 가의 소행인 기라.

─ 쉬이! 니 진짜로 잽히가고 싶은 기가? 이러키 많은 사람들이 듣고 있는 데서 그런 이약을 하다이.

─ 그거는 아일 끼다. 호주선교회를 욕하는 사람은 벨로 없다 아이가. 우리한테 좋은 일 해 준다꼬 온 사람들인께네.

─ 니 하나만 알고 두 개는 모리는 소리 마라. 저 뱅원 공사업자가 누 고?

─ 아, 그렇거마! 왜눔……. 가마이 있거라, 그렇다꼬 보모…….

─ 더 볼 거도 없제. 더 안 볼 거도 없고.

─ 인자 지발 모도 입방아 고마 찧이싸라. 그리할라모 저 불난 데 가 차이 가갖고 하든가. 입바람이 불이나 좀 끄거로.

─ 하기사! 불난 거 땜에 진짜 손해 보는 거는, 호주 사람도 왜눔도 아 이고 바로 우리 조선 사람일 수도 있는께네.

불길은 예상보다 많은 시간이 걸려 가까스로 잡혔다. 그렇지만 모두 가 궁금해하는 화재 원인은 끝내 밝혀지지 못했다.

방화든 실화든 막대한 손실을 입히고 물러간 화마였다. 그리고 그로부터 2년 정도 더 시간이 흐른 후에야 완공하게 되는 배돈병원이었다.

그런데 불이 나자 부리나케 달려온 사람 중에는, 마침 옥봉리 교회에 있던 몇몇 조선인 신자들도 있었는데, 그들 바로 뒤에는 화재 소식을 전해 듣고 곧 달려온 일본인 얼마도 서 있었다. 하지만 한창 활활 타오르고 있는 병원 건물과, 화재를 진압하기 위해 동분서주하는 소방원들을 보기에만 정신이 온통 팔려있던 신자들은, 그때 거기 있는 그 일본인들을 발견하지 못했다.

그들은 저 삼정중 백화점을 경영하는 자들이었다. 더 정확히 말하자면 '주식회사 삼정중 백화점 진주지점'의 일본인들이었다.

그런데 사장 무라마치는 보이지 않고 그의 동생 무라니시와 지점장 환교중차랑 그리고 종업원 하나였다. 그렇게 세 사람이 한국인들 뒤쪽에 서서 작은 소리로 무슨 얘기인가를 주고받고 있었다.

무라마치는 왜 보이지 않는 걸까? 무슨 일이 있은 걸까? 그는 지금 한국에 없었다. 지난 몇 년 사이에 자기 나라의 엄중한 비호와 엄청난 특혜를 바탕으로 하여 믿어지지 않을 정도로 성장한 삼정중 백화점이었다. 어느 정도냐 하면, 그동안 경성에도 진출하였고, 부산·목포·광주·대전·원산·평양·함흥·청진·흥남 등 국내 주요 도시로 급속하게 확장시켜 가는 중이었다.

한국만이 아니었다. 더더욱 놀랍게도, 일본 본국에는 저 경도를 비롯하여 동경, 대판까지 진출했으며, 또 중국으로도 발을 길게 뻗쳐 신경과 북경, 봉천까지, 무려 3개 대륙에 걸쳐 광범위한 점포망을 형성하려고 하였다. 그것 하나만 보더라도, 당시 일제가 그들의 식민지 땅인 한국에 들어와 있는 동족들에게 얼마나 많은 특혜와 편파적인 힘을 실어주었는지 충분히 알고도 남음이 있었다.

어쨌거나 그렇게 하여 삼정중 백화점의 본점은 경성, 본사는 교토 그리고 본부는 일본 자하현 신기군 남오개장촌에 있었다. 그렇다면 지금 삼정중 백화점의 사장 무라마치는, 한국에 있다면 경성, 일본에 있다면 교토나 남오개장촌에 있을 것이었다. 한데, 본부는 왜 자아현에 두었을까? 그것은 그곳에 있는 강주江州가 바로 무라마치의 고향이었기 때문이다.

그런데 무라니시와 환교중차랑 그리고 종업원이 서로 나누는 말투나 행동거지가 대단히 독특했다. 그러니까 뭐랄까, 장사치들의 그것이 아니라 군인들의 그것과 흡사한 것이다. 그것도 억지로 그렇게 한다기보다 저절로 몸에 깊이 배어 있는 습성으로 보였다. 맞았다. 언젠가 무라니시에게 예고한 바도 있거니와, 무라마치의 경영 방침에 따라 회사 조직이 저 군대 조직을 모방한 데서 온 결과였다.

– 우리는 식민지 확보 전쟁에 열의를 쏟고 있는 우리의 군국주의를 본떠, 사장인 나뿐만 아니라 모든 종업원을 우리 대일본국 육군의 계급에 따라 서열화 시켜 통제할 것이다.

무라마치가 언제나 입에 달고 있는 소리였다. 그리하여 지점장인 환교중차랑에게 부여한 계급은 대좌(대령)였으니 참으로 가증스럽고도 웃기는 일이었다. 그리고 그는 또 철저한 지역 연고주의를 고집하였다. 대부분의 점원과 직원들도 그의 고향 출신들만 골라서 채용했던 것이다.

삼정중 백화점의 주된 업목은 직물백화인데, 그 지역의 포목상과 직물상, 잡화상 중에서 누구도 감히 넘보지 못할 정도로 엄청 규모가 크고 품목이 다양하였다.

그런데 언젠가 해랑이 배봉과 점박이 형제 앞에서 단언했던 것처럼, 삼정중의 제품들은 너무나 고급스러웠기 때문에 가난한 한국인들은 엄두도 낼 수 없는 게 당시 사정이었다.

하지만 그런 와중에도 넘치는 돈을 쓸 곳이 없어 그야말로 발광인 인종들도 반드시 있게 마련이었고, 그런 자들을 단골로 끌어들여 굉장한 이득을 남기고 있는 삼정중이었다. 그것이 어느 정도인가는 배돈병원이 불타고 있는 현장에서 무라니시와 환교중차랑이 나누는 대화를 통해서도 알 만하였다.

"죽원웅차가 들으면 많이 섭섭한 소리겠지만, 저 불길을 보니 날로 번창하고 있는 우리 삼정중을 보는 것 같군 그래."

"그래도 나는 한 가지 아쉬운 게 있는데……."

"이만큼이나 성장했는데 또 아쉬운 게 있다고요? 그게 뭡니까?"

무라니시는 조선인이 태반인 주위를 둘러보며 한층 작은 소리로 짧게 말했다. 꼭 검도나 가라테의 기합을 넣는 것 같았다.

"남선전기."

환교중차랑 역시 목소리를 한껏 낮추었다.

"남선전기요?"

무라니시는 이빨 갈리는 소리로 내뱉었다.

"예, 그 남선전기 진주영업소."

환교중차랑은 무라니시의 말뜻을 알아차렸다.

"아, 그거요."

배돈병원을 거의 통째로 집어삼키고 있는 화마는, 그래도 허기가 가시지 않은지 조선의, 아니 지금은 '일본의 이름표'가 붙은 하늘에 대고 혓바닥을 날름거리고 있었다.

"우리가 따라잡아 버리면 되지요."

환교중차랑의 허풍에 무라니시는 아까보다는 훨씬 많이 잡혀가고 있는 불길에서 여전히 눈을 떼지 않은 채 말했다.

"그게 말처럼 그렇게 쉽게만 된다면야 걱정할 게 없지요."

환교중차랑은 금세 달라져서 약간 기죽은 얼굴이 되었다.

"우리 무라마치 사장님께서도 그 이야기는 하셨는데……."

무라니시는 품에 손을 집어넣어 담배를 꺼내 입에 물었다.

"아무튼, 우리는 백화점 지점에 불과하지만, 이 고장 상공업체 가운데 남선전기 영업소 다음으로 큰 자본 규모를 가졌다는 것만으로 일단은 위안을 삼아야겠지요."

환교중차랑도 바지 주머니에 들어 있던 담뱃갑에서 담배 한 개비를 집어냈지만, 입으로 가져가지 않고 손에 든 채 이번에는 다른 이야기를 했다.

"그런데 중국 봉천에 있는 우리 점포에서 일하고 있는 직원이 보내온 전문電文에 의하면, 연해주 쪽에서 한국인들이 우리 일본과의 독립전쟁을 준비하고 있답니다."

"예?"

무라니시는 하마터면 입에 비스듬히 꼬나물고 있던 담배를 땅바닥에 떨어뜨릴 뻔했다. 그는 탐색하는 쥐 눈같이 눈을 반짝였다.

"조센진들이 독립전쟁 준비를 말입니까?"

그때쯤 배돈병원을 태우고 있던 불은 거의 다 꺼진 상태였지만, 그 불길이 그의 얼굴로 옮겨진 듯 환교중차랑은 벌게진 낯빛으로 대답했다.

"연해주의 블라디보스토크에 독립운동 기지인 신한촌을 건설했다는 겁니다."

무라니시는 적잖은 충격을 받은 모습이었다.

"신한촌을요?"

환교중차랑은 상대뿐만 아니라 자기 마음에도 각인하는 목소리였다.

"새로운 한인 마을."

무라니시는 뭔가 맥을 짚어내는 표정이 되었다.

"내가 알기로는, 그곳은 일찍부터 항일의병과 독립운동단체가 극성을 많이 부렸던 곳으로 알려져 있는데……."

환교중차랑이 일깨워주듯 하였다.

"특히 '권업회'라는 항일단체가 제일 골머리를 썩인답니다."

그러자 이제까지 회사 고위직들 대화를 듣고만 있던 직원이, 무슨 대단한 발상을 해낸 것처럼 말했다.

"혹시 저 병원에 불이 난 것은 그런 자들의 소행 때문이 아닐까요?"

무라니시와 환교중차랑 안색이 똑같이 확 바뀌었다.

"뭐라고?"

"그, 그렇다면!"

그들은 마치 옷에 불이라도 옮겨붙은 것처럼 놀라며 일제히 주변을 살펴보았다. 하지만 지금 그곳에 모여 있는 사람들은 오직 배돈병원 화재 진압 과정에만 정신이 팔려있는 모습들이었다.

"그만 돌아가는 게 좋을 것 같은데요."

환교중차랑이 왠지 께름칙하다는 투로 말했다.

"이거 영 기분이 그래요."

어디선가 항일의병이나 독립운동단체 조직원들이 질풍같이 나타나서 자기들을 해치려 하지 않을까 우려하는 기색도 전해졌다. 간간이 일본인들을 상대로 하는 조선인들의 무용담을 들을 때면, 이것저것 다 때려치우고 본국으로 돌아가야 하지 않을까 싶어지는 그들이었다.

"느낌이 그렇기는 하네요."

무라니시도 환교중차랑만큼은 아니어도 기분이 썩 좋은 편은 아니었다. 앞서 잠깐 말한 대로 언제 어디서나 혹시라도 조센진들 표적이 될까봐 하루도 경계를 늦추지 않고 있는 그들이었다. 물론 까짓 조센진들 따위가 감히 자기네들을 지배하는 대일본제국의 황국신민을 어떻게 할까 보냐고 배짱을 퉁기고는 있었다. 그렇지만 악질 불령선인들이 적지 않다는 사실을 감안하면 그것은 한갓 만용일 수도 있었다.

"그렇다면……."

"갑시다."

그들은 화재 현장으로부터 멀어지기 시작했다. 근처 옥봉리 교회의 높다란 첨탑이 그들을 물끄러미 내려다보고 있었다.

옥봉리 언덕배기 동네에 웬 덩치 큰 젊은이 하나가 나타났다.

크고 작은 초가집들이 의좋게 이마를 맞대고 있는 그곳에서는 고을 전체가 눈 아래로 내려다보였다.

약간 가난해 보이기는 할지라도 햇살과 전망이 좋고 무엇보다도 인간의 정이 풍겨 나오는 듯한 동네였다. 누구든 만나면 손이라도 꼭 잡고 싶고 등이라도 두드려주고 싶은 마음이 절로 생겨날 것 같은 느낌이 들었다. 좁고 꼬불꼬불한 골목길에는 아이들이 제멋대로 소리치며 뛰놀았다.

그런데 무슨 영문인지 거구의 사내는 누군가의 행방을 수소문해 가면서 열심히 찾고 있었다. 하지만 항상 시끄럽게 떠드는 떠버리같이 다니는 게 아니라 극비리에 행하는지 무척 조심스럽고 굉장히 주의하는 모습이었다.

"우떤 집을 찾는다꼬예? 여자들만 마이 모여서 사는 집예?"

사람들은 참 희한한 집도 다 찾는다는 표정으로 으레 그렇게 되묻곤 했다.

"그란데 여자들만 있는?"

그런 한편으로는 또 경계와 의혹의 눈길을 보내는 경우도 적지 않았다. 그도 그럴 것이, 한눈에 봐도 힘깨나 쓰도록 체구가 보통이 아니고 목청도 굵직한 사내가 그런 집을 아느냐고 묻고 있으니 말이다.

"예, 그라고 방도 술찮이 된다 쿠덥니더. 그러이 상구 큰 집이 아이것심니꺼."

사내 얼굴에는 초조하고 지친 빛이 역력해 보였다. 그렇지만 사람들은 그건 남의 일이란 듯 호기심과 의문 섞인 목소리로 말했다.

"사람들이 한거석 모이서 살라쿠모 방이 쌔삐야 하는 거는 당연하제."

"우리 동네서 젤 큰 집은 요 밑 삐알이 끝나는 데 있는 그 집인데, 그 집은 하매 가봤다 쿠고."

"넘의 집에 남자가 많은지 여자가 많은지 그거는 알 수가 없는 일 아이것소."

"그리 찾아갖고는 안 되고, 무신 다린 방도를 써보지요?"

그런 식의 얼버무림만 돌아올 뿐 누구도 사내에게 시원한 답변을 해주지 못했다. 사내는 시간이 흘러갈수록 점점 기운이 빠져갔고 나중에는 두 발로 걸어 다닐 힘조차도 없었다. 신체적인 기력의 소진도 그렇지만 정신적인 실망과 낙담이 더 그를 그런 식으로 몰아갈 것이었다.

물론 옥봉 마을에는 집들이 많았다. 특히 언덕배기에는 고만고만한 초가집들이 다닥다닥 붙어 있었으며, 어른, 아이 할 것 없이 거주하는 주민들이 넘쳐났다. 그 고장에서는 좀 빈한한 동네 축에 들기는 하지만, 그래도 부잣집이라고 불러도 될 정도로 터도 넓고 건물도 근사한 저택이 사이사이에 자리 잡고 있기도 하였다. 하지만 그 사내가 찾는 집은 그 어느 집도 아니었다.

급기야 사내는 그 일을 포기하고 그냥 돌아가야 하지 않을까 하는 데까지 생각이 미쳤다. 하긴 처음부터 큰 무리수를 놓은 일이긴 했다. 집 주소를 전혀 모르는 상태에서 나왔을 뿐만 아니라, 그가 찾는 그 여자의 이름을 말할 수도 없었으니, 그야말로 상촌나루터 남강 물속에 빠진 바늘 하나 찾자는 것과 진배없었다.

'그 여자 이름은……' 하고 말하고 싶은 충동을 여러 번이나 받았지만, 사람들은 그 이름을 잘 알지도 못할 것으로 생각했고, 나아가 그녀를 세상에 노출시키고 싶지가 않다는, 아니 그래서는 안 된다는 자각이 입을 틀어막았다.

어쩌면 아직도 그녀가 저지른 '그 사건'을 기억하고 있는 이들도 적지 않을 것이다. 이제는 위험이 거의 사라졌다고 봐도 되겠지만 그래도 모르는 것이다. 어쨌든 간에 그녀를 찾는 일은 남들이 알지 못하도록 비밀리에 조용히 행해져야 마땅할 터였다.

그런데 사내가 집들이 밀집해 있는 산중턱 어름에 나 있는 비좁은 골목길에서 막 빠져나와, 저 아래로 괴듯 흐르고 있는 큰 도랑 쪽을 향해 털레털레 발걸음을 옮겨놓고 있을 때였다.

어딘가 그가 찾아 헤매고 있는 여자와 엇비슷한 느낌을 주는, 하지만 그가 찾고 있는 여자보다는 너더댓 살 정도 더 나이 먹어 보이는 어떤 여자 하나가, 저만큼에서 이리로 올라오고 있는 게 그의 눈에 들어왔다.

사내는 그 여자가 자신이 찾고 있는 여자가 아니라는 것을 알면서도 가슴부터 뛰었다. 그는 깊은 심호흡을 하고 일부러 시선을 그 여자에게로 보내지 않고 허공 어딘가로 보냈다. 자칫 치한으로 비치지나 않을까 조심하는 것이다.

그 여자는 덩치가 산 같은 사내 하나와 맞닥뜨렸다는 사실부터가 무척 부담스럽고 겁이 나는 모양이었다. 어쩐지 서둘러 옆으로 피해 지나가려는 기색이 엿보였다. 그것을 깨달은 사내는 홀연 조바심이 일었다. 지나쳐버리기 전에 먼저 말을 걸어야 한다.

"저……."

사내는 최대한 공손한 태도와 말씨를 지어내려고 애를 썼다.

"말씀 좀 묻것심니더."

그러자 여자는 흠칫, 놀라는 빛이면서도 심상한 어조로 말했다.

"물어보이소."

사내는 그 동네에 와서 벌써 수십 번도 더 넘게 했던, 그래서 이제는 완전히 입에 익은 소리를 이번에도 그대로 하였다.

"여자들만 마이 모이서 사는 집을 찾고 있심니더."

"예?"

일순, 여자 얼굴 가득 짙은 당혹감과 경계심이 스쳐 갔다. 하지만 사내는 이미 모두 예견하고 있었던 일이었다. 그 말을 들은 사람들은 너나없이 지금 그 여자 같은 반응을 보였던 것이다. 남자들만 많이 모여 사는 집을 찾는다면 어땠을지 모르겠다. 한데 이번 여자의 경우는 좀 더 그 정도가 심해 보였다.

'나이를 좀 묵기는 해도 아즉은 젊고 이쁜 여자라서 더 저라는 긴지도 모리것다.'

사내는 그런 생각이 들었다. 그전에 그가 물어봤던 남자들이나 나이든 여자들도 물론 매우 이상하다는 눈빛으로 경계심을 드러내기는 했었다.

"……."

여자는 얼른 말이 없었다. 그게 더한층 사내를 허둥거리게 했다. 사내는 궁핍한 변명을 늘어놓는 사람처럼 말했다.

"시, 실은 그거밖에는 아는 기 없어서……."

여자가 비로소 입을 열었는데 그 말이 여간 당차지 않았다.

"그렇다모 집 찾는 거를 고마 포기하이소. 그리 말씀하시모, 알고 있어도 갈카줄 사람은 하나도 없을 낀께네예."

"예? 예."

사내는 허점을 찔린 사람 같아 보였다. 더는 무슨 말을 하지 못하고 있는데, 그것을 본 여자가 무척 딱하다는 표정을 지었다.

"무신 사정이 있기는 하것지만도, 무담시 넘들한테 오해 안 받을라모, 먼첨 묻는 말부팀 곤치야 할 깁니더."

그러던 여자는 내가 생면부지 사내에게 필요 이상의 말까지 늘어놓았다고 후회를 하는 빛이 되더니 그냥 비켜 지나가려고 했다.

"그라모 지는 좀 바빠서……."

"저, 저."

계속 말을 못 하는 사내 얼굴이 보기 민망할 정도로 빨개졌다. 겉으로 보기보다는 훨씬 순진하고 감정이 여린 사람임을 알 수 있었다.

그 비좁은 길에서도 아이들 몇이 서로 부딪히지 않고 굴렁쇠를 잘도 굴리며 달려오더니 그들 곁을 휙 지나갔다. 홀연 햇볕이 더욱 쨍쨍해지는 듯했다. 잿빛 비둘기 여러 마리가 산자락 위에서 저 밑 도랑 쪽을 향해 내리꽂히듯 하강하고 있었다. 어쩌면 물을 먹기 위해서인지도 모르겠다.

그새 여자는 사내와 꽤 떨어져 걸어가고 있었다. 사내는 그 와중에도 여자의 걸음걸이가 낯설지 않다는 생각을 했다. 여자가 막 모퉁이를 돌아가기 직전이었다. 사내가 급히 뒤따라오면서 큰 소리로 말했다.

"묻는 말을 곤치모 갈카줄 수 있심니꺼?"

여자가 문득 걸음을 멈추었다. 그렇지만 대답은커녕 돌아보지도 않았다. 사내는 여자의 앞을 가로막지는 않고 뒤에 서서 또 물었다.

"우찌 물으모 됩니꺼?"

여자가 천천히 돌아섰다. 그 모든 동작 하나하나가 왠지 모르게 어떤 기품이랄까 약간 훈련된 면모가 있는 듯싶었다. 그런 느낌이 들자 사내는 한층 주눅이 드는 것을 어쩔 수 없었다. 이번에는 여자가 물었다.

"그 많은 여자들 모도한테 일이 있는 거는 아일 끼고 한 사람한테만 있을 거 겉은데, 안 그래예?"

사내는 졸지에 나온 그 물음에 몹시 당황한 기색이 되었다.

"예? 마, 맞심니더."

사내의 두툼한 입술 사이에서는 자신도 모르게 실토의 말이 흘러나왔다.

"여자 한 사람만 찾으모 됩니더."

여자가 크고 검은 눈을 들어 사내 얼굴을 빤히 쳐다보았다. 무척 매혹적인 눈이었다. 눈뿐만 아니라 몸매도 아주 빼어났고 목소리 또한 무척 아름다운 여자였다.

"여자 한 사람……."

그렇게 되뇌는 여자의 표정이 야릇했다. 어찌 보면 약간 질투하는 것 같기도 하고, 또 다르게 보면 같은 여자로서 사내가 찾는 그 여자를 보호해주어야 하겠다는 것 같기도 하고, 아무튼 쉬 짚어내기가 힘들었다.

그런데 바로 다음 순간이었다. 여자 입에서 그야말로 사내 귀가 번쩍 뜨일 이런 말이 나왔다.

"우리 집이 그런 집입니더. 여자들이 마이 있는 집."

사내는 금방 숨넘어가는 모습을 보였다.

"에, 에납니꺼?"

여자는 거의 굴곡이 담겨 있지 않은 차분한 목소리였다.

"그래예."

길모퉁이 저쪽에서 허리가 잔뜩 굽은 노파 하나가 지팡이를 짚고 나오더니만, 앞이 잘 보이지 않는지 눈을 끔벅거리며 두 사람을 쳐다보다가 그대로 지나갔다.

"……."

사내는 한참을 가만히 있었다. 여자들이 많이 있는 집이라는 그 말만 듣고도 벌써 몸과 정신을 가누기가 어려운 모양이었다.

그러나 여자 입장에서 낯선 사내와 그렇게 오래 마주하고 서 있을 수가 없을 것이다. 조금 더 빨라진 소리로 말했다.

"여자들만 모이서 사는 집이 꼭 한두 집만 있는 기 아일 끼고, 그러이 쪼꼼 더 상세하고 구체적으로 말씀을 해 보이소. 그라모 그짝 분이 찾으시는 집이 우리 집인지 아인지 알 수 있을 낀께네예."

이런 말도 덧붙였다.

"해나 우리 집이 맞을 거 겉으모 증말 잘된 일이고예."

"……."

사람 찾는 당신의 일에 협조해 주겠다고 하는 여자의 그 말에도 사내는 선뜻 입을 열지 못했다.

"가마이 보이……."

여자는 확실히 예리한 구석이 있었다. 머뭇거리는 사내에게 이런 말을 던졌던 것이다.

"넘들한테는 그 여자가 눈고 밝히기가 좀 그런가 보지예?"

사내가 솔직하게 시인했다.

"그, 그렇심더."

여자가 한숨을 내쉬었다.

"그라모 그 여자 찾기가 상구 에렵것네예. 우떤 여잔고 알아야 이약해 줄 수 있을 꺼 아입니꺼."

"그, 그."

사내는 금방이라도 울음을 터뜨릴 사람 같아 보였다. 그 모습이 보는 사람 눈에는 순진함을 넘어 바보스럽기까지 하였다. 그런 사내를 잠시 지켜보고 있던 여자가 휙 몸을 돌려세웠다.

"내는 갑니더. 더 이약해 봐야……."

순간, 사내가 황급히 손을 뻗어 여자를 잡을 것처럼 하며 소리쳤다.

"자, 잠깐만예! 마, 말하것심니더!"

여자가 차분함을 넘어 냉정하게 내뱉었다.

"그리키나 곤란할 거 겉으모 말씀 안 하시는 기 더 좋을 꺼 겉네예. 댁을 위해서나 그 여자를 위해서나 말입니더."

사내가 울먹이는 소리로, 어찌 들으면 떼를 쓰듯 말했다.

"그, 그래도 내, 내는 그 여자를 찾아야 합니더. 무, 무신 일이 있어도 바, 반다시 찾아야 합니더."

그 말을 듣는 여자 얼굴에 지금까지와는 또 다른 빛이 번져났다. 좀 더 따스한 인간미가 전해지는 빛이었다. 이렇게 말하는 음성도 앞서보다 친근하게 느껴졌다.

"그 여자를…… 진심으로……."

여자는 어떤 과거가 되살아나는 모습이 되었다.

"좋아하시는 거 겉네예."

"……."

사내 고개가 떨구어졌다. 놀랍게도 눈에서 굵고 진한 눈물방울이 굴러내렸다.

사내가 하는 행동을 말없이 지켜보는 여자의 아름다운 두 눈에도 뿌연 기운이 서리기 시작했다. 어딘가 평범한 여염집 여자들과는 다른, 여자로서 범상치 않은 길을 걸어온 성싶은 여자였다.

자신이 사랑하는 여자를 생각하면서 흘리는 사내의 눈물을 본 여자는 코를 훌쩍거렸다. 이어지는 목소리도 눅눅했다.

"세세하거로 밝히는 기 쪼매 그렇다모, 대강 알아듣거로만 이약해보이소.”

어느 집에선가 중년쯤으로 짐작되는 남녀 목소리가 바깥으로 새 나오고 있었다. 어떻게 들으면 싸우는 것 같기도 하고, 또 어떻게 들으면 무슨 의논을 하는 것 같기도 했다.

“그라모 댁이 찾으시는 그 여자가 우리 집에 있는 여자 가온데 있는가 없는가 정도는 알 수 있을 끼라 봐예.”

“예, 즈, 증말 고, 고맙심니더.”

여자 친절에 사내는 두꺼운 손등으로 눈물을 쓱 훔치고 나서 말했다.

“이리 말씀드리모, 무신 말을 저리하노? 싶으시것지만도…….”

여자도 길고 가느다란 손가락으로 눈가를 닦아내며 말했다.

“괘안심니더. 계속 말씀해보이소.”

사내가 가쁜 숨을 몰아쉬고 나서 하는 말이었다.

“그 여자, 한마디로 쪼꼬만 새 겉은 여잡니더. 몸도 작고 얼골도 작고…….”

그러다가 이걸 빠뜨리면 무슨 큰일이라도 난다는 듯 부리나케 덧붙였다.

“아, 목소리는 안 작고…….”

“…….”

“멤씨는 더 안 작고…….”

“…….”

여자는 잠자코 듣고만 있었고, 사내는 연이어 변죽을 울리는 쪽으로 ‘그 여자’에 관하여 이야기했다.

“나이는 내보담도 쪼꼼 더 밑이고, 그라고, 그라고…… 머라쿨꼬, 좀 넘다리거로 살아온 그런 여잡니더.”

말이 없던 여자가 그 말을 되뇌었다.

"넘다리거로?"

사내의 굵은 목이 움츠러들었다. 남다르게 살아온 여자. 그렇게 이야기하는 사내 자신도 그런 삶을 살아왔다.

"내가 머리가 나빠서 그런가……."

여자는 스스로도 힘이 빠지고 답답한지 이렇게 말했다.

"그리 말씀해주시도 아즉도 잘 모리것네예."

사내가 당연하다고 고개를 끄덕였다.

"머리가 나빠서가 아이고, 누라도 그, 그렇것지예. 후우."

잠시 세상 모든 문이 닫힌 것 같은 침묵이 흐른 후에 여자가 먼저 입을 열었다.

"그렇다꼬 댁을 무작정 집으로 되시고 갈 수도 없지예."

남녀 목소리가 흘러나오는 곳이라고 짐작되는 집 쪽을 한 번 바라보고 나서 다시 말했다.

"그리하모 다린 사람들이 우찌 생각하것어예? 안 그래예?"

사내가 얼른 대답했다.

"하, 하모, 맞심니더. 그거는 안 되지예. 내가 찾는 여자가 거 있으모 모리것지만도, 어, 없다쿠모……."

여자는 체머리 흔들 듯하였다.

"있는 거보담도 없을 가능성이 더 높아예."

사내는 탈기하는 목소리였다.

"그, 그렇것지예?"

여자 또한 맥이 빠지는 듯했다.

"예."

남들이 그때 두 남녀가 하는 걸 보면 참으로 지루하고도 어리석게 받아들여질 것이다. 그런 식으로 해서는 해결될 사안이 아니었다.

혼례 선포

바로 그때 골목 저 위쪽에서 어떤 여자가 내려오고 있었다.

그러자 그런 어정쩡한 상황이 갑자기 확 바뀌었다. 그녀는 웬 사내와 서 있는 여자를 발견하는 순간 이렇게 큰 소리로 말했다.

"지홍아, 니 거 서갖고 머하고 있노? 모도 올매나 기다리고 있는 줄 아나? 하도 안 와서 내가 나와 봤다."

지홍. 그렇다면 그 여자는 혹시 그 고을 교방 관기 출신 지홍이 아닐까. 그러면 나중에 나타난 여자는…….

앞의 여자가 괜한 걱정을 끼쳐 미안하다는 낯으로 말했다.

"아, 하, 한갤아. 인자 곧 갈라쿠고 있다."

뒤의 여자는 '한결같은 사랑'을 얘기하던 관기 한결이었다.

"아!"

그런데 더욱더 놀랄 일은 가까이 다가와서 사내를 본 한결이 보인 반응이었다. 그녀는 꼭 낮도깨비를 본 사람 같았다. 지홍과 그 사내를 번갈아 바라보는 한결의 얼굴에, 아, 하고 뭔가 깨달았다는 빛이 떠오르기도 했다.

한결은 별안간 왜 그런 반응을 보이고 있는 걸까? 지홍이 오해하지 말라는 듯이 한 번 더 변명조로 말했다.

"여게 이분이 집을, 아니 사람을 찾고 계신다 아이가? 그래서……."

"사람을?"

한결은 여전히 의혹의 눈길을 거두지 않았다.

"누? 눌로 말이고?"

지홍이 그만 더듬거렸다.

"사, 사실은 그, 그기 안 있나. 아, 머라캐야 되노? 그런께네……."

그런 지홍이 더 미심쩍어 보였는지 한결은 화난 투로 따지듯 했다.

"그리 잘 씨부리던 사람이, 각중애 말더듬이가 돼뻤나, 와 그라는데?"

그러나 한결의 시선은 지홍보다도 그 사내에게 더 가 있었다. 그녀는 사내에게서 뭔가를 확인하려는 기색을 감추지 못했다.

"실은 말입니더."

한결의 그런 언동을 어떻게 풀이했는지 사내가 지홍을 변호하는 태도로 나왔다.

"지가 함 물어본다꼬 상구 한거석 붙잡아 놓고 있어갖고……."

하지만 한결은 끝까지 듣지도 않고 캐물었다.

"누를 찾을 끼라꼬 그랬는데예?"

그러는 품이, 지홍을 그렇게 했다는 사실보다도, 그가 사람을 찾고 있다는 소리에 더 바짝 신경을 곤두세우는 것으로 비쳤다.

"한갤이, 니!"

아무래도 한결이 이해되지 않는 지홍이었다.

"와 그리 신갱이 날카로버져갖고 난리고? 시상 살다 보모 사람이 사람을 찾을 때도 있는 기지."

두 여자가 그러고 있자, 자기 때문이라고 여긴 사내가 사과했다.

"죄송합니더. 지가 내 욕심만 꽉 차서 이리 돼삔 거 겉심니더."

지홍이 아니라고 도리질하였다.

"미안한 쪽은 지라예. 찾으시는 사람도 몬 찾아드리고……."

사내는 두 여자에게 고개를 깊숙이 숙여 보였다.

"지는 고마 갈랍니더. 한 분 더 사과드립니더. 그라모……."

그러고 나서 사내가 멍석같이 넓은 등짝을 막 돌려세우려고 할 때였다. 갑자기 한결이 평상시 그녀답지 않게 목소리를 높여 다급하게 물었다.

"해나 그날 거 와 있던 그분 아이라예?"

"예?"

"한갤아?"

사내는 물론이고 지홍도 뜬금없는 그 말에 눈을 크게 뜨고 한결을 바라보았다. 한결은 반드시 확인해야겠다고 다짐하는 품새였다.

"올매 전에 고을 사람들이 관찰사가 있는 선화당에 몰리간 적이 안 있어예? 바로 그날 거서……."

사내가 깜짝 놀라는 얼굴을 했다.

"예에? 그, 그라모!"

한결은 내 눈이 틀리지 않았다는 듯이 말했다.

"역시 그분이거마예."

그때부터 정황은 그야말로 급격하게 바뀌기 시작했다. 옥봉리 산동네 전체가 술렁거리는 분위기가 되었다. 사내는 완전히 다른 사람으로 변해 곧바로 달려들 태세로 외쳤다.

"효원이, 효원이하고 그날 같이 있었지예?"

"……."

한결과 지홍은 영락없이 귀신 소리를 들은 사람들이었다. 둘 다 안색이 노래지면서 그대로 땅에 쓰러지려고 하였다. 한결은 사내를 기억하고, 지홍은 사내를 기억하지 못하고 있었지만, 사내가 자신도 모르게 입밖으로 낸 '효원'이라는 그 이름은, 엄청난 충격이 아닐 수 없었다.

"그, 그런께 그, 그날 그짝 분이 보고 있던 사, 사람은 내 짐작대로?"

한결은 더 말을 잇지 못했다. 그날 효원이 워낙 강경하게 딱 잡아떼고 다른 관기들도 다 핀잔을 주는 바람에, 내가 뭘 오인했구나, 했었는데 역시 그게 아닌 것이다.

"사, 사실대로 말해예!"

지홍이 새파랗게 질린 입술을 파들파들 떨며 사내를 다그쳤다.

"그, 그라모 댁이 차, 찾고 있던 그 여, 여자가 우, 우리 효원이, 효원이었다. 그 말인 기라예?"

사내는 아무 말 없이 고개만 끄덕였다. 지홍은 감쪽같이 속았다고 여겼는지 더할 수 없이 화난 얼굴이었다.

"대, 댁은 누라예?"

사내가 또렷한 목소리로 대답했다.

"일이 이리 돼삣는데 인자 와서 머를 더 기시것심니꺼. 지는 저 상촌 나루터에 살고 있는 천얼이라는 사람입니더."

그 찰나, 두 여자는 바로 옆에 벼락이 떨어진 사람들을 방불케 했다.

"예에?"

"그, 그라모!"

얼이도 덩달아 놀라며 물었다.

"해나 지를 알고 계심니꺼?"

한결이 더없이 떨리는 목소리로 되물었다.

"저 임술년 농민항쟁 때 큰 활약을 했던 천필구라는 분의 아드님 아입니꺼?"

지홍 또한 도저히 믿어지지 않는다는 빛이었다.

"으뱅활동을 햇 낙육고등핵조 학상이고예."

얼이는 그야말로 둔중한 쇠뭉치에 뒤통수를 가격당한 기분이었다. 얕은 비명, 아니 깊은 한숨을 토하듯 하였다.

"우찌 낼로?"

그 자신이 그렇게 세상에 노출돼 있을 줄은 몰랐다. 물론 많은 사람이 자기의 활동상에 대해 알고 있다는 사실을 알고 항상 조심하고 경계해오고 있기는 했지만, 교방 관기 출신인 그녀들까지 이토록 소상히 알고 있을 줄이야.

'아, 관기.'

그렇게 혼자 뇌면서 얼이는 내심 고개를 주억거렸다. 그녀들의 신분에 생각이 미쳤던 것이다. 어쩌면 어떤 계층에 있는 사람들보다도 더 잘 알 수 있는 소지가 다분히 있는 것이다. 바로 이웃에서 주막집을 하고 있는 밤골댁 아주머니 말에 의하면, 세상 돌아가는 분위기라든지 정보 같은 것은 술자리에서 가장 먼저 알게 되는 법이라 하였다.

"인자사 알것다."

한결이 문득 혼잣말처럼 중얼거렸다.

"효원이가 하판도 목사 시절에 교방에서 탈출한 데는 이런 남모릴 복잡한 사연이 숨어 있었거마는."

얼핏 그 소리를 들은 얼이는 심장이 얼어붙고 오금이 저리는 느낌이었다.

'지홍이라쿠는 여자보담도 한갤이라쿠는 여자가 상구 더 똑똑한 기라. 내가 내 신분을 안 밝히야 했으까? 효원이가 아조 곤란하거로 안 돼삣나.'

하지만 어쩔 수 없는 일이었다. 효원을 만나려면 그렇게 하는 수밖에 없었다. 그렇게 해도 만나게 해줄지 안 해줄지 모르는 판에, 신분도 확실하지 않은 낯선 사내를 덜렁 효원한테 데려다주겠는가 말이다.

'좋다, 이왕지사 이리 된 거 막 바로 나간다.'

어쨌든 간에 효원의 거처를 안 얼이는 더 이상 머뭇거릴 필요도 여유도 없었다. 두 여자에게 단호하고 간절하게 부탁했다.

"효원이가 있는 데를 좀 갈카주이소."

"……."

한결과 지홍의 눈이 부딪쳤다. 얼이는 한층 더 강경한 어조로 말했다.

"지는 이대로는 절대로 몬 돌아갑니더. 아니, 안 돌아갑니더."

어느 집에선가 들리던 남녀 목소리는 끊어지고 그 대신 이번에는 또 다른 어느 집에선가 닭 우는 소리가 났다.

"아, 이거를 우째?"

지홍은 더없이 난감한 낯빛을 풀지 못했다.

"그래야지예."

한결이 조금 전 얼이 음성만큼이나 강한 음색으로 말했다.

"안 그라모 남자가 아이지예."

지홍이 떨리는 목소리로 물었다.

"하, 한갤아. 우, 우짤라꼬?"

얼이는 힘이 났다.

"고맙심더. 에나 감사합니더. 이런 날이 오기를 올매나 기다릿는지 모립니더."

한결이 어찌 들으면 복잡하고 또 어찌 들으면 단순한 빛깔이 묻어나는 목소리로 말했다.

"우리 효원이도 똑겉을 기라 봐예."

한결은 몸을 돌려세웠다.

"우리를 따라오이소."

마침내 지홍도 포기한 건지 아니면 한결의 처신이 옳다고 받아들인 건
지 더 이상 입을 열지 않았다. 아니, 어떤 기대감에 찬 얼굴로 바뀌었다.

"자, 이리로예."

"예."

세 사람은 때로는 가파르고 때로는 완만한 비탈길을 따라 올라가기
시작했다. 유서 깊은 그 고을이 조금씩 저 아래로 내려앉아 보였다. 하
지만 얼이는 그저 효원이가 있을 위쪽만 바라보고 바쁘게 걸었다. 작은
새처럼 훌쩍 날아가 버리기 전에 어서 빨리 가서 꼭 붙들어야 한다는 그
한 가지 마음밖에 없었다.

"인자 거진 다 왔어예."

한결의 말에 얼이가 문득 정신을 차려보니 옥봉리 산동네에서도 거의
맨 꼭대기에 있는 집들이 눈에 들어왔다.

'이런 데서 지내고 있었으이, 내가 무신 재조로 찾을 수 있었것노.'

얼이는 다시 한번 이날 한결과 지홍을 만난 것은 정녕 천운이라는 생
각이 들었다. 이것은 나와 효원이 사이에는 하늘이 맺어준 인연이 있기
에 이뤄진 일이라는 확신도 섰다.

"다 왔어예. 저 집입니더."

한결의 말에 얼이는 두 눈을 크게 뜨고 그녀의 하얀 손가락 끝이 가리
키고 있는 집을 바라보았다. 또 가슴이 마구 방망이질하면서 아찔한 현
기증까지 덤벼들었다.

'아, 시방 바로 저 집에 효원이가 있다, 그 말이제?'

자연석으로 만든 돌층계가 약간 큰 경사를 이루며 밑에서 위로 기다
랗게 이어져 있고, 그것이 끝나는 저 높은 곳에 푸른색 양철 대문이 달

려 있었다. 대문 양쪽에는 하늘을 찌를 듯이 높다랗게 자란 커다란 아카시아가 파수꾼처럼 서 있었다. 그리고 아주 **빽빽**한 탱자나무 울타리가 크고 넓은 초가집을 빙 에워싸고 있는 형국이었다.

거기 돌층계에 첫발을 올려놓으면서 얼이는 벌써 숨이 차올랐다. 저 집에 그렇게도 그리던 효원이 있다는 그 생각 하나만으로도 가슴이 터져버릴 것만 같았다. 다리도 너무나 심하게 후들거리는 바람에 하마터면 발을 헛디뎌 층계 저 아래로 굴러내릴 뻔했다. 물론 고지대에 자리한 곳이긴 해도 얼이는 자신의 몸이 허공중으로 붕 날아오르고 있는 느낌이었다.

'효원, 효원……'

이윽고 양철 대문을 열고 넓은 텃밭이 있는 마당으로 들어서면서 한결이 좀 길쭉한 집채 쪽을 향해 큰 소리로 말했다.

"안에 있는 사람들 모도 밖으로 나와 봐라."

한결의 그 소리에 긴 마루 끝에 있는 몇 개의 방문이 거의 동시에 열렸다. 그리고 밖을 내다보는 여자들이 있었다.

그녀들 시선은 하나같이 마당 한가운데 서 있는 얼이에게 가 꽂혔다. 한결과 지홍의 몸 두 개를 다 합쳐도 모자랄 것으로 보이는 우람한 체구를 가진 낯선 사내의 느닷없는 출현에, 갖가지 빛깔의 치마저고리를 입고 있는 여자들은 저마다 경계와 경악을 금하지 못하는 눈치들이었다.

그 가운데 하나인 효원은 눈을 의심했다. 머리를 믿지 못했다. 꿈이래도 이런 일은 있을 수 없었다. 얼이 도령이 이곳에 온 것이다. 얼이 도령이 내가 있는 이곳에 온 것이다. 효원의 귀에 한결의 이런 말이 아스라이 들렸다.

"효원이 닐로 찾아댕기시더라."

곧장 이어지는 지홍의 목소리였다.

"와 퍼뜩 이리로 안 나오고 방에 앉아 있노?"

효원보다 다른 여자들이 먼저 마루로 나왔다. 모두 교방 관기로 살아온 신분인지라 남녀 일에 관해서는 세상 어떤 사람들보다도 밝은 여자들이었다. 누구보다도 그것의 기쁨 그리고 슬픔을 잘 알았다.

교방을 탈주하여 오랫동안 어딘가에서 지내고 있다가 얼마 전에야 자기들과 합류한 효원이었다. 그 기나긴 시간 동안 효원에게 무슨 일들이 없었다면 그건 오히려 더 이상할 노릇이었다. 그리하여 효원이 비틀거리며 맨 마지막으로 마루에 나와 섰을 때, 그녀들 눈에는 이 세상에는 단 두 사람만이 있는 것으로 보였다.

그건 얼이와 효원 또한 마찬가지로 비쳤다. 그때 그곳에는 오직 그들밖에 없는 사람들 같았다. 무려 열 명 가까운 식구들이 모여 살아도 좁게 느껴지지 않는 크고 넓은 집은 홀연 심연과도 같은 고요에 젖어 들었다.

모든 것이 그러했다. 여러 가지 종류의 채소를 가꿔놓은 텃밭 위를 흐르는 공기도 숨을 죽이고 있는 분위기였다. 멀리 내려다보이는 고을 또한 정물 속 풍경처럼 전해졌다. 여러 종류의 산새들이 유난히도 많이 서식하는 비봉산 자락이지만, 그 순간에는 새 울음소리 하나 들리지 않았다. 처음이 거기 있었고 끝이 거기 있었다.

그런 순간들이 얼마나 흘러갔는지 모르겠다. 영구히 지속될 것 같은 침묵을 깨뜨린 것은 한결이 효원에게 던진 소리였다.

"효원아, 이라다가 두 사람 모도 장승 되고 버부리 되것다. 우리도 가리방상하다. 그리 돼삐기 전에 집에서 나가 오데로 가갖고 시방꺼정 쌓인 회포를 풀어라."

비로소 사람뿐만 아니라 만물이 부스스 몸을 움직이는 것 같았다. 아카시아 잎이 살랑 흔들거렸으며, 탱자나무 울타리에서 적갈색 굴뚝새가 훌쩍 날아올랐다.

"한갤이 말이 맞다. 퍼뜩 나가 봐라, 효원아."

지선이 효원을 재촉했다. 얼이가 그 집 여자들을 보며 처음으로 입을 열었다.

"초맨에 실래가 많았심더. 그라모…….."

그 특유의 굵직한 저음으로 초면에 실례가 많았다는 인사를 남긴 후 얼이는 곧바로 몸을 돌려세웠다.

"효원아, 니는 머하고 있노?"

"안 따라갈 끼가?"

청라와 정선이 내몰자 효원은 그제야 못 이기는 척 마루에서 내려와 댓돌 위에 얹혀 있는 제 짚신을 꿰찼다. 여러 신발 가운데서 가장 앙증맞은 그것은 효원에게 썩 잘 어울려 보였다.

"조, 조 앙큼한 것! 저리 잘난 남자를 우리 아모도 모리거로 딱 감차 놓고 입도 뻥긋 안 했다이?"

"웃기는 소리 마라. 니라모 그리했것나?"

"하모, 하모. 내라도 그리 안 했다. 누한테 뺏기삘라꼬?"

"내사 난주 가서는 뺏기삐도 좋은께, 한때라도 저런 애인 하나 있었으모 한도 없것네."

"오데 한 개만 없어? 두 개 세 개, 아니 열 개도 더 없제."

약간 칠이 벗겨진 푸른색 양철 대문을 얼른 빠져나오고 있는 얼이와 효원의 등짝에 그런 소리들이 계속해서 달라붙고 있었다.

두 사람은 시간이 멈추고 공간도 사라진 세계 속으로 들어갔다. 그곳은 누구라도 향유할 수 있는 천지가 아니었다.

효원에게 정말로 경악할 사태가 벌어지기 시작한 것은, 얼이와 함께 도망치는 발걸음으로 옥봉 산동네를 벗어났을 때부터였다.

"저……."

효원이 무슨 말을 붙이려고 해도 크게 화난 사람 얼굴로 입을 꾹 다문 채 무작정 앞서 걷기만 하던 얼이가 어느 순간 돌변한 것이다.

"길거리서 이랄 끼 아이고, 우리 집에 가갖고 이약하입시더."

뜬금없는 얼이 말에 효원은 크고 동그란 눈을 휘둥그레 뜨면서 반문하지 않을 수 없었다.

"예? 그라모 상촌나루터꺼지 가자, 그런 말씀이라예?"

행인들이 뭔가 예사롭지 않은 분위기를 자아내는 그들을 힐끔힐끔 훔쳐보며 지나가고 있었다. 얼이가 이빨을 악다무는 소리로 말했다.

"하모요. 후딱 가서 끝장을 냅시더, 끝장을!"

"되련님."

효원은 그만 걸음을 멈추고 서서 얼이 얼굴만 멍하니 올려다보았다. 두 사람 키 차이가 하도 많이 나서 효원 보기에 얼이 얼굴은 공중에 붕 떠 있는 양상이었다. 효원의 시선을 외면하며 얼이가 말했다.

"더 이상은 시간을 까묵을 수 없심니더."

"……."

효원의 가슴팍이 검무를 추다가 실수하여 칼끝에 찔린 것만큼이나 찌르르 했다. 그 말이 무엇을 의미하는지 너무나 잘 알았기 때문이었다. 두 번 다시는 당신을 놓치지 않겠다, 그런 단호한 기운이 서려 있는 얼이 표정에 효원은 오싹해지기까지 했다. 어쨌든 효원이 마음의 결정을 내릴 겨를도 없이 어느 틈에 그들은 남강을 옆구리에 끼고 상류 쪽을 향해 걸음을 옮겨놓고 있었다.

'끼룩, 끼루룩.'

그날따라 남강 물새 소리가 유달리 새롭게 느껴졌다. 강 언저리에 자라고 있는 수초들도 일제히 고개를 상촌나루터가 있는 곳을 향해 돌리

246

는 모양새였다.

지난날 그 고을 동학농민군이 모여 군사 훈련을 하기도 했던 드넓은 너우니 모래사장을 지나고 있을 때였다. 얼이가 지금까지 오랫동안 참고 있었던 듯 한꺼번에 말을 쏟아내기 시작했다.

"이전에 내가 관군이나 일본군하고 싸울 적에 말입니더, 총각으로 죽는 몽달구신이 될 각오였지예. 그란데 효원을 만낸 후로, 내 인생의 강물은 그때꺼지와는 다리거로 거꾸로 흐르기 시작했심니더."

효원도 자칫 이렇게 장황하게 늘어놓을 뻔했다.

'되련님만 그런 기 아이고 지도 가리방상해예. 이 시상 모든 기 고마 반대가 돼삣다꼬 할 수 있을 깁니더. 아, 그라고예, 관기하고 반대가 될라쿠는 여자, 그기 무신 뜻인고는 잘 모리실지 몰라도예, 이 효원이는 그런 여자가 될라꼬 올매나 노력했는고 압니꺼?'

하지만 효원은 계속해서 침묵이었고, 얼이의 말만 두서없이 이어지고 있었다.

"남장을 하고 버부리 행세를 함시로 오광대 합숙소에 숨어 있던 효원을 생각하모, 이 시상천지에서 내보담 더 크고 몬된 죄를 지은 사람은 없을 끼라는 죄책감을 절대 몬 지우것심니더."

"……."

"나루터집 식구들이 내 인생의 반이라모, 효원 당신이 그 남어치 반을 차지하고 있다는 거를 모리지는 않것지예."

"……."

남강은 느리고 길게 이어지다가 어느 순간에는 잠깐 굽어 도는가 싶더니 또 그다음 찰나 쏜살같이 내닫기도 하였다. 그러면 그들의 발걸음 또한 같은 속도가 되기도 했는데, 아무튼 상촌나루터에 다가가면 다가갈수록 마음이 몸보다도 더 빨라진다는 게 속일 수 없는 사실이었다.

"아, 저게 나룻배가!"

얼마나 그렇게 걸음을 옮겨놓았을까. 이윽고 예전에 꼽추 달보 영감이 저었던 것과 같은 나룻배가 한두 척씩 모습을 드러내 보이기 시작했다. 그것을 본 효원은 문득 감회가 새로운지 연방 감탄사를 발하고 있었다.

"원채 아자씨는 요새 우찌 지내고 계시예? 무탈하시지예?"

효원은 간절하게 원채 안부를 물어왔다. 그녀의 목소리는 아련한 옛 추억의 기운을 담고 강물 위로 색색의 물감처럼 풀어져 나가고 있었다. 간혹 물새들도 그녀 목소리에 장단이라도 맞춰 주듯 소리를 내곤 하였다.

얼이 머릿속에도 그날의 기억들이 되살아났다. 한양 고인보 선비의 첩실이 되라는 하판도 목사의 강압을 받자 무작정 교방에서 탈주한 효원과 함께 찾아갔던, 남강 건너 능선 위에 자리 잡은 원채의 오두막집이었다. 그가 없었다면 오늘의 효원과의 만남도 없을 거라는 생각이 가슴을 적시었다.

"원채 아자씨도 그렇지만, 동상 되시는 분이……."

거기까지 말하던 얼이는 급히 입을 다물어버렸다. 아무리 정분을 나누는 여자라고 해도 목숨을 건 남자들 거사를 함부로 발설하는 것은, 사내로서 할 짓이 아니라는 자각이 일었다. 하지만 영리한 효원은 눈을 반짝이며 물었다.

"그분도 독립운동을 하고 계시는가베예?"

"그, 그거는……."

얼이가 얼버무리자 효원은 그 또한 눈치채고 이랬다.

"우리 인자 넘들 이약은 고만해예. 우리 이약만 해도 시간이 모지랄 판 아입니꺼."

그러면서 낯을 붉히는 효원 얼굴이 얼이 눈에는 꼭 작고 붉은 꽃봉오리 같았다. 그러자 얼이 눈앞에, 하 목사의 명을 받은 관졸들에게 쫓길 그 당시에 '효길'이라는 벙어리 총각 행세를 하던 그녀의 모습이 또다시 떠오르면서 심장이 터질 듯했다.

"참, 나루터집 준서 도령은 우때예?"

조금 전 우리 이야기만 해도 시간이 모자랄 거라던 효원이 금세 준서 이야기를 끄집어냈다. 하지만 싫지가 않고 오히려 준서 안부까지 물어 주는 효원이 고맙기만 한 얼이였다.

"지 어머이를 닮아서 에나 다 잘하고 있심니더."

얼이는 준서가 친동기나 되는 것처럼 아주 자랑스레 대답했다. 한데 무슨 까닭에선지 모르겠다.

"예."

그러고는 뭔가 깊은 상념에 잠기는 효원의 표정이 어두워졌다. 그때 막 해가 구름 뒤로 잠시 모습을 감추어서만은 아닌 성싶었다.

"효원?"

얼이가 영문을 알지 못하는 얼굴을 하자, 효원이 무겁게 전해지는 어조로 말했다.

"얼이 되련님 어머님도 비화 마님 못지않거로 아조 훌륭하신 분 아인 가예? 남편 없는 홀몸으로도 아들을 잘 키워내신 여장부 말입니더."

"……."

얼이 가슴이 먹먹해졌다. 망나니가 휘두르는 칼을 맞고 목이 달아나던 아버지였다. 그 광경을 똑똑히 지켜보았던 어린 날의 얼이 자신이었다.

'아부지.'

속으로 아버지를 부르는 얼이는 목이 메었다. 때마침 강으로부터 들려오는 물새 울음소리도 어쩐지 목이 메어 있는 것 같았다.

그때부터는 얼이도 효원도 아무 말 없이 걷기만 했다. 누가 보면 크게 다툰 연인이나 부부로 비쳤을 것이다.

'쏴~아.'

별안간 강물 소리가 폭포수라도 된 것처럼 커지는 느낌이었다. 저편 물 위에 어린 산 능선 그림자가 일렁거리는 것으로 보아 강바람이 조금씩 거세어지고 있었다. 하지만 언제 또 금방 잔잔해질지는 누구도 모른다. 오직 자연만이 알 것이다.

상촌나루터가 지척에 있었다. 하루에도 수천 명이 오가는 남강 최고의 나루터답게 날이 갈수록 집들과 인파가 부쩍부쩍 늘어나고 있는 실정이었다.

"아, 이기 누고, 엉?"

"효원이, 효원이가!"

"오데 있다가 인자사 온 기가?"

효원을 본 나루터집 식구들은 오랫동안 떨어져 있던 친가족만큼이나 반겼다. 우정 댁은 당장 눈물까지 글썽거렸다.

"죄송해예. 자조 몬 찾아뵙고……."

효원도 울먹울먹했다.

"쌔이 안채로 데꼬 들가라이."

비화가 얼이를 재촉했다.

"우리도 저 손님들 나가고 나모 들가께."

원아도 다른 주방 아주머니들과 함께 방이며 평상에 있는 빈 그릇들을 거두며 말했다.

"흑."

얼이 방에 와 앉은 효원은 끝내 눈물을 보이고 말았다. 어릴 적부터 관아 교방에 몸담은 새끼 기생으로 살아온 그녀는, 나루터집에서 느낄 수 있는 끈끈한 가족애 같은 정을 전혀 누리지 못하고 살아온 처지였다.

그리하여 그녀를 친딸처럼 살갑게 대해주는 우정 댁이 효원에게는 친정 어머니 다름 아니었다.

"인자 고마 근치고 눈물 좀 닦으소. 곧 모도 이리로 오실 낀데 효원이 울었다쿠는 거를 알모 우짜요."

얼이가 사정조로 타일렀다.

"사람 난처하거로 맨들지 말고요."

그러자 손바닥으로 가만 눈물을 닦아내며 싱긋이 웃는 효원이 얼이 눈에는 그렇게 사랑스러워 보일 수가 없었다. 무엇보다도 지금 여기는 내 방이고, 내 방에 효원이 있다는 사실이 더욱 그런 감정을 품게 해주는 것이다.

"이기 꿈은 아이것지예, 되련님?"

불그레한 두 뺨에 어렸던 눈물 자국이 어느 정도 가셨을 즈음, 효원이 얼이에게 물어온 말이었다.

"꿈이 아인……."

일순, 얼이는 뇌리를 헤집고 튀어나오는 어떤 기억에 강렬한 전율을 느꼈다. 이제 막 효원이 한 그런 말을 들은 것은 이날이 처음이 아니었다.

그렇다. 두 번째였다. 첫 번째는 오광대 합숙소에서 효원을 넘보는 최종완을 죽이고 나서 두 사람이 처음으로 깊은 포옹을 하던 날, 효원이 했던 바로 그 말이었다.

그런데 얼이는 당시 그 자신이 어떤 말을 했던가는 이상하게도 전혀 기억이 나지 않았다. 효원이 그 말을 하기 전에는 분명히 또렷하게 기억하고 있었음에도, 그 말을 듣는 순간 훌쩍 날아가 버린 새의 모습인 양 까마득히 잊어버린 것이다.

그러나 그게 중요한 건 아니라고 보았다. 그건 과거 일이었다. 그것도 그들이 가장 고통스럽고 힘들었던 시절의 한 조각에 불과하였다. 중요한 건 지금부터였다. 또 분명한 건, 그 당시와 마찬가지로 지금도 꿈은 아니라는 사실이었다.

그리하여 얼이가 막 무슨 말을 들려주려고 했을 때였다. 방문 밖에서 그들 존재를 알리는 인기척이 들렸다. 그러자 무슨 짓을 하지 않았으면서도 공연히 온몸이 크게 움츠러드는 두 사람이었다.

"장사는 우짜실라꼬 이리 세 분이 다······."

서둘러 일어나 어른들을 맞이하면서 효원이 그저 몸 둘 바를 몰라 했다. 비화 눈에 비친 그 모습은, 교방 관기 출신이 아니라 가정교육을 잘 받은 여염집 규수였다.

'얼이가 여자 보는 눈이 있었거마는.'

그런 생각이 들면서 비화는 가슴 한 귀퉁이로 찬바람이 쏴아 밀려드는 느낌이었다.

준서와 다미가 떠올랐던 것이다.

물론 효원은 그 신분으로 볼 때 다미와는 도저히 견줄 바가 아니었다. 사실 다미만 한 대갓집 여식은 쉽게 찾아볼 수 있는 게 아니었다.

그러나 준서와 나란히 세워놓고 볼 때는, 세상 사람들의 모든 상식과 척도에서 많이도 달랐다. 그것은 준서와 다미 둘 중에 누가 더 잘나고 더 못나고 하는 따위 문제와는 거리가 멀었다.

"니도 얼릉 앉거라. 여꺼정 온다꼬 다리 마이 아풀 낀데 그리 서 있지 말고, 응?"

우정 댁은 말 그대로 효원을 금지옥엽으로 대했다. 얼이를 몽달귀신에서 구해 줄 여자는 오로지 그녀 하나뿐이라고 여기는 듯했다.

"성님, 불모 날라가것소. 만지모 뿌사지고요."

원아가 심통 부리는 투로 말하자 자리에 막 앉은 효원은 더욱 어쩔 줄 몰라 자꾸만 말을 더듬거렸다.

"아, 지는, 질로······."

그런데 그런 순간은 그다지 오래가지 않았다. 그야말로 한순간에 돌변한 얼이 때문이었다. 그것은 거기 누구도 미처 예상치 못했던 일이었다. 얼이는 그의 몸 안에 다른 무엇이 들어가 있고, 그 무엇이 시키기라도 하는지, 느닷없이 이렇게 말했다.

"허락해주이소. 우리 이달 내로 혼래 올릴랍니더."

"······."

비화와 우정댁, 원아는 말할 것도 없고, 효원 또한 귀를 의심하는 빛이었다. 혼례라는 최고 인륜대사를 이달 내로 올리겠다는 것이다. 물론 그동안 너무나 많은 세월이 흐르기는 했다. 지금 두 사람 나이 또한 혼인 적령기를 한참이나 넘긴 것도 사실이었다. 그러나 아무리 그렇다손 치더라도 이달 내로라니? 이달이 며칠이나 남아 있다고?

"얼아."

원아가 우정댁 눈치를 살피며 입을 열었다.

"아모리 바뿌고 급해도 모든 일에는 다 순서가 있는 뱁 아이가. 더군다나 혼래 겉은 막중대사는 더······."

그 말을 끝까지 듣지도 않고 얼이가 말했다.

"그래서 더 그랄라 쿱니더, 이모님예."

우정 댁은 충격을 못 이겨 여전히 숨가빠하는 모습이고, 비화가 무척 조심스럽게 물었다.

"두 사람 사이에서는 하매 무신 말이 오간 기가?"

그러자 효원은 한층 낯빛이 벌겋게 달아오르면서 허둥지둥 손을 내젓는데, 얼이가 더욱 단호하고 결연한 어조로 말했다.

"효원이는 아이고예, 지 혼자서 생각한 깁니더."

"혼자?"

비화와 원아는 너무나 기가 차고 어이가 없어 멍하니 있는데, 우정 댁이 아들에게 하는 소리가 실로 달나라나 별나라 사람이 하는 소리 같았다.

"이눔아, 와 니 혼자란 말고? 내도 또 있다."

이번에는 얼이가 놀랄 차례였다.

"어머이?"

효원도 방금 나온 우정댁 말뜻을 얼른 읽어내지 못하는 기색이었다.

"아!"

그 자리에서 가장 먼저 상황을 간파한 사람은 역시 비화였다. 비화는 당장 입가에 묻어나는 웃음기를 감추지 못하며 말했다.

"두 사람 축하한다. 아이다, 이거는 우리 모도의 갱사(경사)다."

그러고 나서 또 덧붙였다.

"얼이하고 큰이모님뿐만 아이고 우리 모도의 생각이다."

원아 또한 나이를 먹어 가도 잃지 않는 그녀 특유의 예쁜 미소를 지으며 말했다.

"이달 내로 할라모 이리 앉아 있을 때가 아이제."

얼이와 효원의 입에서 벅찬 감정을 이겨내지 못하는 소리가 새 나왔다.

"아아."

"우, 우리가……."

다음 순간이었다. 또 한 번의 반전과도 같은 사태가 벌어졌다.

"여보! 얼이 아부지요!"

우정 댁이 죽은 남편을 부르더니 이내 울음을 터뜨리기 시작한 것이다.

"아이고, 아이고."

비화와 원아의 눈빛이 부딪쳤고, 얼이와 효원의 눈빛이 부딪쳤다. 하늘과 땅의 눈빛도 부딪쳤는지 모른다.

"얼이 아부지요오오."

우정 댁은 계속해서 저승에 가 있는 남편을 불렀다. 그러고는 손으로 방바닥을 쳐가면서 통곡을 멈추지 못했다.

"……."

홀연 방안 가득 천년의 침묵을 방불케 하는 고요가 흘렀고, 그 속에서 한 과부의 설움과 한이 맺힌 울음만 이어졌다.

비화는 보았다. 두 손에 죽창과 농기구를 들고 이마에는 흰 수건을 질끈 동여맨 농민군 복장을 한 천필구가, 우정댁 등 뒤에 서서 웃다가 울다가 하고 있었다.

블라디보스토크, 동방을 다스린다

여기는 러시아 연해주의 블라디보스토크.

러시아의 태평양 해군기지가 옮겨진 후 급속도로 발전하기 시작한 곳이다. 그러다가 몇 년 전 중동철도가 건설되고 모스크바와 직접 철도로 연결되어 항구와 해군기지로서 더욱 중요한 역할을 맡게 되는 도시이기도 하다.

지금 거기 금각만 연안의 인적 드문 곳에 건장한 신체의 사내 셋이 바닷바람을 맞으며 서 있었다. 그들 머리 위로 펼쳐진 하늘은 좀 우중충한 빛이었고, 대기 속에는 바닷가 특유의 짭짤한 냄새가 묻어나고 있었다.

전체적으로 우울한 색조를 쓰는 화가의 그림 같기도 하고, 회색 양철을 주된 재료로 하여 만든 연극 소품들을 여럿 모아놓은 무대를 연상케도 하였다.

그런데 그 모습들이 어쩐지 심상치 않았다. 아무리 뜯어봐도 내국인이 아닌 것이다. 비록 러시아인 복장을 하고 있기는 했지만, 러시아 사람은 아니었다.

"이 도시 이름이 무엇을 의미한다고?"

문득, 그중 한 사내 입에서 흘러나온 말은 차마 믿을 수 없게도 그곳 러시아말이 아니었다. 그것은 한국말이었다.

그러자 다른 한 사내가 마치 성경이나 불경, 아니면 시의 한 구절을 읊조리듯 조용한 목소리로 이렇게 말했다.

"동방을 다스린다."

뒤이어 나머지 한 사내가 대화에 끼어들었는데, 이번에는 더 놀랍게도 앞에서와는 다르게 대한제국의 경상도 말이었다.

"동방을 다스리것다, 그런 뜻이라꼬?"

그러고 보니 그들은 모두가 한국인이었다. 두 사람은 경성 말을 쓰고, 한 사람은 경상도 말을 썼다.

바로 한국의 남방 고을 상촌나루터 뱃사공이었던 꼽추 달보 영감의 셋째 아들이자 원채의 둘째 동생인 승채, 그리고 그의 동지들인 국태산과 지창도인 것이다.

그들이 어떻게 해서 러시아 블라디보스토크까지 오게 된 것일까. 그곳은 대한제국의 독립운동기지인 신한촌이 건설되어 일찍부터 항일의병 등 여러 많은 독립운동단체가 조직되었던 고장인 것이다.

그중에서도 특히 두드러진 활약을 펼친 항일단체는, 연해주 일대에서 활동하던 대부분의 애국지사들이 참여하여 조직한 '권업회勸業會'였다. 승채를 비롯한 그의 동지들은 그 권업회 회원들이었던 것이다.

잠시 후 그들 사이에 권업회에 대한 이야기들이 낮고 조심스러운 목소리를 통해 흘러나오기 시작했다.

"연해주에 있는 우리 민족 운동 지도자들이 정말 대단하신 분들이야."

"그렇지. 소위 산업개발과 민중계몽의 취지 아래 러시아 당국의 공인을 얻어 조직한 것도 그렇고 말이야."

"여러 곳에 지부를 두어 개발 사업을 장려한 것도 어디 예사로운 일이냐고?"

"또 말이야, 권업회라는 그 명칭은 일제와 러시아 당국의 탄압을 피하기 위한 위장 명칭이라는 것을 알면……."

그런 가운데 이런 경상도 말도 섞여 나왔다.

"에나 활동은 그런 기 아이고 항일운동인데……."

그 이름에 어울리게 체구가 보통이 아닌 국태산이 호탕한 웃음을 터뜨렸다.

"저 간사하고 악랄한 왜놈들도 그런 사실을 전혀 모르고 있다는 게 아무리 생각해도 정말 통쾌하지 않나."

키가 크고 호리호리한 지창도가 입술에 손가락을 가져가며 주의를 주었다.

"쉿! 목소리가 너무 크네."

다부진 체격의 승채가 경계의 눈빛으로 주위를 살펴보고 있다가 반가운 목소리로 말했다.

"아, 저게 공민구 동지가 오고 있거마."

모두의 시선이 일제히 그쪽을 향했다. 푸른 바다에 면해 있는 해안선을 따라 이쪽으로 달려오고 있는 사람은 권업회 동지인 공민구였다. 그는 다른 동지들에 비하면 다소 왜소한 편이지만 대단히 날렵하여 '호랑이 잡아먹는 담비'라는 별명을 가지고 있었다.

"왜 저리 급하게 달려오고 있는 거지?"

지창도 말에 국태산도 걱정스러운 얼굴을 했다.

"글쎄, 무슨 사건이 생긴 모양이네. 제발 나쁜 소식은 아니어야 할 텐데……."

승채는 자신도 모르게 형 원채로부터 배운 택견 자세를 취하며 말했다.

"우리, 침착하자꼬."

이윽고 동지들 앞에 와 선 공민구는 가쁜 숨을 몰아쉬며 떨리는 목소리로 이렇게 전했다.

"동지들! 죽은 메이지 일왕의 뒤를 이어 다이쇼 일왕이 즉위했다고 하네."

순발력이 뛰어난 승채가 급히 물었다.

"다이쇼라 캤는가?"

그들의 말은 차가운 이국의 허공으로 조심스럽게 흩어지고 있었다. 왠지 창백하고 딱딱한 분위기를 풍기는 그곳과 맞아떨어지는 느낌이었다.

"그렇다네, 다이쇼."

공민구가 고개를 끄덕이며 한 번 더 각인시켜주었다.

"그놈도 곧 메이지 꼴이 되도록 해버려야지."

지창도가 결연한 표정을 지으며 말했다. 국태산이 튼실한 어깨를 흔들며 말했다.

"중국에 이어 일본에도 큰 지각 변동이 일어나겠군 그래."

그보다도 먼저 변동이 일어나고 있는지, 거기 바다가 홀연 거센 파도를 일으켜 침울한 빛깔의 하늘을 향해 솟구치고 있었다. 거대한 괴물의 용틀임을 방불케 했다.

"그러고 보니……."

지창도가 기억을 되살리는 얼굴로 말했다.

"신채호 선생님과 김하구 선생님께서 나누시던 말씀이 생각나구먼."

공민구가 아직도 호흡이 가쁜 모양인지 숨결을 가다듬으며 물었다.

"무슨 말씀인데?"

승채와 국태산도 지창도를 보았다. 지창도는 직책상 지금 그곳에 있는 사람 중에서는 권업회를 이끄는 지도자들과 만날 기회가 가장 많은 회원이었다. 그는 모두 가슴에 잘 새겨두란 듯 알려주었다.

"중국에 신해혁명이 일어나자 해외에서 귀국하여 임시정부 수립에 착수했다는 쑨원에 관해서 관심들이 무척 높으시더라고."

물안개가 끼려는 걸까, 해안선 저 끝이 좀 더 흐릿해 보였다. 그 기류 변화는 그들의 은신을 도와 좋을 것 같기도 하고, 그들을 감시하고 체포하려는 자들의 접근을 눈치채지 못하게 하여 나쁠 것 같기도 했다. 결국, 중요한 것은 환경이 아니라 정신 자세인 것이다.

"아, 쑨원! 그 인물에 대해서는 나도 들은 바가 있다네."

국태산이 우람한 체격에 걸맞게 굵직한 목소리로 계속 말했다.

"각 성城 대표들이 모두 참석한 난징 회의에서 중화민국 임시 대총통에 선출되었다고 하더군."

지창도와 공민구가 한입으로 말했다.

"와아, 그래? 대총통이라."

"우리도 어서……."

동지들이 주고받는 말을 듣고 있는 승채 머릿속에 지난 2월의 일이 떠올랐다. 개인이나 한 국가에만 한정된 것이 아니었다.

청나라 황제 푸이의 퇴위 선포로 중국 역사에서 최후의 봉건 전제 왕조가 무너진 대사건이었다. 그것은 단지 중국뿐만 아니라 한국과 일본 그리고 전 세계적으로 지대한 관심을 끌었다.

하지만 승채는 물론이고 권업회 동지들 모두가 잘 알지 못했다. 당시 청나라 내각 총리대신이었던 위안스카이가, 청나라 황제를 퇴위시키는 조건으로 열강의 지지 속에서 쑨원을 대신하여 임시 대총통을 맡게 되리라는 것이다.

그런데 사실 한국 본토뿐만 아니라 러시아를 비롯한 해외에서 항일운동을 펼치고 있는 승채 같은 사람들에게 더 중요한 것은 그런 게 아니었을지도 모른다. 그 나라나 당사자는 일생일대의 전환점일 수도 있겠지만 말이다.

바로 다음 순간이라도 신식무기로 중무장한 일본 군인이나 일본 경찰이, 그들을 체포하거나 사살하기 위해 달려들 수도 있다는 사실보다도 더 긴박하고 절실한 일은 없었다. 어디선가 시퍼렇게 칼날이 번득이고 무서운 굉음과 함께 총탄이 날아들 것만 같았다.

'우리 가족들은 시방 이 시각에도 내를 걱정함서 애를 태우고 있을 끼라.'

그런 생각을 하며 이국의 바다를 바라보는 승채의 눈앞으로, 꿈에도 그리운 고향 산천이 아지랑이마냥 어른거리고 있었다. 타국에서 떠올리는 고국은 언제나 봄이었다.

"우리는 특히 이런 달라진 외부 환경을……."

"이번 거사를 위해서는 무엇보다도 우선적으로……."

국태산과 지창도와 공민구는 그들이 곧 실행에 옮겨야 할 임무에 관하여 진지한 목소리로 밀담을 나누고 있었다. 승채도 끼어들어 함께 이야기를 주고받으면서 블라디보스토크가 '동방을 다스린다'라는 뜻의 도시라는 것을 가슴팍에 아로새기고 있었다. 어쩐지 동방을 지배하는 자가 모든 곳을 지배하는 자가 되리라는 포부와 열망을 품고서였다.

'그란데 와 새들이 안 비이는 기까?'

다른 때도 그러한지 아니면 이날만 유독 그러한지 승채로서는 잘 알수가 없지만 묘하게 바다 위를 나는 새들이 보이지 않았다. 어쩌면 새들도 우리들과 마찬가지로 비밀활동을 펼치느라 그럴지도 모르겠다는 생각을 해보는 그의 머릿속으로, 고향 남강의 수많은 물새들이 푸드덕거리는 소리가 끊임없이 들려오고 있었다.

일제의 손에 넘어간 이 땅에도 봄은 어김없이 다시 찾아왔다.

그런데 상촌나루터에 있는 나루터집에는 그 봄보다도 먼저 찾아온 사람이 있었으니 바로 얼이의 아내가 된 효원이었다.

혼례는 그야말로 '봄밤의 꿈'같이 치러졌다. 나루터집과 밤골집을 비롯하여 상촌나루터 전체가 축복을 아끼지 않았다. 물새들도 노래하듯이 지저귀고, 나룻배들은 넓고 푸른 강 위에서 춤을 추는 것 같았다. 그리고 또 빠뜨릴 수 없는 사람들이 있었다. 교방 관기 출신 여자들이었다.

모두는 비록 입 밖으로 꺼내지는 않았지만 예감하고 있었다. 머잖은 날에 얼이와 효원 부부는 분가하리라는 것이다. 그렇게 되면 우정댁 또한 아들 내외와 함께 정든 나루터집을 떠날 수밖에 없으리라는 사실도 알았다.

지금까지 해온 그대로 나루터집에 그대로 눌러앉아 살 수도 있었다. 그것은 비화를 비롯한 나루터집 식구들 전체가 바라는 것이기도 했다. 그런데도 꼭 독립해야 한다는 신념을 굳힌 사람이 얼이였다. 어머니 우정 댁이 비화 누이, 원아 이모 등과 동업을 시작한 그때와 지금의 상황은 완전히 다르다고 보았다.

하루아침에 생때같은 지아비를 잃고 어린 아들 하나만 달랑 딸린 청상과부였던 어머니 우정 댁으로서는, 비화 누이가 제안한 콩나물국밥집에서 일하는 것 외에는 선택의 여지가 없었을 것이다. 콩나물국밥을 팔지 않았다면 오늘날까지 살아올 수 없었을지도 모른다. 그런 면에서 나루터집이야말로 그들 모자에게는 혁노가 말하는 구세주의 집이었다.

그러나 얼이는 분명히 깨닫고 있었다. 나루터집 주인은 비화 누이라는 것이다. 물론 그들 모자가 소유하고 행사할 수 있는 일정 비율의 지분持分은 있었다. 그렇기는 해도 나루터집이 자기들 세 식구가 영원히 살아갈 보금자리는 아니었다. 길손이 짐을 풀어놓고 며칠 유숙하다가

가는 여관방이었다.

얼이가 그런 생각을 하게 된 결정적인 요소가 또 있었다. 다름 아닌 효원이었다. 그녀를 식솔로 받아들인 후에도 나루터집에서 '더부살이' 같은 그 생활을 지속할 수는 없다고 마음먹었다. 누가 아니라고 해도 그건 더부살이였다. 효원이 있기에 그러했다.

신혼 방이 없는 것은 아니었다. 혼례를 올리기 전에도 혼자만의 방이 있었으며, 그 방은 부부 방으로 사용해도 손색이 없었다. 나중에 자식들이 많이 생기면 곤란하겠지만 당분간은 신접살림을 차리는 데 하등의 불편이 없는 것이다.

얼이는 효원의 마음을 넌지시 떠보았다. 그랬더니 효원이 보이는 반응은 좀 야릇하다고 할까 복잡했다.

"당신도 아시다시피 친정 식구가 없는 지는예, 모도가 시댁 식구 겉은 여게 분들이 좋기는 한데예……."

시댁 식구 같은 사람들이라도 많아서 좋다는 건지, 시댁 식구 같은 사람들이 많아서 부담스럽다는 건지, 얼이로서는 쉬 종잡기가 어려웠다. 차라리 우리가 여기 집을 나가서 무슨 일을 해서 먹고살 거냐고 했다면, 얼이는 그렇게 혼란스럽지는 않았을 것이다.

사람은 누구나 그렇겠지만 얼이에게는 꿈이 있었다. 지난날 운산녀와 민치목이 운영하던 조선목재 같은 목재상이 되는 것이다. 아니, 그보다도 더 큰 목재상이 될 자신도 있었다.

만일 그게 여의치 못하다면, 그다음으로 하고 싶은 것이 선주船主였다. 바로 여기 상촌나루터에서 수십 척의 나룻배를 소유하고 선박업을 하는 것이다. 그것을 하게 되면 나루터집과 밤골집이 있는 상촌나루터를 떠나지 않아도 좋을 것이다.

어쨌거나 어머니와 효원과 나, 이렇게 세 식구가 나루터집에서 독립하여 살아가고 싶다는 욕망이 강했다. 그러면서도 선뜻 결정을 짓지 못한 채 하루, 이틀, 사흘, 지내다 보니 새봄이 성큼 다가와 있는 것이다.

그 봄이 바야흐로 무르익어가고 있는 오늘, 나루터집은 아침 댓바람부터 부산하기 그지없었다. 저마다 출타할 채비를 갖추느라 여념이 없어 보였다. 나루터집 최연장자인 우정 댁에서부터 제일 나이가 밑인 록주에 이르기까지 모두가 산뜻한 외출복 차림새인 것이다.

"록주야이, 해나 빠지신 어른 안 계시는가 잘 챙기 봐라. 집에 혼자 계시기로 하모, 그거는 모돌띠리 록주 니 책임인 기라, 알것제?"

세월이 많이 흘러가도 여전히 말수가 드문 안 화공이, 이날은 딸에게 진담 반 농담 반 그런 소리도 하였다. 그가 그리고 있는 이 고을 풍경화는 이미 근동을 한참 벗어나 다른 도道, 심지어 천 리나 떨어진 경성에서도 소문을 듣고 구입하려고 달려올 정도였다.

"이모부요, 그런 일은 남자인 준서한테 시키시소."

얼이가 안 화공에게 그렇게 말하고 나서, 말쑥한 외출 복장으로 아주 멋이 있어 보이는 준서를 향해 큰소리로 나무라듯 했다.

"하늘 우에 땅 밑에, 아, 아이제, 내가 장개들어 어른이 되이 하매 증신이 팍 늙었는갑다. 이 새이가 다시 갱고(경고)한다."

그가 늘 입에 달고 살던 저 농민군 대장이나 의병 대장이 된 모습을 지었다.

"하늘 밑에 땅 우에 단 하나 있는 여동상 좀 잘 챙기라. 무담시 책임 지거로 하지 말고. 알것나, 모리것나?"

준서가 되받아쳤다.

"종산! 인자 진짜 어른이 됐으모 어른값을 잘하소."

얼이가 고개를 빳빳이 치켜들고 상투를 뽐내듯 하며 대거리하였다.

"내가 어른값을 몬 하는 기 머신데?"

264

준서는 새색시답게 곱게 치장한 효원에게 한쪽 눈을 찡긋해 보인 후에 주입하듯 말했다.

"에나 아부지, 에나 아부지도 모리요, 성?"

그 말에 얼굴이 더한층 붉어지는 사람은 얼이보다도 효원이었다. 혼례를 치른 지 얼마나 됐다고 벌써……

그러고 있는 그들을 지켜보는 비화 마음이 감개무량했다. 누가 뭘 어떻게 한다고 해서 바뀔 일은 아니지만 참으로 다행이다 싶었다.

기실 준서는 효원을 그다지 달가워하지 않았었다. 언젠가 천주학 전도를 하다가 순교한 전창무와 그의 부인 우 씨 소생인 혁노에게 듣기로는, 준서가 자기는 효원 같은 여자는 좋아하지 않는다고 했다. 비화는 준서 성격에 그럴 수도 있겠구나 하고 고개를 끄덕였다.

그것은 효원 쪽도 매한가지로 보였다. 그녀는 준서로부터 그런 느낌을 받았는지 준서를 우정 댁이나 다른 어른들보다 더 어려워했었다. 그러던 준서였지만 효원이 얼이 아내가 되는 그날부터 완전히 달라졌다. 깍듯이 '형수님' 대접을 하는 것이다. 그것은 그만큼 얼이를 향한 준서의 정이 두텁다는 증거이기도 했다.

"자아, 인자 출발하입시더."

안 화공과 무슨 얘기인가를 열심히 나누던 재영이 모두에게 말했다.

'저이가……'

비화 마음이 양귀비꽃처럼 붉어졌다. 무심한 줄로만 알았던 세월의 손길은 남편을 참 많이 변모시켜 놓았다는 자각이 일었다. 정말 강산은 바뀌어도 그는 바뀌지 않을 사람으로 여겨졌었다.

'오데서 머하고 사는고?'

불현듯 한때 남편 외도 상대였던 허나연의 모습이 떠올랐다. 뛰어난 미모에 허리는 버들가지를 떠올리게 할 정도로 낭창낭창하던 여자였다.

그건 전혀 예상치 못한 일이었다. 하필이면 이런 날에 말이다.

비화는 머리를 흔들어 그 생각을 지워버렸다. 이제는 전부 지나간 옛날이야기라고 치부했다. 허나연과 한통속이었던 맹쭐 아버지 민치목도 지금은 이 세상 사람이 아니었다. 한데 그를 죽인 범인이 점박이 형제였다니 아직도 믿기지 않았다.

'내가 미칫다. 미치도 곱기 몬 미치고 더럽기 미칫다. 우째서 생각 안한다쿰시로 씰데없는 인간들꺼정 떠올리쌌고 있는 기고?'

비화는 우정 댁과 원아를 보며 필요 이상의 높은 소리로 말했다.

"가입시더."

그러자 가만가만 원아 등을 미는 록주가 비화 눈에는 다 장성한 처녀로 보였다. 비화는 새삼 각성했다. 그렇구나. 변한 사람은 남편 한 사람만이 아니구나. 우리 모두이구나. 나도 변한걸.

그런데 나루터집 식구들이 휩싸이듯 어울려서 막 집 밖으로 나왔을 때였다. 서로 떨어지면 못 살세라 옆에 딱 붙어 있는 밤골집에서 한돌재와 밤골 댁이 거의 동시에 문을 나서고 있었다.

"아, 같이 가자 해놓고 저거들끼리만 싸악 갈랑가베? 식구 많다고 오데 시위라도 하는 것가, 머꼬?"

예전에 비해 살이 조금 더 붙은 밤골 댁이 도끼눈을 하고 이쪽 식구들을 노려보며 시비 거는 투로 나왔다.

"아입니더, 아주머이. 그랄 리가 있것심니꺼? 집 안에 계시모 큰소리로 부릴라 캤심니더. 허허."

재영은 역시 말수가 많아졌다. 어쩌면 본디 성품은 내성적인 편이 아니었는지 모른다. 그렇게 된 이면에는 허나연이 숨어 있어서일 수도 있었다.

"얼이 총각이, 어허, 내 증신 좀 봐라, 인자 총각이 아이제. 우쨌든 간에 장개를 들더이 에나 사람이 점잖아졌거마는. 신체 틀도 상구 더 잽힛 고 말인 기라."

돌재가 눈은 효원에게 두고 말했다. 우정 댁이 한마디 하지 않을 리 가 없었다.

"그기 다 지 처를 잘 맞아들인 덕분 아이것소. 그라고 이왕 말이 나온 김에 이약하자모 더 좋아진 사람은 내요, 내."

밤골 댁이 너무나 시샘난다는 얼굴로 말했다.

"아들 없고 며누리 없는 사람, 오데 섭해갖고 살것나. 시방도 저리쌌 는데, 내중에 떠억 손주라도 하나 생기고 나모, 에나 눈깔이 시서 몬 볼 끼다. 내 그전에 오데 다린 데로 퍼뜩 이사를 가삐든지 해야제."

우정 댁이 두 마디 하지 않을 리가 없었다.

"각중애 눈에 식초가 들갔나, 시기는 와 시노? 흥, 이사 간다쿠모 가 지 마라꼬 싹싹 빌 줄 아는 모냥이제?"

동갑나기인 그들 사이에는 정말 미운 정 고운 정이 들 대로 다 들었 다. 실제로 한 사람이 이사 가면 나머지 한 사람은 그 옆으로 따라가 살 려고 할지도 모르겠다.

"쌈은 난주 집에 돌아와서 하시고예, 쌔이 가기나 하입시더. 저게 좀 보이소, 온 나루터 사람들이 가고 안 있심니꺼."

그러면서 원아가 손을 들어 가리키는 곳을 보니 정말 그곳 나루터에 사는 사람들은 모조리 나와 있는 것 같았다.

"그짝 식구들 다 모다 놓으이 일개 중대는 되것심니더."

저쪽 강가 포플러 나무 아래에 서 있다가 그들을 발견하고 얼른 다가 오면서 그렇게 말을 붙여오는 유난히 검은 피부의 사내를 보는 순간, 돌 재와 밤골댁 감회가 똑같이 새로웠다. 그는 바로 그들 부부가 그곳에 처 음 주막을 내었을 때 기존의 술집 주인들 가운데서도 가장 심하게 시비를 걸어오던 차 씨였다.

'만약 우리 집 곁에서 나루터집이 같이 장사를 안 했으모, 저 사람들 등쌀에 우리는 고마 장사를 몬 했을랑가도 모리제. 몬 했을 끼거마.'

밤골 댁은 숱한 도움을 받아온 나루터집 식구들이 다시 한번 고마웠다. 아무것도 모르던 거기 사람들에게서 '삼과부'로 불리던 비화와 우정 댁과 원아도 그렇지만, 특히 재영과 안 화공, 얼이 같은 남자들이 매우 튼튼한 울이 돼 주었다. 그리하여 조금 전에 차 씨가 얘기한 대로, 상촌 나루터에 살고 있는 주민들은 나루터집과 밤골집 사람들을 한집안 식구로 보았다.

"오늘 기경할라쿠는 기 에나 대단한 것인갑소. 이리 모도 우 몰리가는 거 본께네."

언제부터 따라왔는지 뒤쪽에서 그런 소리가 들려 모두 돌아보니, 상촌 나루터에서 가장 큰 대장간을 하는 마철기와 그의 아내 의령 댁이었다.

그들 옆에는 식료품 가게를 하는 방 씨 부부와 그들 아들 대석이, 옹기장수 헌수와 그의 고명딸 신심이 모습도 보였다. 그런가 하면, 저기 앞쪽에서 부지런히 걸어가고 있는 사람은 뱃사공 탁무와 익제였다.

그렇게 많은 사람이 한꺼번에 몰려나와서 어딘가로 가고 있는 광경은 일찍이 없었을 것이다. 남강 물도 사람들이 가는 방향으로 흐르고, 남강 위에서 날아다니는 온갖 물새들도 사람들 뒤를 쫓아오고 있는 것으로 보였다.

시누이와 올케

바로 그 시각.

행랑채 지붕보다 높이 솟게 만든 솟을대문이 웅장한 대저택 안 임배봉의 사랑채도 그 집 식구들로 북적거렸다. 배봉, 억호와 만호, 해랑과 상녀, 동업과 재업과 은실이, 그리고 넓은 마당을 서성거리는 많은 남녀 종들이 보였다.

"오늘 온 고을 사람들이 거 오것제?"

배봉이 검버섯 듬성듬성 돋은 얼굴로 말했다. 그러자 만호가 대뜸 한다는 소리였다.

"우짜모 그 여자도 나타날란지 모립니더."

"그 여자?"

배봉의 노리끼리한 두 눈에 홀연 독기가 서렸다. 어쩌면 살기라고 해야 할 것이다.

"은실이 아배야."

억호가 만호를 쏘아보았다.

"오늘 겉은 날 와 해필이모 그런 이약인고 모리것다."

해랑은 자기 이마에 와 닿는 상녀의 뜨거운 눈길을 느꼈다. 집안에서 '그 여자'가 사라진 후로 주도권을 잡기 위해 안간힘을 쓰던 상녀였다. 처음 시집올 때는 사람이 그런대로 괜찮았는데 인간 같잖은 남편 만호와 함께 살다 보니 달라졌다는 소리도 듣고 있는 여자였다.

서열로 따져보자면 당연히 맏며느리인 해랑이 집안 곳간 열쇠를 넘겨받아야 마땅했다. 하지만 상녀는 우선 자기가 해랑보다도 나이가 더 많고 특히 그 집안에 먼저 들어왔다는 것을 노골적으로 앞장세우며 실권을 잡으려 했다.

"지 서방이 이 집안 장남인 줄 아는가베?"

그런 상녀를 굉장히 마뜩찮아 하면서 억호가 하는 말이었다. 그럴 때면 해랑은 그저 씩 웃으면서 이렇게 말했다.

"그 여자, 아즉 안 죽고 오뎅가 숨어서 살고 있을 낀데, 그런 거 땜새 너무 신갱 쓸 거 하나도 없어예."

언제부터인가 '그 여자'로 불리고 있는 운산녀였다. 그 운산녀는 그들에게 여전히 꺼지지 않은 불씨나 언제 터질지 모르는 시한폭탄과도 같은 존재였다.

그러나 그 누가 뭐래도 배봉만큼 운산녀에 대해 민감한 반응을 보일 사람은 없는 게 바른 이치였다. 점박이 자식들을 향해 부상당한 맹수가 으르렁거리듯 하였다.

"이왕지사 고년 이약이 나와서 내 하는 소린데, 거게 가거들랑 가래이 쫙쫙 찢어 쥑일 고년이 있는지 눈깔 크기 뜨고 찾아봐라."

그러는 할아버지의 눈빛이 너무나 무서웠는지 은실이 상녀 몸 뒤로 가서 숨었다. 점박이 형제가 집안 사병들을 거느리고 조선목재 밀실을 습격한 날, 민치목은 죽었지만 운산녀는 감쪽같이 도주를 해버렸는데, 그게 어언간 수년 전 일이었다.

그동안 운산녀를 찾아내기 위해 온갖 수단 방법을 총동원해서 백방으로 수색해 봤지만, 그녀 행방은 묘연하기만 했다. 이름 그대로 구름에 가려진 산이었다. 어쩌면 그 고을에 있지 않고 어디 먼 곳으로 달아났을 가능성도 배제할 수 없었다.

아니, 그럴 공산이 더 컸다. 그렇지 않았다면 아직 발각되지 않을 리가 없는 것이다. 하지만 비밀 목재상을 배봉의 바로 코앞에서 운영했던 간덩이 부은 운산녀였다는 사실을 감안하면, 오히려 '등잔 밑'의 어둠을 이용하여 바로 근처에 은신하고 있을 소지도 전혀 없지는 않았다.

그때 억호가 나란히 서 있는 동업과 재업을 돌아보며 말했다.

"너것들 방금 할아부지 말씀 잘 들었제? 그 여자가 거 와 있는지 잘 살피라. 아모래도 젊은 너것들이 눈이 더 밝을 낀께네."

그 말이 끝나기 무섭게 이번에는 만호가 은실을 돌아보며 하는 말이었다.

"은실아, 니도 들었제? 그 여자는 은실이 니가 반다시 찾아내야 하는 기라."

동업과 재업은 고개를 끄덕였고, 은실은 상녀 뒤로 더 몸을 감추었다. 그 나이가 되도록 제 어머니 그늘에서 벗어나지 못하고 있는 심약한 은실이었다. 부모의 유전 인자를 많이 비껴서 태어난 딸이라는 소리를 들을 만했다.

'할아부지하고 아부지 행재는 저리 말씀해 쌌지만도……'

그러나 솔직히 동업의 관심은 운산녀를 찾아내는 일 따위에 있지 않았다. 운산녀 아니라 식구들 다른 누구라도 마찬가지였을 것이다. 그의 마음에 깊숙이 자리 잡고 있는 사람은 언젠가 길에서 우연히 맞닥뜨린 꺽돌과 설단 부부에게 들은 '박재영'이라는 남자였다. 어쩌면 동업 자신의 성을 '임'에서 '박'으로 바꾸어야 할지도 모를 장본인이었다.

물론 수긍하지 않았다. 수긍할 수 없었다. 그건 도대체 있을 수 없는 노릇이었다. 하늘 아래 그런 일은 있을 수 없었다. 동업 자신을 파괴하기 위한 순 엉터리 모함이요, 철저히 기획된 허위였다. 한때는 그의 집안에서 부리던 종놈 종년이었다. 야윈 말이 삐침 잘 탄다고, 종들이 주인에게 반감을 품고 못된 짓을 한다는 이야기를 수도 없이 들어온 그였다.

그런데도 동업은 창공의 새처럼 완전히 자유로울 수 없었다. 종들이 놓은 덫이라고 무시해버리기에는 의심 가는 점이 한둘이 아니었다. 모든 게 의문투성이였다. 비밀, 그 이름으로 숲을 이루었다.

아니었다. 헤아려보면 볼수록 또렷이 나타나 보이는 게 적지 않은 현실이었다. 다른 것을 다 떠나서, 재영이라는 사람이 동업 자신에게 해 보였던 행동은, 굳이 꺽돌과 설단의 이야기를 끌어오지 않더라도 석연치 않은 구석이 많았다.

맞았다. 뜻하지 않게 꺽돌과 설단을 만난 그날 이후로 동업 자신의 삶은 완전히 바뀌었다. 물론 그 불쏘시개로 먼저 자기 앞에 나타났던 여자가 또 있었다. 동업 자신과 너무나도 빼닮았던 여자였다. 그리하여 그에게 있어 공부도, 여자도, 벗도, 심지어 가족마저도 관심 저 끝으로 밀려나 버렸다.

한편, 재업은 적어도 그런 측면에서는 동업보다는 한결 나았다. 그는 자기 친모가 설단이라는 사실을 까마득히 몰랐으며, 무엇보다 친모처럼 살갑게 대해주는 해랑이 있었다. 게다가 동업에게 비하면 만호나 상녀의 견제도 훨씬 덜 받는 편이었다. 그것도 그의 복이라면 복이었다.

그런데 배봉가에서 가장 중심에 서 있는 사람은 단연코 해랑이 아닐 수 없었다. 그날 밤 자객의 흉기로부터 자기 목숨을 구해준 해랑을 향한 배봉의 며느리 사랑은 식을 줄 몰랐다. 식기는 고사하고, 배봉이 자식들이나 아내보다 더 소중하게 여기는 동업직물을 날로 번창시켜주는 뛰어난 사업 수완을 가진 해랑이기에, 아마 죽어 땅속에 묻히기 전까지는 계속해서 그 열기가 더해 갈 것이다.

여하튼 그 구경을 가기 위해 오랜만에 함께 모인 그 자리의 분위기는 실로 미묘하고도 복잡다단한 것이었다. 그럴 바에는 차라리 서로 따로따로 행동하는 것이 더 나을 터였다. 그 공기를 깨뜨린 것은 그때 마당에서 들려온 억호 심복 양득이 큰소리로 고해 올린 이런 외침이었다.

"나리! 시방 막 대문 밖에 인력거꾼들이 대령했심니더!"

그 소리에 운산녀를 생각하며 오만상을 찡그리고 있던 배봉이, 여전히 멍석같이 펑퍼짐한 엉덩짝을 힘겹게 들어 올리며 말했다.

"자, 모도 나가자."

사랑 방문을 열고 마루로 나가니 양득을 비롯한 종들이 댓돌 아래서 머리통을 조아리고 서 있었다. 양득을 매섭게 노려보는 만호 눈빛이 소름끼칠 정도였다. 하지만 양득은 그 눈빛을 피하지 않았다. 만호는 만만해 보이는 대상일수록 한층 더 괴롭히는 못된 근성이 있다는 것을 익히 알고 있기 때문이었다.

솟을대문을 나서니 집 밖에는 인력거들이 쭉 늘어서 있었고, 그들은 자기들 가족 단위로 인력거에 올랐다. 인력거꾼들은 이날의 '구경거리'가 있는 곳을 향해 바람같이 달려가기 시작했다.

천년 성곽의 대기는 봄기운으로 흘러넘쳤다.

운집한 사람들 온기로 말미암아 그런 느낌은 더할 것이다. 푸른 강위를 훨훨 날아다니고 있는 물새들 날갯짓도 이날은 평상시와 좀 달라 보였다.

아마도 이날만큼 많은 군중이 그렇게 모인 것은 처음이 아닐까 여겨졌다. 유서 깊은 그 고장의 소싸움이 벌어질 때의 구경꾼 숫자를 능가했으면 했지 결코, 모자랄 것 같지는 않았다. 심지어 앉은뱅이도 눈에 띄었다.

대체 지금 그곳에서는 무슨 일이 벌어지려 하는 것일까? 놀랍게도 그 고을을 휘감아 흐르고 있는 남강을 가로지르는 최초의 다리를 개통하려는 것이다. 그 넓은 남강 위에 다리를 놓으려는 것이다. 사람 머리는 얼마나 대단한 것일까. 그건 신도 미처 생각하지 못한 일이었을지도 모른다.

남강 이쪽과 저쪽 언덕은 마치 하얀 눈이 소복하게 내린 듯해 보였는데, 그건 구경꾼들 흰옷이 연출해낸 일종의 착시현상과도 유사한 것이었다.

그 다리가 바로 저 유명한 '배다리'였다. 그리하여 이제 곧 펼쳐질 그 다리의 개통식을 구경하기 위해 그렇게 많은 인파가 끊임없이 몰려들고 있었다.

단지 그곳 주민들만이 아니었다. 서부 경남 곳곳의 주민들도 그 배다리를 직접 건너보기 위해 온 것이다. 그리고 그 넘치는 사람들이 떠들썩하게 주고받는 소리들로 남강 물이 출렁거릴 지경이었다.

— 인자 한두 척의 나룻배로 강을 건너던 장면은 더 볼 수 없것제? 지랄도 풍년이라, 내는 아모리 안 좋던 것도 그기 사라지게 된다쿠모 멤이 영 그렇거마.

— 와? 그라는 기 더 좋것나? 시간도 억수로 걸리고, 사람이나 물자를 수송할라쿠는 데 그러키나 불핀했는데도?

— 아따, 시방 사람 말귀를 우찌 알아듣고 하는 소리고?

— 우찌 알아듣다이? 그라모 우찌 알아듣제, 저찌 알아듣는 기가?

— 내 이약은, 저 다리를 우리가 아이고 왜놈들이 맨든 기 멤에 안 든다, 그런 뜻인 기라.

― 그기사 내도 가리방상한 심정이제. 왜눔 사사끼(좌좌목방송)라쿠는 자가 주체가 돼갖고 맨들었다 쿠더마는.

― 아, 그 말 들은께 생각나네. 일본에서는 다이쇼(대정)라쿠는 자가 왜눔 왕이 됐담서?

― 집어치아라 고마! 우떤 눔이 되든 말든 안 듣고 싶다 고마!

― 하기사! 인자부텀 촉석루나루터가 사라지삘 거를 생각하모 에나 기분이 파이다.

― 하모, 맞다. 인자 왜눔들 이약 고만하고 다리나 기경하자.

― 알것다. 다리나 기경하자. 왜눔이 맹글었든 코재이가 맹글었든 떼눔이 맹글었든 다리사 무신 죄가 있것노.

비화는 귀로는 그 소리들을 듣고 눈으로는 배다리를 보면서 만감이 엇갈리고 있었다. 지금까지는 그 고을 사람들의 성 안팎 출입이 불편하고 한정적인 수밖에 없었던 것이 사실이었다.

그녀의 시선은 배다리를 떠나 남강이 감싸고 흐르는 서장대 쪽과, 늪지대인 대사지가 있는 북장대 쪽을 번갈아 바라보기 시작했다. 물론 성을 출입하는 데 방해가 되기도 하는 남강과 대사지였지만, 그래도 3백여 년 전 임진왜란 당시 조선군이 침공군인 일본군을 맞아 그곳 성을 지켜내는 데 큰 역할을 해주었던 고마운 천혜의 지형이었다.

그 생각을 하니 예전에 비하면 강을 건너기가 무척이나 편리할 그 배다리가 마냥 좋고 반가운 것만은 아니었다. 그런 그녀의 귀에 또다시 구경꾼들이 서로 나누는 소리들이 들려왔다.

― 저 배다리 한 개 맨들라꼬 나룻배를 몇 척이나 동원한 기제?

― 글씨다. 하도 많아갖고 잘 모리것다. 하여튼 똑 굴비를 엮어 논 거 매이로 안 비이나.

― 굴비? 아, 그라고 본께 굴비 겉다, 굴비.

- 내 보기에는 머 그냥 강물에 판자를 깔아 논 거 매이다.

　- 일렬종대로 쫙 늘어서 있는 군인들 안 겉고?

　그 군인들이란 소리에 비화 옆에 서 있던 얼이 귀가 번쩍 뜨였다. 그는 자신도 모르게 수많은 구경꾼들 속으로 눈길을 돌렸다.

　'해나?'

　그와 함께 동학군과 항일의병을 했던 문대도 지금 거기 어딘가에 와 있을 거라는 생각이 들었다. 하지만 그 엄청난 군중 속에서 문대를 찾는다는 것은 불가능에 가까웠고, 그 대신 스승 권학이 들려주던 말씀이 다시 귀를 울렸다.

　"나는 그 다리가 가설된다고 해도 절대로 보러 가지 않을 것이다. 그 다리는 일본 놈들이 식민지 통치 기능을 보다 잘 수행하기 위해, 우리나라를 합병하자마자 추진하기 시작한, 우리 한국인에게는 통곡의 다리요, 모멸의 다리다. 너희도 그 다리를 이용하지 않을 수는 없겠지만, 그 다리를 건널 때마다 결코 잊어서는 아니 될 것이다. 이 다리는 일본 놈들이 우리 한국민을 위해서가 아니라 저들의 목적에 의해 만들어진 다리다, 하는 것을 말이다."

　그 말끝에 권학은 이런 정보도 알려주었다.

　"저놈들은 악랄하면서도 치밀한 족속들이다. 내가 들은 바에 의하면, 저 남강에 다리를 세울 계획은 2년 전부터 세우고 있었다는 거야. 저들은 조선 침략의 주요 거점 도시로 삼았던 부산과 마산에서부터 서부 경남으로의 용이한 진출을 꾀하기 위해서는, 도청 소재지인 이곳을 완전히 개방할 필요성을 절감했던 게지. 그리고 행인지 불행인지 모르지만, 저 남강에 대규모 교량을 만들기에는 기술이 많이 모자랐고, 또 공사비가 엄청난 탓에, 나룻배를 엮어 배다리를 만들기로 작정한 것이야. 그런즉, 또 언제 갑자기 철거한다고 설쳐댈지도 모른다."

이윽고 개통식이 시작되고 있었다. 많은 일본인도 배석한 가운데, 그 다리를 가설하는 데 가장 앞장선 사사끼가 단상에서 일장 연설을 쏟아내기 시작했다. 일본인 발성기가 한국인과 다른 구조여서인지는 모르지만 어눌한 발음이 귀에 거슬렸다. 그자는 스스로의 감정에 겨운 나머지 그 자리에서 할 필요도 없는 말까지 해대고 있었다.

그런데 그는 그 배다리를 '선교船橋'니 '부교浮橋'니 하는 이름으로 부르고 있었다. 그것은 아까까지 지역민들이 그 다리를 바라보며 부르던 '뱃다리', '나무다리'라는 이름과는 달라, 무척이나 생경한 느낌을 자아내고 있었다.

어쨌거나 사람들은 그 지루한 개통식이 어서 끝나고 다리를 건너보는 시간이 오기만을 기다렸다. 저 다리를 건널 때 과연 그 느낌이 어떨까 하는 호기심과 기대감에 사로잡힌 얼굴들이었다. 강 위를 걸어서 갈 때의 기분은 일찍이 맛보지 못했던 새로운 감흥을 줄 것이다.

나루터집과 밤골집 식구들이 모여 서 있는 강변 푸른 대숲 일대에 한바탕 회오리바람이 일어날 조짐이 보인 것은 그때였다.

그것은 물결에 일렁거리는 배다리가 흡사 집 근처 담이나 돌무덤에 잘 나타나는 거대한 구렁이란 놈이 강물을 헤치고 가로질러 가는 것 같다는 생각을, 비화가 막 했을 그 순간에 발생했다. 실제로 구렁이 같은 것들이 강이 아니라 뭍에서 모습을 드러낸 것이다.

기이한 노릇이었다. 공교롭게도 서로 바로 가까운 곳에 있었으면서도 왜 미처 알아채지 못했는지 알 수 없었다. 그것은 아마도 워낙 수많은 사람이 운집한 장소인 데다가, 그 신기한 배다리를 구경하느라 정신을 온통 빼앗기고 있었던 때문이 아닐까 싶었다.

이상하고 약간 께름칙한 기분이 든 비화가 한 곳으로 고개를 돌렸는데, 바로 그곳에서도 같은 기분이었는지 이쪽으로 고개를 돌리고 있던 그 인간과 눈이 딱 마주쳤다.

"아!"

"어?"

그런 외마디에 가까운 소리가 두 사람 입에서 동시에 새 나왔다. 그리고 비화와 배봉의 표정이나 행동이 대단히 수상하다는 것을 깨달은 양쪽 집사람들이, 그 돌연한 사태를 파악하기까지에는 그다지 긴 시간이 걸리지 않았다.

"조것들이!"

"저게 있었구마?"

그건 아마도 얼이와 억호, 아니면 만호가 낸 소리였거나, 준서와 동업이 낸 소리였던 게 아닐까 싶었다.

"그러면 이것으로……."

행사를 진행하고 있던 일본인 사회자가 개통식이 끝났음을 알렸고, 그러자 사람들은 남들보다 먼저 그 배다리를 건너가 볼 거라고 야단이 벌어지기 시작했다. 그곳은 엄청난 소요가 일어나면서 무질서로 변해갔다.

군중 모두가 배다리 있는 쪽으로 밀물 밀려가듯이 하는 가운데, 바닷속의 두 개 섬같이 꼼짝도 하지 않고 있는 두 집, 사람들이었다.

"흐흐. 모도 잘 살았나? 오늘 배다리보담도 더 보고 싶은 사람들을 만냈거마는. 흐흐. 여서 내가 젤 어른인께 먼첨 말을 해야것다. 흐흐흐."

여기서 최연장자인 이 임배봉이가 모든 것을 다 이끌어 가야 한다고 선포라도 하려는지, 배봉이 맨 먼저 칼이나 창처럼 던진 말이었다.

그걸 본 나루터집 식구 중에서 가장 나이가 위인 우정 댁이 나서려는 것을 보고, 얼이가 어머니 앞을 가로막아 서더니 동네 껄렁패 모양으로 어깨를 건들거리며 내뱉었다.

"거 모도 안녕들 하슈? 동업직물 악맹은 안 섭섭하거로 상구 마이 들었소. 그래서 더 반갑거마는."

앞다퉈 배다리 쪽으로 가려던 사람 중에서, 나루터집과 동업직물 사람들이 딱 맞서는 장면을 목격하고는, 배다리보다도 이게 더 재미있겠다고 여겼는지 그대로 서서 지켜보고 있는 자들도 적지 않았다.

"머라?"

점박이 형제가 악명을 증명해 보이듯 한꺼번에 소리쳤다.

"아악매앵?"

그러자 얼이와 함께 그들을 상대하려고 나서는 사람은 뜻밖에도 안 화공이었다. 그는 오래된 지난 일 하나를 끄집어냈다.

"넘의 그림 전시장에 와갖고 마구재비로 행패를 부리쌌더이, 오늘은 또 여게서 행패를 부리고 싶은가베?"

배봉이 콧방귀를 뀌며 빈정거렸다.

"허, 천한 환재이가 기억력 하나는 대단하거마. 그라모 나루터집 특별세무조사 건件도 안 잊아삣것네?"

분위기는 갈수록 험악해지고 있었다. 바람이 더 세게 불기 시작하는지 남강 물결이 높아지고 강가 대숲이 이리저리 쏠렸다.

"천한 거는 눈데?"

"더 안 살고 싶은갑네?"

"하는 행오지가 물괴기도 웃거로 맨들것다."

"저노무 쌔끼를!"

그런데 비화의 눈은 배봉이나 점박이 형제를 보고 있지 않았다. 아까부터 해랑을 향하고 있었다. 그건 해랑도 마찬가지였다. 얼이나 안 화공이 아닌 비화를 향하고 있었다. 둘 다 입을 열지는 않지만 복잡하기 그지없는 눈빛들이었다. 사람의 눈이 그렇게 많은 것을 담아낼 수도 있다는 사실이 놀라웠다.

해랑을 향한 또 다른 눈이 있었다. 바로 효원이었다. 한데 해랑은 효원을 알아보지 못하는 듯했다. 어쩌면 비화의 존재에 가려져 있어 그랬는지도 모른다. 하긴 효원이 얼이 아내가 돼 있다는 사실을 안다면 기절 초풍할 것이다. 그녀가 억호 재취로 들어갔다는 소문을 접한 고을 사람들이 경악을 금치 못한 것과 마찬가지일 것이다.

그 여자들 못지않게 서로를 응시하고 있는 두 사람이 있었다. 재영과 동업이었다. 그들 머릿속은 그야말로 온통 하얗게 비어버렸다. 재영은 남의 집에 업둥이로 준 아들을 바라보는 애틋한 아버지의 심정으로, 동업은 어쩌면 자기 친부일 수도 있는 사람을 바라보는 아들의 심정으로 그랬다.

한편, 준서와 재업, 원아와 은실이 등은 어느새 한 사람이 아니라 상대 집안사람들 모두를 번갈아 바라보고 있었다. 표정이 단순한 사람은 거기 아무도 없고 쏟아내고 싶은 이야기들이 넘치는 기색들이었다.

'역시 운산녀는 아모 데도 안 비이는구마. 맹쭐이가 와갖고 핸 말이 우짜모 모도 사실일 수도 있것다.'

그 경황 속에서도 준서가 퍼뜩 떠올린 판단이었다. 그렇지만 준서가 더 무엇을 생각할 여유를 주지 않는 일이 또 벌어졌다.

"또 이것들하고 싸우고 있는 기가?"

그 소리에 모두가 얼른 바라본 곳에는 호한과 윤 씨 부부가 서 있었다.

"아부지! 어머이!"

비화가 반가워 소리쳤다.

"이거 오늘 에나 신나는 일만 생기는데?"

배봉이 경호원으로 데리고 다니는 양득을 비롯한 집안 사병들을 돌아보았다.

얼이와 준서 주먹이 꽉 쥐어졌다. 그들은 어느 틈엔가 원채에게 배운 택견 자세를 취하고 있었다.

　남강 위에서는 배다리를 건너보고 있는 사람들이 신기하다고 막 내지르는 환호성이 계속 울려 퍼지고 있었다. 그 속에는 일본 사람들이 무어라고 그네들 말로 외치는 고함소리도 섞여 있었다. 그만큼 지금 그 고을에 들어와서 살고 있는 일본인들이 많아졌다는 사실을 알 수 있었다.

　그러나 거기 누구도 알아차리지 못했다. 저만큼 무수한 구경꾼들 속에 섞여 몸을 감춘 채 배봉을 훔쳐보고 있는 여자는 운산녀였다. 그녀는 완전히 다른 사람으로 변모된 모습이었다. 지난 몇 해 동안 그녀가 어떻게 살아왔는가를 잘 보여주는 증거가 아닐까 싶었다. 그리하여 배봉이나 점박이 형제 앞에 나서도 얼른 알아보지 못할 정도였다. 너무 살이 빠져 앙상한 뼈가 드러날 지경이었으며 무엇보다도 폭삭 늙어버렸다. 이제는 서로 나이 차이가 많이 나는 배봉의 아내라고 해도 될 정도의 노파로 비쳤다.

　"아부지, 누부텀 손 좀 봐라꼬 시키까예?"

　억호가 배봉에게 물었다. 나이가 부끄러울 만큼 유아 근성이 드러나 보였다. 배봉 또한 어린아이가 장난치듯 대답했다.

　"나이 순서대로 하모 우뜰것노. 우에서부텀 하든지, 밑에서부텀 하든지. 히히."

　호한이 그런 배봉을 쏘아보면서 천천히 입을 열었다.

　"사람이 나잇값을 몬 하모 사람이 아이제. 손자 손녀 보기도 안 부끄럽나."

　배봉도 달팽이 걸음처럼 느릿느릿 말했다.

　"하기사! 인자 우리는 뒤로 나앉고, 손자 손녀들한테나 시키자 카이. 팔다리가 뽈라지든 골통이 빠사지든 끝꺼지 해 보라꼬. 우뜰노?"

　호한과 배봉이 그런 말을 주고받는 사이에 비화는 윤 씨 곁으로 달려갔다.

"우찌 지내셨어예?"

"우리사 그냥 지내제. 우리보담도 니 고생이 많을 끼거마."

모녀간 정담은 그 살벌하고 아슬아슬한 공기를 허물어뜨릴 만하였다. 그 순간에는 배다리도 잔잔해지는 분위기였다.

"아!"

바로 그때 해랑도 비화와 똑같은 모습을 나타내 보였다. 그녀 어머니 동실 댁이 등장했고, 그들 모녀도 서로 손을 마주 잡았다.

"아부지는예?"

주위를 둘러보는 해랑에게 동실 댁이 대답했다.

"배다리 있는 데로 가싯다."

동실 댁은 남편 강용삼이 그녀에게 한 이야기를 하지 않았다.

"내는 호한이 저 사람도 보기 싫고, 사둔이라쿠는 사람들은 더 보기 싫소. 그러이 당신은 당신 하고 싶은 대로 하소."

동실 댁은 그런 남편 마음을 십분 이해하고도 남음이 있었기에 그를 만류할 수가 없었다. 솔직한 심정대로라면, 그녀 또한 아무것도 보지 못한 척하고 배다리 있는 곳으로 내려가 버리고 싶었다.

동실댁 심경에 변화를 일으키게 한 것은, 윤 씨가 비화와 만나는 광경을 보고서였다. 내 딸 옥진에게, 비화만 제 어미가 있는 게 아니고 여기 네 어미도 있다는 것을 보여주고 싶어서였다.

'누가 머라캐도 내는 안 그렇다.'

세상 사람들은 옥진, 아니 해랑을 향해 온갖 손가락질을 할지 몰라도, 어미인 나만은 내 딸을 끝까지 사랑하고 지켜야 한다는 강한 모성애가 그녀를 지배하고 있었다.

그런 윤 씨와 동실 댁은 억지로 서로를 외면하고 있었다. 그런데 또

한 번 반전이 일어났다. 준서는 호한에게, 동업은 배봉에게, 거의 동시에 똑같이 말했던 것이다.

"할아부지는 그냥 계시이소."

그건 두 사람이 그 말을 하자고 선약이라도 있었던 것 같은 야릇한 현상이었다. 양쪽 사람들 모두가 깜짝 놀라는 빛이 되었다. 어쨌든 간에 두 집안의 장손들이 나섬으로써 나머지 다른 사람들은 잠시 뒤로 물러서는 듯한 양상을 띠기 시작했다. 그 두 젊은 사람이 그렇게 한 이면에 감춰져 있는 이유는 서로가 크게 달랐다.

준서는 지난날 어머니와 친자매처럼 지내던 해랑이, 우리 집과 원수인 배봉가의 며느리가 되었다는 그 사실을 언제나 참을 수 없었다. 또한 배봉과 점박이 형제가 일찍이 우리 집 어른들에게 얼마나 나쁜 짓을 해 왔는가를 잘 알고 있었기에, 내가 반드시 되갚아 주리라 다짐해 왔다. 말하자면 준서는 확고한 신념과 의지로 앞에 나서려 했던 것이다.

그에 비해 동업은 전혀 달랐다. 그래서 그는 자신이 한 언동에 대해 스스로도 경악했다. 그는 어떤 결정도 쉽게 내릴 수 없었다. 더 말할 필요 없이 바로 재영 때문이었다. 죽은 분녀는 마음으로 친모로 받아들였지만, 솔직히 아버지 억호에게는 그렇게 할 수가 없었다. 아니, 못 했다. 친부라면 어릴 적부터 자신에게 그렇게 인정 없이 거칠게 대할 수가 없었다. 무엇보다 생김새부터가 너무 달랐다.

그런데 이날 억호와 재영을 나란히 놓고 보니, 그는 되레 재영 쪽에 가까웠지 억호 쪽에 가까운 것이 아니었다. 그런 자각이 동업을 극심한 혼란과 고통으로 몰아갔다. 자신이 두려웠다. 무슨 짓을 할지 자제하기 힘들었다. 이래서는 안 되었다. 바로 그것이었다. 내가 이래서는 안 된다는 그 강박감이 그의 입에서 그런 말이 나오게 한 근본적인 원인이었다. 나는 재영과는 아무 상관이 없으며, 배봉가의 장손으로서 살아왔고 또 그렇게 살아가야 한다는 각오와 결심이 그를 앞으로 나서도록 했던 것이다.

그러나 아직은 아니라는 하늘의 계시였을까? 준서와 동업이 마주 서는 바로 그 찰나, 홀연 대기를 뒤흔들며 들려오는 소리가 있었다.

'삑!'

그것은 호각소리였다. 일순, 사람들뿐만 아니라 모든 사물도 흠칫, 그 움직임을 멈추는 것 같았다. 당시 그것을 불 수 있는 특권을 가진 신분은 일본 경찰이었다.

'누가 갱찰에 신고를 했구마.'

순간적으로 비화 뇌리를 세게 후려치는 생각이었다. 혹시 그게 아니라면 경찰이 먼저 발견하고 달려왔을 수도 있었다.

'우떤 쪽이든 간에…….'

중요한 것은 울던 아이도 울음을 뚝 그치게 한다는 일본 경찰이 출동하였다는 그 사실이었다.

'에나 너모 아깝다. 동업이를 우리 가문의 확고하고 맹실상부한 후계자로 맨들 수 있는 절호의 기회를 놓친다.'

해랑이 혼자 속으로 중얼거린 소리였다. 그날 동업과 준서가 양쪽 가문을 대표하여 나섰다는 사실은 온 고을에 퍼져나가, 두 사람은 동업직물과 나루터집의 얼굴로서 각인될 수 있는 더없이 좋은 기회였던 것이다.

"퍼뜩 흩어지입시더! 같이 모이 있다가 왜눔 갱찰들한테 붙잽히 갈 수도 있심니더!"

당장 그렇게 소리친 사람은 얼이였다. 무릇, 위기나 곤경에 처했을 때 그 사람 진가가 드러난다 했다. 지금 그곳에는 많은 사람이 있었지만, 그렇게 순간적으로 순발력을 발휘한 얼이였다. 그것은 그가 일찍이 관군과 일본군의 눈을 피해가며 농민군과 항일의병 활동을 한 데서 기인한 힘이었다.

"모도 잘 들으시소!"

동업 또한 녹록치 않았다. 얼이 다음으로 기지를 펼쳤다.

"사람들 속으로 숨어 들어가이소!"

대한제국 백성들이 보인 배려도 대단히 아름다웠다. 군중들 속에서 이런 소리들이 튀어나왔던 것이다.

"얼릉 우리한테로 오이소오!"

"저눔들한테 잽히가모 큰 갱(경)을 칩니더!"

"싹 섞이쀄모 몬 찾아낼 낍니더!"

심지어 몇몇 사람은 스스로 두 집안 식구들 사이로 끼어들기도 하였다. 그리하여 순식간에 누가 누구인지 구분이 되지 않을 정도가 돼버렸다. 그야말로 간발의 차이였다. 총칼로 무장한 일본 경찰들이 당도했을 때, 그곳에는 그저 배다리를 구경하러 온 사람들만 모여 있는 양상이 되었다.

일본 경찰들은 무어라 소리를 질러가며 윽박질렀다. 아마도 싸우고 있었던 놈들은 모두 나오라, 그렇지 않으면 찾아내서 더 큰 벌을 내리겠다, 등등의 협박일 것이다. 대한제국 백성들은 들은 척도 하지 않고 하나둘씩 슬슬 그 자리를 빠져나가기만 했다.

'역시나 같은 민족 핏줄은 다리거마. 그란데 우째서 우리 두 집안은 대대로 이리 싸와야만 하노?'

비화와 해랑의 머릿속에 동시에 찍혀 나오는 물음표였다.

비봉산 서편 자락 가마못 안쪽 마을 초입에 있는 꺽돌과 설단의 집이다.

지금 토담 바깥 공터에는 많은 사람이 모여 서서 뭐라 웅성거리고 있었다. 저잣거리를 방불케 했다. 얼핏 보아도 하나같이 피부가 검고 까칠한 게 농사꾼들로 보였다.

좀 더 자세히 말하자면 소작인들이었다. 저마다 얼굴이 벌겋게 달아올라 있었으며, 강한 증오심과 분노는 그 동리로 드나드는 길목에 있는 가마못의 물을 뒤엎어버릴 만했다.

간혹 비봉산에서 날아 내려온 멧새들도 사람들 기세에 억눌렸는지 조심스러운 날갯짓을 하는 것으로 비쳤다. 길가에 서 있는 늙은 홰나무도 무슨 일인가 하고 길게 목을 빼고 바라보는 형용이었다.

그때 읍내 중심지로 통하는 남쪽 길 위에 모습을 나타낸 사람은 뜻밖에도 비화와 권학이었다. 그러고 보니 아까부터 소작인들이 초조하게 기다리고 있었던 사람이 비화와 권학이었던 모양이었다.

두 사람이 거기까지 걸음하게 된 것은 꺽돌과 설단 부부의 간곡한 부탁이 있어서였다. 더 분명히 얘기하자면, 그들 부부가 비화에게 부탁을 했고, 비화는 또 준서와 얼이를 중간에 세워 권학에게 청을 넣은 것이다.

비화는 물론이고 권학도 그 청탁을 기꺼이 받아들였다. 아니었다. 오히려 비화와 권학은 자진해서 조선 소작인들을 만나고 싶던 참이었다고 해도 잘못된 말은 아니었다. 비화와 권학의 모습이 보이자 꺽돌이 부리나케 달려가서 허리를 크게 굽혀 인사를 하였다.

"쌔이 오시이소. 너모 무래한(무례한) 부탁을 드리서 에나 죄송시럽심니더. 사실은 저희 동네 소작인들이 하도 지를 조르는 바람에……."

꺽돌의 말을 끝까지 듣지도 않고 권학이 한양 말씨로 얘기했다.

"너무 그렇게 미안해할 필요는 조금도 없소. 되레 우리를 불러줘서 더 고맙소. 이건 우리 모두의 문제 아니겠소."

"그래도예."

꺽돌이 더욱 송구스러워하자 이번에는 비화가 말했다.

"훈장 선상님 말씀이 맞아예. 우리 모도 고민하고 해갤책을 찾아야 할 문제라꼬 봐예."

권학은 일제히 이쪽으로 간절한 시선을 보내고 있는 소작인들을 보면서 말했다.

"비화 마님과 내가 저들에게 큰 도움을 주지는 못하겠지만……."

북쪽 뒤편에서 동네를 둥글게 감싸는 형상을 하고 있는 야트막한 산 능선 위에는 구름 두어 장이 얹히듯 떠 있었다.

"최소한 알 것은 알아야 조금이라도 덜 피해를 입을 것 같다는 생각에, 비화 마님과 내가 여기까지 오게 된 것이오."

"아입니더. 두 분께서 여꺼지 와주싯다쿠는 것만 해도 저희 소작인들한테는 억수로 큰 심이 될 깁니더."

그런 말을 주고받으며 널찍한 공터에 다다랐다. 운집한 소작인들은 하나같이 눈을 반짝이면서 비화와 권학을 바라보았다. 그들 중에는 이전에 비화와 권학을 보았던 사람도 있고, 보지 않았던 사람도 있었다. 하지만 비화와 권학에 대해서 들어보지 못한 사람은 하나도 없었다. 그들 마음에, 비화는 소작인을 위하는 선량한 땅 부자, 권학은 그 고을 젊은이들의 정신적 지주, 그렇게 각인되어 있었다.

비화와 권학은 소작인들과 면식을 나눴고, 곧이어 질문과 답변이 오가기 시작했다. 소작인 김 씨가 맨 먼저 물었다.

"왜눔들이 저 토지조사사업이라쿠는 거를 와 핸 깁니꺼?"

토지조사사업. 이날의 최대 안건은 바로 그것이었다.

"……."

비화는 말없이 권학을 바라보았다. 권학이 고개를 끄덕여 보였다. 두 사람은 중간에 만나 함께 거기까지 오면서 한 약속이 있었다. 이론적인 것에 대한 물음에는 권학이 답하고, 실제적인 것에 대해서는 비화가 답을 해주기로 한 것이다.

"그건 이렇습니다."

권학이 답을 해주었다.

"한마디로 말해, 저 교활한 일제가 소위 식민지 경제 체제를 더 확실하게 세우기 위한 것이라고 할 수 있지요."

권학과 김 씨가 나누는 말소리는 비봉산 자락에 부딪혀 가마못 위로 흩어져 갔다. 하지만 그건 소멸되는 것이 아니라 더 많은 이들에게 알리기 위한 울림이었다.

"우리 소작인들이 너모너모 억울한 거……."

소작료를 물기로 약속하고 남의 땅을 빌려 농사짓는 사람의 애환과 고통을 하소연하는 김 씨 얼굴은 무지렁이의 표본 자체였다.

"그거는 마, 하늘도 알 낍니더."

이번에는 소작인 박 씨가 물었다.

"무신 썩어빠진 구실로예?"

권학은 부챗살 모양으로 날개를 쫙 펼친 채 머리 위를 날아다니는 비둘기 무리를 잠깐 올려다보고 나서 대답했다.

"역시 간단하게 말해서, 근대적 토지 소유 제도를 확립하기 위해 모든 토지의 소유권을 다시 조사한다는 구실과 명목을 붙여, 우리 조선인의 토지를 약탈하려는 것입니다."

비화는 김 씨와 박 씨를 비롯한 그곳 소작인들 눈치와 반응을 살펴보았다. 그녀 짐작대로 모두는 긴가민가하는 표정들이었다.

'우짜지?'

비화는 몹시 서글프고 애가 바짝 탔다. 지금 권학이 하는 이야기가 무학無學이 대부분일 그들에게 과연 제대로 이해가 될 수 있을까 우려했었는데, 그 예상이 들어맞는 것으로 보였다.

'말 자체부텀 안 그렇나.'

이른바 식민지 경제 체제니, 근대적 토지 소유 제도니 하는 따위 말들은, 오랫동안 장사를 통해 경제 체제를, 그리고 땅을 통해 토지 소유 제도를 어느 정도 체득한 비화 자신에게도 결코 쉬운 말들이 아니었다. 하지만 그렇다고 해서 그 말들을 좀 더 알아듣기 쉽게 풀이하는 것도 수월치 않고, 무엇보다 시간도 많이 소요될 터였다. 그리되면 꼬리가 길어지고 말 것이다.

비화와 권학은 또 공감하고 있었다. 행여 그날 그 자리의 정보가 염탐에 혈안이 되어 있는 일본 경찰에게 넘어가게 되기라도 하면, 그들 두 사람을 포함한 모든 소작인이 경찰서로 연행되어 큰 곤욕을 치르게 될 수도 있다는 것이다.

그렇기 때문에 가능하면 빠른 시간에 많은 지식과 정보를 알려주고 얼른 그 자리를 파하는 것이 상수일 것이다. 그래서 장소도 의심을 받지 않도록 밀폐된 공간이 아니라 훤히 틔어 있는 거기 공터로 정했던 것이다. 하지만 그럼에도 불구하고 마음은 불안하고 조급했다.

그러나 순박하고 억울한 소작인들은 어떻게 하면 일제의 저 토지조사사업으로 말미암아 그네들이 입을 피해를 조금이라도 덜어볼까 하는 애절한 마음에, 비화 자신과 권학을 오래 붙들어 두고 싶어 할 것이다.

비화와 권학은 익히 알고 있었다. 그 토지조사사업이란 것이 시행된 후로 토지 소유권을 인정받기 위해서는 굉장히 까다로운 절차가 기다리고 있었고, 신고 기간 또한 무척이나 짧았다. 그래서 기한 내에 신고를 하지 못한 사람들이 적지 않았으며, 마을이나 문중의 공유지도 신고가 제대로 되지 못해 피해가 속출하였다.

"그러한 토지와 공공기관에 속해 있는 토지는……."

권학은 바로 그 폐해에 관해 들려주고 있었다.

"일제가 모두 약탈하여 총독부 소유로 만들어 버리고 있습니다."

권학의 설명이 잠시 멈추었다.

"어이쿠!"

"이, 이?"

여기저기서 탄식과 진노와 울분의 목소리가 터져 나왔다. 조금 전까지 공터 하늘을 날고 있던 비둘기들은 어디론가 날아가고, 그 대신 전신이 시커먼 까마귀 서너 마리가 불길한 울음소리를 사람들 머리 위로 떨구고 있었다. 소작인들은 주먹을 불끈 쥐며 성토했다.

"저런 때리죽일 눔들이 있나?"

"그 땅들이 우떤 땅들인데 그리키나 몬된 짓을 한단 말고?"

"이기 모도 다 저눔들한테 나라를 통째로 빼앗긴 탓에 생긴 일이라쿠는 거를 생각하모 밤에 잠이 안 온다꼬."

그런 와중에 이번에는 소작인 이 씨가 큰소리로 입을 열었다.

"여쭙고 싶은 기 또 있심더, 훈장 선상님."

비화에게 막 무슨 말을 하려던 권학이 이 씨에게 물었다.

"뭡니까?"

이 씨는 입이 말라오는지 허옇게 태가 낀 혀로 까칠한 입술을 축이고 나서 말했다.

"지 행핀없는 소갠(소견)으로 봐도 그 많은 땅을 총독부가 직접 갱작(경작)할 수는 없을 낀데, 우짜고 있심니꺼?"

권학이 공터가 내려 꺼지라 한숨을 내쉬면서 말했다.

"그렇지요. 원래 총독부라는 곳이 농사를 짓는 기관도 아니고요."

모든 소작인이 귀를 세운 채 듣고 있는 중에, 설단이 비화 가까이 와서 가만히 웃어 보이며 말을 붙였다.

"준서 되련님은 잘 계시지예?"

여종 출신답지 않게 가지런하고 하얀 이가 보기 좋으면서도 슬퍼 보인다는 생각을 하며 비화도 소리 없는 웃음을 보내주었다. 만일 여염집 처녀였다면 괜찮은 가문의 며느리감으로도 하등의 손색이 없을 성싶었다. 하긴 억호가 자기 집 많은 여종 가운데서 유독 눈독을 들여 끝내는 임신까지 시킨 설단이었다.

'인자 재업이 생각은 좀 안 하고 사는가?'

얼이 아내 효원과 비등할 정도로 작은 설단의 얼굴 위로, 억호가 강제로 빼앗은 설단의 아들 재업의 얼굴이 겹쳐 보이기도 했다.

"총독부는 그 땅의 일부를……."

권학의 음성은 갈수록 열기를 더해가고 있었다. 비봉산에 서식하고 있던 봉황새를 쫓아버렸다는 가마못 열기가 그에게로 옮아가고 있는 게 아닐까 싶었다.

"동양척식회사를 비롯한 일본 토지 회사나 일본인 지주에게 헐값으로 팔아넘기기도 하고 있습니다."

땅도 아닌 사람을 사고판다는 것은 말도 되지 않는 소리지만, 억호에게 아들을 고스란히 넘겨주고 쫓겨난 설단이 신세를 헤아려보니, 비화는 코끝이 찡해오고 자꾸 헛기침이 터지려 했다.

"그라모 총독부는 엄청시리 많은 수입을 얻고 있것네예?"

또 다른 소작인 김 씨 말에 권학은 치미는 울분을 억누르는 목소리로 말했다.

"그렇지요. 한데, 총독부의 지세 수입도 수입이지만……."

소작인들은 다리 아픈 줄도 모르고 서서 고개를 끄덕이기도 하고 내젓기도 하였다.

"일본인 농업 이민이 날이 갈수록 더욱 크게 늘어나고 있다는 사실 또한 예사로운 일이 아닙니다."

소작인들은 격분을 금치 못하면서도, 권학이 가진 지식과 새로운 정보에 감탄하는 빛이었다. 역시 그는 그 고을 최고의 '스승'이었다. 그리고 그를 스승으로 모신 소작인 모두는 착한 '제자들'이었다.

그곳 분위기가 확 바뀐 것은 소작인 기 씨가 한 말 때문이었다. 그리고 가장 당혹스럽다고나 할까, 가슴까지 '쿵' 하고 내려앉은 사람은 비화였다.

꺽돌과 설단의 눈이 동시에 비화를 향했고, 어지간해선 감정의 기복을 보이지 않는 권학조차도 선뜻 할 말을 찾지 못하는 눈치였다. 기 씨는 이렇게 물었던 것이다.

"그란데 안 있심니꺼. 그 토지조사사업이라쿠는 기 말입니더, 우리 겉은 소작인 도지권賭地權은 무시하고 지주地主의 소유권만은 인정하고 있담서예?"

지주. 지금 그곳에서 그 소리를 들을 수 있는 사람은 오직 한 사람, 비화뿐이었다. 그녀는 아찔한 현기증까지 느껴야 했다. 거기 소작인들의 따가운 시선이 일제히 자신에게 쏠리는 것만 같았다.

여러 소작인 속에서 지주라는 그 한 가지만으로도 그녀는 벌써 '죄인'이 돼버린 기분이었다. 전례에 찾아볼 수 없는 토지조사사업을 펼친 일제와 똑같은 지탄과 비난의 대상으로 전락해버린 듯했다.

침묵은 꽤 길게 이어졌다.

가마못 가에서 뛰놀고 있는 아이들 함성이 들려왔다.

"야, 야아!"

공기는 갈수록 더욱 거북하고 이상해졌다. 기 씨 뒤를 이어 소작인 동 씨가 비화를 한층 난감케 하는 소리를 끄집어냈던 것이다.

"그래갖고 말입니더. 땅을 가진 지주의 권리는 상구 더 강해졌고, 땅이 없는 우리 겉은 농사꾼들은……."

동 씨는 그 생각만으로도 애간장이 타들어 가는지 두 번이나 마른침을 꿀꺽 삼키고 나서 말을 계속했다.

"미리 정한 개약(계약) 기간이 끝나모 다시 개약해야 하는 소작농으로 전락해삐고 있는 깁니더."

비화는 자신이 그들에게 해줄 수 있는 말은 아무것도 없다는 자각에 그곳으로의 걸음을 후회했다. 거기 올 때까지도 소작인들의 애로점이라든지 소원을 듣고 나서, 들어줄 수 있는 것이면 다 들어주리라는 단순하고 소박한 마음이었다. 그런데 그들은 소작인, 비화 자신은 지주, 그렇게 두 개의 다른 계층이란 벽이 가로막혀 있는 것이다.

기 씨나 동 씨의 물음에 대한 권학의 대답은 어떠하였는가? 그럴 리야 없겠지만 비화는 순간적으로 소작인들과 권학이 모의하여 지주인 그녀를 어떻게 하려는 게 아닌가 하고 오인할 지경에 이르렀다. 권학은 소작인들 불만에 더 불을 댕기는 소리를 했던 것이다.

"조금 전 두 분 말씀이 다 옳습니다. 하나도 틀린 게 없어요."

그러고는 더 목청을 돋우었다.

"악덕 지주들이 문제지요. 왜놈들과 조금도 다르지 않아요."

"마님."

설단이 다른 사람들 모르게 손가락 끝으로 비화의 옆구리를 살짝 건드렸다. 여기 서 있지 말고 우리 집 안으로 들어가자는 표시였다.

"음."

그 장면을 지켜본 유일한 사람인 꺽돌도 설단에게 눈짓을 했다. 어서 비화 마님을 모시고 그 자리를 피하라는 신호였다.

물론 비화는 악덕 지주가 아니라는 사실을 거기 모든 소작인은 잘 알고 있을 것이다. 악덕 지주가 아니라 없는 사람들에게 은덕을 베풀어 주는 고맙고 훌륭한 마님이라는 것도 모르지 않을 것이다. 그렇지 않다면 그들과 비화가 지금 그곳에 함께 있는 일부터 없을 것이다.

그러나 지주와 소작인이라는 잣대로 볼 때, 그건 그다지 큰 역할을 하지 못하리라는 깨달음이 들기도 할 것이다. 하지만 비화는 설혹 거기 누군가 그녀를 꺽돌네 집 안으로 끌고 간다고 하더라도, 그렇게는 하지 않을 거라는 결심이 서 있었다.

"더욱이 말이지요."

그런 속에서 권학의 말은 아슬아슬한 벼랑 끝을 맴돌고 있었다.

"그 토지조사사업으로 경제적인 입장이 더 좋아진 지주들 중에는……."

남강이 흐르고 있는 남쪽으로부터 불어오는 바람 끝에는 비봉산에서 부는 바람과는 또 다른 빛깔과 향기가 묻어나는 기분이었다.

"차마 믿을 수 없고, 또 믿기도 싫지만, 일제의 식민 지배에 순응하는 친일적 성향을 띤 자들까지도 나오고 있다는 겁니다."

얼굴이 약간 기다랗고 목소리가 왱왱거리는 모기를 떠올리게 하는 기 씨가 또 말했다.

"지가 듣기로는 말입니더. 그 토지조사사업으로 땅을 빼앗겨서 살기가 에려버진 농민 중에는, 정든 고향을 등지고 저 멀리 만주나 일본 겉은 데로 이주하는 사람들도 술찮이 된다 쿠던데예."

그 말을 들은 소작인들은 크나큰 충격을 받는 기색이 완연하였다. 그 건 결코 남의 이야기가 아니라 바로 내 이야기일 수도 있다는 자각이 일었던 것이다.

그때 지금까지는 다른 소작인들과 권학이 주고받는 말을 묵묵히 듣고만 있던 꺽돌이 처음으로 입을 열었다.

"우리 소작인들이, 아까 누가 이약한 그 도지권만 잘 인정받을 수 있으모, 벨 문제는 없지 않을 수도 있지 않으까예?"

깊은 생각의 표출인 양 묻는 말의 꼬리가 길었다. 비화는 속으로 고개를 끄덕였다. 역시 꺽돌은 천한 종 출신이지만 어딘가 다른 면이 있다는 평소의 느낌이 또 한 번 확인되는 순간이었다.

소작인들이 경작지에 대해 가지고 있는 부분 소유권인 도지권.

권학이 꺽돌에게 되묻고 있었다.

"지주에게 소작료인 도지만 내면, 사실상 그 땅을 계속해서 경작할 수 있는 그 도지권 말인가?"

꺽돌은 어떤 강한 기대와 신념에 찬 얼굴이었다.

"예, 팔거나 물려줄 수도 있는 도지권예."

권학이 비화를 돌아보았다. 비화는 소작인들을 둘러보며 말했다.

"중요한 거는 지주들 멤이라꼬 봅니더. 특히나 나라를 빼앗긴 우리 겉은 처지에서는 더 그렇것지예."

소작인들은 수긍하는 낯빛으로 아무런 말들이 없었다. 만약 비화 아닌 다른 지주가 그런 말을 했다면 그들의 반응은 또 달랐을 것이다. 그리고 실제적인 것에 관한 물음이 거의 없는 것은 모두 마음만 급해 허둥거리고 있다는 증거가 아닐까 싶었다.

소작인들이 권학에게 물어보고 싶은 것은 대략 끝난 모양이었다. 그리고 그렇게 시간이 남아도는 형편들도 아니었다. 어쨌든 비화의 도움을 발판으로 한 꺽돌의 주선으로 권학 같은 대학자를 만나 그런 이야기를 들을 수 있었다는 자체부터가 그들로서는 큰 수확일 것이다.

"훈장님, 오늘 증말 고맙심더."

"더 좋은 자리에 뫼시갖고 말씀 들어야 하는데, 길거리 노상에 서서 이리한 거 이해해주시소."

"훈장님도 아시지예? 우리 조선 사람 둘이만 모이도 왜눔 갱찰들이 따라붙어서 감시하는 거 말입니더."

"아, 그 땜새 역부로(일부러) 이리 뻥 뚫린 데서 모인 거 아인가베. 아모것도 아인 체 할라꼬."

그런저런 말들을 남기고 소작인들은 제각각 흩어졌다. 마지막까지 남은 사람은 비화와 권학 그리고 꺽돌과 설단 부부였다. 설단은 비화에게 말했다.

"누추하지만도 지들 집에 잠깐 들리서 쪼꼼 쉬시다가 가이소. 마이서 계시서 다리도 아푸실 낀데……."

그 말을 듣는 순간 비화 머릿속에 당장 자리를 잡는 사람이 배봉에게 심한 고문을 당해 앉은뱅이가 돼버린 언네였다. 그 집에 들어가게 되면 언네는 권학의 눈에 띌 수밖에 없을 것이다.

그건 안 될 일이었다. 권학이 무슨 해악을 끼칠 사람은 아니지만 그래도 언네의 존재는 비밀로 해두고 싶었다. 비화는 예의 없는 짓이라는 걸 모르지 않으면서도 권학의 의사는 타진해 보지도 않고 부부에게 말했다.

"그라고 싶지만도 시간이 너모 한거석 가뿠다 아인가베. 우리 훈장 선상님도 그냥 보통 바뿌신 분이 아이시고……."

다행히 권학도 비화와 비슷한 생각을 내비쳤다.

"갑자기 남의 집을 불쑥 찾아 들어가는 것도 결례가 되지. 그리고 사실 빨리 돌아가서 해야 할 일도 좀 있고."

가마못에서 살고 있는 야생 물오리들이 내는 울음소리가 그곳까지 들려왔다.

"뜻은 고맙지만 그냥 가겠소."

권학의 말을 들은 꺽돌 얼굴에 안도의 빛이 피어올랐다. 설단 또한 인사치레로 한 말일 것이다.

"그라모……."

"살펴 가시이소."

꺽돌과 설단은 비화와 권학의 모습이 보이지 않을 때까지 그 자리에 서서 배웅하고 있었다. 비스듬히 낙조를 받은 비봉산이 단풍 든 산 같아 보였다. 어쩌면 예로부터 그 고을에 전해져 내려오는 이야기대로, 누군가가 가마못에서 때고 있는 불의 열기를 받아 비봉산이 그러한지도 모르겠다는 생각을 해보는 비화 가슴이 더없이 먹먹하기만 하였다.

일제의 토지조사사업은 조선 소작인들뿐만 아니라 종국에는 조선 지주들도 모조리 파멸시킬 무서운 무기가 될 것이다. 그리하여 소작인은 말할 것도 없고 지주도 고향을 떠나 만주나 일본으로 이주해야 할 극한 상황까지도 벌어질 것이다.

그런 생각 끝에 무심코 이제 막 지나쳐온 가마못을 뒤돌아보던 비화는 자칫 비명을 지를 뻔했다. 머리칼이 쭈뼛이 곤두서고 다리가 후들거렸다.

피, 피였다! 온통 시뻘건 핏물로 출렁거리고 있는 가마못!

그게 낙조가 떨어진 못물이라는 것을 알면서도 비화는 좀처럼 떨리는 가슴을 가라앉히기가 쉽지 않았다. 죽음의 냄새를 풍기는 핏빛의 물이었다.

권학의 곱게 다린 흰 두루마기도 그 순간에는 붉은 옷으로 바뀌어 있었고, 어디선가 이 나라 백성들의 붉은 신음소리가 들려오는 것 같았다.

성내 안골 백 부잣집.

범구의 사랑방에 기량과 다미가 모였다.

"누?"

"최환지예."

아버지 범구의 되물음에 기량의 안색은 한층 딱딱해졌다. 그동안 기량은 아주 많이 변한 모습이었다. 혼례를 치르고 나서 서울에서 신접살림을 차려 생활해 오던 그가 오랜만에 아내 빈향숙과 함께 고향 집을 찾아 내려온 것이다.

그런데 집안 어른들 안부 등을 묻고 나서 기량이 대뜸 꺼낸 말이 '최환지'라는 이름이었다. 그 말을 꺼낼 때 그의 얼굴에는 무어라 형언할 수 없는 빛이 서려 있었다.

"아, 최환지라쿠모 이전에 저 진영대를 해산시키는 데 갤정적인 역할을 핸 그 친일파 눔 아이가?"

그렇게 말하는 범구의 턱수염이 부르르 떨리고 있었다. 그런 아버지를 보는 다미 가슴도 크게 요동쳤다. 무척 격노하고 있는 아버지 모습이었다.

"예, 맞심니더, 아부지."

기량의 음성과 표정 또한 사뭇 흔들렸다.

"내가 잘은 모리지만도⋯⋯."

범구는 그 사건을 떠올리기만 해도 숨이 가쁜지 잠깐 쉬었다가 말했다.

"보벨인가 하는 기생을 시켜서, 당시 진영대 정위를 매수해갖고 진영대 무기고 열쇠를 빼내서⋯⋯."

기량이 고개를 끄덕이며 저주와 비난에 찬 목소리로 말했다.

"예, 바로 그 작잡니더."

범구는 영채가 도는 눈으로 아들을 쏘아보듯 하며 물었다.

"그눔 이약은 와 하는 기고, 각중애?"

다미는 온몸이 움츠러들었다. 아버지의 저런 모습은 결코 흔하지 않았다. 그렇지만 아버지를 누구보다도 잘 알고 있는 오빠가 그런 이야기를 할 때는 반드시 무슨 연유가 있지 싶었고, 그러자 마음이 편치 못한 중에도 적잖은 궁금증이 일기도 하였다. 그런데 기량의 입에서 나오는 다음 말을 들으니 다미는 피가 거꾸로 확 치솟는 느낌이었다.

"그놈이 진영대 해산의 공로로 일제로부텀 '뱅합기념장'을 받았다는 깁니더."

범구는 외마디 비명을 지르듯 하였다.

"뱅합기념장?"

둘 이상의 사물을 합쳐서 하나로 만드는 것을 '병합'이라고 하거니와, 어떤 나라가 다른 나라와 결합하여 한 개의 나라를 구성하는 일을 그렇게 일컫는 것이다. 그 병합기념장이라는 말 앞에는 '한일'이라는 말이 붙어 있다는 사실이었다.

"개만도 몬한 것들이 저거들 멋대로 설치는 이 시상……."

"지가 서울에 있음서 알아본 바에 으하모……."

사랑채 지붕 위에서 참새들 재재거리는 소리가 내려오고 있었다. 이상하게 날이 갈수록 개체 수가 불어나고 있는 참새 무리였다. 그놈들은 거기 기와지붕 처마 속에 보금자리를 잡아놓고 새끼까지 기르면서 수시로 날아드는 바람에, 혹시 집 건물이 훼손되거나 하여 무슨 피해를 입지 않을까 신경을 쓰이게도 했다.

"그자는 그야말로 승승장구, 진영대 해산을 발판으로 해서 말입니더."

"음."

그 방 주인의 성품을 그대로 보여주듯 실내는 단출하고 정갈했다. 서안 위에 펼쳐진 서책은 약간 노리끼리한 빛을 띠고 있었는데 학구적이고 예스러운 정취를 자아내었다.

"일신상의 온갖 영광과 권세를 누리고 있심더."

다미 뇌리에 해자垓子 역할을 하는 대사지 위쪽에 자리하고 있던 진영대 옛 모습이 그려졌다. 그렇지만 그것은 지극히 잠시였으며, 이내 그 자리에 진주進駐한 일본군 임시 조선 파견대 보병 제2연대의 1개 중대가 거리를 활보하고 다니던 꼴사납던 광경이 되살아났다.

"진영대가 있던 그 땅은, 일본 육군 경리부 소유가 돼삣다 아이가."

범구도 다미와 비슷한 생각을 하고 있었는지 그렇게 말했다.

"예, 아부지. 거게 일본군 수비대는 일본군 보뱅 제45연대 소속 수비대라 하덥니더."

기량의 말끝에는 증오와 두려움의 기운이 동시에 묻어나고 있었다.

"대대로 군인 집안인 지 친구한테서 들었는데예."

그때 방문이 조심스럽게 열리면서 빈향숙이 모습을 나타냈다. 경성 동대문시장에서 큰 고가구점을 하는 빈제균의 셋째 딸이었다.

자고로 셋째 딸은 물어보지도 말고 그냥 며느리 삼으라는 옛말이 있듯이, 향숙은 시어머니 려 씨 부인이나 올케 다미 눈에도 흠집 하나 잡을 데 없는 여자였다. 말 그대로 재색을 겸비한 여인이었다. 그녀에게서는 지금 그녀 손에 들린 찻상에 얹힌 찻잔 속 차 향기 같은 은은한 향기가 스쳐 나오곤 했다.

"아버님, 식기 전에 어서 드세요."

범구에게 그렇게 권하는 향숙의 말은 경성 토박이말이었다. 다미가 들으니 준서 스승인 권학보다 더 완벽한 그곳 말이었다.

"어, 그래, 악아."

그러면서 찻잔에 손을 가져가던 범구가 말했다.

"아, 그란데 와 니 차는 안 비이는 기고? 같이 한잔 하모 좋을 낀데."

그런 아버지에게서 다미는 '며느리 사랑 시아버지'라는 말을 실감하였다.

"아녜요, 아버님. 저는 나중에 마시면 돼요."

300

향숙은 며느리인 처지에 감히 시아버지와 함께 차를 마실 수 없다는 빛이었다. 아버지와 오빠 뒤를 이어 찻잔을 들어 지리산 화개 야생차 맛을 음미하고 있는 다미에게 향숙이 나긋나긋한 목소리로 말해왔다.

"아가씨, 진주라는 여기 이 고을이 전 참 마음에 들어요. 진주, 말 그대로 보배 같은 고장인 걸요."

마치 남에게 시댁 자랑을 하는 것 같은 향숙이었다.

"예, 언니."

다미는 찻잔을 내려놓으며 말했다.

"그거는 그래예. 우리 고향이라고 해서 하는 소리가 아이고, 사실 이만한 데는 찾기가 안 쉬블 기라 생각해예."

녹차 향기 속에는 어쩐지 녹색 잎이 돋아나고 있는 느낌이 들었다.

"그럼요. 정말 복 받은 곳인 걸요."

잠자코 시누이올케 대화를 듣고 있던 기량이 불쑥 하는 말이었다.

"인자는 그기 다 지내간 옛날 이약이제."

그 말투가 하도 퉁명스러워 다미는 신경이 쓰였다. 하지만 향숙은 아무렇지도 않은 표정으로 쌍꺼풀진 눈을 크게 떠 보이며 말했다.

"그게 무슨 말씀이세요?"

잘못 판단하면, 남편 말에 꼬박꼬박 대꾸하는 교양머리 없는 아내로 여겨질 판이었다.

'올케 언니가?'

다미는 내가 혹시라도 그동안 올케를 잘못 본 게 아닌가 싶었다. 올케가 오빠에게 해 보이는 태도와 반응은 약간 의외였다. 다미가 짧은 시간에 내린 결론은 이러했다.

'예의범절은 다 갖차도 할 말은 다 하는 여자다.'

그런데 범구는 그런 며느리가 오히려 대견하고 든든한지 큰소리로 웃으며 말했다.

"악아, 내 한 가지 갈카주는데, 니 서방 안 있나, 나이 더 묵은 내보담도 더 복고 취향이 심한 기라."

향숙이 놀라는 얼굴을 했다.

"예에? 보, 복고 취향이라고 하셨어요?"

다미는 아버지가 약간 과장되긴 했지만, 결코 틀린 말씀은 아니라고 보았다. 언젠가 기량 오빠와 함께 무너진 동장대를 본 일이 떠올랐다. 그때 그는 누구보다도 못 참아 했었다. 물론 조선 사람, 특히 이 고을 사람들로서는 당연한 반응이었지만, 그 당시 그가 보이던 모습은 옆에서 지켜보기에 가슴 서늘해질 정도였다.

"아버님, 잘 알겠어요."

다시 들려온 향숙의 말이 다미 정신을 돌려놓았다.

"저이 말이 일제에게 빼앗긴 곳이다, 그런 뜻이겠죠."

다미가 듣던 그대로였다. 경성의 명문 여학교를 나온 값을 톡톡히 하는, 말 그대로 '똑소리 나는' 올케였다. 다미 자신 또한 근동에서 알아주는 그 고을 최고가는 여학교 출신이긴 했다.

"며눌악아."

올케가 또 무슨 이야기를 한 걸까, 다미는 잠시 지난 일을 떠올리느라 듣지를 못했지만, 아버지가 올케를 타이르고 있었다.

"니 우리 식구들 앞에서는 괘안은데……."

벽에 걸린 수묵화가 그들을 내려다보고 있었다. 그 그림을 구입했을 때 범구가 다미에게 한 말이 있었다.

"다미야, 내가 와 저 그림을 선택했는고 하모, 채색을 안 쓰고, 수묵의 짙고 옅은 조화로 천인일치天人一致의 초자연적 표현을 주로 핸 그림이라서인 기라."

그 수묵화 속의 산골 외딴집을 가만히 응시하며 범구는 며느리에게 다짐받았다.

"밖에 나가서는 시방 그런 이약 벨로 하모 절대 안 되는 기다, 알것제?"

향숙이 다소곳이 고개를 숙이며 대답했다.

"예, 아버님."

그러는 올케가 다미 눈에는 또다시 다른 여자로 비쳤다. 열두 번 바뀌는 것이 여자라면서 희희낙락거리던 동네 건달패들 말이 틀린 소리는 아닌가 싶었다.

"다미야, 니 올케 데꼬 나가서 고을 기경 좀 시키조라. 운제 또 여 올지 모리는데."

범구가 다미에게 하는 말을 듣고 기량이 말했다.

"아입니더, 아부지. 지가 그리하것심니더. 아까 들은께 다미는 친구들하고 만낼 약속이 있다쿠데예."

향숙이 말했다.

"아니에요. 저 혼자 나가서 봐도 상관없어요. 어차피 앞으로는 그렇게 해야 할 텐데요, 뭐."

다미 보기에 향숙은 확실히 '요조숙녀'보다는 소위 '신여성'에 더 가까운 여자였다. 어느 쪽을 선호할지는 개인 취향에 따라 달라질 수도 있겠다.

'서울 물이 시골 물보담은 더 현대적이라서 그럴까?'

근거도 확실하지 않은 그런 판단까지도 품어 보는 다미였다. 어쨌든 오빠와 한평생 함께 살아갈 아내는 세상 물정 모르는 여자보다는 똑똑한 여자가 더 나을 거라는 생각도 들었다. 특히 일제에게 빼앗겨버린 이런 힘든 나라에서 살아남으려면 그저 순박하고 착해빠지기만 해서는 좀 곤란하지 않을까 하는 계산까지도 해보았다. 다미는 올케가 믿음직스럽고 자랑스러웠다.

그러나 빈 찻잔 밑바닥에 남아 있는, 맛이 다 우려 난 찻잎을 보는 순간, 다미는 심경이 더없이 쓸쓸해지고 말았다. 찻잔 속에 비치는 듯했다. 일제에게서 병합기념장을 받고 있는 최환지라는 자의 모습이었다.

호주인이 세운 병원

2월의 바람 끝이 아직은 매웠다.

성내 영남포정사 안으로 들어서면서 배봉은 연방 부르르 몸을 떨어야 했다. 그가 이날 선화당으로 오라는 연락을 받은 게 이틀 전이었다.

엄밀히 말하자면 선화당이 아니었다. 그것은 지난날 관찰사가 재임하고 있을 적에 쓰던 명칭이며, 일제의 도장관道長官이 부임한 다음부터는 특별한 명칭 없이 그냥 '도청道廳'이라고 불리었다.

그러나 배봉에게는 아직도 '선화당'이라는 이름이 더 익숙했다. 배봉뿐만 아니라 그곳에 사는 지역민 모두가 마찬가지일 것이다. 그 명칭이었을 때 그 고을에서 벌어졌던 큰 사건들이 너무나 많았던 탓인지도 모른다.

진주농민항쟁과 동학혁명 그리고 노규응이 이끈 의병 봉기 등으로 무지렁이 백성들에게 점령당하기도 했던 곳이었다. 일제에게 나라를 빼앗기기 직전에도 수천 명의 성민城民들이 포위하기도 했던 곳이었다. 참으로 숱한 오욕의 역사로 점철된 곳이었다. 통한의 눈물과 한숨으로 기억될 곳이었다.

이윽고 저만큼 단층 기와지붕의 도청 건물이 보였다. 그것은 언제 누가 보더라도 옆으로 기다랗게 늘어서 있어 얼핏 학교 건물처럼 느껴졌다. 이날도 여느 때와 똑같이 길쭉한 벽을 따라서 유리 창문이 다닥다닥 붙어 있었다. 누구의 눈에도 조선 고유의 한식 관아 건물과는 너무나 거리가 먼, 바로 일본식 건축 양식이었다. 조선인이라면 고개를 돌려버리고 싶은 건물이었다.

배봉은 예전 선화당 모습을 되살리기 위해 이맛살을 잔뜩 찌푸리며 기억을 더듬어보았다. 그게 언제라고 벌써 기억에 희미하지만, 아마도 정면이 6칸인가 7칸인가 되고, 측면은 4칸인가 되었지 싶었다. 칸수는 정확하게 되살릴 수 없지만 지붕은 촉석루와 마찬가지로 금방이라도 날아갈 듯 날렵하게 생긴 팔작지붕이었다.

배봉이 그곳 비서의 안내를 받아 도장관 집무실로 들어갔을 때, 그 안에는 이미 도청 근무자들이거나 배봉처럼 초청을 받고 왔을 사람들이 있었다.

'무신 인간들이 요로키 짜다라 모잇노?'

배봉은 짜증스러운 마음이 일어 속으로 불만을 터뜨리며 그들을 둘러보았다. 흰 두루마기나 검정 두루마기를 입은 조선인들도 눈에 많이 띄었고, 서너 명의 늙은이들은 갓을 쓰고 있기도 했다. 거의가 이른바 '친일파'라고 불릴 만한 그런 인물들이었다.

일본인 관리들은 하나같이 정복正服 차림새에다 정모正帽를 푹 둘러 쓴 형용이었다. 그들 중에는 배봉을 향해 눈짓하거나 손을 흔들며 알은 체하는 자들도 있었다. 배봉 또한 웃음을 지어 보이거나 팔을 흔들어 필요 이상으로 친숙한 척했다. 지금 여기서는 속은 쏙 빼놓고 겉만 달고 행동해야 할 필요성이 절실한 것이다.

경남도장관 가가와(향천휘)가 비서들 호위를 받아가며 집무실로 들어선 것은 한참이나 지난 후였다. 자기 집무실에 있지 않고 어디 있다가 내방객들이 모두 와서 긴 시간 동안 기다리게 한 후에야 느릿느릿 나타나는지 알 수가 없었다. 그렇지만 거기 누구도 그런 것에 대해 감히 입을 벙긋할 자는 없었다. 자신의 몸값을 올리기 위해 의도적으로 그런 짓을 했을 거라고 짚어보는 사람도 있었지만, 그 또한 거짓 웃음으로 넘겨야 했다.

배봉은 가가와가 머리에 쓰고 있는 비단 모자에 눈이 갔다. 배봉 자신이 상납했던 모자였다. 동업직물에서 취급하는 많은 비단 가운데 최고급 비단으로 특별 제작한 것이었다. 훗날 그 모자는 가가와를 얘기할 때면 꼭 함께 세인들 사이에 회자되어 미움과 비난을 받는 대상물이 되리라는 것을 배봉은 내다보지 못했다. 어쨌거나 그런 '실크헤드'의 약발이 제대로 먹혀들어서일까, 가가와가 황감하게도 맨 먼저 말을 건네 온 사람은 배봉이었다.

"오, 우리 임 사장님! 사업하시느라 대단히 바쁘실 텐데 이렇게 오시라고 해서 참으로 미안하무니다. 하하핫."

그 거만한 웃음이 실제로는 허위라는 것을 그대로 말해주는 성싶었다. 그러나 배봉은 너나없이 예사로운 인간들이 아닐 여러 참석자 가운데서 자기를 가장 먼저 맞아주는 그 사실 하나만으로도 당장 눈물이 왈칵 솟을 만큼 감격스러웠다.

"아, 아, 아입니더. 도, 도장관님!"

하지만 배봉의 말이 채 끝나기도 전에 가가와는 벌써 다른 사람들에게 또 무슨 말을 던지고 있었으며, 저마다 배봉이 그랬듯이 몸 둘 곳을 모르겠다는 모습들이었다. 배봉 못지않은 작자들임을 단박에 알 수 있었다.

가가와의 저간의 행적을 살펴보면 기실 그럴 만도 했다. 아니, 그럴 수밖에 없었다. 저 통한의 한일합방이 이뤄진 그해 10월 9일인가 그곳에 처음 모습을 드러냈던 가가와였다.

그는 초대 조선총독 테라우치의 무단 통치 방침을 누구보다도 잘 시행했던 인물이었다. 그가 총칼을 앞세워 펼친 도정道政은 경남 도민에게는 실로 살벌하고 섬뜩했다. 내 목, 내 팔다리가 제대로 붙어 있는지 쉴 새 없이 확인해야 했다.

소위 일제의 '헌병경찰제'가 시작되었던 것이다. 그전에 있었던 조선인 경남관찰사 조시영이나 이지용, 황철도 지탄받아 마땅했지만, 그래도 일본인 가가와에 비하면 훨씬 나은 편이었다. 그나마 물보다는 진한 피의 사명을 나름 발휘했다고 봐야 했다. 정녕 땅을 치고 통곡할 일의 연속이었다.

"자아, 우리 모두 밖으로 나갑시다."

"……."

왜 그러자고 하는지 이유를 몰라 어리둥절한 표정을 짓는 그들이었다.

"기념촬영을 해야지요. 하하."

가가와가 비서에게 무슨 지시를 내리고 나서 말했다.

"하이!"

"아, 예, 예."

일본인 관리들과 조선인 참석자들은 서둘러 집무실을 빠져나가기 시작했다. 남보다 조금이라도 늦으면 가가와 입에서 곧 불호령이 떨어지리라는 불안감이 엿보였다. 그렇게 하진 않더라도 속으로 찍어둘 것 같아서였다.

바깥바람은 여전히 쌀쌀하기만 했다. 가가와의 비단 모자가 돋보이는 날씨였다. 배봉은 자신이 상납한 것인데도 불구하고 그 모자를 보는 기분이 썩 유쾌하지 못했다. 그래서 일부러 주변으로 시선을 돌렸다.

도청 주위에 있는 일제의 헌병대 본부와 경찰서 등이 눈에 들어왔다. 도청 부하 직원들과 가족들이 사는 일본인 관공리 숙소도 보였다. 아까 그가 그곳까지 오면서 억지로 외면했던 건물들이었다. 앞으로 여기 성 안에는 얼마나 더 많은 일제의 여러 기관이나 단체의 관리들이 거주하는 관사가 들어서게 될는지 모른다.

일제에 아부하고 협력하며 살아왔고 또 계속 그렇게 살아가야 할 배봉이었지만, 그래도 일제 냄새가 폴폴 풍기는 것들이 별로 좋지 못했다. 북쪽으로 우뚝 서 있는 북장대 부근에서 그곳으로 날아오는 애꿎은 까마귀 무리를 향해 욕설이라도 막 퍼붓고 싶은 심정이었다.

'에잉, 재수 옴 붙었다 아이가. 내가 시방꺼지 가가와 저눔한테 착착 갖다 바친 기 올만데, 인자 와서 휑, 하고 딴 데로 가뿐다꼬?'

그것이 지금 배봉의 심기를 마구 뒤틀리게 하는 근본 원인이었다. 가가와가 초대 경남도장관으로 부임한 게 2년 전쯤이었다. 그 세월이 그 고을 다른 사람들에게는 이십 년, 아니 이백 년도 더 되는 시간으로 여겨졌겠지만, 배봉에게는 너무나 짧고 아쉬움을 남기는 시간이었다. 그 전의 여러 조선인 관찰사들 못지않게 친분을 쌓아두었던 가가와였다. 물론 그것은 두말할 것도 없이 오로지 돈 하나로 맺어진 것이었다.

어쨌든 간에 그런 '빽'이 있어 비단사업은 더욱더 번창해 왔는데, 이제 가가와가 떠나버리면 어쩌나 싶은 배봉이었다. 다음에 또 어떤 자가 오더라도 '돈줄'로 서로 엮이면 무슨 별문제가 있겠느냐고 자위도 해보지만 그래도 세상일은 그 누구도 모르는 법, 특히 왜놈의 변덕과 위선 앞에서 좌절하고 허둥거린 게 한두 번이 아니었다. 배봉은 기념촬영이고 뭐고 다 싫고 그냥 집으로 돌아가 버리고 싶다는 마음뿐이었다. 하지만 그랬다간 나중에 무슨 봉변이나 앙갚음을 당할지 모르니 꾹꾹 눌러참고 응할 수밖에 없었다.

"으흠."

배봉은 스산하기 그지없는 심정을 달래기 위해 소리 낮춰 헛기침도 하고, 돼지같이 굵은 목도 이리저리 돌려보고 여러 가지 짓을 다 해봐도 별소용이 없었다.

목전에 보이는 자연도 그의 마음처럼 그저 을씨년스럽기만 했다. 도청 건물 앞쪽에 잔뜩 옹크리듯 서 있는 나무들도 잎사귀 하나 달려 있지 않고 앙상한 가지만 남은 채로, 찬 바람이 불면 속절없이 흔들리면서 휘파람 비슷한 소리를 내고 있었다. 어찌 들으면 꼭 한숨을 내쉬고 있는 것으로 받아들여졌다.

"자아, 모두들 나무 앞쪽으로 나오세요."

경성 말을 쓰는 젊은 사진사가 말했다. 그가 그렇게 말하지 않아도 나무 앞쪽으로 의자들이 쭉 놓여 있었다.

"도장관님께서는 거기 중앙에 앉으시고, 신문사 주필님도……."

키가 크고 호리호리한 사진사는 굉장히 기분이 좋아 보였다. 대단한 도장관과 여러 유명 인사들의 단체 사진을 찍는 자신이 무척이나 자랑스러운 모양이었다. 어쩌면 당시 보통 사람들로서는 접하기 쉽지 않은 사진을 찍는 기사 신분이라는 것부터 은근한 자부심을 품게 하는 것인지도 몰랐다.

'우째서 저눔이 내한테 입도 벙긋 안 하노.'

배봉은 가가와 임 사장님도 의자에 같이 앉으시라고 권하기를 간절히 기다렸으나 그런 말은 고사하고 눈길도 제대로 주지 않았다. 그저 정복 차림 일본인 관리들과 자기들 말로 무어라 주고받기만 하는 것이다. 찬밥 신세가 되고 말았다.

'인간도 아인 눔! 인자 다린 데로 간께 내한테서 더 돈 빼묵을 일이 없다꼬 저라는 기것제?'

배봉은 눈물이 솟을 만큼 분하고 서러워 속으로 온갖 악담과 저주를 퍼부었다.

'에라이, 쪽바리 놈아! 내가 준 돈 갖고 가서 자자손손 옴이 붙거라. 고 비단 모자에 불이 붙어 대갈빼이 모돌띠리 타서 시커먼 해골만 남거라.'

결국, 배봉은 의자에 앉기를 포기하고 사람들이 서 있는 뒷줄로 가서 거기 섞였다. 그런 후에 의자에 앉아 있는 면면을 살펴보니 조금은 상한 감정이 가셨다. 의자에 앉아 있는 것들은 대부분이 일본인 관리들이었고, 조선인은 수염이 허연 늙은이를 비롯해 중절모를 쓴 흰 두루마기 차림새 두엇, 그리고 검정 두루마기 두엇이 고작이었다. 아마도 그들은 배봉 자신처럼 돈만 많은 게 아니라 돈에다가 권력도 함께 가지고 있는 친일파들 같았다.

'우짤 수 없지 머. 그렇다꼬 사진도 안 찍고 그냥 가삘 수도 안 나.'

그리하여 그 정도였다면 배봉은 그런대로 참을 수 있었는데 그게 아니었다. 정말 비위를 거스르게 한 것은 조선 기생들이었다. 그는 서 있는데 그것들은 줄줄이 앉아 있는 것이다. 가가와를 모시던 기생들이었다.

'가래이를 쫙쫙 찢어 쥑일 년들. 더러븐 왜놈한테 붙어갖고 사는 기생충 겉은 것들.'

한땐 기방 출입이라면 단연 '천하제일'이라 자부하던 그였다. 일본인에게 모든 걸 다 갖다 바쳤던 그였다. 그런 자신은 생각지도 않고 그냥 기생들만 미운 것이다.

그러다가 배봉은 다시 한번 후회했다. 무슨 핑곗거리를 대서라도 그 자리에 나오지 말아야 했다. 더군다나 사진 촬영까지 하여 증거를 남기는 날이었다. 훗날 오늘 찍은 이 사진이 책 같은 데 실려 사방팔방 떠돌아다닐 수도 있었다. 친일파였다는 것이 만천하에 공포되는 어리석은 짓인 것이다. 하지만 결국 사진 촬영에는 임했다.

'지기미, 우짤 수 없다 고마. 또 누가 아나? 일본한테 햅조한 조선인 이라꼬 일본 눔들이 내를 더 잘 대해줄랑가도.'

배봉이 벌레 씹은 상판으로 그런 생각을 굴리고 있는데 다른 사람들은 가가와에게 다가가 온갖 아부 아첨의 말을 쏟아내고 있었다. 그러면 가가와는 호탕한 웃음을 터뜨리기도 하고 건성인 듯 두 손을 휘휘 내저어 보이기도 하였다.

'그렇다모 내도 빠지모 안 되제.'

배봉도 서둘러 가가와 쪽으로 다가갔다. 그러고는 몸살이 날 정도로 전신을 굽실거리며 그동안 우리 고장을 위해서 많은 일을 해주어 참으로 고맙고 정말 존경한다는 취지의 말을 했다. 그러자 가가와는 배봉에게 보여주기 위해 괜히 손을 들어 머리에 제대로 쓰고 있는 비단 모자를 고쳐 쓰며 말했다.

"내 어디를 가든 임 사장에게 입은 은혜는 잊지 않겠스무니다. 아니, 서로가 지금보다도 더 나은 자리에서 다시 만날 날이 반드시 있을 것이오. 나는 그걸 믿스무니다. 허허."

"어이쿠! 백골난망!"

그러나 그가 새우처럼 구부렸던 허리를 펴고 고개를 들어 가식이 느껴지게 가가와를 우러러보았을 때, 가가와는 그 잠깐 사이에 이미 기생들에게 둘러싸여 있었다. 배봉은 또 속으로 욕설을 퍼부었다.

'가가와 이눔! 요담에 지 자리에 오는 도장관한테 내를 잘 봐달라꼬 이약해 놓것다, 그런 소리는 입 밖에도 안 내고 기생들하고만 낄낄거리?'

그런데 좀 더 찬찬히 살펴보니 거기 참석한 다른 사람들도 자기와 비슷한 눈치들이었다. 하긴 행여 밉보여 나중에라도 무슨 화를 자초할지 몰라 이날 모습을 보인 것이지, 떠나는 가가와와 석별의 정을 나누기 위해서거나 무슨 기대를 걸고 그곳까지 나온 자는 하나도 없을 것이다.

단층 기와지붕 위에 몸집이 아주 커다랗고 털빛이 새카만 까마귀 한 마리가 날아와 앉아 큰소리로 울기 시작했다.

'까~악, 까~악.'

바람이 불자 길쭉한 벽을 따라서 붙어 있는 유리 창문들이 덜커덩거리는 소리를 내었다. 잎사귀 하나 매달려 있지 않은 나목들 위로 드리워진 2월의 하늘은 너무나도 차갑고 썰렁해 보이기만 했다.

어디선가 지난날 그곳을 점령했던 조선 농민군과 의병들이 내지르는 함성이 금방이라도 들려올 것만 같은 날이었다.

상촌나루터에도 바람이 거셌다.

"머? 핵조를 오데로 옮긴다꼬?"

비화의 높은 목청이 천장을 찔렀다.

'니가…….'

얼이가 준서더러 이번에는 네가 말하라는 눈짓을 해 보였다. 산중에서 맨손으로 호랑이를 만나도 놀라지 않을 만큼 담대한 얼이였지만, 비화의 기세에는 그만 적지 아니 눌려버린 모습이었다. 준서가 더듬더듬 얘기했다.

"이, 인사리 있는 데, 데로……."

비화가 다그치듯 하였다.

"인사리?"

"예."

"그눔들이 나라를 빼앗더이, 인자는 핵조꺼정 지들 멤대로 할라 캐?"

"……"

나루터집 식구들이 함께 모여 회의 등을 할 때 사용하는 살림채 방에는 한참이나 침묵이 가로놓였다.

"그래도 록주는 졸업했은께⋯⋯."

그 침묵을 깨며 준서가 말했다.

"예, 맞심니더. 우리 록주는 그짝으로 안 가도 안 됩니꺼."

얼이도 그런 사실을 상기시켰지만, 비화는 여전히 울분이 풀리지 않은 얼굴이었다.

"여학상 전용교실을 맹근 지 개우시 3년 쪼꼼 더 넘었는데⋯⋯."

살림채와 가게채를 경계 짓는 나무에서 참새들이 쩍쩍거리고 있었다. 비화는 잠시 눈을 감고서 무슨 생각인가를 하고 있다가 다시 말했다.

"양반집 자녀들이 가매를 타고 등하교 하는 거를 지키봄시로 그러키나 반가버하고 좋아했더이만."

진주보교 여자부는 처음에는 관리들이나 상인, 농민들의 딸만 다녔다. 그러다가 나중에는 유림들의 딸도 입학했던 것이다. 1회 졸업식에는 불과 3명밖에 졸업생을 배출하지 못했지만, 그 뒤 입학생 수는 기대했던 것보다도 훨씬 크게 늘어나서 얼마나 흡족해했는지 모른다.

'어머이가 아이었으모 몬 맨들었을 여자학급이었제.'

준서는 어머니 마음이 십분 이해되고도 남음이 있었다. 처음 그 학급이 만들어졌을 때, 비어사 진무 스님과 원아 이모 그리고 록주와 함께 그 학교를 바라보며 가슴 벅찬 이야기를 나누던 기억이, 바로 어젠 양 또렷이 되살아날 어머니였다. 그날 집에 돌아온 어머니는 아들인 그에게 그 말을 해주며 아이처럼 좋아했었다.

"아, 이 일을 우짜모 좋노? 이라다가 여자는 또 공부 몬 하거로 되는 시상이 올랑가도 모리것다."

그러던 비화가 더없이 침통한 목소리로 물었다.

"호주선교회가 앞으로 옥봉리 예배당을 우찌 사용할 끼라 했는고 너 거들도 모도 들어들 봤디제?"

준서와 얼이 머릿속에 옥봉리에 있는 초가집 예배당이 떠올랐다. 기독교 신자들이 모여 예배를 보는 그 회당은 예배일이 되면 사람들로 흘러넘친다고 했다.

"준서야."

얼이가 준서에게 이번에도 네가 말하라고 하려는 눈치다가 스스로 대답했다.

"예, 누야. 남자핵조로 쓸 끼라 했……."

얼이 말이 미처 떨어지기도 전에 비화가 기도 하듯 말하였다.

"호주는 일본하고 같으모 안 되는데……."

"……."

준서와 얼이가 얼굴을 마주 보고 있는데 비화 입에서 한 번 더 같은 말이 나왔다.

"호주는 일본하고 같으모 안 되는데……."

여러 수종樹種들로 이루어진 나무 울타리에서 참새들이 재재거리는 소리가 귀를 틀어막고 싶도록 시끄러웠다.

그로부터 얼마 후였다. 호주선교회가 옥봉리 교회 옆에다가 근대식 병원을 세우고 봉헌식을 거행한 것이다.

바로 호주장로교 총회가 선교구역 시찰자로 진주에 파견한 저 패톤 (M. Paton) 목사의 한자명을 따서 '배돈培敦'이라고 이름 붙인 그 병원이었다.

다름 아닌 일본인 토목기술자 죽원웅차가 모든 공사를 맡아서 건립한 병원이었다. 병원설계도는 켐프라는 호주 건축가가 작성하였다.

배돈병원은 두 번의 완공을 통해 세상에 나온 병원이기도 하였다. 이태 전 11월 건물이 완공될 즈음 원인을 알 수 없는 화재가 나서 소실되었는데, 아직까지 방화범이 밝혀지지 않고 미제謎題 사건으로 남아 있었다.

붉은 벽돌로 지어진 배돈병원 앞에 죽원웅차가 나타났다.

그는 혼자가 아니었다. 뜻밖에도 맹쫄과 함께였다. 그의 아버지 치목이 살해당한 후로 다른 모습으로 살아가고 있는 맹쫄이었다. 무엇보다도 아들 노식을 데리고 비화를 찾아가 우리 서로 힘을 합하자고 했던 그였다.

"민 사장님."

죽원웅차가 맹쫄에게 말했다.

"진작 구경시켜 드리려고 했는데 늦어서 미안하무니다. 실은 이것저것 펼쳐 놓은 사업이 너무 바빠서……."

맹쫄이 손사래를 치며 말했다.

"아입니더, 아입니더. 이런 기회를 주시서 에나 고맙심니더."

그 고장 최초의 서양식 민간병원을 올려다보며 감탄해 마지않았다.

"참말로 대단하네예! 죽원 사장님이 너무너모 존갱시럽심니더. 우찌 이런 건물을 다 지으시고 말입니더."

맹쫄은 죽원웅차를 다시 보았다. 이렇게 대단한 일본 사람과 가까이 지낼 수 있다는 사실부터가 참으로 가슴 벅찼다. 배경이 든든하지 않으면 싸움이고 사업이고 또 다른 무엇이고 간에 승산이 없다는 것을 체득한 그였다.

'오데 그뿐이가?'

죽원웅차는 아버지 살해범인 점박이 형제를 잡아들일 차베즈 경사까지 직접 소개해 준 사람이었다. 물론 그들을 완전히 믿지 못해 비화에게 공조를 요청해 놓은 상황이긴 하였다.

"자, 여기⋯⋯."

맹쭐이 죽원웅차를 따라 맨 처음 들어간 곳은 원장실이었다.

"렐커 원장님, 그동안 잘 지내셨스무니까?"

"오, 죽원 사장님, 어서 오십시오. 오신다는 연락 받고 아까부터 이렇게 기다리고 있던 참입니다."

죽원웅차와 렐커 원장이라는 사람은 반갑게 악수를 나누었다. 맹쭐이 지켜보기에 렐커 원장이란 호주 사람은 그 병원 공사업자인 죽원웅차에게 각별한 호감을 품고 있는 것 같았다.

"이쪽은⋯⋯."

죽원웅차가 맹쭐을 소개했다.

"저하고는 서로 아주 뜻이 잘 통하는 민맹쭐 사장님이시무니다."

"아, 그래요?"

렐커 원장은 다소 뜻밖이라는 표정이 되더니 서양인 특유의 크고 새파란 눈을 빛내며 맹쭐을 유심히 바라보았다.

'오데 사람을 첨 보나?'

맹쭐은 그가 죽원웅차와 악수를 할 때부터 왠지 싫다는 감정부터 앞서고 있었다.

'둘 다 넘 나라에 들와갖고 잘 해 처무(처먹어) 봐라.'

렐커 원장도 한국인과 일본인 사이의 감정 결이 어떠한가를 피부로 느끼고 있을 것이다. 사실 그 당시 호주 또한 한국과 똑같이 다른 나라의 식민지가 돼 있었다. 바로 영국에게 점령당한 상태였던 것이다. 그렇지만 영국이 호주에게 하는 짓과 일본이 한국에게 하는 짓이 서로 어떻게 다른지는 알 수가 없었다.

"잠시 후에 쭉 둘러보시게 되겠지만, 현재 저희 병원에는⋯⋯."

렐커 원장은 맹쭐이 막연하게 예상했던 것보다 훨씬 더 능숙한 한국

어로 말을 이어갔다. 머리가 무척 영리하고 사교성도 아주 뛰어난 사람 같다는 생각이 들면서 맹쭐은 더욱 그를 경계하는 마음이 되었다.

"내과, 외과, 이비인후과, 치과, 이렇게 네 개의 과로 나누어져 있 고……."

'구신 씻나락 까묵는 소리도 아이고.'

그건 한국말임에도 불구하고 오히려 맹쭐이 제대로 알아듣지 못할 소 리들이었다. 솔직히 내과와 외과라는 것부터 진료의 차이가 무엇인지 모호하기만 했다. 그리고 치과는 이빨을 치료하는 곳이구나 하고 어느 정도 감이 가는데, 이비인후과는 귀, 눈 등이구나 싶기는 하지만, 그 모 두가 얼른 그려지지 않는 것이었다.

"마흔한 개의 병상이 갖춰져 있지요."

"호오, 그렇게 많스무니까? 대단, 대단하무니다."

병원에 대한 지식이 전무한 맹쭐은 무슨 말을 어떻게 해야 할지 통 모 르겠는데, 죽원웅차는 사전에 정보를 얻고 왔는지 알은체를 계속했다.

"제가 들으니 말이무니다."

죽원웅차는 말을 하면서도 끊임없이 실내를 둘러보았다. 이곳은 어쩐 지 넉넉하면서도 절제된 무엇인가가 갖춰져 있다는 선입견을 가지고 있 는 그였다.

"호주인 의사가 선교사를 겸해 근무하고 있다고요?"

맹쭐은 내심 고개를 갸웃했다.

'한 사람이 으사하고 선교사를 다 한다꼬?'

주로 침을 놓거나 진맥診脈이나 하는 한방의만 보아온 맹쭐로서는, 종교 쪽에까지 관여하는 의사라는 것이 너무나 생뚱맞게 다가왔다.

"아, 예, 그렇습니다."

렐커 원장은 자기네 배돈병원에 대해 선전할 수 있는 호기를 잡았다고 보는지 명쾌한 목소리로 말을 이어갔다.

"사십 명이 넘는 남녀 선교사들이 의사와 간호사 등을 맡아 봉사하고 있지요."

죽원웅차가 과장되게 놀라는 얼굴을 하였다.

"예에? 사, 사십 명이 넘는다고요?"

그때 마침 렐커 원장의 그 말에 대한 증거인이기라도 하듯 세 명의 호주인이 들어왔다. 남자가 둘이고 여자가 하나였는데, 모두 렐커 원장의 복장과 마찬가지로 흰 가운을 입고 있었다.

그 가운데 키가 훌쩍 크고 낯빛이 창백해 보일 만큼 유난히 새하얀 남자 호주인이 렐커 원장에게 자기들 말로 무어라고 물어보는 듯했다. 그러자 렐커 원장 역시 자기들 말로 무어라고 지시했다.

젊은 여자 호주인을 힐끔힐끔 훔쳐보는 죽원웅차 시선이 맹쭐 눈에 적잖게 불온해 보였다. 이목구비가 그린 듯이 뚜렷하고 몸매가 대단히 빼어난 데다가 이색적인 분위기까지 풍기는 그 여의사는 뭇 남성들의 관심을 끌 만했다.

"그럼 우리도 이제부터 돌아볼까요."

"예."

그 호주인들이 나간 후 얼마 있지 않아 맹쭐과 죽원웅차도 렐커 원장과 함께 원장실을 나왔다. 전체적으로 단순해 보이면서도 어떤 병원균도 침투하지 못할 정도로 깨끗하다는 인상을 풍기는 원장실이었다.

그들은 병실을 둘러보기 시작했는데, 그곳 또한 하나같이 퍽 위생적이고 아늑해 보였다. 특히 각 병실에는 전도사와 전도부인을 두어 입원환자와 외래환자들을 위해 매일 예배를 드린다는 사실이 놀라웠다.

'어? 우리나라 사람 아이가!'

간혹 조선인 직원들도 만났다. 맹쭐 눈에는 그들 또한 호주인 못지않게 낯설기만 했다. 지금 여기가 조선 땅이 맞나 싶기도 했다.

　그들도 렐커 원장, 일본인과 나란히 병원 안을 돌아다니는 맹쭐을 말 없이 야릇한 눈길로 바라보았다. 맹쭐은 자신도 모르게 목이 움츠러들기도 했다.

　"허허허."

　조선인들끼리의 그런 묘한 눈빛을 알아챘는지 렐커 원장은 웃음과 함께 이런 말도 했다.

　"조선분들도 모두 우리 병원전도협회에 가입하여 복음 전파에 노력하고 있답니다."

　맹쭐은 여러 가지를 알려주는 그에게 예의상 고개를 끄덕여 보였다.

　"하! 그렇스무니까?"

　죽원웅차는 이번에도 과장된 모습을 나타냈다. 꿔다놓은 보릿자루 같은 나보다 저렇게 맞장구를 쳐주는 죽원웅차가 렐커 원장 마음에는 훨씬 더 들 것으로 여겨지는 맹쭐이었다. 하지만 그렇다고 해서 저 코쟁이한테 알랑방귀를 뀌고 싶지는 않다고 생각했다.

　"그뿐만이 아니죠."

　렐커 원장은 또 자랑스럽게 얘기했다.

　"저희 병원은 여기 진주부민府民들만 오는 게 아닙니다."

　죽원웅차는 변함없이 호기심을 드러내었다.

　"그러면 또 누가 오무니까?"

　맹쭐은 시종 잠자코 듣고만 있었다. 일본인이 세운 병원보다는 낫지만 그래도 외국인이 세운 병원이란 사실부터가 왠지 뜨악했다. 우리 조선 사람이 이런 병원을 세웠다면 좋을 거라는 아쉬움을 처음부터 지우지 못하고 있는 그였다.

　'내한테 점벡이 행재들만치, 저거들 꺼는 아이고 지들 아부지 꺼지만

도, 우쨌거나 그리 돈이 한거석 있다모, 내도 이런 거를 한분 지이볼 낀데.'

그런데 이어지는 렐커 원장의 말은 맹쭐로 하여금 앞서의 감정을 좀 누그러뜨리게 하였다.

"서부 경남은 더 말할 것도 없고요, 중부 경남, 더 나아가서 저 멀리 전라도 광양 같은 곳에서도 찾아온답니다."

죽원옹차는 입을 다물지 못하는 모양새였다.

"하! 하!"

뜻밖의 조선인과 맞닥뜨린 것은 외과 복도에서였다.

"아, 우리 장로님이시군요."

렐커 원장이 반갑게 말했다. 저쪽에서도 역시 반가운 목소리를 내었다.

"원장님! 그동안 잘 계싯심니꺼?"

맹쭐과 죽원옹차는 그를 물끄러미 바라보았다. 방금 교회 장로라고 했는데 신자가 아닌 그들은 그가 누군지 잘 몰랐다.

"지난번 그 일만 해도 굉장했지요."

"물론입니더. 그리고 그뿌이 아이지예."

교회 장로라는 사람과 몇 차례 더 무슨 말인가를 나누던 렐커 원장이 먼저 그에게 이쪽 사람들을 소개했다.

"죽원 사장님과 민 사장님이십니다."

그러자 중키에 얼굴의 살이 얇아 보이는 그 장로는 약간 뜨악한 표정을 지었다.

"아, 예."

그는 맹쭐과 죽원옹차를 알고 있는 눈치였지만 일부러 모르는 척하는 듯했다. 하긴 그 고장 사람치고 죽원옹차와 맹쭐을 모르는 사람은 드물 것이다.

그래서인지 그가 보이는 반응이 좀 그랬다. 내색은 하지 않았지만 못마땅하다는 기색은 완전히 감추지 못하고 있었다. 근동에서 죽원웅차나 맹쭐에 대한 평판이 좋을 리가 없었고, 죽원웅차나 맹쭐 또한 그런 사실을 익히 알고 있었다.

'빌어묵을.'

맹쭐은 입맛이 쓰고 기분이 상했다. 하지만 그렇다고 해서 그에게 욕을 하거나 따귀를 올려붙일 수는 없는 노릇이었다. 그런 사실을 전혀 알아채지 못한 렐커 원장이 이번에는 그를 소개했다.

"저희 병원 바로 옆에 있는 옥봉리 교회 김수정 장로님이십니다."

맹쭐도 능글능글한 성품이었지만 죽원웅차는 한 단계 더 높았다. 조금 전 렐커 원장에게 그랬던 것과 똑같은 동작으로 감격하는 모습을 보였다.

"그렇스무니까? 그렇스무니까? 장로님이시군요. 하느님을 모시는 분을 만나 뵙게 되어 정말 영광이무니다."

렐커 원장이 겉으로 보이는 나이와는 어울리지 않게 '허허' 하고 웃었다. 김수정 장로는 마지못한 목소리로 응했다.

"무신 말씀을?"

죽원웅차나 맹쭐과는 더 상대하기도 싫다는 듯 바로 렐커 원장에게만 말을 던졌다.

"렐커 원장님, 우리 고장에 배돈뱅원 겉은 뱅원이 있다쿠는 거는 큰 축복입니더."

그곳 외과 복도에는 창문을 통해 들어오는 햇볕이 비추고 있었는데, 그 밝은 데서 봐도 작은 먼지나 티끌 하나 보이지 않았다.

"증말 주님 사업에 올매나 귀한 기관이라 쿨 수 있는지, 입으로는 싹 다 이약할 수가 없심니더."

죽원웅차가 '쩝' 하고 입맛 다시는 소리를 내었다. 렐커 원장은 듣지 못하고 있었지만 맹쫄은 분명히 들을 수 있었다.

'그렇것제, 요 왜눔아.'

맹쫄은 내심 고소했다. 죽원웅차가 지금 무슨 생각을 하고 있는지 알 만했다.

'조선 서민들이 너거 왜눔들이 맹근 도립뱅원보담도 호주인이 맹근 여 배돈뱅원을 더 좋아한께 속이 팍팍 안 썩으까이.'

맹쫄은 아들 노식에게서 들었던 이야기가 되살아났다.

"도립뱅원은 안 있심니꺼, 에나 고압적이라서 환자들이 잘 안 갈라 캐예."

아들 노식이 얼굴 곳곳에 죽은 아버지 모습이 남아 있는 듯하다는 아픈 생각이 드는 맹쫄이었다.

"왜눔들이라쿠모 꼬라지도 보기 싫어 죽것는데, 영리를 목적으로 안 하고, 또 더 근대식 의료기관으로 꾸미논 배돈뱅원을 놔놓고 와 그리 갈 낍니꺼?"

맹쫄이 물었다.

"내가 들은께, 배돈뱅원은 환자들한테 자꾸 야소교 믿으라꼬 해쌌는다 글 쿠던데?"

노식이 대답했다.

"예, 맞아예."

"그래도 거 마이 간다 말이가?"

"아, 그리하것다 해놓고 안 믿어삐모 되지예."

"그라다가 하느님이 벌 주모 우짤라꼬?"

"에이, 주모 받지예, 머. 안 줘서 몬 받는 기지."

"머라꼬?"

"하여튼 그렇심니더."

"음."

"그라고 또 있심니더."

"또?"

"예."

오랜만에 부자가 꽤 긴 대화를 나누고 있었다.

"머가?"

"돈이 없는 환자 안 있심니꺼."

맹쫄은 빈민굴을 떠올렸다.

"빈민환자라쿠는 그거?"

노식의 말이 놀라웠다.

"그들한테는 돈 한 푼 안 받고 그냥 공짜로 치료해 주기도 하는 기라예."

"에나가?"

"지가 와 거짓말을 할 낍니꺼."

아버지 말꼬투리를 잡듯 하였다.

"하느님한테 벌 받으모 우짤라꼬예."

"주모 받는다 안 캤나? 안 줘서 몬 받고."

"참 내, 아부지도 에나 순진하시거마예."

그러자 그때까지 그 자리에 없는 사람처럼 묵묵히 부자간 대화를 듣고 있던 몽녀가 짝을 잃은 철새같이 슬픈 소리로 말했다.

"하느님이 그 양반을 천당 보내주싯는지 모리것다."

그 양반, 남편 민치목을 일컫는 말이었다.

"아부지."

"할아부지."

맹쭐과 노식의 낯빛이 동시에 변했다. 아직도 원수를 갚지 못하고 있는 그들이었다. 맹쭐은 어머니와 아들 볼 면목이 없었다. 원통하게 죽은 아버지도 구천을 떠돌고 있을 것이다. 맹쭐은 머리털이 뭉텅뭉텅 빠져나가는 기분이었다. 조금만 증세가 더 심해지면 남강에 뛰어들지도 모른다는 불안감마저 들었다. 얼른 화제를 바꾸었다.

"노식아, 니는 코재이들 말 좀 배와보고 싶은 멤 없는 기가?"

"예?"

노식은 맹쭐 얼굴을 빤히 바라보았다.

"아, 그 머라쿠노, 영어 말이다, 영어."

"영어."

노식은 물론 몽녀도 뜬금없는 그 소리에 멍한 표정들이 되었다. 몽녀는 나이 들어가면서 멍한 강도가 젊었을 적보다 더 심했다. 저 흐리멍덩한 눈빛 탓에 아버지에게 구박도 참 많이 당했지, 하는 생각이 들어 맹쭐은 코끝이 찡해 왔다.

"각중애 서양 코재이들 말은 와예?"

부전자전이라고, 노식은 우리글도 배우기 싫은데 남의 나라말까지 뭐에 쓰려고? 하는 기색이었다.

"쪼꼼 전에 우리가 이약하던 그 배돈병원 안 있나, 영어를 배울라쿠는 학상들한테 상구 인기가 있다 쿠더마."

일제가 태평양전쟁을 일으키기 전인 1930년대까지만 해도 당시 중등학교에서는 영어를 배우고 있었던 것이다.

"지가 듣기로는예, 저 멉니꺼, 남강 건너 저짝에 있는 진주농고에 코재이 말을 갈카주는 교감이 있다 쿠던데예?"

노식의 말에 맹쭐은 잠시 기억을 더듬다가 말했다.

"아, 있제. '요꼬다'라 쿠는가 하는 왜눔 교감."

노식은 알 수 없다는 얼굴로 물었다.

"그라모 그 요꼬단가 꼬꼬단가 하는 교감한테 배우모 되제 와 배돈뱅원에예?"

맹쭐은 비명에 간 아버지 생각을 하는 듯한 어머니를 억지로 외면하였다.

"내도 오데선가 누한테서 들은 이약인데 말이다."

그때 맹쭐 아내 목경조가 방문을 살짝 열고 들어섰다. 부엌이나 건넌방에 있다가 거기 큰방으로 온 것이다.

경조는 몽녀 표정에서 또 시어머니가 죽은 시아버지 생각을 떠올리고 있다는 것을 대뜸 깨달은 눈치였다. 그녀는 한껏 명랑한 목소리를 지어내어 물었다.

"어머님, 우리 오늘 저녁에는 머 맨들어 무울까예?"

소제할 것도 없는 방바닥을 손으로 쓸었다.

"머 잡숫고 싶으신 기 있으모 말씀만 하시이소. 지가 다 맹글어 드릴낀께네예."

경조 말에 몽녀는 약간 기분이 풀리는 모양이었다.

"그래, 며눌악아. 머 묵고 싶은 기 없었는데 니 이약 들으이 머 묵고 싶은 멤이 생긴다 아이가."

경조는 무릎걸음으로 몽녀에게 다가갔다.

"그렇지예, 어머님?"

몽녀 또한 살갑게 나왔다.

"하모."

맹쭐은 아내가 고마웠다. 때로는 외동아들 딱 하나 낳고 더 낳지 못한다고 구박도 하고 간혹 바람도 피웠지만, 아버지가 살해된 이후로는 더 이상 그러지 않고 살뜰한 가장으로서의 위치를 잘 지키며 살아가고 있었다.

"아부지, 와 말씀하시다가 안 하시고 그냥 계십니꺼?"

노식의 말에 맹쭐은 문득 정신이 난 모습이었다.

"해, 해야제. 내 하꺼마."

경조는 부엌으로 가고 몽녀도 곧 자리를 떴다. 부엌에서 고부가 사이 좋게 맛난 음식을 장만하는 광경이 맹쭐 머릿속에 그려졌다. 아버지만 비명에 가시지 않았다면 얼마나 좋을까 생각하니 점박이 형제를 겨냥한 증오와 분노가 이글이글 끓어올랐다. 지금까지도 사건을 해결해 주지 않고 미적거리고 있는 차베즈 경사에 대한 반감도 크게 일었다.

"아부지?"

노식은 맹쭐 표정이 심상치 않다고 느꼈는지 재촉했다. 맹쭐은 이놈이 이제 다 컸구나! 싶었다. 그러자 마음이 조금은 나아졌고 더 이야기할 여유가 생겼다.

"진주농고에 댕기는 다데이시라쿠던가 데다이시라쿠던가 하는 왜눔 학상이, 아까 전에 말핸 그 요꼬다 교감한테서는 코재이 말을 잘 배울 수가 없다쿰시로 불만이 쌔뻿더라 쿠더라."

노식이 의아한 얼굴을 했다.

"와예? 와 몬 배와예?"

맹쭐은 '흥' 하고 코웃음 쳤다.

"일본식 발음 땜새 그렇다더마."

노식은 그제야 약간 이해가 되는 모양이었다.

"아, 요꼬다 교감이 왜눔들 발음식으로 해싸서 그렇다는 기지예?"

과거 치목과 맹쭐 부자 사이에 비하면 맹쭐과 노식 부자 사이는 상당히 괜찮은 편이었다.

"하모, 그래갖고 배돈뱅원에 있는 우떤 호주선교사가 이랬다 안 쿠나."

"우찌예?"

"영어를 잘할라모 배돈 선생 집에 가갖고, 그의 가족들하고 단 십분간이라도 좋으이 이약을 하는 기 좋다꼬."

"아부지!"

노식이 매우 정색한 얼굴로 맹쭐을 불렀다. 맹쭐은 이놈이 별안간 왜 이러나 싶어 약간 긴장까지 되었다.

"와?"

노식이 상까지 찌푸리며 하는 말이었다.

"지는예, 왜눔들 말도 싫고 코재이들 말도 싫심니더. 와 좋은 우리말 놔놓고 넘의 나라 말을 배울 낍니꺼?"

"그거는 안 그렇거마. 앞으로의 이 시상은 넘의 나라말도 마이 아는 기 상구 더 좋다 고마."

"지 생각은 그기 아이라 캐도예?"

"아이모 됐다. 와 눈은 그리 막 부라리고 난리고?"

"지 눈이 원래부텀 그리 생기거로 부모님이 안 낳아 줬심니꺼?"

그때 누군가 가볍게 어깨를 툭 치는 바람에 맹쭐은 번쩍 정신이 났다.

"민 사장님, 뭘 그렇게 혼자서 깊이 생각하고 계시무니까?"

얼른 보니 죽원옹차와 렐커 원장이 그의 얼굴을 빤히 바라보고 있었다. 그새 옥봉리 교회 김수정 장로는 어디로 갔는지 보이지 않았다.

"혹시 어디 몸이 좀 안 좋으신 데라도?"

렐커 원장이 환자를 대하는 의사 특유의 눈빛으로 맹쭐을 응시하면서 조심스럽게 물었다. 그러자 본인인 맹쭐보다도 죽원옹차가 먼저 입을 열었다.

"아, 아니무니다. 우리 민 사장님같이 건강하신 분이 이 세상에 또 어디 있다고요? 그럴 리가 없스무니다."

그래도 렐커 원장은 여전히 미심쩍은 눈빛을 풀지 않았다.

"하지만 본래 사람 몸이란 건 언제 갑자기 어떻게 될지 모르는 것입니다."

맹쭐은 억지웃음을 지어 보였다.

"아입니더, 원장님. 지는 아무치도 않심니더. 그라고 상구 바뿌실 낀데 오늘 뱅원 기경 잘 시키주서서 감사합니더."

죽원웅차가 그 보란 듯 홀연 큰소리로 웃어 젖혔고, 렐커 원장은 비로소 안심하는 얼굴이 되었다.

"무슨 말씀을요? 행여 어디 몸이 안 좋으시면 언제라도 저희 병원을 찾아주세요. 성심성의껏 돌봐드릴 테니까요."

그러나 그렇게 얘기하는 렐커 원장은 물론이고 맹쭐과 죽원웅차도 전혀 내다보지 못했다. 그로부터 무려 수십 년 이상 진료 활동을 펼치던 그 배돈병원은 어느 날 그만 문을 닫게 되는 것이다.

그 병원을 운영하던 호주선교사들이 일제가 강요하는 신사 참배를 거부하자, 그들을 병원에서 내쫓고 친일 조선인을 들여앉히도록 병원에 압력을 가했고, 결국 신변의 위협을 느낀 호주선교사들은 모두 자기들 나라로 철수하고 말았다.

그런 와중에 끝까지 남아 있던 호주인 박사가 있었다. 하지만 그는 후에 더 심한 고초를 겪어야 했다. 이른바 저 태평양전쟁이 벌어지고 나서 일제에게 체포되는 수모를 당하였다. 그리하여 그곳 경찰서 유치장에 여러 달 동안 갇혀 있다가 부산으로 끌려갔다. 그리고 그가 나라 밖으로 쫓겨났다는 소문이 뒤를 이었다. 두 번 다시는 떠올리고 싶지 않은 비극이 아닐 수 없었다.

그런데 배돈병원의 비극은 거기서 그치지 않았다. 그 당시에는 보기 드문 현대식 건축 양식으로서 웅장한 붉은 벽돌집의 자태를 뽐내던 병원이었다.

그 후 세월이 흘러 이 나라 역사상 최대 참사였던 한국전쟁이 발발했을 때에 벌어졌다. 호주인들이 쫓겨나고 일제의 손에 넘어가면서 배돈병원은 형편없는 곳이 되고 말았는데, 특히 그 즈음에는 정상적인 진료 대신 극빈자를 수용하는 장소로 바뀌어 있었다.

전쟁이 벌어지고 있을 때였다. 그 고장이 인민군 수중에 들어갔다. 그들은 배돈병원에 소위 '인민위원회'라는 것을 설치하였다. 저 '여성동맹 사무실'도 함께 두었다. 인민군이 그렇게 한 데는 자기들 나름대로 이유가 있었다.

그것이 무엇이었을까. 미군은 종교시설과 의료시설 같은 곳은 손대지 않을 거라고 여겼다. 그렇지만 적을 죽이지 않으면 내가 죽는 전쟁이었다. 하나뿐인 목숨이 오가는 난리 통에 그건 크게 빗나간 오판이었다.

미국 공군은 인민군이 점령하고 있는 그 고장을 무차별 폭격하였다. 당연히 성해 날 곳이 없었다. 산도 무너지고 강도 갈라지는 판국에 무사하기를 바란다는 것은 너무나 무지몽매한 짓이었다. 붉은 벽돌집은 붉은 피를 내쏟으며 운명하였다.

이 땅에서 호주인은 전부 사라졌고, 그들이 세운 병원 또한 자취도 없이 사라졌다.

씨아공장 조선 여공

록주는 조면공장繰綿工場 정문 앞에 서 있었다.

그 씨아공장에서 여공女工으로 일하고 있는 벗들이 나오기를 기다리는 중이었다. 아직 어린 여자아이들이 목화의 씨를 빼는 씨아로 씨아질을 하고 있다는 사실에 그 고을민은 가슴 아파하였다.

록주는 대단한 공장 건물과 창고의 크기에 압도당하는 기분이었다. 그것은 일본인 자본가 시미즈(청수좌태랑)가 세운 공장이었다.

록주는 알고 있었다. 시미즈는 경남도 평의원이라는 높은 직위를 가진 자였다. 그는 일제의 보호 아래 그 고장 사람들에게 독점적으로 조면을 사고팖으로써 엄청난 수익을 거두고 있었다. 자국민을 위해 온갖 만행을 저지르는 일제에 대해 한국민이 할 수 있는 일은 아무것도 없었다.

그런데 이날 록주를 한층 슬프고 분노케 만드는 것은, 그것 말고도 또 다른 사유가 있어서였다. 말 그대로 찢어지게 가난하지만, 마음씨 착해빠진 친구 분순이가 오늘 공장 기숙사에서 쫓겨나기 때문이었다. 그렇다고 해서 무슨 죄를 지은 것도 아니었다. 억지로 죄명을 갖다 붙인다면 병이 들어서였다.

분순이가 몸이 아픈 것은 꽤 오래되었지만, 꼭꼭 숨겨오고 있었다. 아프다고 하면 무조건 공장 기숙사에서 쫓아내 버렸다. 그렇지만 이제는 도저히 더 이상은 견딜 수 없을 만큼 병이 중해 있었다. 사실 록주가 봐도 분순이는 직장에 계속 다니지 못할 처녀였다. 하긴 그렇게 보면 단지 분순이뿐만 아니라 다른 조선인 여자 직공들도 모두 마찬가지이긴 하였다.

그 조면공장은 씨아, 즉 목화씨를 빼는 기구로 씨를 빼내는 솜 공장이었다. 그래서 여공들은 엄청난 먼지로 말미암아 호흡기 질환에 그대로 노출돼 있었으며, 또 충혈 등 눈병 환자가 속출했다.

그런데도 백 명이 넘는 조선인 여공들은 그 열악한 노동조건 아래에서 말도 되지 않는 저임금을 받으면서도 그대로 붙어 있어야만 했다. 기실 여성들의 일자리는 거의 없는 형편이었으므로 쫓겨나지 않으려고 피눈물 나게 노력하였다.

이윽고 록주 눈앞에 분순이와 또 다른 여공인 깜실이, 정념이, 태좌의 모습이 차례로 나타나 보였다. 하나같이 꽃다운, 아니 아직 꽃이 활짝 피기 전 꽃봉오리 나이들이었다. 그렇지만 또 모두가 장시간 중노동으로 인해 버쩍 마르고 노랗게 변한 얼굴들이었다.

그 모습들 뒤로 일본인 사무원들 모습이 겹쳐 보였다. 그들은 똑같이 구역질이 날 만큼 허옇게 살찐 모습이었다. 조선인 사무원들과 기술자들은 조선인 여공들에 비하면 다소 나은 편이긴 했다. 하지만 그들 역시 일본인들 눈치를 보며 하루하루를 살얼음판 딛듯이 살아가야 하는 것은 마찬가지였다.

"인자 큰일 났다."

"목화가 우떤 기였노."

"피륙하고 실의 원료가 되제."

332

"목화씨에서 짜내는 지름(기름)은 또……."

"그라고 보이 하나둘이 아이거마."

준서와 얼이가 주고받던 말들이 록주 머릿속에 되살아났다.

"왜눔이 세운 그 씨아공장 땜새, 우리 지역 목화 가내 수작업은 완전 몰락해 가고 있다 안 쿠나."

"안 그래도 영세성을 몬 면하고 있던 우리 목화산업이 고마 파탄 돼 삐는 거는 시간문제 아이가."

백 부잣집 고명딸 다미가 나타남으로 인해 가슴앓이를 하고 있는 록주는, 준서를 화나게 만드는 일본인들이 갈수록 더 싫었다. 록주는 진주 보교 여자부에 다니면서 목화에 대해 배웠던 기억이 있었다.

목화는 '면화'라고도 한다고 했다. 고려 말에 문익점이라는 사람이 원나라에 갔다가 몰래 씨앗을 가져와서 지리산 쪽 마을 산청에 시배지를 만들었다고 했다. 그것은 우리나라 의복 역사를 완전히 바꾸는 계기가 되었다. 무명길쌈의 출현이었다. 솜을 만들어 짠 무명옷이었다.

록주는 원아의 어머니, 그러니까 그녀에게는 외할머니가 되는 모천댁이, 눈에 넣어도 아파하지 아니할 손녀에게 들려주던 이 고장 '길쌈노래'를, 입안으로 가만가만 되뇌어보았다. 그곳 할머니들이 처녀 시절에 길쌈할 때 불렀다는 '이애미(의암) 노래'라고 했다.

도래 소지(소주) 열 번 고아

애늠(왜눔) 장수한테 믹이(먹여) 갖고

진주 기생 이애미는

우리 조선 살릴라꼬

옥가락지 열 찐(낀) 손에

애늠 장수 목을 안고

진주 남강에 떨어졌네
진주 남강 떨어짐서
노랑 수건 포랑(파랑) 수건
수건 두 개 떠오르거든
노랑 수건은 건지(건져) 주고
포랑 수건일랑 건지지 마라

"그라고 있제?"
모천 댁은 이런 이야기도 해주었다.
"이 노래는 안 있나, 삼을 삼거나 물레질을 할 때, 동무들이 짝짝으로 마조 앉아갖고 부리던 노랜 기라."
"아, 에나 재밌을 거 겉어예, 할무이."
그러면서 눈을 반짝이는 손녀에게 또 하는 말이었다.
"한 짝(쪽)에서 먼첨 한 소절을 따악 메기모, 다린 짝 처녀들이 담 소절을 받는, 그런 돌림노래 아인가베."
그런데 일하는 내내 그 노래는 그치지를 않는다는 거였다.
"와 그렇는데예, 할무이?"
모천 댁은 딸을 닮은 손녀가 예뻐 못 살겠다는 얼굴이었다.
"노래 부리는 사람마다 넘이 모리는 설움하고, 또오……."
어린 록주 가슴이 어쩐지 먹먹해져 왔다.
"가슴에 딱 묻어온 감정을 살짜기 묻히서 부리기 땜에선 기라."
"예."
그만 눈물이 피잉 돌려고 하는 록주였다.
"니는 안주 에리서 이 할미 이약이 잘 이해 안 되것지만도, 후우."
모천댁 뇌리에는 지난날 딸 원아가 정을 나눴던, 농민군 활동을 하다가 관군에게 붙잡혀 죽임을 당하지 않았다면 그녀의 사위가 될 뻔했던, 그 잘생긴 한화주의 얼굴이 기습처럼 떠오르고 있었다.

"사람이 한시상 살아감시로 슬픔이나 에려븜이 없을 수가 없제."

내가 다른 사람도 아니고 내 사위 안석록의 피를 물려받은 록주를 앞에 앉혀두고 얘기를 하면서, 대체 무슨 망상이고 망발이냐고 자신을 꾸짖는 모천 댁이었다.

"더군다나 여자는 살아감시로 한이 맺히지 않을 리가 없으이."

자기 얼굴을 빤히 쳐다보는 손녀 시선에서 큰 부담감을 떨치지 못하는 심정이었다.

"노래가 우찌 그치것노, 그 말인 기라."

그런데 이제는 그게 아니라는 새로운 자각에 록주는 다시 한번 일본인이 세웠다는 조면공장을 돌아보았다. 그 공장이 설립된 후로는 그 고장에서 길쌈노래는 점차 사라져 가고 있다는 사실을 모르는 이는 없었다.

조선인의 전통적인 직조 방법인 길쌈으로는, 목화씨를 빼거나 솜을 트는 기계를 설치한 일본인의 근대식 조면공장에 대적할 수 없었다. 더욱이 값싼 원료와 풍부한 조선인 노동력을 바탕으로 막강한 자본과 일제의 지원에 힘입어, 그 조면공장은 그 고장은 물론 경남 도내에서도 굴지의 조면공장으로 성장하고 있다고 들었다.

록주가 그 공장에 대고 침을 뱉고 싶은 충동을 가까스로 억누르고 있는데 분순이가 저만큼서 다가왔다. 그녀는 옆구리에 조그만 보퉁이 하나를 끼고 있었다. 록주 눈에 분순이가 그 보퉁이만큼이나 작고 보잘것없는 존재로 비쳤다. 금방이라도 와락 울음을 터뜨릴 것 같은 얼굴로 공장에서 나온 분순이는, 록주를 보자 억지웃음을 띠어 보였다. 록주는 자기 속에서 우러나오는 이런 소리를 들었다.

'문디 가시나야, 웃기는 와 웃노? 친구인 내한테는 기실라쿠지 말고

솔직하거로 울어라, 울어!'

그러나 입으로는 이런 말을 하고 있었다.

"퍼뜩 안 나와삐고 머했노? 다리 아파갖고 고마 죽는 줄 알았다 아이가."

분순이가 배시시 웃으며 말했다.

"그래도 시방꺼정 정이 짜다라 들었던 덴데, 우찌 그리 얼릉 나오고 싶것노."

록주는 짐짓 잔뜩 토라진 얼굴로 쏘아붙였다.

"그라모 영영 안 나오든가."

그 소리에 분순이는 끝내 유난히 새카만 두 눈 가득 눈물을 글썽거렸다.

"그리만 될 수 있으모⋯⋯."

록주는 또 무어라 핀잔 같은 것을 던지고 싶었지만, 지금 분순이 심정이 어떻겠나 싶어 꾹 눌러 참았다.

"⋯⋯."

분순이는 말없이 이제 막 빠져나온 공장 쪽을 돌아보았다. 시가에서 소박당해 쫓겨나는 며느리 몰골이 저러할까 싶을 정도로 궁상맞고 처절한 모습이었다.

록주 머릿속에 언젠가 여공 친구들이 들려주던 그 공장 시설이 아버지 안 화공이 그리는 그림처럼 그려졌다. 심통이 날만치 대단한 시설이긴 하였다. 공장에서 일한 경험이 한 번도 없는 록주로서는 잘 이해가 가지 않는 기계들이지만 이런 것들이었다.

원동기인 삼릉전동기가 2대, 수압식 하조기가 1대, 솜옷쁘나와 씨앗옷 쁘나가 각각 1대씩, 그리고 롤러식 조면기는 무려 63대나 된다고 했다.

"고마 안 갈 끼가?"

록주는 공장 안으로 달려 들어가서 그 기계들에 불을 확 싸지르고 싶은 충동을 느끼며 애먼 분순이에게 소리쳤다.

"요 살랑가?"

분순이가 왜소한 어깨를 움찔하며 말했다.

"가, 간다."

그러고 나서 몇 발짝 떼놓는가 싶더니만, 분순이는 또 그 자리에 멈춰 서며 말했다.

"왜눔 사장 안 있나, 순 도둑눔인 기라."

록주도 같이 걸음을 멈추며 물었다.

"시미즌가 새민가 하는 그 사장 말이가?"

"하모."

분순이의 짧은 답변에 많은 고통과 불만이 담겨 있다는 것을 깨달으며 록주는 더 묻고 싶지 않은 것을 물었다.

"그 사장이 우쨌는데?"

분순이는 옆을 지나가고 있는 행인들을 살피는 눈으로 보며 대답했다.

"면화를 팔로(팔러) 오는 우리 조선 사람들을 기실라꼬 우쨌는고 아나."

"……."

까마귀 서너 마리가 조면공장 담장 위에 올라앉아 길가 사람들을 내려다보고 있었다. 그 미물들이 일본 공장 사람들이 세워놓은 파수꾼 같아 보였다.

"면화 무게를 달아보는 저울추가 있는데 말이다."

분순이는 앙갚음하듯 이빨을 악다무는 소리로 말을 계속했다.

"그 저울추에다가 납을 살짝 넣어갖고 기시는 기라."

"납을?"

이해가 되지 않는 록주였다.

"그래갖고 부당이득을 챙긴다쿠는 소문이 자자하제."

"그런 짓을!"

사람에게 원한과 복수심이 쌓이면 아픈 것도 잊게 되는 걸까? 이제 록주 눈에 비친 분순이는 아픈 사람과는 거리가 멀어 보였다. 아니, 아예 분순이가 아닌 성싶었다. 독을 품고 있는 야생초 같았다.

'우짜모 잘된 일인지도 모리것다.'

저런 마음가짐이라면 분순이는 공장에서 쫓겨나도 살아갈 수 있으리라는 안도감이 드는 록주였다.

하지만 다른 한편으로는 분순이 보기가 몹시 미안했다. 상촌나루터와 읍내장터에서 큰 콩나물국밥집을 하는 집안 자식인 록주는, 여공 친구들에 비하면 훨씬 더 나은 삶을 살아가고 있었다. 그래서 분순이같이 가난 때문에 못 배운 아이들을 위해서, 나이가 더 차면 '야학夜學'을 개설하리라 결심하고 있는 록주였다.

그렇지만 지금 당장은 그곳에 올 때 마음먹은 대로 분순이를 어디 큰 음식점에 데리고 들어가서 맛있는 것을 많이 사주는 게 더 급했다. 그런데 모든 게 그저 막막하기만 할 따름이었다. 분순이가 다니다가 쫓겨난 그 공장 담벼락이 어쩌면 그렇게도 길고 높아 보이는지 모르겠다.

원채와 그의 아내 주 씨가 나루터집을 방문했다.

원채는 그전에도 가끔씩 얼이와 준서를 보기 위해 그곳에 들르곤 했지만 주 씨의 걸음은 흔하지가 않았다.

그들 손에는 무슨 약봉지가 두 개나 들려 있었다. 걱정스러우면서 의아해하는 나루터집 식구들에게 주 씨가 큰 죄를 지은 사람처럼 기어들어 가는 소리로 말했다.

"아버님하고 어머님이 같이 팬찮으시갓고예."

주 씨는 뚱뚱하지도 야위지도 않고 적당히 살이 붙은 몸매였는데, 그 윽한 눈길이 더할 수 없이 선해 보이는 여인이었다.

"아, 우짜노?"

우정 댁이 어쩔 줄 몰라 하였다.

"인자는 그라실 연세들이 되시기는 했지만도……."

원아도 위로하는 어조로 말했다.

"그래도 원체 건강하신 분들인께, 그 약 잡수시모 금방 나으실 기라 예."

말없이 듣고 있는 비화 눈앞에 꼽추 달보 영감과 언청이 할멈 모습 이 어른거렸다. 지금 이승을 떠난다고 해도 이른 나이는 아니었지만, 그래도 그들이 노환을 앓고 있다고 생각하니 너무나 서글프고 가슴이 휑했다.

그런데 잠시 후에 원채가 얼이에게 하는 말을 들으니 그런 감정은 밀 려나고 강한 독기가 차올랐다.

"손 서방을 쥐인 무라니시하고 무라마치 고눔들 안 있나? 경성을 비 롯해갖고 부산, 광주, 청진 겉은 우리나라 큰 도시는 물론이고, 일본 경 도, 동경, 대판꺼지 진출하더이, 인자는 중국에도 점포망을 맨들어 뻗어 나간다쿠는 기라."

"주, 중국에도예?"

얼이가 큰소리로 반문했다.

"그렇다네. 내 동상 승채한테서 들었다 아인가베."

원채 입에서 그의 동생 승채 이야기가 나오자 모두가 존경과 감격스 러운 빛을 감추지 못했다.

"아, 그 동상분!"

연해주에 있는 권업회라는 단체에 몸담기도 하는 등, 일제에 대한 항쟁을 계속하고 있는 것으로 알고 있었다.

"중국 신경을 비롯해서 북경, 봉천에꺼정 진출핸 기라, 그 살인범들이."

원채는 아직도 억울하게 죽은 손 서방 복수를 하지 못한 채 세월만 보낸 사실이 참으로 억울하고 부끄럽다는 표정이었다.

"날이 갈수록 세력이 커 가는 왜눔들 아입니꺼?"

얼이 또한 더없이 원통하지만, 그놈들 힘이 너무나 세어버린 판국이니 복수가 쉽겠냐고 한숨을 내쉬었다.

"그래도 다행시런 일은……."

원채는 승채와 연락이 통하는 사람들로부터 전해 들은 이야기를 들려주었다.

"대한 광복군 정부가 시방은 독립군 조직이지만도, 앞으로 우리 임시정부가 수립될 수 있는 길을 열어놓고 있다 카더마."

희망적이고 용기 넘치게 하는 말이었다.

"우리 임시정부!"

얼이가 탄복했고, 다른 사람들도 기대에 찬 얼굴로 바뀌었다. 원채 입에서는 더한층 고무적이고 감격스러운 소리가 흘러나왔다.

"저 만주 허허벌판이 흰옷 입은 우리 조선 사람들로 허옇게 덮여 가고 있다쿠는 깁니더. 그래갖고 먼데서 서로 쳐다만 봐도 멤이 든든하다쿠는 이약을 하데예."

그들 눈앞에 그 광경이 쫙 펼쳐져 보였다. 심지어 일본인들이 설치는 조선 땅보다 그곳이 더 좋게 느껴지기도 했다.

"그래서 말입니더. 우리 애국지사들이 한인 자치 단체를 맹글어서 규율을 딱 세우고, 또 핵조도 세웠다 쿠덥니더."

"그렇다모 만주 땅에 우리나라가 섰다, 그런 이약이네예."

원아가 나이가 들어가도 여전히 아름다운 눈동자를 빛내며 말했다.

"그뿐이 아입니더."

그 모든 이야기를 전해주는 원채 머리에 이런 그림들이 그려지고 있었다. 그것은 한갓 망상이나 허상과는 한참 달랐다.

만주에 간 조선 사람들이 그 척박한 땅에서도 농사를 잘 지어 일 년만 지나면 자리를 잡았다. 그리고 그들은 고향에 있는 가난한 친인척들을 그곳으로 불러들이고 있다.

"우리나라 사람이 첨 그곳에 가모, 거 자치구에서 당번들이 나와갖고 말입니더."

원채는 스스로의 감정에 겨워 꿀꺽 침을 삼켰다.

"새로 온 동포들이 정착할 때꺼정 멕여주고 보살피주는 민족애를 비인다 안 쿱니꺼."

원채 눈앞에 또 훤히 나타나 보였다. 동생 승채와 그의 동지들인 화진훈, 지창도, 국태산, 공민구 등이 활약을 펼치고 있는 장면이었다.

그중 특수 임무를 띠고 일시 귀국한 지창도는 직접 만나본 적도 있는데, 그는 원채를 친형 이상으로 대하며 이렇게 말하기도 했었다.

"제 귀에는 말입니다. 어디를 가도 저 간도의 바람소리가 들려오곤 합니다."

원채는 그의 가슴이 뛰는 소리를 들었다. 간도의 바람소리였다.

"저는 그곳에 제 뼈와 살을 묻을 각오로 싸우고 있습니다."

"……."

"육신은 없어져도 혼백은 다시 나와 영원한 투쟁의 길로 나설 것입니다."

"……."

그날 원채는 그저 그의 두 손을 맞잡은 채 아무 말도 해주지 못했다. 할 이야기는 넘쳐나는데 입이 열리지 않았다.

원채 자신도 가시밭길을 헤쳐 온 사람이었다. 미군과 싸우다가 포로가 되기도 했고, 동학농민군도 했고, 항일의병도 했고, 또 지금도 극비리에 투쟁하고 있었다.

하지만 지창도도 원채도 알지 못했으니, 장차 일본이 독일에게 선전포고를 하고, 또 중국에서는 위안스카이가 국회를 해산, 쑨원이 중화혁명당을 창당하는 등, 대한제국을 둘러싸고 벌어질 세계정세는 실로 급박하고 파란만장하였다.

그건 나루터집 식구들도 그다지 다르지 않았다. 별이나 달보다도 더 멀리 느껴지는 독일이나 중국은 고사하고, 그네들이 살아가고 있는 바로 그 고을에서 일어나고 있는 일까지도 모르고 있었다.

동성면 부근에 서양식 건물로 지어진 농공은행만 하더라도 그랬다. 새로 공포된 총독부 법령에 의해 일제의 지배가 한층 강화되고, 그리하여 단지 국고뿐만 아니라 성내에 있는 경남도금고 사무까지 취급하는 등, 오로지 일본인 자본가를 살찌게 하는 금융기관으로 변해가고 있었다.

안골 백 부잣집 사랑방이다.

"우리 성내면이 우찌 됐다꼬예?"

려 씨 부인이 물었다.

"통폐합이 돼서 진주면이 됐다는 기요."

범구가 침통한 얼굴로 대답했다.

"와 각중애?"

려 씨 부인과 딸 다미는 오뚝한 코가 많이 닮았다.

"대한제국 시절의 행정구역을 없애삘라는 속셈 아이것소."

벼루에 먹물이 아직 조금 남아 있는 것으로 볼 때 아마도 범구는 붓글씨를 쓰다가 잠시 쉬고 있었던 모양이었다.

"대체 일본이라쿠는 저 나라 사람들은 우떤 사람들이기에 그라지예?"

아녀자가 거처하는 방 못지않게 아무 군내도 나지 않는 방이었다.

"우리 성내면뿐만 아이고 대안면, 중앙면 그라고 봉곡면, 이리 네 개 면을 합치서 그리 맨든 모냥이오."

범구 눈앞에 초가집 건물인 진주면사무소가 나타나 보였다. 그리고 동시에 초대 진주면장인 강노원의 얼굴도 떠올랐다.

범구는 한참 혼자 골똘한 상념에 잠겼다. 그 모습을 계속 지켜보던 려 씨 부인이 더 이상 참을 수 없었는지 조심스레 물었다.

"해나 지한테 무신 하실 말씀이라도?"

"아이요."

범구는 아니라고 했다가 번복했다.

"사실은……"

"말씀해보이소."

사랑채 뒷마당에서 집오리들이 꽥꽥거리는 소리가 간간이 들려오고 있었다. 아마도 거기 작은 연못 속에서 헤엄쳐 다니며 내는 소리일 것이다.

"여보."

범구는 무슨 말을 하는 대신 아내를 불렀다.

"예."

려 씨 부인은 지금까지의 부부 생활을 통해 남편이 뭔가 중요한 이야기를 꺼내려 한다는 것을 충분히 깨달았다. 그런데 범구 입에서는 그녀가 예상치 못한 소리가 나왔다.

"우리 다미가 올해로 몇 살이지요?"

범구가 붓으로 글을 쓰고 있던 흰 종이가 펄럭거리는 듯했다. 글자가 생명력을 불어넣은 것 같았다.

"다미가……."

려 씨 부인은 남편이 그걸 몰라서 묻는 소리가 아니라는 것을 알고 있었다. 그래서 한층 긴장되는 기분이었다. 범구는 스스로 답했다.

"낼 모레모 하매 시무 살."

"예."

그때 사랑 방문 밖에 다미 그림자가 어른거렸다. 막 인기척을 내려던 그녀가 멈칫 몸을 사린 것은, 안에서 들려온 어머니의 약간 높은 소리를 듣고서였다.

"그라모 우리 다미 혼래를!"

려 씨 부인의 말은 끝까지 이어지지 않고 중도에서 끊어졌지만 다미는 똑똑하게 들었다.

일순, 다미는 결코, 가볍지 않은 현기증을 느꼈다. 하마터면 '아' 하는 소리가 입 밖으로 튀어나올 뻔했다. 그녀가 방문을 두드리지도 그대로 돌아서지도 못하고 어정쩡한 상태로 서 있는 사이에 이번에는 아버지의 이런 음성이 새 나왔다.

"그렇소. 인자 나이도 나인만큼……."

려 씨 부인이 떨리는 목소리로 묻고 있었다.

"오데 마땅한 혼처라도?"

"음."

잠시 방에서는 깊은 침묵이 흘렀다. 다미는 부모님 대화를 도둑처럼 엿듣고 있는 그녀가 못된 자식이라는 생각이 들었다. 그래서 서둘러 그 자리를 벗어나는 것이 도리라고 보았다.

그러나 그건 단지 마음이었을 뿐 몸은 계속 그 자리에 못 박힌 듯이 서 있었다. 심지어 어서 다음 말이 나오기를 바라는 심정이었다. 그녀로서는 아직 단 한 번도 '혼례'라는 것에 대해 생각해본 적이 없었음에도 그랬다.

"여보."

려 씨 부인이 범구에게 재촉하고 있었다.

"너모 궁금타 아입니꺼? 오데 사는 눈데예, 예에?"

그런데 범구 답변이 미온적이었다.

"아즉꺼지 정해진 거는 하나도 없고, 다만 저짝에서 다린 사람 입을 통해서 슬쩍 한분 운을 떼본 기 아인가 싶으오."

그에 반해 려 씨 부인은 평소 그녀답지 않게 더욱 서두르는 말투였다.

"저짝 누예? 쌔이 말씀 좀 해보이소!"

다미는 간담이 오그라드는 것 같았다. 대체 누가…….

"여보!"

"아, 알것소."

두어 번 더 실랑이 비슷한 게 벌어지고 나서 나온 말이었다.

"쪼꼼 전에 내가 이약한, 요분에 새로 생긴 진주면 초대 면장 강노원이라는 사람이 말이오."

다미 심장이 '쿵!' 소리를 내었다. 초대 면장 강노원.

"그라모 그 사람 아들입니꺼?"

"그렇소."

"이름이 머라던가예?"

"강선철이라 캤소."

다미 가슴 한복판에 화살이나 창살같이 와 꽂히는 이름, 강선철이었다.

그런데 이게 어찌 된 노릇인지 당장 다미 눈앞에 나타나 보이는 사람은, 아직 한 번도 본 적이 없는 그 사람이 아니었다.

그는 바로 준서였다. 얼굴에서 곰보 흔적이 거의 지워지고 없는 하얀 피부의 준수한 용모를 지닌 젊은이였다. 삼정중 백화점을 운영하고 있는 저 일본 사무라이 무라니시로부터 그녀를 구해준 은인이었다.

'내가, 내가……'

다미는 자신도 모르게 어지럼증을 느낄 정도로 머리를 세차게 흔들었다. 스스로도 이해할 수 없는 그녀 마음이었다. 여태 혼례라는 것을 생각해본 적도 없거니와, 더욱이 혼례라는 말과 나란히 세울 사람이 아니었다. 이 무슨 해괴한 짓일까.

"다미야!"

한데 이 또한 무슨 모를 필연 같은 것인지 모르겠다. 바로 그때 그녀 오빠 기량이 동생을 부르며 나타났다.

경성에서 내려오기 바쁘게 또 상경하곤 하는 그가 이번에는 꽤 여러 날 동안이나 집에 머물러 있었다. 그것도 올케 빈향숙을 혼자 경성 집에 버려둔 채였다. 그만큼 시국이 심상치 않다는 증거일 거라는 막연한 예감을 가지고 있던 터였다. 아무튼 다미는 등 뒤에서 들려온 오빠 음성에 화들짝 놀랐다.

"아, 오라버니."

"와 안 들가고 거 섰는 기고? 아부지 안에 안 계시는 기가?"

다미는 자신도 모르게 더듬거렸다.

"아, 아이라예. 어머이도 같이 계시는 거 겉애예."

기량은 한층 의아한 눈빛이었다.

"그란데 우째서?"

다미는 난생처음 오빠에게 거짓말을 하는 기분이었다.

"인자 막 왔어예. 들갈라 캐예."

자식들 주고받는 소리가 안에까지 들린 모양이었다. 방문이 열리고 사랑방 안이 보였다. 범구는 병풍 앞 방석에 앉아 있고, 문을 연 려 씨 부인은 문턱 너머에 서 있었다.

"마츰 잘들 왔다. 안 그래도……."

려 씨 부인 입에서 나온 말이었다. 다미는 더더욱 온몸이 쪼그라드는 느낌이었다.

"거 앉거라. 오데 몬 올 데 온 기가, 퍼뜩 안 앉고."

범구도 잘됐다는 기색이었다. 네 식구가 마주 보고 앉았다. 조금 전까지 들려오던 집오리 소리는 뚝 끊겨 있었다.

"니들 아부지께서 말이다."

확실히 려 씨 부인은 평소 그녀와는 달라 보였다. 고명딸 다미의 혼삿말이 그녀를 그렇게 몰아가고 있을 것이다.

다미는 그런 어머니가 낯설 뿐만 아니라 원망스럽기까지 하였다. 그런 감정 또한 태어나고 나서 처음일 것이다. 하지만 그렇다고 무작정 일어나 나가버릴 수도 없는 형편이었다.

"무신 좋은 일이라도 있심니꺼?"

기량이 어떤 눈치라도 챘는지 부모를 번갈아 바라보면서 물었다. 그러자 범구는 '흠, 흠' 하고 헛기침만 했고, 려 씨 부인은 손바닥으로 자기 가슴을 누르며 숨을 몰아쉬었다.

다미는 갈수록 좌불안석이었다. 어서 일어나고 싶다는 그 한 가지 마음뿐이었다. 하지만 기량은 기대에 찬 표정이었다.

"얼릉 말씀 좀 해 보시이소."

"그런께 그기……."

려 씨 부인이 입을 열려고 하는데 범구가 제지하고 나섰다.

"내가 말하것소. 어차피 다 이약해 줘야 할 끼니."

그리고 나서 그의 시선이 향한 곳에는 다미 얼굴이 있었다.

"잘 듣거라, 다미야."

"……."

다미는 낯만 화끈거리는데 기량이 하는 말이었다.

"아, 우리 다미하고 관련되는 긴가베예?"

"하모, 맞다."

려 씨 부인이 후렴 치듯 했다.

"사람은 남자고 여자고 간에 장성하모 장 부모 밑에만 있을 수만은 없고……."

범구 그 말이 끝나기도 전에 기량이 들뜬 목소리로 말했다.

"아, 인자 알것심니더! 우리 다미 시집 보낼라쿠는 이약이네예?"

다미를 얼른 한번 보고 나서 확인하였다.

"아부지, 맞지예? 어머이, 맞지예?"

장가든 사람치고는 너무 가볍다고 느껴질 만큼 흥분을 감추지 못하는 오빠를 보는 다미 심정은 더욱 착잡해졌다.

"마침 괘안은 혼처가 하나 나온 거 겉애서……."

범구는 계속 다미 반응을 읽고 있었다.

"눈데예?"

기량의 물음에 려 씨 부인이 대답했다.

"면장집 아들."

"면장집예?"

"하모."

"아, 그라모 강노원 그분의?"

기량도 초대 면장으로 부임하는 강노원에 대해 약간 알고 있는 모양이었다. 눈을 반짝이며 잠시 상념에 잠기는 빛이다가 이렇게 말했다.

"그런 집안이모……."

려 씨 부인은 뜻을 같이하는 동지를 얻은 듯했다.

"그렇제? 괘안제?"

"예, 어머이."

범구가 아내와 아들을 가볍게 나무랐다.

"허어? 입 좀 안 다물고?"

그런 후에 또 다미를 보았다.

"가장 중요한 거는 오데꺼지나 당사자 멤이다."

바로 그 순간이었다. 너무나 놀랍고도 당돌한 상황이 벌어졌다. 다미가 대뜸 이렇게 소리친 것이다.

"싫어예! 지는 싫심니더!"

사랑방은 홀연 공기가 싹 바뀌었다. 딱 멈추어버렸다는 게 더 옳은 표현이었다.

"어?"

"다, 다미야!"

려 씨 부인과 기량이 동시에 기겁하는 소리를 내었고, 범구는 입을 굳게 다문 채 다미를 응시하였다.

"다, 다미야. 니 시방 아부지 앞에서 무, 무신 행사고?"

려 씨 부인이 딸을 나무랐다. 그것도 예전에는 없던 일이었다. 그게 끝이었다.

"흑."

흐느끼는 소리와 함께 다미가 자리를 박차고 일어나 방에서 뛰쳐나갔던 것이다.

"저, 저, 저것이?"

려 씨 부인은 일찍이 겪어보지 못했던 딸의 행위에 어쩔 줄 몰라 했다. 그런데 기량이 얼른 일어나 다미를 붙들기 위해 급하게 달려가려고 했을 때였다.

"놔 놔라!"

짧지만 단호한 어조로 범구가 아들을 말렸다.

"예? 예."

기량은 도로 방바닥에 철버덕 주저앉다시피 했다.

"임자."

범구가 이성을 잃은 모습의 아내를 조용히 타일렀다.

"고만하시오. 그라고 우리 생각해봅시더."

아들에게 물었다.

"니 해나 다미가 와 저리하는고 짚이는 기 없나?"

기량은 멍한 얼굴이었다.

"그, 글씨예. 지도 잘 모리것심니더."

범구가 다시 주문했다.

"잘 헤아리 봐라. 우리 집에서 다미하고 젤 잘 통하는 사람이 니 아이가."

"그거는 맞는데예."

기량은 한참 말없이 생각에 잠겼다. 하지만 아무래도 이것이다, 하고 떠오르는 게 없었다. 아버지는 비록 그렇게 말했지만, 사실 주로 객지에서 생활하고 있는 그가 고향 집에 있는 여동생과 함께 지내는 시간은 극히 한정돼 있었다.

'아모래도 내로서는 알 수가 없는 기라.'

그런 실의에 빠지다가 아버지가 이런 말을 했을 때 번쩍! 그의 뇌리를 밝히는 게 있었다.

"그랄 리는 없것지만도, 해나 사귀는 사람이라도 있는 거는 아일까?"

기량의 입에서 마치 누가 시키기라도 한 것처럼 문득 이런 말이 나온 것은 다음 순간이었다.

"해나 그, 그 도령이!"

부모 입에서 동시에 놀라는 소리가 튀어나왔다.

"머라?"

"도, 도령?"

기량은 고개를 갸우뚱하며 자신 없는 말투로 고했다.

"사귀는 거는 아인 거 겉은데, 그런 사람이 하나 있기는 합니더."

려 씨 부인이 얼핏 추궁하는 소리로 물었다.

"그기 뭔 소리고? 사귀는 거는 아인 거 겉은데 사람이 하나 있다이?"

범구 또한 그답지 않게 흔들리는 모습을 보였다.

"쪼꼼 더 자세히 함 말해 봐라. 이거는 상구 중요한 사안인 기라."

"예, 지도 잘 압니더, 아부지."

기량은 기억을 더듬는 얼굴로 말을 이어갔다.

"지가 머를 잘몬 짚고 있는지는 모리것지만도, 이전에 다미하고 둘이 길거리에서 말입니더."

"길거리?"

아들 말을 되뇌는 범구 표정이 다른 사람 같았다. 려 씨 부인은 말을 하고 싶은 것을 꾹 참고 아들 입만 바라보았다.

"말을 탄 일본 헌뱅들한테 쫓기고 있는 젊은이들을 봤는데예……."

기량의 말을 끝까지 듣지도 못하고 범구와 려 씨 부인은 하나같이 경악하였다.

"이, 일본 헌뱅들한테?"

"우, 우떤 젊은이들인데?"

기량은 크게 숨을 몰아쉬고 나서 말했다.

"아부지, 어머이도 알고 계시는 사람들일 깁니더."

"우리도 알아?"

부부는 얼굴을 마주 보았다.

"상촌나루터에 있는 나루터집이라쿠는 콩나물국밥집 사람들……."

이번에도 기량의 말이 다 끝나기도 전에 범구가 확인하였다.

"나루터집?"

"예."

"그 집 젊은이들이라모 내도 들은 이약이 있제."

려 씨 부인도 알고 있었다.

"오래전에 농민군으로 크기 활약한 천필구라쿠는 사람의 아들하고, 나루터집 여주인 비화의 아들……."

범구는 머리가 어지러운지 손으로 넓은 이마를 짚으며 말했다.

"우리 다미 나이로 보모, 비화 그 여자의……."

기량이 눈을 가느스름하게 떴다.

"우짜모 아일 깁니더. 아니, 우짜모가 아이고 에나로예."

려 씨 부인이 무슨 말을 하려다가 그만두었다.

"그날 말고는 더 무신 일이 있었다쿠는 소리도 몬 들었고예."

범구는 옆에 놓여 있던 담뱃대를 집어 들어 불을 붙인 다음 한 모금 길게 빨아들인 후에 천천히 물었다.

"그날 무신 일이 있었던고?"

기량이 더듬더듬 대답했다.

"일본 기마뱅들한테 쫓기서 달아나던 그 사람들이, 우리 다미를 보는 순간 놀래는 빛을 비인 기라예."

려씨 부인이 차마 들어서는 안 될 소리를 들은 사람처럼 캐어물었다.

"우리 다미를 보고 놀래?"

"예."

범구는 담뱃대 쥔 손을 가늘게 떨었다.

"암튼, 무신 관계가 있기는 있는갑다. 안 그라고서야 저 악독한 왜눔 헌뱅들한테 쫓기서 달아나는 그 화급한 와중에 그랄 리가 없제."

려 씨 부인이 경련이 이는 입술로 물었다.

"우리 다미는 그 사람들을 보고 우짜던고?"

기량은 조금 전 다미가 열어젖히고 뛰쳐나간 방문 쪽을 보고 나서 대답했다.

"그기 우짠지 좀 그랬심더. 특히 비화라는 여자의 아들을 보는 다미 표정이……."

"으음."

범구 입에서 푸른 담배 연기에 섞여 신음 같은 소리가 흘러나왔다.

"시방꺼지의 니 이약만 듣고서는 머라꼬 단정하기 에렵것지만도, 이거는 심상찮은 일은 맞다."

려 씨 부인은 몸서리를 치며 탄식조로 말했다.

"우짭니꺼?"

그 말을 마지막으로 그곳에는 한참 침묵이 가로놓였다. 집오리 소리가 다시 들려올 듯도 하건만 그마저도 없었다.

일본 기마병들 추적을 피해 도주하는 조선 젊은이. 금이야 옥이야 기른 고명딸이 그런 위험한 사람과…….

"아일 깁니더. 지가 착각했을 깁니더. 우리 다미가 우떤 아인데 그런 총각하고 서로 사귀것심니꺼."

기량이 그런 말로 다미를 두둔하고 나섰지만, 부모는 갈수록 어둡고 걱정스러운 빛을 다스리지 못했다.

다 큰 딸에게 막무가내로 따질 계제도 못 됨을 알고 있는 그들이었다. 더욱이 다미는 지금까지 살아오면서 아직 한 번도 부모 속을 썩이는 짓을 하지 않았다.

세 사람은 모르고 있었다. 다미가 그들의 어머니이자 시어머니 그리고 친할머니인 염 부인의 죽음에 대한 비밀을 알고 있다는 사실을.

1월의 공기는 칼날보다 차갑고 매서웠다.

특히 배다리를 출렁거리게 하며 천년 성벽을 넘어 성내로 불어오는 남강 바람 끝에는, 임진왜란 당시 죽어간 민·관·군의 원혼이 묻어 있는 듯했다.

성내 촉석루 앞쪽에 조성된 부지의 터 닦기가 모두 끝난 날이었다. 멀찍이 떨어져 서서 그곳을 바라보고 있는 많은 조선인이 보였다.

그들 속에는 놀랍게도 권학이 있었는데, 더욱 놀라운 일은 그의 제자들도 함께 있다는 사실이었다. 권학의 제자들이라면 더 말할 필요도 없었다. 준서와 얼이 그리고 문대, 철국 들이었다.

모두가 참 많이 변한 모습이었다. 그도 그럴 것이, 준서를 제외하고는 전부 상투를 틀어 올린, 다시 말해 장가를 든 몸이었다.

문대 아내는 난설, 철국 아내는 복희였다. 난설은 문대 아버지 서봉우 도목수와 오랫동안 동업자로 일했던 이호수 목수의 둘째 딸이었고, 복희는 우편국에 근무한 철국의 형 철진과 한 사무실에서 일한 소대한의 여동생이었다.

그러나 가족이 딸린 가장의 신분도 긴 세월도 그들 사제지간 끈끈한 정은 자르지 못했다. 오히려 더 굳건해졌다. 효원을 배필로 맞아들인 얼이는 말할 것도 없고, 문대와 철국도 명절 같은 특별한 날이면 꼭 자기들 아내를 스승에게 데리고 가서 안부 인사를 시켰으며, 권학 또한 제자들 내외를 친자식 부부처럼 대해주었다.

"너희들 말이다."

"예, 알것심니더."

그런데 이날의 만남은 그 성질이 약간 달랐다. 권학이 먼저 제자들을 그 장소로 불러낸 것이다. 아내들까지는 아니어도 본인들은 반드시 나오라는 당부 말까지 덧붙였다. 꼭 그런 당부가 없어도 스승의 명을 거스를 그들이 아니었다.

제자들은 뭔가 퍽 심상치 않은 일이 있음을 깨달았다. 그렇게 한꺼번에 호출했다는 사실 하나만으로도 긴장감을 느끼게 하였다. 그리고 불행하게도 그 예감은 그대로 맞아떨어졌다.

1월의 혹독한 바람은 끊임없이 성내를 감돌았다. 팔작지붕이 웅장한 촉석루도 이날은 왠지 심한 추위를 타는 듯 한껏 움츠려 있는 것같이 비쳤다.

촉석루는 그동안 줄곧 지켜보고 있었을 것이다. 바로 자기 눈앞에서 어떤 일이 벌어지고 있는가를. 그리하여 슬픔과 공포 그리고 분노까지 품었을 것이다. 지금 그곳에 와서 현장을 지켜보고 있는 조선 백성들을 향해 들려주고 싶은 말이 많을 것이다. 그 스스로는 이야기할 수 없기에 권학의 입을 빌려서 말이다.

그랬다. 권학은 제자들뿐만 아니라 거기 모여 서 있는 모든 조선인에게, 저만큼 모여 있는 일본인들이 알아듣지 못할 정도의 낮은 소리로, 그러나 아주 또렷한 경성 말씨로 계속해서 들려주고 있었다.

"신사神社를 만들려고 하는 것이오."

그 말을 들은 얼이가 억지로 목청을 낮추어 흥분한 얼굴로 물었다.

"그거는 저눔들 고유 종교인 신도神道의 제사 장소 아입니꺼. 그란데 와 그거를 우리 고을에 지을라쿠는 깁니꺼?"

권학도 감정을 억누르기 위해 애쓰는 표정으로 대답했다.

"저들은 천황숭배와 내선일체, 그러니까 우리 조선과 일본의 하나 됨을 구현하기 위해, 총독부 차원에서 모든 조선인에게 신사참배를 강요하려는 속셈을 드러낸 게지."

문대가 얼이 못지않게 벌게진 낯으로 입을 열었다.

"아모리 그래도 그렇지, 해필이모 우리 호국의 충절이 깃든 여게 성안에다가 신사를 세운다 말입니꺼?"

지금 그곳에서는 잘 보이지 않지만, 성곽의 절벽 밑 강 위에서 날아다니고 있는 물새들 울음소리가 처절하게 들려오고 있었다.

"보다 큰 효과를 노리기 위한 악랄한 수법인 것이야."

권학은 그 고장 '신사 봉사회' 회원들로 보이는 일본인들이 거기 부지를 둘러보면서 흐뭇해하는 모습을 몹시 못마땅하다는 눈빛으로 노려보며 말을 이었다.

"오늘이 또 무슨 날이냐 하면, 바로 일본 왕 다이쇼, 대정大正의 즉위 대례일이기도 하다."

철국이 같잖다는 어조로 물었다.

"그런께네 바로 그 날짜에 맞차갖고 신사 건립 예정지 터 닦기를 마칫다쿠는 그런 말씀인가베예?"

권학은 아무 말 없이 고개를 끄덕이며 신사가 들어설 예정지 일대를 돌아보았다. 거기는 매월당이 멀지 않은 곳이기도 했다.

"신사라이."

"일본 왕 누?"

"나쁜 늠들 겉으니라고."

사제지간 대화를 들은 조선인들이 저만큼 신사 부지에 모여 있는 일본인들을 훔쳐보며 이야기를 나누고 있었다. 잠자코 듣고만 있던 준서가 입을 열어 이런 말을 한 것은 그런 속에서였다.

"그라모 저게 들어설 신사가 우리 고을의 대표적인 황국신민화 교육

장이 될 끼라는 말씀 아입니꺼."

얼이가 씨근거리며 말했다.

"와 아이라? 황국신민화 세뇌장이제."

성 벼랑을 넘어온 남강 바람이 신사 부지 위를 휩쓸며 흙먼지를 일으키고 있었다. 올해 1월에 들어서면서부터 강바람은 예전에 비해 한층 차갑고 드세지는 기세였다. 그것은 어쩌면 장차 이 고을에 불어 닥칠 큰 환란을 예고하는 것인지도 모르겠다.

'세상 사람들이 습관적으로 써오던 말, 하느님도 무심하시지, 하는 그 말이, 요즘 들어 왜 자꾸만 내 입에서도 흘러나오려 하는 것인가.'

그런 생각을 하는 권학의 머릿속에 옥봉리 예배당이 떠올랐다. 그곳 교인들이 포교 규정에 따라 조선총독부에 신축예배당 건축인가원을 오래전에 제출했지만 아직까지 인가가 나오지 않고 있다고 들었다. 그래서 호주선교사 달렌 목사를 성안에 있는 경남도청에 대한 교섭위원으로 뽑아서 일제에게 조속한 건축인가를 촉구하고 있다고도 했다.

"스승님."

그때 문득 들려온 소리에 권학은 퍼뜩 정신이 살아났다. 제자들 시선이 하나같이 그의 얼굴을 향하고 있었다.

그건 이제 그만 가자는 뜻으로 전해졌다. 하긴 권학 자신도 비록 제자들에게 일깨워주기 위해 그들을 데리고 그곳에 왔지만, 조금이라도 더 빨리 더 멀리로 그 자리를 벗어나고 싶은 심정이었다.

그러나 그것은 곧 일본인들에게 쫓겨 도망치는 비겁한 짓이라고 생각되어 계속 머물러 있었던 게 사실이었다. 권학 자신을 무조건 믿고 따르는 제자들이었기에 그는 말 한마디 행동 하나에도 여간 조심하지 않으면 안 되었다.

일본인들은 그곳을 뜰 마음이 요만큼도 없어 보였다. 대부분 그 고장에 거주하고 있는 일본인들이었다. 신사가 완공되면 저들의 기세와 노략질은 더한층 심해질 거라는 사실은 불을 보듯 뻔했다.

신사 봉사회라니? 다이쇼 즉위대례일? 미친 것들!

한데 그들을 좀 더 그 장소에 머물게 하기 위한 하늘의 의도였을까? 예상치 못했던 인물들이 뒤늦게 거기 모습을 드러낸 것이다.

"준서야."

맨 먼저 그들을 발견한 사람은 얼이었다. 그는 손가락으로 준서의 옆구리를 살짝 찌르며 매월당 방향으로 눈을 돌렸다. 영문을 모른 준서가 고개를 돌려 바라본 거기에는 3대에 걸쳐 철천지원수 집안으로 맞서고 있는 동업직물의 장손 동업과 둘째 재업이 있었다.

그들 형제도 그 고을 일본인들의 신사 부지 조성에 대한 이야기를 듣고 왔는지, 아니면 다른 일로 왔는지는 알 수가 없었다. 하지만 준서에게 중요한 것은 그게 아니었다. 두 가문의 후손들로서 만난 것이다.

"어?"

동업 입에서도 저절로 그런 소리가 튀어나왔다. 그의 몸도 한순간 돌처럼 경직되었다. 당장 그의 뇌리에 자리 잡는 사람들이 지난 한때는 그의 집안에서 종살이하던 꺽돌과 설단 부부였다. 그리고 곧이어 나타나 보이는 그 사람, 준서 아버지 박재영이었다. 아니다. 준서만의 아버지가 아니고, 아니고…….

동업은 그답지 않게 새어머니 해랑을 원망하는 마음이 크게 일었다. 그런 현상은 일찍이 없었던 일이었다. 일본인 신사를 세울 부지의 터 닦기가 끝난 그곳에 동생 재업과 함께 가볼 것을 권한 사람이 바로 해랑이었다.

'와 해필 그런 데를?'

동업은 어렴풋이 어머니 의중을 알기는 했지만 썩 내키지 않은 것도 속일 데 없는 사실이었다. 하지만 보통 여인이 아닌 새어머니가 그렇게 할 때는 그럴 만한 연유가 있을 거로 생각하고 집을 나섰던 것이다.

그런데 하필이면 준서, 얼이 등과 맞닥뜨릴 줄은 몰랐다. 박재영이라는 사람의 존재를 알기 전까지는 비화나 준서 등을 만나도 크게 동요되지는 않았다. 물론 우리 집과는 큰 원수라는 사실에 약간의 긴장감과 적개심을 품기는 했지만, 그것은 어디까지나 양쪽 집안 어른들끼리의 숙원宿怨이고, 새로운 세대인 우리도 굳이 그것을 세습할 필요까지 있을까, 하고 회의를 품기도 했다.

그러나 재영이란 사람의 출현은 그 모든 것을 깡그리 뒤집어 놓았다. 아직도 꺽돌 부부 말을 전부 그대로 받아들이고 있는 것은 아니었다. 어쩌면 간악한 흉계라고 치부도 했다. 하지만 불가항력이었다. 시간이 갈수록 그들이 했던 그 모든 이야기가 사실로서 자리를 잡아 오고 있는 느낌이었다. 아니라고 한다면 그것은 그야말로 '손바닥으로 하늘 가리기' 였다. 그럼에도, 불구하고 수긍할 수 없었다. 수긍해서는 안 되었다. 아닐 것이다. 아니어야 한다. 어떻게 그게 가능하다는 얘긴가. 그런 마음이 역모처럼 생겨났다. 삼족을 멸한다고 하는 대역죄와, 삼대에 걸친 그들의 기나긴 싸움이었다.

동업이 그 짧은 순간에 그렇게 숱한 사념에 부대끼고 있는 동안에도, 일본인들은 신사 부지 터를 보면서 저희끼리 들뜬 얼굴로 무어라고 떠들어대고 있었다. 일본말에 서툰 동업이었지만 간혹 알아들을 수 있는 말도 나왔다.

한편, 준서 또한 커다란 충격에 빠지지 않을 수 없었다. 동업직물 후계자였다. 그와의 싸움은 피하래야 피할 수 없는 숙명임을 오래전부터 감지하고 있던 그였다. 들려오는 소문에 의하면, 동업은 곧 혼례를 치를 예정이라고 했다. 신부 될 여자는 읍내 처자가 아니고 의령 최고 갑부 집안 막내딸이라고 했다. 그 고장에서 약간 떨어진 그 고을은 예로부터 거부巨富들이 많이 배출되는 길지吉地라고 했다. 어쨌거나 그 두 가문이 사돈 관계를 맺는 것은, 호랑이에게 날개가 달리는 것과 다를 바 없다고, 모두가 시샘 반 두려움 반 크나큰 화젯거리라고 했다.

그리고 동업 못지않게 준서 눈에 크게 밟히는 사람이 재업이었다. 그건 그의 출생 성분 때문이었다. 준서는 알고 있었다. 재업은 설단의 소생이었다. 그의 친아버지는 억호이고, 그의 어머니는 같은 종 출신인 꺽돌과 함께 살고 있었다. 비봉산 서편 자락 가마못 안쪽 마을에 있는 꺽돌 부부 집에도 가본 적이 있었다. 배봉 집안 여종이었던 언네가 참혹한 앉은뱅이 몰골로 연명하고 있는 것도 보았다.

그런데 일본인들이 모신다는 신이 벌써 횡포를 부리기 시작한 것일까? 그곳에 모여 있던 조선인들이 일시에 흩어질 수밖에 없는 돌발 사태가 벌어진 것이다. 어디서 나타난 것인지 일본 경찰들이 우르르 달려오더니만 조선인들을 향해 있는 대로 고함을 쳐대기 시작한 것이다.

"빠가야로! 왜 이리 몰려든 거야? 이 신성한 곳에 말이야!"

"신사가 완공되면 날마다 와야 할 곳인 줄 몰라?"

더없이 놀라고 당황한 조선 군중들이 뿔뿔이 흩어졌다. 그 와중에 준서와 동업은 서로의 모습을 놓쳐버렸다.

그 넓은 신사 부지에는 뽀얀 흙먼지가 폴폴 일었다. 성벽 아래 남강 쪽에서 겨울 철새 울음소리가 천년의 저주처럼 들려오고 있었다.

아마테라스 오오가미

일본인들이 신사 터 닦기를 마무리하고 있을 그즈음.

호주선교사들도 예배당을 신축하기 위한 건축비 모금 운동에 열을 올리고 있었다.

"현재 얼마나 모였다고요?"

시콜리 부인이 물었다.

"곧 7백 원에 육박할 거라고 들었어요."

달렌 목사가 대답했다.

"아입니더, 목사님. 드디어 7백 원을 넘어섰다 아입니꺼."

김애성이 달렌 목사 말을 정정해주었다.

"호오, 우리 교인들 정말 믿음이 대단하시군요. 참으로 놀라워요."

"그러게 말이에요."

선교사 부부는 연방 감탄해 마지않았다. 김애성도 감격에 겨운 목소리였다.

"한 달 남짓 되는 기간에 그 큰돈을 모을 수 있었다이, 하나님께서 우리들에게 비이주신 기적이 아이고서야 그기 가능하것심니꺼."

달렌 목사가 말했다.

"우리가 세운 건물을 보면, 교인들뿐만 아니라 비신자들도 몹시 놀랄 거예요."

김애성이 확인해 두려는지 물었다.

"초가집도 벽돌집도 아이고, '목재반 양제식'이라고 하셨지예?"

달렌 목사보다 시콜리 부인이 먼저 대답했다.

"네, 넓은 내실內室이 있는 건물이 될 거예요."

김애성은 무척이나 기대가 된다는 얼굴이었다.

"아, 내실꺼지!"

"흠, 오십 평 정도면 어떨까 싶네요."

그러던 달렌 목사가 홀연 이맛살을 크게 찌푸렸다.

"그런데 말예요, 일본 사람들 왜 저래요?"

김애성은 물론 시콜리 부인도 파란 눈을 크게 뜨고 달렌 목사를 쳐다보았다. 그가 저런 모습을 보인 적은 아직 없었다. 남을 폄훼하는 것 같기도 하고 못마땅하다고 여기는 것 같기도 한 표정을 짓는 그는 목회자가 아닌 신분으로 비쳤다.

"다른 건물을 짓는 것도 아니고 하나님의 집을 짓는 일인데, 왜 인가를 내주지 않고 있는지 모르겠어요."

김애성은 이제 얼마 지나지 않아 옥봉리 예배당의 제2대 당회장이 될 달렌 목사를 무연히 바라보았다.

'인자 우리 고을 기독교인들의 정신적 지주가 되실 분이거늘.'

저 원불교를 창시한 박중빈이 생각났다. 석기라는 그의 재종이 원불교 교인이었다. 비록 하나님만을 믿고 의지하는 김애성이지만, 듣고 보니 지금 같은 어렵고 혼란스러운 시국에 원불교가 하는 일들이 범상치 않게 받아들여졌다.

"성님, 함 들어보소. 우리 원불교에서는 말이오, 근검절약하고, 협동 단결하고, 또오, 허례 의식을 없애고 말이오, 우짜든지 머꼬, 이런 생활 개선을 통해갖고, 민족 실력을 기르기 위한 운동을 전개하고 있는 기라 요."

입이 마르게 원불교를 찬양하는 석기를 물끄러미 바라보고 있던 김애 성이 말했다.

"내사 불교에 대해서는 쪼꼼 들었지만서도 원불교라쿠는 거에 대해 서는 하나도 알지 몬했는데, 원불교도 우리 기독교매이로 훌륭하거마."

석기는 한층 신바람이 붙었다.

"또 있다 아이요. 공장하고 과수원 등을 직접 가꾸기도 하고요, 또 머 시고, 간척, 하모, 간척사업도 벌이고 있다 아이요."

"동상 자네도 죽으모 천국 가겠거마는."

김애성의 말에 석기가 하는 소리였다.

"내는 안 있소, 죽은 담보담도 이 시상에 살아 있는 요때가 좋았으모 하는 기요."

김애성은 자칫 종교를 놓고 재종과 무슨 다툼이라도 벌어지지 않을까 우려되어 화제를 멀리 돌렸다.

"하모, 살아 있는 기 중요하제. 동상은 알고 있나? 올매 전에 중국의 위안스카이가 죽었다쿠는 거."

석기는 무슨 생뚱맞은 얘기냔 투였다.

"무신 스카이요?"

"요새 겉은 난세를 살아갈라모 나라 밖 사정도 알아야 하는 기라."

"내는 원불교만 알모 고만이요. 성님이나 마이 마이 아소."

그때 달렌 목사와 시콜리 부인이 서로 주고받는 소리에 과거를 맴돌 던 김애성은 현재로 돌아왔다.

"한 번 더 건축인가원을 내야할 것 같은데……."

"하나님께 더 기도를 올려야죠."

그러고 있는데 사택 지붕 위에서 손님이 온 것을 알리기라도 하듯 까치가 '깍깍' 소리를 내었다.

"아, 이기 누고? 은실이 자매 아인가베."

"예."

만호와 상녀의 딸인 은실이 찾아온 것이다. 은실은 그녀를 '자매'라고 불러주는 교인을 대하기가 여전히 쑥스럽고 부자연스러운 모양이었다. 사실 지금보다 좀 더 교회에 자주 다니고 싶어도 그럴 수 없었다. 아버지 만호 때문이었다.

"어서 오시오."

"반가워요. 그동안 어떻게 지냈죠?"

달렌 목사와 시콜리 부인도 가끔씩 옥봉리 예배당에 나오는 은실을 알고 있었다. 은실의 집안에 대해서도 조금은 들어 알고 있었는데, 그들은 목회자들답게 남에게 부정적이거나 폄훼하는 말 따윈 하지 않았다. 사실 자기들 고국과는 굉장히 멀리 떨어져 있는 남의 나라에 와서 전도활동을 할 정도의 사람들이었다. 그들의 관심사는 오로지 어떻게 하면 조선인 한 사람이라도 더 우리 신자로 끌어들일 수 있을까 하는 데 있다고 해도 과언이 아니었다.

그러나 김애성은 좀 달랐다. 배봉 집안의 악명을 익히 알고 있었다. 그래서 은실이 교회에 나오는 게 반갑고 좋으면서도 한편으로는 마음이 편치 못한 게 사실이었다. 배봉도 배봉이지만 특히 은실 아버지 만호가 그 사실을 알면 어떻게 나올까 하는 우려 때문이었다. 사람들은 점박이 형제를 비난하고 혐오하면서도 그들 앞에서는 슬슬 피했다. 동업직물의 금력과 권력 그리고 완력은 무소불위였다.

그 고을에서 그들에게 대적할 수 있는 집은 하나밖에 없다고 했다. 그 지역을 통틀어 가장 규모가 크고 역사가 오랜 상촌나루터에서 콩나물국밥집을 운영하고 있는 나루터집이라고 했다. 하지만 일제가 발호하면서 그들에게 빌붙는 동업직물의 힘이 나루터집을 한참 능가하고 있다는 풍문도 들렸다.

그런 은실이었기에 김애성은 그녀와 함께 온 낯선 남자에게 큰 경계심을 품지 않을 수 없었다. 은실이 나이 많이 먹은 노처녀였기에 그런 감정은 더했는지도 모른다.

'애비를 잘못 만낸 죄까, 저 나이가 될 때꺼정 아즉 시집을 몬 가고 있는 거는.'

김애성이 그런 생각을 하며 훔쳐본 그 남자는 왠지 아까부터 고개를 푹 숙이고 있었다. 그래서 그의 신분이 더욱 궁금해지기도 했지만, 일단 은실이 사귀고 있는 남자임에 틀림없다는 확신도 섰다. 그 예측이 맞았다. 은실은 이렇게 소개했다.

"여게가 하나님 집인께 안 기시고 다 말씀드리께예. 앞으로 양가 부모님 허락을 받아 혼래를 올릴 사이라예."

그런 후에 그 남자에게 인사드리라고 하니 그는 벌떡 일어나 넙죽 큰절을 했다.

"반문환이라 쿱니더. 잘 부탁드립니더."

"아, 예. 반갑……."

김애성과 달렌 부부도 얼른 예를 취해 인사를 나누었다. 김애성은 그 남자를 좀 더 자세히 보면서 속으로 생각했다.

'그런대로 인상이 꽤안커마는. 멤은 우떻는지 몰라도.'

보통 체격의 평범해 보이는 남자였는데, 미간과 이마가 약간 넓고 어딘가 학구적인 분위기가 풍겼다. 그리고 그 또한 노총각을 넘어 중년에 가까워 보였다.

그런데 김애성의 마음 귀퉁이에 좀 걸리는 게 조금 전 은실이 했던, '앞으로 양가 부모님 허락을 받아'라는 말이었다. 그렇다면 지금까지는 양가 부모의 허락을 받지 못했다는 얘기가 아닌가. 그게 아직 부모에게 데리고 가지 않아서인지, 아니면 데리고 갔지만, 허락이 떨어지지 않아서인지, 어느 쪽인지 그로서는 잘 알 수가 없었다. 어쨌든 허락도 얻지 못한 상태에서 저렇게 나이 든 미혼 남녀 둘이 함께 다닌다는 사실부터가 좀 그랬다.

물론 예배당에 다니는 젊은이들은 김애성의 젊은 시절과는 많이 달랐다. 개중에는 보기 민망할 정도로 스스럼없이 서로를 대하는 연인들도 있었다. 그만큼 세상이 개화되고 있다는 증거라고 좋게 봐줄 수도 있겠지만, 그래도 혼례는 인륜대사 중의 하나인 만큼 신중해야 하고, 특히 집안 어른들 승인이 반드시 필요하다고 믿는 김애성이었다.

"어쩜!"

"우리 앞으로……."

한편 조선 풍습에 관해 잘 모르는 달렌 목사와 시콜리 부인은 그런 것보다, 은실이 사귀고 있는 남자의 신분에 좀 더 관심과 흥미가 쏠리는 모양이었다. 시콜리 부인이 더했다. 은실에게 넌지시 물었다.

"남편 되실 분, 하시는 일이 무언지?"

김애성은 시콜리 부인이 결례랄까 실수를 범하고 있다고 보았는데, 은실은 오히려 그렇게 물어주기를 바라고 있었는지 곧장 대답했다.

"올매 전에 새로 들어선 진주면사무소 있지예? 그 면사무소 근처에 있는 고서점, 저 고문당서점에서 일하고 있어예."

그러고 나서 곧 덧붙였다.

"아, 거 점원은 아이고예, 그 서점 아들 아입니꺼."

366

달렌 목사가 퍽 반갑다는 표정을 지었다.

"오, 고문당서점! 압니다, 나도. 조선의 오래된 귀한 서적들을 그렇게 많이 진열해 놓은 서점은 처음 봤어요."

김애성도 알고는 있었지만 무슨 말은 하지 않았다. '고문당서점' 주인 '반지태'와도 서로 일면식은 나누는 사이였다. 지리산 청학동 서당에서 수학했다고 들었다. 지금은 죽었지만, 그의 할아버지는 진사進士 출신으로 한학에 무척 조예가 깊었던 사람이라고 했다. 그렇다면 은실과 혼인할 반문환은 고문당서점을 물려받을 상속자인 것이다.

'은실이 처녀가 심지가 깊거마는. 비록 돈은 천지라도 마이 몬 배운 집안 어른들 땜새 공부에 한이 맺힌 모냥이제. 학식이 있는 고문당서점 아들한테 저리 정을 주고 있는 거 보이.'

그때 은실이 또 뜻밖의 말을 꺼냈다.

"우리 문환 씨도 여 예배당에 댕기모 안 되까예?"

시콜리 부인이 반색을 했다.

"왜 안 돼요? 되고말고요. 오히려 우리가 바라고 있는 건데."

달렌 목사도 매우 반가운 목소리였다.

"오, 하나님! 감사합니다. 오늘 또 저희에게 이렇게 좋은 형제를 보내주셔서 정말 감사합니다. 아~멘."

그러나 김애성은 아무런 말도 할 수가 없었다. 물론 신자가 더 늘어났으니 그보다 바람직한 일도 없었다. 그렇지만 그것도 사람 나름이었다. 은실 처녀 하나만 해도 가슴을 졸이는 판인데, 그녀와 혼례를 치르려는 사람까지 우리 예배당에 나오는 줄 알게 되면……. 모르긴 몰라도, 은실 처녀 집안에서는 또 하나의 큰 핑곗거리가 생긴 셈이니, 그들의 교제를 반대할 명분을 더욱 굳히려 들려고 할 것이다.

하지만 은실과 문환은 서로 얼굴을 마주 보면서 기뻐 어쩔 줄 몰라 했다. 그런 남녀가 김애성의 눈에는 어쩐지 불길한 모습으로만 비쳤다. 슬하에 자식을 가져도 벌써 몇은 가졌을 그들임에도 불구하고 꼭 물가에 내놓은 어린아이들을 보는 심정이었다. 김애성은 자신을 꾸짖었다.

'하나님을 믿는 내가 와 이라노? 이리 약한 멤을 갖고 우찌 전도할 끼고? 이보담 몇 배 더 에려븐 방해물이 있어도 다 넘어가야제.'

속으로 기도를 올리기 시작했다.

'하나님 아부지, 자꾸만 약해질라쿠는 지한테 우짜든지 심을 주시옵고, 저 순수한 두 사람한테도 하나님 은총이 듬뿍 내려질 수 있거로 해주시옵소서! 우리 주님의 이름으로 간절히, 간절히 기도드리옵나이다, 아~멘.'

김애성이 그렇게 하는 사이에 호주선교사들과 조선 교인들은 벌써 같은 '하나님의 자식들'이 되었는지 분위기는 한결 화기애애해 보였다.

하지만 웬일까? 김애성은 왠지 모르게 그 남녀의 앞날이 순탄치만은 못할 거라는 불안한 감정을 지워버리지 못하고, 그저 마음속으로 끝없이 기도 말만 외고 있었을 뿐이었다.

"머라꼬? 아, 그눔들이 기여코…….."

비화는 말을 잇지 못했다.

"이리 되모, 이리 되모."

재영도 통탄을 금치 못했다.

"지난분에 우리 얼이하고 준서가 보고 와서 그런 이약을 핸 기억은 나지만도, 그래도 이거는 아인 기라. 넘의 나라에 와갖고 우찌 그랄 수 있노 말이다!"

마지막 손님이 나가고 일하는 여자들도 조금 전 모두 집으로 돌아간 나루터집에는 나루터집 식구들만 남아 있었다.

"터를 닦을 때부텀 하매 각오는 했지만도, 아아."

"막을 수 있었으모 우쨌든 막았것제. 몬 막을 일인께 그냥 있은 기제."

원아와 안 화공도 평상 끝에 걸터앉은 채 비분강개하는 빛을 떨치지 못했다.

"그거는 그렇고, 니 남핀하고 준서는 와 같이 안 들온 기고?"

우정 댁이 계산대 앞쪽에 엉거주춤한 자세로 서 있는 효원에게 물었다. 함께 외출했다가 남자들은 다 어디 두고 너 혼자만 귀가했냐고 은근히 나무라는 것 같기도 했다.

하지만 그건 아니란 걸 모두는 알고 있었다. 아들 얼이보다 며느리 효원을 더 좋아하고 아끼는 우정 댁이었다. 뒤돌아보면 참으로 우여곡절이 많던 그들 부부였다. 그리고 아직도 다 끝난 것은 아니었다. 얼이와 효원은 온전히 정착한 것이 아니기 때문이었다.

처음에 그 이야기를 들었을 때 우정 댁은 물론이고 비화를 비롯한 온나루터집 식구들이 놀라 난리가 났었다. 그 신혼부부는 작심한 모습으로 이렇게 공포했던 것이다.

"지들 두 사람, 따로 나가서 독립하고 싶심니더."

우정 댁은 그만 벌린 입을 한참이나 다물지 못했고, 원아가 그 큰 눈을 휘둥그레 뜨고서 물었다.

"따로 나가모 머함서 우찌 살 낀데?"

한데 돌아오는 얼이 답변은 정말이지 숨통이 막히게 했다.

"오광대가 될라꼬예."

"오, 오, 오광대!"

우정 댁이 벌렁 뒤로 나자빠지지 않은 것만도 다행이었다. 세상에, 오광대라니? 광대 패가 되겠다니?

한층 기가 찬 것은, 효원 또한 두 눈을 내리깐 채 저도 얼이와 똑같은 생각을 하고 있다는 것을 은근히 표시하고 있다는 사실이었다.

"얼아."

비화가 낮은 소리로 천천히 물었다.

"시상에 천지삐까린 기 직업인데, 와 해필 그 짓을 함서 살라쿠는 기 고?"

돌아오는 얼이 말이 또 가관이었다.

"다 이유가 있심니더. 말씀드릴 수는 없지만도예."

"머?"

우정 댁은 발악했다.

"이유는 있는데 말할 수가 없다꼬? 이, 이눔이 시방?"

재영이 효원에게 물었다.

"처남댁도 이약할 수 없는 긴가요?"

효원은 잠자코 고개만 끄덕였다.

"어이쿠, 이 무신 망쪼란 말고, 무신 망쪼!"

당장 주먹으로 아들의 복장이라도 세게 후려칠 기세의 우정 댁을 가로막으며 안 화공이 얼이에게 말했다.

"내가 맹색이 이모부라는 사람인데, 조카의 앞날을 내사 모리것다, 그람시로 두 눈 딱 감고 모리는 척하는 거도 도리가 아이라서⋯⋯."

한데, 그다음 말이 이어지기도 전이었다. 더더욱 황당한 사태가 벌어졌다. 얼이가 왈칵 울음을 터뜨리며 주먹으로 가슴을 치면서 뜨거운 불판 위에 선 사람처럼 날뛰기 시작했다.

"어, 얼아!"

"이, 무, 무신?"

"와? 와 우째서⋯⋯."

나루터집 식구들은 얼이 저런 모습을 보는 건 지옥 현장을 지켜보는 것보다도 힘들고 고통스러운 일이었다.

그들은 전혀 모르고 있었다. 얼이와 효원이 오광대 패가 되려고 하는 비밀이었다. 그 두 사람 외에는 오직 한 사람, 원채만이 알고 있는 비밀이었다.

중앙황제장군 역을 하던 한약방 주인 최종완. 얼이와 효원은 남은 생을 그 최종완 살인범이라는 멍에를 둘러쓴 채, 씻을 수 없는 고통과 회한과 두려움에 싸여 살아갈 수밖에 없는 운명이었다.

원채는 분명하게 말했다. 그들이 살인범이라는 죄책감을 떨치고 살아갈 수 있는 길은 오광대가 되어 생활하는 길이며, 그것만이 최종완에게 사죄하는 길이란 것이다.

그런데 효원에게는 오광대 외에도 또 하나의 결심이 서 있었다. 얼이에게도 속내를 내비치지 않았지만, 기생조합원이 되는 것이었다.

얼이는 오광대, 그녀는 기생조합원.

오광대 하나만 되어도 살아갈 수 있다면 그렇게까지 생각하지는 않았을지도 모른다. 하지만 아무리 요리조리 계산을 다 해봐도 오광대만 되어서는 생활 자체가 되지 않을 것 같았다. 기생조합원에 들어가면 예전에 몸담았던 관기 신분과는 다르게 마음만 먹으면 얼마든지 몸도 지킬 수 있고, 또 한결이나 지홍, 청라, 지선 등과 늘 함께 있을 수 있고, 무엇보다도 경제적인 면에서 큰 도움이 되리라 보았다.

물론 돈만을 생각하면 지금처럼 콩나물국밥집을 하면서 사는 게 가장 편하고 안전했다. 하지만 아니었다. 이렇게 살다간 언젠가는 미쳐버리지 싶었다. 그건 얼이도 마찬가지로 보였다. 효원 자신도 그렇지만 얼이 또한 요즘도, 아니 갈수록 한층 더 최종완의 악몽에 시달리고 있는 듯싶었다.

꿈속에 최종완의 아내도 끈덕지게 나타났다. 사람을 죽여 놓고 너희 둘은 혼례 올리고 잘살 줄 아느냐고 온갖 위협과 악담과 저주를 퍼부었다. 효원은 머리를 흔들며 악몽에서 벗어나려 애썼고 급기야 이런 생각까지도 하기에 이르렀다.

'우짜모 저이 핏속에는 역마살이, 내 핏속에는 팽범한 여염집 아낙으로 살아갈 수 없는, 기녀로 살아가라는 무신 끼 겉은 기 흐르고 있는 기까? 안 그라모 우째서 이 핀하고 안정된 삶을 거부하고, 너모 뻔하거로다 암시롱 저 험하고 심든 생활을 자청하고 있것노, 그런 말인 기라.'

맞았다. 최종완은 어쩌면 핑계인지도 알 수 없었다. 역마살과 화냥기. 이 효원이가 제아무리 아니라고 부정하고 싶어도 다른 사람들 눈에는 분명히 화냥기로 비칠 것이다. 남편 얼이가 제아무리 아니라고 부정하고 싶어도 다른 사람들 눈에는 분명히 역마살이 뻗친 것으로 받아들여질 것이다. 그러니 결국, 그들 부부를 이해할 수 있는 사람은 원채밖에 없을 것이다. 하지만 그 원채는 지금 어디서 무엇을 하고 있는지 어언 몇 개월 동안이나 그림자도 볼 수 없었다.

그 자리의 화제가 다시 현재로 돌아온 것은 비화의 이런 말이었다.

"성 안에 지네들 신사라쿠는 거를 맹글어갖고 우리한테 참배를 강요하는 거 갖고도 더 모지라서 인자는……."

원아가 그 말을 이어받았다.

"각급 핵조 교정의 동쪽에다 말이제?"

그러면서 맨 처음 그 소식을 전해준 효원을 바라보았다.

"아, 예, 이모님."

한동안 지난 기억에 빠져 있던 효원은 정신이 돌아왔다.

"핵조 운동장 동쪽에 저거 개국신開國神을 받드는 쬐그만 신사를 맹글어 놓고, 우리 학상들이 핵조에 오갈 적마당 억지로 참배하거로 시키고 있다쿠는 기라예."

그 광경을 떠올리기만 해도 심장이 터지려 했다. 당장 생각나는 '단군왕검'이었다.

"일본 개국신?"

비화 머릿속에도 단군왕검이 그려졌다. 작은 소리로 곱씹었다.

"아마테라스 오오가미."

재영이 말했다.

"아, 맞소. 내도 들은 기억이 나요. 아마테라스 오오가미."

그러니까, 일제는 그들 개국신인 아마테라스 오오가미(천조대신天照大神)를 받드는 신사를 각급 학교 교정 동쪽에 만들어 놓고, 조선 학생들에게 매일 등하굣길에 참배하도록 강요한다는 것이다.

그뿐만이 아니었다. 또 들리는 소문에 따르면, 호주선교회에서 그토록 촉구한 저 옥봉리 예배당의 신축 인가는 그야말로 '가물치 콧구멍'이면서, 그 고을 일본인들이 추진한 신사 허가는 5개월 만인가 하는 짧은 기간 안에 선뜻 인가를 내주었다고 했다.

"성안에도 있고, 각급 핵조 운동장에도 있고, 이런 식으로 나가다가는 온 조선 천지가 왜눔들 신산가 머신가 하는 거로 꽉 차삐것다."

우정 댁이 무당 푸닥거리하듯 하였다.

"하느님이 안 그라시모 저 남강 속에 계시는 용왕님이라도 고것들을……."

준서와 얼이는 여전히 돌아오지 않고 있고, 옆에 붙어 있는 밤골집에서 술꾼들 떠드는 소리만 쉴 새 없이 들려오고 있었다. 아마 그들 역시 일본인 신사에 대해 이야기하면서 울분과 탄식을 터뜨리고 있을 것이다. 그 고을 모든 조선인이 주먹으로 가슴팍을 찧어 대고 있을 것이다.

그런데 그게 아니었다. 실로 어이가 없고 통탄할 노릇이지만 예외가 있었다.

바로 그 시각, 성 밖에 자리 잡고 있는 배봉가의 대저택이었다. 언제 나처럼 하늘을 찌를 기세로 머리를 쳐들고 있는 솟을대문 저 안 배봉의 사랑채에서는 웃음이 한창이었다.

상촌나루터에서는 나루터집 식구들이 죄다 모여 있는 것과 마찬가지로, 그곳에서도 동업직물 일가족들이 다 모여 있었다. 하지만 분위기는 서로 달라도 너무나 달랐다.

"아마테라스 오오가미!"

흡사 늙은 짐승이 내는 것 같은 소리가 배봉의 입에서 나왔다. 사람이나 다른 짐승이나 나이가 들면 그다지 차이가 없는 것일까? 몰골뿐만 아니라 내는 소리도 닮았다. 하지만 그 노령에도 불구하고 배봉은 여전히 건재해 보였다. 그는 식솔들을 둘러보며 한 번 더 큰소리로 외쳤다.

"아마테라스 오오가미!"

그 소리는 임금 처소를 떠올리게 할 만큼 넓고 으리으리한 거기 사랑방을 왕왕 울렸다. 점박이 형제도 복창했다.

"아마테라스 오오가미!"

그러고 나서 '히히히' 하고 요상한 웃음소리를 내었다. 스스로 생각을 해도 일본 개국신 이름을 불러서 부끄럽다는 건지, 아니면 일본말을 해서 자랑스럽다는 건지, 그게 좀처럼 헤아리기 어려운 분위기였다.

"원숭이겉이 생긴 눔들이, 에나 원숭이매이로 잽싸다 아인가베."

배봉의 말에 해랑이 맞장구를 쳐주었다.

"예, 맞아예, 아버님. 허가가 난 지 다섯 달 만에 후딱 지잇다 아입니꺼."

상녀도 질세라 한마디 했다. 지금까지 살아오면서 해랑과 경쟁하느라 이제는 제법 되바라진 여자로 변해 있는 상녀였다.

"그기 다 우리 아버님 겉으신 분들이 도와줬기 땜에 가능한 일 아이 것심니꺼."

저마다 그렇다고 고개를 크게 끄덕거렸다. 하지만 그들 가운데 한 사람, 동업의 안색이 몹시 어두워지는 것을 눈치챈 사람은 없었다. 그와 나란히 붙어 다니는 재업도 마찬가지였다.

동업은 지난 1월, 성내 촉석루 앞쪽 신사 부지의 터 닦기가 끝난 날, 그곳에서 준서와 맞닥뜨렸던 기억에서 벗어나지 못하고 있었다.

김비화, 아니 박재영의 아들이었다. 만에 하나라도 꺽돌과 설단의 말이 맞는다면? 그러면 준서 그와 이 동업은 어떤 관계가 된다는 것인가?

'아이다. 시방 내가 또 무신 돼도 안 한 헛생각을 해쌌고 있는 기고?'

동업은 식구들 모르게 고개를 한껏 내저었다. 그런데 이번에 또 떠오르는 것은 어떤 한 여자였다. 동업 자신을 대하는 언동이 너무나 심상치 않은 정체불명의 여자였다.

'도대체 그 남자와 그 여자가 내하고 무신 연관이 있다꼬 내가 이리 망상에 빠지드는 기까?'

또다시 머리통을 흔드는 동업 귀에 아버지 억호가 하는 소리가 들렸다.

"신사를 세우는 데 든 비용이 6천 원도 더 넘었다 안 쿠데예?"

배봉이 여전히 돼지만큼이나 굵은 목을 주억거렸다.

"하모, 대충 줄잡아 봐도 그 정도는 들었을 끼거마."

성깔 급한 만호가 변죽만 울릴 게 아니라는 투로 말했다.

"우리 아부지맹캐 자발적으로 기부금을 낸 부호와 유지들이 없었다 모, 저것들이 우찌 그 많은 돈을 다 모아예? 안 그렇심니꺼?"

"……."

그 말에 방에는 잠시 침묵이 깔렸다. 켕기는 구석이 있었던 걸까? 배봉의 머릿속에 불미스러운 그림 하나가 그려지고 있었다. 그 고을에서 몇 손가락 안에 꼽히는 조선인 부호와 유지들이, 일본인들에게 신사 건립 공사비에 보태 쓰라면서 상당한 액수의 돈을 건네고 있는 장면이었다.

그 가운데에는 배봉 자신의 모습도 섞여 있었다. 아니, 어쩌면 그가 가장 많은 기부금을 냈을 것이다. 돈을 건네받은 일본인들이 해 보이던 태도로 미뤄볼 때 그게 확실했다.

"임 사장님! 역시 우리 임 사장님은 배포가 남다르지 않스무니까. 이런 거금을 자발적으로 기부하시다니요. 하하하."

"우리 대일본국 개국신이신 아마테라스 오오가미께서, 임 사장님과 임 사장님의 가족들 모두에게 크나큰 은덕을 내리실 것이무니다. 허허허."

그때 배봉은 그러잖아도 퍽 서툰 일본말을 따라 하느라고 딴에는 무척이나 애를 썼었다.

"예, 예! 아마 데…… 오, 오오……."

몇 글자 되지도 않은 자기들 개국신 이름을 제대로 외우지 못해 허둥거리는 배봉이 무척 우습기도 하고 같잖기도 했는지 그들은 얼핏 업신여기는 투로 말했다.

"잘 안 되실 것이무니다. 왜냐? 우리 대일본국을 처음 여신 개국신이신 그분 이름자를 아무나 쉽게 입에 올려서는 안 되지 않겠스무니까?"

"지금 당장 외우지 못하셔도 아무 상관없스무니다. 앞으로는 자다가 일어나셔도 금방 말해 보일 수 있게 될 날이 꼭 오게 되어 있으니까 말이무니다. 하하, 하하하."

그래도 배봉은 어쨌든 그들의 신임을 조금이라도 더 빨리 얻어낼 요량으로 기를 써가며 노력했고, 그리하여 드디어 그 이름자를 다 외우게 되었다.

"인자 자신 있심더. 함 들어들 보실랍니꺼?"

그러고 나서 배봉은 '흠' 하고 큰기침까지 한 후에 자신감 넘치는 소리로 몇 차례나 연속해서 일본 개국신 이름을 말해 보였던 것이다.

"아마테라스 오오가미! 아마테라스 오오가미! 아마테라스……."

그뿐만이 아니었다. 그날 집으로 돌아오자마자 배봉은 온 식솔들을 자기 사랑방에 급히 모이게 하여 일본 개국신 이름을 외우게 하였다. 그렇게 애를 기울인 결과, 지금 배봉 집안에서 '아마테라스 오오가미'라는 이름자를 말해 보이지 못할 사람은 하나도 없었다. 심지어 집에서 부리는 남녀 종들까지도 외우라고 명했다. 그 많은 종들 가운데 억호 심복인 양득이 가장 먼저 외웠다.

"저늠은 문무를 갬비한 늠 아이가."

억호는 실로 어처구니없는 그런 말로 제 심복을 자랑함으로써 집안에서의 자기 세력을 과시했다.

'흥!'

만호는 속으로 코웃음 쳤다. 만호는 형이 부리는 양득처럼 부려먹기 위해 새로 종을 고용했고, 그 사병私兵에게 '독사'라는 이름을 붙여 주었는데, 그렇게 한 이유가 있었다. 뱀 중에서도 제일 무서운 그 독사가 언젠가는 양득을 때려눕힐 거라는 기대감 때문이었다. 특히 독사는 넘치는 집안 사병들을 통틀어 양득 버금가게 머리도 좋고 기운도 장사였으므로 만호는 무척 흡족해했다.

만호는 모르고 있었다. 독사가 양득에게 도전장을 내고 아무도 모르는 장소에서 둘이 맞장을 떴지만, 무릎을 꿇고 말았다. 그러고 보면 양득의 호적수는 단 한 사람, 지금 비봉산 서편 자락 가마못 안쪽 동네에 살고 있는 꺽돌뿐일 것이다.

비봉산 정상에 서 있는 두 그루 큰 고목 밑에서 혈투를 벌였지만 결국 무승부가 되고 서로 의형제 관계를 맺은, 한때는 양득 그가 그토록 짝사랑했던 설단을 아내로 맞은 꺽돌이었다. 해귀와 천룡을 앞세우고 남강 백사장에 있는 투우장에서 갑종 왕을 가리기 위해 꺽돌과 여러 시간을 싸우던 지난날 그 일들이, 아직도 기억 속에 남아 있는 양득이었다.

그러나 그보다도 훨씬 더 생생하게 살아 있는 기억 하나가 있었다. 그것은 죽어도, 아니 죽어서 저승에 가도, 결코 잊어버릴 수 없는, 잊어버리지 못할 무섭고도 끔찍한 일이었다.

바로 민치목을 때려죽인 살인 사건이었다. 치목의 아들 맹쭐과 손자 노식이 같은 고을 안에서 두 눈 시퍼렇게 살아 있다는 사실을 생각하면 양득은 그만 부르르 몸서리를 쳐야만 했다. 누군가가 마구 잡아당기는 것처럼 머리털이 빠져나가는 기분이었다.

그는 어디까지나 주인 억호 명령을 받고 그 모든 일을 행한 하수인에 불과했지만, 치목이 절명할 만큼 가장 큰 타격을 입힌 사람은 양득 자신이라는 것을 부인할 수 없었다. 이 세상에 비밀은 없는 법이니, 언젠가는 맹쭐과 노식이 모든 사실을 알게 될 날이 오고야 말리라는 생각에 전율을 느끼기도 하였다. 힘으로야 당하지 않을 자신이 있었다. 그들이 합세하여 달려들어도 너끈히 물리칠 수 있을 것이다.

그런데 문제는 일본 경찰이었다. 한갓 종의 신분인 그로서는 무슨 용무인지 상세히 알 재간이 없었지만, 어쩌다 집을 방문하는 일본 경찰들을 볼 때면 오소소 소름이 돋았다. 특히 억호가 이런 소리를 할 때는 숨이 그대로 멎어버리지 싶었다.

"암만캐도 왜눔 갱찰들이 무신 내미를 맡은 거 겉다. 올매 전에 뭔 일이 있었는고 아나? 잘 모리제?"

"무, 무신?"

양득은 간담이 오그라드는 느낌이었다. 그런 양득을 한참 동안 물끄러미 바라보고 있던 억호가 그답지 않게 낮은 목소리로 말했다.

"각중애 치목이 사건을 확 끄집어내는 거 있제? 그기 운젯적 일인데 말이다."

"그, 그랬어예, 서방님?"

양득의 두꺼운 입술이 파르르 경련을 일으켰다. 색도 파랗게 바뀌었다.

"머, 더 생각하고 자시고 할 거 있것나."

억호는 짐짓 대범한 척하였다.

"그냥 내한테 있는 돈 모돌띠리 싹싹 털어서 줬제. 그랬더이만……."

"……."

억호는 필요 이상으로 길게 틈을 주고 나서 알려주었다.

"그눔들이 '하하' 하고 큰소리로 웃음시로 그 돈을 받더이만, 뒤도 안 돌아보고 휑하니 집에서 나가데."

"예."

안도의 숨을 내쉬는 양득이었다.

"그래도 갱개심을 늦추모 안 되는 기라. 그눔들이 또 운제 확 들이닥 칠랑가 모린께네."

그 말끝에 억호는 너무나 엉뚱스럽게 말했다.

"양득아, 내도 예배당 나가모 우떨꼬?"

양득은 무슨 귀신 소리라도 들은 사람 같았다.

"예에? 서, 서방님께서 야, 야소교를 믿으시것다꼬예?"

억호는 그만 머쓱해진 얼굴이었다.

"이눔아, 사람 간 다 널찌것다(떨어지겠다). 와 그리 놀래는 기고?"

그러더니만 그답잖게 변죽을 울렸다.

"니 이거는 만호한테는 절대로 비밀로 해야 하는 긴데……."

"머신데예, 서방님?"

"……."

"예?"

양득이 몇 번이나 캐묻자 억호는 뱀 같은 실눈을 한층 가느다랗게 떴다.

"은실이 안 있나."

"아가씨예?"

"하모."

"아가씨는 와예?"

"은실이가 야소교재이라는 거, 니 눈치 몬 챘디제?"

"은실 아가씨가 말입니꺼?"

"쉿, 소리가 크다, 이눔아."

그러고 나서 음흉한 미소를 흘리며 억호는 더욱 낮아진 목소리로 명했다.

"모리는 체 놔 뒤삐라. 내중에 우리가 그거를 꼬투리 삼아갖고 요긴하거로 써무울 때가 올랑가도 모린께네."

양득은 말없이 상전을 올려다보았다. 상놈인 그들보다도 못한 인간이었다. 조카를 미끼삼아 형제 싸움에 이용하려 드는 것이다. 하지만 그런 내색은 전혀 하지 않고 있는 양득 귀에 또 들리는 소리였다.

"내 들은께, 저 옥봉리 예배당을 곧 새로 짓는다 캤는데, 내가 그 예배당에 돈 마이 내모 하나님인가 둘님인가가 내한테 더 큰 복을 주시까?"

6월 초순의 대기는 청명했다.

옥봉리 예배당에 수많은 교인들과 내빈들이 속속 몰려들기 시작했다. 오후 3시에 있을 헌당식에 참석하기 위해서였다. 그들은 이야기꽃을 피우느라 정신이 없어 보였다.

"대구 사람 최환동이 우리 예배당을 이리 멋지거로 짓는다꼬 에나 욕마이 봤는 기라."

"와 아이라? 시방꺼지 우리가 예배 보던 그 초가집에 비하모, 여게 신축 예배당은 고마 대궐 아인가베."

"이 공사를 하는 데 건축비가 모도 올매 들었다꼬?"

"내 알기로는 천 이백 원인가 된다쿠제, 아마?"

"우와, 천 이백 원! 하나님도 놀래시것다."

한쪽에서는 이런 말들도 나왔다.

"우리 교인들도 고생 짜다라 했다 아이가."

"하모, 하모. 운제부터고. 하여튼 건축 공사에 들어가 터 고르기를 할적에, 우리 교인 집마다 한 사람씩 나와갖고 부역을 했디제."

"우쨌든 우리 고장 교회 역사에 새 장章을 열었다, 그리 보모 되는 기라."

그런저런 소리들을 열심히 나누고 있는 가운데, 예배당 안팎은 말 그대로 송곳 하나 꽂을 곳이 없을 만큼 사람들로 가득 찼다. 무려 7백 명은 족히 넘어 보였다.

"자, 그라모 시방부텀……."

이윽고 헌당식이 시작되었다. 교인들과 내빈들의 모든 시선이 일제히 강단에 서 있는 키 큰 달렌 목사를 향했다. 달렌 목사는 헌당 기도를 올리기 시작했다.

"언제 어느 곳에서나 변함없이 못난 양들을 보살펴 주시는 고마우신 우리 하나님 아버지! 오늘 저희는 새로운 하나님 집을 지어……."

그가 기도를 올리고 있는 중에도 교인들 사이에서는 연방 '아멘!', '아버지!', '주여!' 하는 소리들이 끊이지 않았다. 그 모든 소리들은 신축 건물의 벽이며 천장, 창문에 부딪혀 다시 그들의 머리 위로 하나님의 축복이나 은총처럼 흩어져 내렸다.

다음 순서는, 박숙영 장로의 교회와 예배당 내력 보고였다.

"우리 예배당은 호주선교사들이 개신교 전도의 출발지로 삼은 곳이며, 또한 우리 고장 기독교의 역사가 시작된 지역 복음 전파의 산실産室로서……."

호주 장로교 소속 선교사인 렐커 의사와 조선인 기독교인 김애성의 초가집에서 예배를 보면서 선교 활동이 시작되었다는 이야기하며, 성 바깥 대안면 2동에다 8칸짜리 초가집을 건립해서 '야소교 예배당'으로 사용했다는 얘기 등등이 나왔다.

특히 교인들이 포교 규정에 따라 조선총독부에 신축예배당 건축 인가원을 오래전부터 제출했지만 계속 인가가 나오지 않았고, 그래서 달렌 목사가 성안에 있던 경남도청 교섭위원으로 일제에게 조속한 건축 인가를 촉구하여, 마침내 인가를 받아 지난 4월 20일부터 건축 공사에 들어갈 수 있었다는 내력이 소개될 때는, 교인들뿐만 아니라 내빈들도 코를 훌쩍이거나 눈물을 글썽거리기도 했다.

그런데 하나님도 미처 내다보지 못했을 그 일이 벌어진 것은 바로 그 내력 보고가 막 끝난 직후였다. 그것은 조선말이기는 했지만 누가 들어도 일본 사람이 하는 것이라는 게 확실한 이런 외침이 튀어나왔던 것이다.

"일본을 너무 그렇게 함부로 몰아세우지 말아 주었으면 하무니다. 어쨌거나 건축 인가를 허락해 주지는 않았스무니까?"

그곳에 모인 모두는 깜짝 놀라며 그 소리가 나는 곳을 반사적으로 바라보았다. 그것은 앞쪽 내빈석에서 터져 나온 소리였다. 그곳에는 큰소리로 그 말을 한 사람이 의자에서 우뚝 일어서 있었다. 그리고 다음 순간, 많은 교인과 내빈들 사이에서 이런 소리들이 흘러나왔다.

"저, 저 사람이 누고?"

"무, 무라마치 아이가, 무라마치!"

"하모, 맞다. 삼정중 오복점을 하는…….'"

틀림없었다. 바로 삼정중 오복점을 경영하고 있는 무라마치였다. 일본 전국검도대회 우승자. 동업직물 임배봉과 거래하던 일본인 사토의 사위.

그것은 참으로 경악스럽고도 이해가 되지 않을 노릇이었다. 어떻게 해서 야소교 신자도 아닌 그가 예배당 헌당식에 참석할 수 있었는가 말이다. 더군다나 그는 건축이 그렇게 오랫동안 지연되게 한 원흉인 조선총독부를 만든 일본을 국적으로 하는 일본인이 아닌가 말이다.

더욱 놀랄 일은 그 혼자만 있는 게 아니었다. 우뚝 일어선 그의 옆 의자에는 그의 동생 무라니시가 거만한 자세로 떡 버티고 앉아 있었다. 그러고 보니 그들 형제가 모두 거기 와 있는 것이다. 그것은 크게 잘못된 구도 같아 보였다. 안 화공이 보았다면 즉각 화폭을 쫙쫙 찢어버렸을 형편없는 엉터리 그림 같았다.

교인과 내빈 중에는 그들 형제를 아는 사람들이 많았다. 그자들은 그 고장에서 제일 규모가 큰 백화점을 운영하고 있는 이른바 '큰손'일 뿐만 아니라, 신기神技에 가까운 검도 솜씨로 조선인들을 공포와 증오로 몰아넣는 장본인들이라는 것도 모르지 않았다.

그렇지만 그들이 어떻게 해서 그곳에 와 있는지에 대해서 아는 이는 거의 없었다. 사실 조선총독부가 한 짓을 생각하면 일본인인 그들은 결코 거기 와서는 안 될 사람들이었다. 그런데도 다른 자리도 아닌 내빈석을 떡하니 차지하고 있는 것이다. 물론 몇몇 사람은 알고 있을 터였다. 내빈석에 앉아 있는 걸로 봐서는 어쨌든 누군가는 그들을 초대했을 테니까.

"⋯⋯."

신축예배당은 한동안 선학산 공동묘지를 방불케 하는 침묵이 감돌았다. 한국인들뿐만 아니라 일본인들도 이제는 더 이상 아무런 말도 하지 않았다. 어쩌면 묵상 기도에 잠긴 것으로 비칠 수도 있었지만 그런 평화와 안온과는 또 거리가 멀기만 한 분위기였다.

그런데 영원히 깨뜨려지지 않을 성싶었던 그 침묵을 연 사람이 있었다. 모든 공사를 도맡아 온 대구 출신 최환동이었다.

최환동은 지금 일어서 있는 무라마치와는 너덧 개의 의자를 사이에 두고 앉아 있었는데, 그도 의자에서 아주 천천히 몸을 일으켜 세웠다. 그러고는 뒤쪽을 돌아보면서 입을 열기 시작했다.

"아, 고마 소개가 늦었심니다. 제가 꼭 소개해 드리고 싶은 분들이 이 자리에 계심니다. 아주아주 귀하신 분들입니다. 그분들 도움이 없었다 모, 새 예배당 건축 공사가 순조롭지 몬했을지도 모립니다."

최환동은 손을 들어 자기 바로 옆자리에 앉아 있는 두 사람을 가리키더니 말을 이어갔다.

"중강 행재분들입니다. 제 고향 대구에서 잡화상을 하시던 중강 행재 분들이시지예. 자, 두 분, 일어나시서 인사하시지예."

사람들은 한층 멍청한 표정들이 되었다. 무라마치, 무라니시 형제 외에도 또 다른 일본인 형제가 거기 와 있을 줄이야.

"저⋯⋯."

"아⋯⋯."

박숙영 장로가 달렌 목사에게 무어라고 말하고 있는 게 사람들 눈에 들어왔다. 그쯤에서 눈치 빠른 이들은 무라마치 형제와 중강 형제의 돌연한 출현을 알아차릴 수 있었을 것이다.

그러니까 대구 출신인 최환동은, 대구에서 잡화상을 하고 있던 중강 형제와 서로 아는 사이였고, 또 중강 형제는 그 고장에 와서 무라마치 형제와 동업을 하고 있으니, 그들 세 무리는 연결의 끈이 맺어져 있을 터였다.

그러나 일본인 중강 형제의 도움으로 신축예배당 공사가 순조롭게 되었다는 그의 말에 수긍하는 이는 거기 없을 것이다. 아마 최환동이 급조해 낸 소리일 가능성이 높았다. 그도 무라마치가 그런 시건방진 소리를 할 줄은 전혀 내다보지 못했을 것이다. 만약 예상했다면 어떻게든 그곳에 참석을 막았을 것이다.

그런데 그 정도 선에서 끝이 났으면 그나마 다행이라고 여기겠지만 그게 아니었다. 이번에는 무라니시가 일어나더니 또 큰소리로 떠들기 시작한 것이다.

"중강 형제께서 우리 형제에게 꼭 이 자리에 참석해 달라고 해서 온 것이무니다. 그리고 확언할 수는 없지만, 우리라고 어디 이 교회에 다니지 말라는 법이 있겠스무니까? 만일 우리가 나오게 되면 서로 잘해 보았으면 하무니다."

"……."

또다시 깊은 침묵이 흘렀다. 그런 가운데 모두의 얼굴에 쓰여 있었다.

'마귀가 나타난 기라.'

'쪽바리 눔들이 여꺼정 와갖고 방해를 놓다이?'

'앞으로 우리 예배당에 무신 해코지를 할랑가 안 모리나.'

'달렌 목사가 우리하고 같은 조선 사람 겉으모 이리는 안 했을 끼다.'

'우리가 심이 없는 기 에나 원통타. 한 다리가 천 리라꼬, 달렌 목사는 직접 안 당하는 호주 사람인께 왜눔들을 그냥 안 놔 놓것나.'

그 생각들이 맞아떨어지는 모양새였다. 달렌 목사가 좌중을 향해 이렇게 말했던 것이다.

"여러분, 우리는 하나님 앞에 모두가 똑같은 형제자매들입니다. 그렇기 때문에 한국, 일본, 호주, 그렇게 나누어 싸우는 것은 하나님께 죄를 짓는 일입니다. 적어도 하나님의 아들딸인 우리는 모름지기 하나가 되어⋯⋯."

그 소리에 용기를 얻었는지 박숙영 장로가 뒤를 이어 말했다.

"자, 그라모 시방부텀 우리 교회 찬양대의 헌당가 합창이 있것심니더."

그 말이 떨어지기 무섭게 찬양대가 단상 위로 우르르 몰려나왔다. 남녀로 구성되어 있는 찬양대였다. 그 속에는 다미와 은실의 모습도 보였다. 교인들 가운데에는 은실의 남자 친구인 고문당서점 주인 반지태의 아들 반문환도 있었다.

헌당가 합창의 소리가 퍽 장엄하고 힘차게 울려 퍼졌다. 마치 일본인 두 형제를 그곳에서 쫓아내기 위한 하나님의 음성처럼 들렸다.

그러나 조선인 교인들은 또 몰랐다. 자기들이 헌당식에 열중하고 있는 그때, 예배당 밖 그 근처를 흐르는 큰 개울가에서 새로 지은 예배당 건물을 번득이는 눈빛으로 노려보고 있는 사내들이 있었다. 모두 네 명이었는데 하나같이 건장해 보였다.

"제 말씀을 들어보시기 바라무니다."

그중 일본인 하나가 조선인에게 말했다.

"민 사장님, 우리가 배돈병원 공사한 것에 만족해야 하무니다만⋯⋯."

놀랍게도 그는 죽원웅차였다. 민 사장이라고 불린 사람은 당연히 맹쫄이었고, 다른 조선인은 그의 아들 노식이었다. 그리고 나머지 일본인은 죽원웅차와 아주 빼닮은 용모였으니, 바로 죽원웅차의 동생 죽원일시였다.

대한제국이 국권 상실을 하기 전에 이미 그 고을에 들어온 일본인 토목공사업자 죽원웅차였다. 그는 동생 죽원일시를 사업에 끌어들여 이른바 족벌 체제로 사업을 일구어 왔다. 그뿐만 아니라 그의 일족들을 총동원하여 문어발식 사업을 확장하였다. 대단한 야심가로서 일제 치하에서의 대한제국의 한 페이지를 장식할 인물이었던 것이다.

훗날, 그 고장 대표적인 적산기업敵産企業으로 평가를 받게 되는 죽본조竹本組의 창업자였다. 사람들이 '다께모토쿠미'라고 부르던 합자회사는 그렇게 태동하였다. 해방되고 나서 우리나라에 남아 있던 일제 재산이나 일본인 소유 재산을 부르던 말이 '적산'이었는데, 새로 지어진 예배당이 바로 그 일본인들을 무연히 내려다보고 있었다.

그로부터 얼마 후였다.

진주와 산청 사이의 산자락을 넘는 고개 노루목(장항獐項)에서 일어난 그 사건은 지역에 크나큰 파문을 일으켰다.

그런데 비화는 또 다른 면에서 훨씬 더한 충격에 휩싸일 수밖에 없었다. 노루목은 그녀의 가문인 김해 김씨 문중의 종중산宗中山이 있는 곳이었던 것이다.

일제가 그곳에 신작로를 낸다면서 도로 굴착공사를 시작했다는 사실을 비화에게 알려준 사람은 아버지 호한이었다.

"아, 우째예, 아부지?"

"그런께 말이다. 인자 거게서 살아오던 노루들은 모도 오데로 가야 할랑고?"

사람뿐만 아니라 노루 걱정까지 하며 허둥대는 아버지가 비화 눈에는 너무 낯설고 더없이 불안정해 보여 심정은 막막하기만 했다.

얼마나 야생 노루들이 많이 살고 있기에 이름이 '노루목'이 되었을까. 어떤 이들은 그 노루가 그 산에 묻혀 있는 영혼의 환생이라고 보기도 했다.

그 고장에서 서울로 가는 산 고개 오솔길은 참으로 정취가 넘쳤다. 하지만 이제 그런 곳이 일제에 의해 훼손될 지경에 이르고 말았던 것이다.

"그리 돼삐모 올매나 보기 숭하것어예."

"그거도 그렇지만도, 이 애비가 더 멤 아푼 거는……."

노루의 머리에 해당되는 산기슭에서 아주 많은 가야 고분군이 발견되었는데, 그걸 본 일제는 생잡이로 도굴하기 시작했다는 것이다. 비화는 마구 고함이라도 내지르고 싶었다. 저 옥봉리 일대의 고분이 일제에게 당한 것과 똑같은 아픔과 치욕이 아닐 수 없었다.

"또 안 있나, 공사를 지키보는 사람들이 상구 불안해하고 있다쿠더마."

"와예?"

"우찌나 마구재비로 땅을 파헤치고 있는고, 분노한 산신령이 큰 벌을 내릴 끼라꼬 쑥덕거린다 쿠는 기라."

"거 뫼셔 놓은 우리 조상님들도 그냥 가마이 안 계실 끼거마예."

"내도 그리 생각한다."

그날 나눈 아버지와 딸의 그런 이야기가 빚어낸 소산이었을까. 비화가 그 경악할 소문을 접한 것은 오래지 않아서였다.

"머라꼬?"

"피, 피예!"

준서와 얼이가 밖에서 물고 들어온 말을 들은 나루터집 식구들은 상이 노랗게 변해 입을 다물 줄 몰랐다.

"쪼꼼 더 자세하거로 이약해 봐라."

우정 댁이 채근했다. 원아의 긴 목이 그날은 더욱 노루목을 닮아 보였다.

"시방 바깥에서 나도는 소리가……."

얼이가 상세히 들려주기 시작했다.

일제의 감독을 받아가며 노루목을 파헤치고 있던 조선인 인부 한 사람이 별안간 굴착 장비를 내던지면서 비명을 질렀다는 것이다. 그리하여 현장에 있던 모든 이들이 얼른 바라보았더니, 노루목 한가운데에서 섬뜩한 뻘건 피가 마구 뿜어져 나오고 있더라는 것이다.

"그래갖고예, 우리 인부들이 일을 더 안 하것다꼬 한다는 기라예."

원아가 말했다.

"내라도 그라것다. 그런 사태가 벌어졌는데 무서버서 우찌 작업을 하것노."

우정 댁도 말했다.

"동상 말이 내 말이다. 산신령이 갱고(경고)를 핸 기라. 내가 있는 데를 더 손대모 그냥 안 두것다꼬. 너것들 피 본다, 이거제."

비화와 준서의 눈이 마주쳤다. 그 진위를 따져보기에 앞서 그런 이야기가 나왔다는 사실 하나만 놓고 보더라도 예사로 넘길 사안이 아니었다.

"그래서 왜눔들은 우찌하고 있다쿠는데?"

서로 무슨 말을 나누고 있던 우정 댁과 원아가 거의 동시에 물었다.

"일단 진상 조사를 해보것다꼬 한다더마예."

준서 입에서 나온 대답이었다.

"그렇다모 우리도 함 기다리봐야제. 조것들이 머라꼬 발맹(발명)을 할랑고."

비화가 자리에서 몸을 일으키면서 그렇게 말하자, 우정 댁이 아주 익숙한 솜씨로 뒤통수의 비녀를 고쳐 꽂고 나서 저주를 퍼부었다.

"발맹이 아이고 발뺑(발병)이 나삐라, 왜눔들아. 다리에 뻘건 피가 철철 나서 저거 나라로 돌아가지도 몬하거로."

나루터집 식구들이 진상 조사를 한답시고 설치던 일제가 내놓은 결론에 대해서 들은 것은 며칠 지난 어느 날이었다.

"머라 이약했다꼬?"

"고것들이 하는 발표를 액면 그대로 받아들일 조선 사람 하나도 없다고마."

나루터집 마당 평상에 앉은 손님들이 나누는 대화였다. 그와 유사한 이야기들은 다른 곳에서도 한창일 것이다.

"핏물이 아이고 아조 진한 황톳물?"

"하모, 조사를 해본께 황톳물이었다는 기라."

조선인 인부들이 착각을 한 것이라며 당장 공사를 재개하겠다고 선언을 내렸다는 것이다. 하지만 그에 대한 지역민들의 반응은 싸늘했다. 한층 반감을 드러내었다.

"내사 안 믿는다. 몬 믿는다."

"내 말이! 쪽바리들이 하는 소리 가온데 진짜가 있더나?"

"우리가 빙신인 줄 아는가베?"

"거게 살던 야생 노루들만 불쌍하거로 돼삣다."

일제는 목 부분을 도려내는 노루목 신작로 공사를 포기할 리가 없었고, 야생 노루들이 삶의 터전을 잃고 전부 사라지게 될 것은 자명한 일이었다. 그뿐만이 아니었다.

"노루도 노루지만도, 두 눈 빤히 뜨고 가야인의 고분들이 도굴되는 거를 보고만 있어야 하이, 내는 더 안 살고 시푸다."

"그라모 우리도 노루들이 오데로 가는가 보고, 노루들 따라가서 살까? 이 꼴 저 꼴 안 보거로 말이다."

"그런 데가 있다모 그라것지만도, 그런 데는 없을 끼니 그기 더 문제 아인가베."

"노루목 모가지나 우리 모가지나 똑겉은 모가지 신세다."

마지막에는 꼭 이런 말이 나왔다.

— 황톳물이 아니다. 핏물이 맞다.

중요한 것은 그것이 무슨 물이냐가 아니었다. 일제가 말하는 황톳물이기에 황톳물이 아니었다. 조선인이 말하는 핏물이기에 핏물이었다.

— 백성 5부 21권으로 계속

백성 20

초판 1쇄 인쇄일 • 2023년 10월 25일
초판 1쇄 발행일 • 2023년 10월 30일

지은이 • 김동민
펴낸이 • 임성규
펴낸곳 • 문이당

등록 • 1988. 11. 5. 제 1-832호
주소 • 서울시 성북구 동소문로 65-2 삼송빌딩 5층
전화 • 928-8741~3(영) 927-4990~2(편)
팩스 • 925-5406

ⓒ 김동민, 2023

전자우편 munidang88@naver.com

ISBN 978-89-7456-572-5 03810

값은 뒤표지에 표시되어 있습니다.